熊镇²

VI MOT ER

巴克曼『熊镇三部曲』

［瑞典］弗雷德里克·巴克曼 著

郭腾坚 译

FREDRIK
BACKMAN

四川文艺出版社

图书在版编目（CIP）数据

熊镇 . 2 /（瑞典）弗雷德里克·巴克曼著；郭腾坚
译 . -- 2 版 . -- 成都：四川文艺出版社，2023.4
ISBN 978-7-5411-6603-7

Ⅰ . ①熊… Ⅱ . ①弗… ②郭… Ⅲ . ①长篇小说—瑞
典—现代 Ⅳ . ① I532.45

中国国家版本馆 CIP 数据核字（2023）第 038437 号

Björnstad: Vi mot er by Fredrik Backman
Copyright © 2017 by Fredrik Backman
Published by arrangement with Salomonsson Agency AB, through The Grayhawk Agency Ltd.
Simplified Chinese translation copyright © 2023 by Beijing Xiron Culture Group Co., Ltd.
ALL RIGHTS RESERVED

版权登记号：图进字 21-2019-193

XIONG ZHEN 2

熊镇 2

〔瑞典〕弗雷德里克·巴克曼 著　郭腾坚 译

出 品 人　谭清洁
责任编辑　王梓画
责任校对　段　敏

出版发行　四川文艺出版社（成都市锦江区三色路 238 号）
网　　址　www.scwys.com
电　　话　028-86361781（编辑部）

印　　刷　嘉业印刷（天津）有限公司
成品尺寸　146mm×210mm　　　开　本　32 开
印　　张　14.75　　　　　　　字　数　362 千
版　　次　2023 年 4 月第二版　　印　次　2023 年 4 月第一次印刷
书　　号　ISBN 978-7-5411-6603-7
定　　价　58.00 元

献给妮妲：

我仍然努力地想感动你。

你知道就好。

1. 这是某人的错

你看过一个渐趋衰败的小镇吗？我们的小镇正在衰败。我们说暴力将在今年夏天降临熊镇。可是，这是一个谎言——暴力已经存在了。有时，我们极易仇恨彼此，以至于当我们不再心怀仇恨时，感觉一切变得那么奇怪。

这是一个位于森林的小聚落。人们总说，每条道路只会经过这里，而不会通向这里。小镇经济每深吸一口气、轻轻动一下，小镇就会咳嗽不止。每年都会裁员的工厂就像一个小孩，以为只要在蛋糕的每一边偷吃一小口，从冰箱外就看不出它变小了。如果你把新地图和旧地图重叠在一起，你会发现：商店街和那块被称为"镇中心"的狭长地带就像滚烫煎锅里的一块猪排，越缩越小。这里还有一座冰球馆，但手中的资源已经不多。可是，这里的居民常常会说："我们还需要什么呢？"

开车经过熊镇的人们会说：熊镇只能依靠冰球。在某些日子里，他们说的也许有道理。有时候，你也许得为了某个特定的事物生活，这样才能克服生活中其他的一切。我们不笨，也不贪心。你完全可以说熊镇的坏话，但身为这里的居民，我们可是很强悍的，工作也很认真。所以，我们建立了一支和我们一样的冰球队，一支我们引以为傲的冰球队——因为，我们可不像你们。大城市的居民觉得有些事情好像太难了，我们只会冷笑一声："就是这么难。"在这里生活很不容易，因此我们能够克服困难，而他们不能。不管外面的天气如何，我们总是抬头挺胸。然而某件事发生了，我们就输了。

在此之前，还有另外一个关于我们的故事。因为那件事，我们将永远背负骂名。有时候，一些本性善良的人也会做出可怕的事情，因为他们坚信自己只是在努力保护心爱之人。因为我们球会的大明星强奸了一个女孩，我们就迷失了。社会，就是我们做出的所有选择的总和。当两个孩子的说辞针锋相对的时候，我们选择相信他的话。因为这比较容易；因为只要认定女孩说了谎话，我们便能继续我们现在的生活。当我们得知真相时，我们和整个小镇都崩溃了。放马后炮，说我们当初不应该这么做，很容易。但换作你，你可能也做不到。如果当初是你感到害怕、被迫选边站、知道自己必须牺牲哪些事物，你也许并不会像你自己想的那么勇敢。你希望自己和我们不一样，但你也许没那么与众不同。

这个故事描述了在那之后，从夏天到冬天发生的事情。这个故事与熊镇及邻镇赫德镇有关，诉说着两个冰球队之间的竞争如何演变成一场争夺金钱、权力、生存的疯狂斗争。这是一个关于冰球馆及围绕它跃动的每一颗心、关于人类与体育及这两者有时如何互相扶持的故事。这个故事也诉说着我们的战斗与梦想。有人会备受喜爱，有人会被彻底打败。我们会经历最美好的时光，也将挨过最悲惨的日子。整个小镇将会兴高采烈，但也会开始燃烧。一场恐怖的失败，即将来临。

几个小女孩将使我们感到骄傲，几个小男孩将使我们变得伟大。在一处阴暗的森林里，身穿不同颜色衣服的年轻男子会展开一场攸关生死存亡的打斗。一辆车将高速驶过夜色。我们会说，那是一起意外事故。可是所谓的"事故"是偶然发生的，但我们将会得知：我们原本其实可以阻止那起意外事故。这是某人的错。

我们深爱的人，终将死去；我们会在枝叶最繁茂的树下，埋葬我们的子女。

2. 人，可以分为三种

砰——砰——砰——砰——砰。

熊镇海拔最高的地点，是座位于社区内最后一栋房屋以南的山丘。在那里，你可以将"高地"上那些偌大的别墅、工厂、冰球馆，镇中心那些比较小的独栋住宅，以及"洼地"上的出租公寓尽收眼底。两名女孩站在山顶上，俯瞰着自己的小镇。她们快满十六岁了。两人究竟是因为彼此的差异才成为闺密，还是这些差异并未妨碍她们的友情，实在难以论断。其中一人喜欢乐器，另一人则喜欢枪械。十年来，两人对彼此的音乐品位厌恶至极，为了音乐和宠物问题频繁地吵架。在去年冬天一节历史课上，玛雅嘀咕着："你知道吗，希特勒喜欢狗！"安娜大声吼道："你知道吗，约瑟夫·门格勒[1]喜欢猫呢！"两人因此双双被赶出教室。

从小时候起，她们就常常觉得，放眼世界，只有彼此能让对方真正产生共鸣。她们时常吵架，却又始终关爱着对方。玛雅在春天出事之后，

1　约瑟夫·门格勒（Josef Mengele，1911—1979），人称"死亡天使"，奥斯威辛集中营医生及纳粹党卫军军官。

她们就无时无刻不觉得：两人要和全世界对抗了。

六月已翩然而至。在一年中四分之三的时间里，这个小镇都被严冬所笼罩，但经过最近这几个魔幻般的星期，夏天已经到来。她们身边的森林沉醉在阳光之中，湖边的树木快乐地摇曳着。但是，女孩们的眼中并无欣喜之意。一年当中的这个时节，她们通常会开始无休止的大冒险。她们会深入大自然，流连到很晚才回家，衣服弄得破破烂烂，脸上满是污垢，童年在她们的眼中闪动着。这个季节已经结束了。现在，她们长大了。对有些女孩来说，这不是一个自愿的选择，而是被逼迫的、不得不接受的结果。

砰——砰——砰——砰——砰。

一位母亲坐在车内收拾着孩子的手提袋。在孩子的成长过程中，我们得帮他们收拾多少次呢？我们得从地板上捡起多少玩具、睡觉前得把多少只玩偶排成搜索队，孩子在学前班弄丢多少副手套，我们才会彻底绝望？我们想过多少次：假如现今的大自然真的希望人类继续繁衍下去，这种情况演化下去不就应该让所有父母的下臂长出鞋拔，从而方便我们在该死的沙发与冰箱下面搜索？我们得在大厅里花上多少个小时等待我们的儿女？他们赏给我们多少花白的头发？我们为他们的人生付出多少光阴？成为称职的好父母究竟需要什么？它所需不多，只需要你付出一切。是的，付出一切。

砰。砰。

山顶上，安娜转过身问玛雅："还记得我们小时候吗，那时你总是想玩我们带小孩的游戏？"

玛雅点点头，目光仍紧盯着这个小镇。

"你还想生小孩吗？"安娜问道。

玛雅从唇齿间挤出答案："不知道。你呢？"

安娜悲怒交加，肩膀微微耸了一下："也许等我老了以后吧。"

"多老？"

"三十岁吧。"

玛雅沉默许久才问道："你想生男孩，还是女孩？"

安娜仿佛集毕生之力思考这个问题，然后答道："男孩。"

"为什么？"

"因为，这个世界有时会用很卑鄙的方式对付男孩，却几乎一直用卑鄙的方式对付我们。"

砰。

妈妈关上后备厢，努力忍住哭泣。因为她知道，只要现在轻轻哭出一声，她就会一发不可收拾。不管孩子长到多大，我们就是不愿意在他们面前哭泣。为了孩子，我们经历万般煎熬，却不让他们察觉分毫，因为他们尚不能理解无条件付出的伟大。亲情有时会让人难以承受，同时又会让人疏忽大意，疏于回应。当孩子们还很幼小的时候，他们睡在自己的床上，我们牵肠挂肚，守护在侧。终此一生，我们始终心怀不安，总是会犯错，我们到处贴出幸福快乐的照片，却从来不肯展示亮丽相片簿的间隙。因为那些间隙里留存着让我们心痛的一切。在阴暗的房间里，我们默默流泪。我们夜不成眠，担心他们会出事，怕他们会遭到什么不测，怕他们会成为受害者。

妈妈绕过车身，打开车门。和其他母亲相比，她并没有什么不同。她深爱自己的子女，她会担惊受怕、会崩溃、会感到羞愧、会怎么做都觉得力不从心。小男孩三岁时，她坐在床边守着，就像全天下的父母一样，担心恐怖的事情会发生在他身上。只是她从来都不相信，自己竟然会需要担心与此相反的事情。

砰。

黎明破晓时分，熊镇仍在沉睡，那条通往外地的大路上也尚无人迹。但是，安娜和玛雅仍从山上紧盯着那条大路。她们耐心地等着。

玛雅已经不再梦见被强奸的情景；不再梦见凯文用手捂住她的嘴，用全身的重量遏制她的尖叫声；也不再梦见凯文房间里所有摆在架上的冰球奖杯，或是在地板上弹跳的女用衬衣纽扣。现在，她只会梦见她从山顶上就能望见的那条绕着"高地"的慢跑小径。当时，凯文正独自慢跑，而她从暗处现身，手持猎枪。他颤抖着、哭泣着，哀求饶命。她用枪抵住他的头。每天夜里，她都会梦见自己杀了他。

砰。砰。

妈妈们能多少次把孩子逗得咯咯笑？而孩子们又能多少次把妈妈逗得哈哈大笑呢？当我们第一次察觉到孩子故意这样做时，当我们发现他们的幽默感时，当我们发现他们跟我们开起玩笑、学会操控我们的感情时，我们的内心翻腾不已。如果他们爱我们，他们不久之后就会学会撒谎，安抚我们的情绪，假装自己很快乐。他们很快就会知道，我们希望听到、看到什么。我们可以满心幻想自己了解他们，但是，他们有自己的相片簿，而他们就在相片簿的间隙中长大成人了。

妈妈曾经多少次站在屋外的汽车旁，看着手表，不耐烦地喊着儿子的名字？今天，她不必这么做。在她忙着收拾、打包的时候，他一连几个小时安安静静地坐在副驾上。几个星期以来，她必须努力地喂他东西吃。他眼神空洞地看着窗外，曾经健美的身体此时已经变得单薄瘦削。

一个母亲能原谅儿子做出什么样的事情？她事先又该怎么知道呢？没有哪个父母会认为，自己年幼的儿子长大以后会变成加害者。她不知道他现在都做些什么样的噩梦，但是他总会尖叫着从梦中惊醒。那天早上，当她发现他时，他全身冻僵地倒在慢跑小径上，身体因恐惧而紧绷着。那时他已经尿湿了裤子，冻僵的双颊上挂着绝望的泪水。从那以后，他的身体一直因恐惧而紧绷着。

他强奸了一个女生，但始终没有人能够证明这件事。有些人会一直坚称：这就意味着他逃过一劫，他的家庭逃过了处罚。当然，他们是对的。可是，他的妈妈永远不会有这种感觉。

砰。砰。砰。

当那辆车开始沿着路面行驶时，玛雅站在山顶上，知道凯文将永远不会回到这里。她毁了他。有些人会一直坚称：这就意味着她赢了。

可是，她永远不会有这种感觉。

砰。砰。砰。砰。

刹车灯迅速点亮。妈妈通过后视镜向那栋曾经是他们家的屋子投去最后一瞥，看到信箱上印着"恩达尔"的贴纸被逐字撕除后留下的残迹。凯文的爸爸独自收拾另外一辆车上的东西。他和凯文的妈妈并肩站在慢跑小径上，看见儿子躺在地上，看到那件被泪水打湿的毛衣和尿湿的长裤。早在这件事之前，他们的生活已经支离破碎，只是她直到当时才看见这些碎片。当她在雪地上半背半拖着儿子时，他不愿意帮她。至今两个月过去了。从那时候开始，凯文就足不出户，他的双亲则几乎不和彼此说话。她从人生中学到：相比女人，男人会用更清楚的方式定义自我。她的丈夫和儿子总是只用一个词定义自己：赢家。在她的记忆里，丈夫一再向儿子灌输同一个信息："人，可以分为三种：赢家、输家和旁观者。"

那现在呢？如果他们不是赢家，他们又是什么？妈妈放开刹车、关闭汽车音响，驶过一段下坡路，转往另一个方向。她的儿子坐在她身旁。

爸爸则坐在另一辆车上，朝相反的方向行驶。离婚文件和一封写给学校的信已经同时寄出。信中说明了爸爸将搬去另一座城市，而妈妈和儿子则会移居海外。假如校方有任何问题，妈妈的电话号码就写在信纸的最下方。不过，没有人会打电话的。这个小镇会竭力忘记，恩达尔家族曾经是它的一分子。

他们沉默地坐在车里。四个小时以后，当他们已经远离熊镇，视线再也触及不到森林的时候，凯文低声问妈妈："你觉得，一个人可以变成另外一个人吗？"

她紧抿着下唇摇摇头，猛力地眨眼，以至于看不清楚前方的路况。"不可以，可是你可以变成一个更好的人。"那一刻，他颤抖着握住她的手。她也握着他的手，仿佛他还是一个三岁的小孩，仿佛他挂在悬崖边缘。她对他耳语道："凯文，我永远不会原谅你。但是，我永远不会抛弃你。"

砰——砰——砰——砰——砰。

这个小镇里，到处都有这种声音。如果你住在这里，你也许就会了解。砰砰砰。

山顶上，两名少女目送那辆车消失。她们就快满十六岁了，一人手握吉他，另一人则手握猎枪。

3. 像个男人一样

我们对别人所知的最糟糕的事情就是：我们依赖你们。你们的行为会影响我们的人生。不只是我们的选择、我们喜爱的人，就连你们这些白痴，都会影响我们的人生。你们这些白痴，排队时总要插到我们前面；把车开得跌跌撞撞；爱看肥皂剧；在餐厅高声谈笑；让自家小鬼头去幼儿园，把诺如病毒[1]传染给我们的小孩。你们这些白痴，不仅乱停车，还抢走了我们的工作，把票投给了"乱党"。你们无时无刻不在影响着我们的人生。

天哪，对于这一点，我们真的是痛恨你们。

* * *

毛皮酒吧的吧台边，坐着一排沉默的老男人。据说，这些老男人都已经七十多岁，但看起来他们至少有一百四十岁。他们才五个人，却至少有八种意见。人们将他们称为"伯父五人组"，因为每次熊镇冰球协会的球队进行训练时，他们总是站在边线处，说着谎、吵着架。之后他们转进毛皮酒吧，在那里继续说谎、吵架。他们三不五时还欺骗彼此，假装自己不知不觉间已经患了阿尔茨海默病，并以此自娱。有时他们会在夜里互换彼此的门牌号码，或是在喝得酩酊大醉时，把彼此家里的钥匙藏起来。有一次，其中四个人把第五个人的车拖走，换上一部外观一模一样的出租车。他们这样做只是想让他在隔天早上无法开车离家，想吓一吓他，让他怀疑自己是不是应该进养老院了。他们总是用玩《地产大亨》赢来的钱去看比赛。几年前的某一个球季，他们一整季都假装自己在参与一九八〇年的奥运会。每次看到熊镇冰球协会的体育总监彼得·安德森，他们就会跟他说德语，说他是"汉斯·兰夫[2]"。体育总监总

---

1 诺如病毒，感染对象主要是成人和学龄儿童，主要症状是腹泻，寒冷季节高发。

2 汉斯·兰夫（Hans Rampf, 1948— ），德国政治人物，于2005—2016年担任南德巴伐利亚州兰茨胡特（Landshut）市的市长。

是不胜其烦，而"伯父五人组"却乐不可支，简直比看到自己支持的球队在加时赛取得黄金进球还要开心。镇民们总是说：现在，这"伯父五人组"的每一位成员其实都很可能得了阿尔茨海默病。可是，谁能够证明这一点呢？

毛皮酒吧的老板娘拉蒙娜将五杯威士忌放在吧台上。这里只供应一种威士忌，却提供各种不同的悲痛情绪。这几位伯父亲身体验了熊镇冰球协会在各级联赛中蹿升到榜首再跌落谷底的旅程，而今天将会是他们人生中最黑暗的一天。

* * *

当手机响起时，蜜拉·安德森正坐在车上准备去上班。出于各种理由，此时的她压力重重。手机脱手掉在座位下，她高声咒骂，仿佛在召唤阴间的阎罗王。她的丈夫常常指出，这种咒骂连醉酒的水手听了都会羞愧不已。蜜拉总算拿到了手机，手机那边的女人花了一两秒钟抛开那些咒骂，集中精神等待回应。

"喂？"蜜拉大声吼着。

"嗨！不好意思，这里是 S 快递公司。我们收到了您的电子邮件，要求我们提交一份报价单……"那名女子非常谦卑地说。

"什么……你们是什么公司？什么 S 快递公司？你打错了！"蜜拉回道。

"你确定吗？我手中的文件显示……"那名女子才刚开口，蜜拉的手机再次掉落，她本能地大声咒骂着。当她再度抓起手机时，手机另一端的那名女子早已识相地挂上了电话。

对此，蜜拉没有时间多想。她在等丈夫彼得的电话。今天，他和区政府开会讨论这个球会的未来。她对这场会议的结果感到万分紧张，胃部仿佛打了一个结，越揪越紧。当她把手机放在副驾上时，手机屏幕上飞快地闪现女儿玛雅与儿子里欧的照片。随后她按下锁屏键，屏幕被锁定，暗淡下来。

蜜拉驶达办公室。如果在接到电话时，她停车在网上搜索一下"S快递公司"，就会知道那是一家搬家公司。在其他对冰球漠不关心的小镇里，假如有人用安德森家的名义要求搬家公司报价，这或许是个无伤大雅的玩笑。但是，熊镇可不是这种爱开玩笑的小镇。在一座寂静的森林里，你不需要大声吼叫就可以表现出杀气。

蜜拉是个精明的女人，在这里已经住了很久，很快就会理出头绪。熊镇有很多远近驰名的优点，它所拥有的美不胜收的森林，在这个不断打造大都市的国家里堪称一绝。这里的居民谦卑、友善、努力工作、热爱体育活动与大自然；不管球队隶属于哪个分区，看台上总是座无虚席，退休的老人到场看球时，都会把脸涂成绿色。这里有着负责任的猎人、能干的渔夫，像森林一般强硬、像冰一样顽固的居民，以及能够守望相助的邻人。虽然人生艰辛，但是他们只会一笑置之："人生本来就很艰难。"这让熊镇远近驰名，但是……嗯，这个小镇，还有其他知名的特点。

几年前，一名年迈的冰球裁判对媒体谈到自己裁判生涯中几次悲惨的经历。他所提及的那四次悲惨经历，排名第二、第三、第四的都是关于在大城市里举行的比赛：对判决不满、狂怒的球迷朝冰球场扔掷鼻烟盒、高尔夫球和硬币。可是最悲惨的经历却发生在一座位于森林深处的拥挤的冰球馆里。当时，这名裁判在比赛的最后一分钟判给客队一个罚球。当客队球员罚球得分，导致熊镇代表队输球时，裁判朝观众席上那臭名昭著、属于"那群人"的站位区瞄了一眼。那里总是挤满身穿黑色夹克、歌声震耳欲聋、大吼大叫使人恐慌莫名的男子。但是，当时"那群人"并未高声抗议，而是保持着慑人的沉默。

蜜拉的丈夫，也就是熊镇冰球协会的体育总监彼得·安德森，率先察觉到潜在的危险。他奔向技术人员的座位区，顺利地在终场哨音响起时将全场灯光熄灭。保安人员在黑暗中将全体裁判带出场，直接开车送他们离开现场。至于当初如果不这么做会发生什么事，就无须多说了。

在这里，低调的威胁、一个打给搬家公司的电话就已经足以使人害怕。这就是原因。而蜜拉很快就会理解那个电话背后的意图。

区政府办公大楼内，会议仍未结束。但是，几位熊镇居民已经知道了会议结果。

*   *   *

区政府办公楼外，总有几面升起的旗帜随风飘扬，其中一面旗帜有着国旗的色彩，另一面则绣着区政府的纹章。公职人员从会议室里就能看见这些旗帜。再过几天就是仲夏节了，而凯文与其家人已经在三个星期前离开了这个小镇。他们搬出这个小镇时，虽改变了历史，却不能改变后来发生的事情。只是，当时大家还不太清楚会发生什么事情。

其中一名公职人员紧张地咳嗽着。会议室拥挤不堪，就像在举行一场圣诞狂欢。参会者似乎都在竭力避免给出结论，唯有那名公职人员勇敢地站了出来。他说道："彼得，我很遗憾。可是，我们已经决定把区政府的资源集中在一个冰球协会，而不是两个冰球协会，这么做最符合这个地区的总体利益。我们希望能把资源集中在……赫德镇冰球协会。假如你能够接受这个事实，这对大家、对你，都是最理想的。你要想想……现在的情况。"

熊镇冰球协会的体育总监彼得·安德森坐在会议桌的另一端。他发现自己遭到了背叛，这让他不知所措，脑子里一片空白。当他开口时，声音几不可闻："可是，我们……我们只是需要一点帮助，再过几个月，我们就能招募到更多赞助商，区政府只需要作为银行借款的担保人……"

他沉默下来，为自己的愚蠢感到羞耻。这些政客想必早已和各大银行的负责人谈过了，他们可是一起打高尔夫球、一起猎驼鹿的好邻居。早在彼得进入这间会议室之前，他们就已经做出决定了。政客们请他来这里开会时，慎重指出这将是一场"非正式会议"。这场会议不会留下任何书面记录。会议室里的座椅非常狭窄，几位位高权重的政客每人占据了好几张椅子。

彼得的手机丁零零响起。他打开手机，看到一封电子邮件，里面提到熊镇冰球协会的总监已经辞职。球会总监大概早就知道这个会议的结果，而他大概也已经获得赫德镇冰球协会的聘书。这场大挫败将由彼得一人承担。

会议桌另一端的政客们不自在地绞着手。彼得看出了他们的想法——"现在，不要再丢人现眼啦。不要再祷告啦，像个男人一样承受这一切吧。"

* * *

熊镇位于一个大湖旁边，一道狭长的沙滩贯穿了它的一端。炎热的夏季几乎让这个小镇的居民忘记这里那长达九个月的冬天。熊镇的夏天是属于青少年的。躁动、兴奋的青年男女聚集在沙滩上，玩着沙滩排球，他们当中坐着一个戴着太阳眼镜的十二岁少年。去年夏天，沙滩上没几个人知道他叫里欧·安德森，但现在，他的名字已经尽人皆知。大家斜眼瞄着他，仿佛他是一颗定时炸弹。一两个月前，里欧的姐姐玛雅被凯文强奸了。但是警方始终没能证实这件事，因此凯文被无罪开释。这件事情使镇民们分成两派，绝大多数人站在凯文这边。恨意急剧升高，他们努力想把里欧和他的家人赶出熊镇。他们用写着"婊子"的石头砸破他姐姐卧室的窗户；他们在学校里骚扰他姐姐；他们在冰球馆开会，想炒他爸爸，也就是熊镇冰球协会的体育总监的鱿鱼。

然后，一个证人挺身而出。那是一个和玛雅同年、事发时刚好也在屋内的青少年，不过这已于事无补。警方无所作为。整个小镇都保持着沉默。大人们不愿意帮助玛雅。所以，不久后的一天夜里发生了另一件事。没有人确切知道到底发生了什么事，但在那之后，凯文突然不再出门。关于他罹患精神疾病的传闻不胫而走。就在三周前的一天早上，他和家人离开了这个小镇。

当时里欧还满心相信一切都会好转。然而，事情变得更糟了。他才十二岁，但就在这一年的夏天，他明白了一个道理：人们会选择相信一个简单的谎言，而不相信复杂的真相。因为谎言有一个所向无敌的优势：真相必须描述所有发生过的事情，而谎言只需要让人相信就好。

在今年春天举行的球会会员大会上，彼得·安德森在表决中以非常微小的优势胜出，得以继续担任体育总监。之后，凯文的爸爸立刻安排凯文从熊镇冰球协会转到赫德镇冰球协会。他还成功说服了训练员、几乎所有的赞助商与近乎所有来自青少年代表队的优秀球员跟着转会到赫德镇。但三个星期后，凯文全家突然离开了这个小镇。这当然使一切陷入混乱，但非常古怪的是，一切并未改观。

里欧会怎么想呢？他是否还以为其他人会就此意识到凯文其实有罪，向他道歉？他是否以为赞助商和球员们会卑躬屈膝地回到熊镇？这个区里没有人会卑躬屈膝。人类许多最差劲、最恶劣的行为，其实都源于我们从来不承认自己有错。错误越大，后果就越严重，我们让步时所损失的自尊也就越多。因此，没人会让步。突然间，熊镇所有有权有势的人士选择了另外一种策略：不再承认自己曾经是恩达尔家族的朋友。一开始，这种说法仅止于耳语，也相对谨慎。但很快，这个说辞就变得理所当然。"这孩子一直都怪怪的。""我们不都看到了吗？他老爸把他逼得太紧了。"然后，这些评论就在不知不觉间转变为"这家人从来不像……嗯，你知道的……不像我们。他老爸一开始可不是这里人，是从别的地方搬来的"。

大家转会时流传的说法是，凯文"遭到莫须有的指控"，以及"在猎巫行动中遭受迫害"。但现在，所有人都改变了说辞，称赞助商和球员不是为了追随凯文才转会到赫德镇，而是为了和他"保持距离"。凯文已经被赫德镇冰球协会除名，但他的名字仍在熊镇的球员名册上。这么一来，所有人突然间就能够远离强奸犯和受害者；这么一来，凯文的那些老朋友就可以称凯文是"精神病患"，却还能用"婊子"来称呼玛雅。相信谎言何其简单，而承认真相何其困难。

许多人开始用"凯文的球会"来称呼熊镇冰球协会，以至于赫德镇开始觉得自己就站在它的对立面。球员们的家长给区政府发邮件，强调"责任心"与"不安全感"。当人们觉得自己受到威胁时，发生的每一起事件都会成为某种自我实现式的预言。某天夜里，有人在熊镇外围的路标上写了"强奸犯！！！"。几天后，一群来自赫德镇的八岁童子军朝另一群来自熊镇的同龄童子军叫嚣："来自熊熊熊——镇的强奸犯！"两拨人打起群架，造成流血冲突。最后，这两群八岁的孩子统统被领回家。

今天，里欧就坐在沙滩上，离凯文那群老朋友、那群健壮的十八岁青年五十米远。现在，他们都戴着赫德镇冰球协会的棒球帽。在网上留言说玛雅"活该"、表示"怎么会有人想要强奸这个臭婊子"、一口咬定"凯文无辜"的，正是这拨人，他们说得倒像是玛雅曾经求他们强奸她似的。而现在这群男生又说凯文从来就不是他们的一分子。他们会一直重复这个谎话，直到人们只把凯文和熊镇冰球协会联系在一起。不管历史怎么被扭曲，这群男生总能让自己变成英雄。他们总是会赢。

里欧比他们绝大多数人小了六岁，比他们个头小得多，也瘦弱得多，但他的几个朋友仍然告诉他，他"应该给他们一点颜色瞧瞧"。这群臭小子应该"受到处分"。他得"像个男人一样"。对十二岁的孩子来说，"男子气概"是很复杂的。对其他年龄的人来说，也是如此。

这时，一个声音传来。人们看向野餐垫上的手机。海滩上，手机铃声此起彼伏地响起。起先只是一两部手机，随后所有手机同时响起，铃声彼此交错，宛如一个所有乐器同时大鸣大放、隐形的交响乐团。一条消息不胫而走。

熊镇冰球协会将不复存在。

*　　*　　*

"这只是一个球会，我们还有更重要的事情。"假如你认为体育活动只是一系列数据，那么这种风凉话倒是很容易说出口。可是，体育活动从来就不只是数据。你只要想想打冰球的孩子究竟以什么心情打球，就能理解这个问题完全不难回答。你谈过恋爱吗？打冰球就跟谈恋爱一样。

在熊镇外围的乡间道路上，一个十六岁青年在汗流浃背地奔跑着，他叫亚马。在森林中的一座汽车修理厂里，一个浑身脏兮兮的十八岁青年正在帮父亲拿取工具、堆叠轮胎，他叫波博。在一座庭院里，一个四岁半的小女孩正从露台上将橡皮圆盘射向墙面，她叫爱丽莎。

亚马希望自己的球技有朝一日能达到精湛的水平，使他能借由冰球引领自己和妈妈离开这鬼地方。对他来说，运动就象征着前途。波博只希望自己能在欢笑中无忧无虑地再打上一个球季，因为他很清楚，在这之后的每一天，他会过着和他老爸一样的生活。对波博来说，体育活动就是人生的最后一场游戏。

对才四岁半、正在露台上射击橡皮圆盘的小女孩爱丽莎呢？你谈过恋爱吗？对她来说，体育活动就是真爱。

手机振动着。整个小镇停下脚步。一段好的故事，比其他事物流传得都要迅速。

十六岁的亚马在乡间道路上停下脚步，双手撑在膝盖上，胸腔沉重地起伏着，怦——怦——怦。十八岁的波博将一辆新车推进修理厂，开始在车身钢板上敲出一道弧形：砰——砰——砰。四岁半的爱丽莎站在庭院里的露台上，虽然手套尺寸太大、冰球杆太长，但她仍使尽全力将一个橡皮圆盘射向墙面。砰！

他们都成长于一个位于密林间的小镇。周围的大人们都在抱怨：就业机会越来越少，冬季越来越寒冷、恶劣，树木越来越茂密，屋舍却越来越稀疏。所有的天然资源都位于乡间，但是——天杀的，所有的钱财都进了大城市居民的口袋。"因为熊鄙弃森林，其他人就鄙弃熊镇。"这么一来，小孩子就很容易喜欢冰球——当你打球时，你就没时间多想。体育活动带给我们的最美好的事物，就是全神贯注。

可是，短信在此刻蜂拥而至。亚马停下脚步，波博放下锤子，四岁半的爱丽莎很快也会知道一个"破产"的冰球协会意味着什么。纵使运动社团其实从来不会毁灭，但他们还是努力让这一切听起来只像是运动社团毁灭了。运动社团只会不再存在，真正会毁灭的，其实是人。

＊　＊　＊

毛皮酒吧里流传着一种说法：我们应该随时把门关上，这样"蚊虫才不会着凉"。人们也常常说："你对冰球有意见吗？你双手都插在屁股口袋里，这样会找不到屁股在哪里！""你想聊战术吗？你比人工草皮上的母牛还要困惑！""我们的后卫群下一季会变得更好吗？别对准我的脚尿尿，还说是在下雨！"可是，就在今天，没有人吵架，大家都安静无比。这真令人受不了。拉蒙娜在所有酒杯里斟满威士忌，最后一次斟满威士忌。早已年过七旬的"伯父五人组"简单地干了一杯。五只空荡荡的杯子沉重地搁在吧台上。砰。砰。砰。砰。砰。伯父们起身离开，向彼此道别。明天，他们还会打电话互约吗？为什么要打电话呢？没有了冰球队，世界上还有什么好吵的呢？

＊　＊　＊

在一个小镇里，许多事情人们是不会去谈论的，但十二岁的孩子懂得该上哪些网站查信息。对他们来说，世界上是没有任何秘密的。里欧已经读了所有材料。此刻的天气相当炎热，但他仍穿着长袖毛衣。他表示自己害怕被阳光晒伤，但实际上，他是不愿意被别人看见皮肤上的抓痕。夜里，他总是不住地抓痒，仇恨在他的皮肤下钻动着。就算是在冰球场上，他也从没打过架。他想过，也许爸爸就是不知道怎么打架、怎么施暴。但现在，他渴望有人和他吵架、找他的麻烦，这就给了他一个好理由抓起手边最重的物品，把他们的臭脸捣烂。

在孩提与青少年时期，大家总是说："手足之间要相互扶持。""别吵！别打架！手足之间要相互扶持！"这就是里欧与玛雅本来应该有个哥哥的理由，这样一来，也许他就能保护他们了。他叫艾萨克，在弟弟妹妹出生以前，他就去世了。夺走他生命的是那种足以让里欧全然否定上帝存在的疾病。直到七岁时，里欧才在一本相簿中发现艾萨克和父母的合照。在此之前，他一直都不理解，艾萨克曾经是个活生生的人。在这些照片里，他们笑逐颜开，深情地拥抱，爱得如此狂野。就在那一天，尽管艾萨克已经不在人世，他却教了里欧许多生命中难解的课题。他教导他：光有爱是不够的。这对一个七岁的孩子，或是其他年龄的人来说，是一件可怕的事情。

现在，他已经十二岁，努力想当个男人。就是现在，他试着不要在夜里继续抓痒，试着缩在被单下沉默地哭泣，努力不让别人看见或理解他的恨意。他努力想扼杀脑中不断轰然作响的念头：手足之间要相互扶持，而他连自己的姐姐都保护不了。

他连姐姐都保护不了，他连姐姐都保护不了，他连姐姐都保护不了。

昨天夜里，他搔抓着胸口与腹部，挠出一道深深的伤口，血液缓缓流出。今天早上，他对着镜子察看，觉得那道伤口看起来像一条直捣他脑门的保险丝。他纳闷，自己的内心是否在熊熊燃烧。他纳闷，这条保险丝还能支撑多久。

4. 女人永远是问题

老一辈人总是把熊镇和赫德镇合称为"大熊和公牛",每逢两个小镇的冰球队即将交手时,这种说法更是不绝于耳。这种称呼已行之有年,没有人能确定赫德镇是从一开始就选择了公牛作为球衣上的标识,还是在得到这个绰号以后才选择公牛作为标识。当时赫德镇周围养着许多牲口,地形也比较开阔,因此当工业进驻此地时,就比较容易兴建工厂。熊镇居民以辛勤工作闻名,但这里的森林比较茂密,金钱因此流入位于南方的邻镇。老一辈人总是以隐喻的说法提到大熊和公牛打架时的情景,它们如何建立某种平衡,不让任何一方独揽大权。当年这两个小镇还能分配到充足的资源与就业机会,这种平衡或许还可以保持。但是在现在这种情况下,人们始终心怀错觉,认为暴力能够解决问题,这种平衡就难以为继了。

暴力永远难以抑制。我们就是希望使用暴力。

*　　　*　　　*

玛雅正在安娜家里做客。那是在手机短信蜂拥而至之前,她们能享受平静的最后几分钟;那是在凯文离开熊镇之后,地狱重新炸裂之前的最后一段宁静时光。在那三个星期里,人们好像几乎忘记了玛雅的存在。那真是一段美好时光,而现在,美好时光即将告一段落。

安娜确认枪柜已经锁上，然后取来钥匙，打开柜子检查里面的枪械是否装上了弹药。她骗玛雅说自己"只是要清理枪械"，可是玛雅知道，她只在她老爸酗酒时才会这么做。一个猎人酒瘾失控的主要表现就是忘记锁上枪柜，或是无意识地给枪械装上子弹。这种事以前发生过一次，那时安娜还小，她妈妈刚离家出走。从那之后，安娜就再也没有摆脱这种忧虑。

　　玛雅躺在地板上，肚子上放着吉他，假装不了解情况。安娜背负着身为酒鬼子女的重担，这是一场孤独的战争。

　　"白痴，你听见没有？"最后，安娜说。

　　"听见了啊，你这死鬼，怎么样？"玛雅露出微笑。

　　"来点音乐嘛。"安娜要求。

　　"不要命令我，我又不是弹音乐给你听的奴才。"玛雅哼了一声。

　　安娜偷笑道："拜托啦？"

　　"你这懒惰的蠢驴，自己去学吉他吧。"

　　"我才不需要学，你这傻瓜，我有枪。再不弹，我就开枪了！"

　　玛雅咧嘴大笑。夏天来临时，他们向彼此承诺：不管怎样，这个该死的小镇上的臭男人都无法夺去她们的欢笑。

　　"别弹那些忧伤小调！"安娜补充道。

　　"闭嘴！要是你想听你那些喜乐、智障、毕——毕——剥——剥的音乐，你用电脑听就好。"玛雅哼了一声。

　　安娜朝天翻了个白眼。

　　"喂，我手上有枪！要是你弹那些像嗑了药一样的音乐，害我朝自己的脑袋开一枪，你其实是要负责任的！"

　　两人笑得前仰后合。玛雅弹奏起印象中最欢快的曲子。但是，如果你问安娜，她就会告诉你，这些曲子并不怎么开心。但是，今年夏天，她只能照单全收，来者不拒。

然后，她们被两声简短的手机铃声打断。之后，又传来两声铃声，然后又是两声。

*　　*　　*

一个冰球协会的体育总监可不只是一份全职工作，而是相当于三份全职工作。当彼得的妻子蜜拉愤恨难耐时，总会说："你有两段婚姻：一段是和冰球，一段是和我。"她没有说百分之五十的婚姻都以离婚收场。她不需要补充这一点。

与会的政客们将努力降低这次会议的爆炸性，表示这"只和体育活动有关"。彼得试图接受那个最离谱的谎言——冰球和政治是不相关的两件事。可是，这两件事根本就密切相关。当政治对我们有利时，我们称之为"合作"；当它对他人有利时，我们称之为"贪腐"。彼得望向窗外，看到区政府办公大楼外那面一直悬挂着的旗帜随风飘扬着。这面旗帜就是要让办公楼里的白痴们知道，风往何处吹。

"区政府……我们……已经做出这个决定，我们，也就是熊镇和赫德镇，要共同申请世界杯滑雪竞赛的主办权。"其中一名政客继续补充道。

他试图展现出威严。不过，当你一边说话，一边从西装外套口袋里掏出掉落的松饼屑时，是很难树立威信的。大家都知道，多年来他一直努力斥资兴建一座商务会议厅大楼，而世界杯滑雪竞赛的主办权正是大好机会。这名政客的小叔刚好任职于滑雪协会，而他的太太则经营着一家公司，专门为大城市里那些富得流油的企业家安排狩猎旅游与"森林生存技能课程"。没有迷你吧和温泉浴治疗，这些企业家显然无法生存。

另一名政客见缝插针："彼得，我们要考虑这个地区的形象与品牌。现在纳税人惶惶不安，所有来自媒体的负面报道已经营造出一种不安全感……"

这名政客似乎在避重就轻，一再强调不安全感。他为彼得倒着咖啡。换作其他男人，也许早就把咖啡杯砸到墙上了，但是彼得没有暴力基因。即便做球员的时候，在冰球场上他也不曾打架。为此，这群男人私底下对他很是轻蔑；而现在，他们已经不再那样遮遮掩掩。

他们知道彼得最大的弱点就是忠诚，也知道他自觉对故乡有所亏欠。故乡的冰球给他带来了一切，冰球馆也一再提醒他这一点，在冰球馆更衣室的墙上就印着这么一段话："得到越多的人，将被赋予越高的期望。"

另一名以能够"打开天窗说亮话"而自诩的政客说："熊镇已经没有青少年代表队，更不要说甲级联赛代表队了！你们所有的优秀球员与几乎所有的赞助商已经投奔到赫德镇了。我们要想想纳税人的权益！"

一年前，这名政客被地方报社问到一个关于区政府计划斥资兴建一座奢华的冰球馆的尖锐问题。他突兀地回答道："你知道熊镇的纳税人要什么吗？他们要看冰球比赛！"不管你有什么意见，把责任推到纳税人身上永远是最简单的。

同一笔钱也将落入同一拨人手里，只是这笔钱现在将投给赫德镇。彼得想抗议，却做不到。这种钱总是混在区政府拨给体育活动的款项里，蒙混过关，不只是单纯的"福利金"，有时还披着"贷款"与"津贴"的外衣。即使区政府拥有土地，表面上看来，它仍然在"租用"冰球馆外的停车场。对于那些显然希望能够在每周三夜间两点到五点间溜冰的"大众"，区政府还会支付"公众使用冰球馆租金"。有一次，一名球会理事会成员让区房产公司为一场根本没举行的冰球比赛提供赞助，因为他正好是这个房产公司的董事会成员。这其中的猫腻，彼得心知肚明。冰球协会的旧领导班子贪腐严重。彼得一开始还和他们争吵，最终只能接受，这就是"游戏规则"。没有区政府的支持，小镇的体育活动将无以为继。现在他已经不能再高喊"有人作弊"，因为他知道的，那些政客也一清二楚。

他们出手解决了他的球会，目的就是要他闭嘴。

* * *

那群体格健壮的十八岁青年都戴着红色棒球帽，帽子上印着一头向前狂奔的公牛。他们在沙滩上占据越来越多的空间，不断地越界，想试探是否有人胆敢阻止他们。里欧无力阻止他们，但内心恨透了他们。

当凯文离开这个小镇时，整个故事也随之改观，但是他的那些老朋友很快就适应了全新的真相。他们唯一需要的就是一个新领导。这个新领导就是首发阵容的前锋，凯文曾经的邻居威廉·利特。他挺身而出，给了这伙人梦寐以求的新故事。一连几个月，他在餐桌上一再听到父母重复这个故事："我们才是受害者，我们应该到手的冠军被偷走了。要是凯文出赛，我们早就赢了！可是，彼得·安德森利用这件事情大玩政治秀！他还企图把这个精神病患强奸那个婊子的事怪罪到我们身上，而我们其实什么屁事都没做！你们知道彼得·安德森为什么这么做吗？因为他一直痛恨我们。就因为他打进过 NHL，大家就听他的，好像他在道德上比较优越。如果这件事情没有牵涉到彼得的女儿，你们敢肯定凯文就能参加冠军赛？如果是我们自己的姐妹被强奸了，你们觉得彼得还会在决赛当天报警，让警察把凯文带走吗？彼得是个伪君子！凯文只是个借口，彼得在熊镇冰球协会里非得打压来自'高地'的孩子不可。你们知道为什么吗？因为我们当中有些人刚好出生在有钱的家庭，不能满足彼得·安德森行善的欲望！"

威廉父母所说的话，从他口中冒出。每个球季，球会总会提拔来自贫穷社区的孩子，把他们捧成球队的核心人物，但每次要付账时，人们又总是期望来自"高地"的家长们慷慨解囊。为此，他的母亲玛格·利特非常恼火。"人们到底什么时候才会厌倦彼得·安德森的社会救济项目？"今年春天，球会为四到五岁的小女孩成立了一支球队的消息传开以后，她便到处嘶吼着。

"他们想搞个女子球队！"现在，利特在沙滩上暴吼着。

这些话简短，但颇有冲击力。在凯文的强奸事件之后，他所有的队友都觉得遭到了攻击，受到了误解。因此，要是彼得·安德森痛恨他们，那可真是美事一桩，因为痛恨他最简单的理由，就是一口咬定冲突是由他先挑起的。

＊　　＊　　＊

彼得环顾会议室。这些政客希望他能"像个男人一样"承担这一切。但是，他已经不知道，他们眼中的他是哪种男人。是那个受熊镇冰球协会调教的小男孩吗？是那个在二十年前担任队长、带领一支行将就木的乡间球队一路杀到全国亚军的男子吗？还是之后的 NHL 球员？在他被说服迁回故里、担任球会的体育总监之前，这支球队可是被轮番降级。然后，他排除万难，打造出全国最优秀的一支青少年代表队，使这个小小的球会再度变得伟大起来。他们眼中所见的他是上述其中一种男人吗？

或者……现在的他只是一个爸爸，因为被强奸的是他的女儿？在三月的那个早晨，是他陪着她一同到警察局去。青少年代表队球员乘坐的客车即将前往他们人生中最重要的比赛，但警察却把球队里最耀眼的明星一把拽下车。当时，他就站在冰球馆外的停车场上看着这一切。他知道里面的所有男人是怎么想的，也知道全世界所有男人是怎么想的："要是有人强奸我的女儿，我早就把他杀了。"每天夜里，彼得都衷心希望自己正是这种男人，有能力以暴制暴的男人。但是，他反而接过咖啡杯。因为对任何年龄的人来说，表现出男子汉气概都是不容易的。

其中一名政客用介于怜悯与轻蔑的腔调说明起来："现在，彼得，你要以团队为重。我们必须对这个区内的所有居民负起责任。我们必须保有好名声，这样才能取得世界杯滑雪赛的主办权。我们会在赫德镇盖一座新的冰球馆，并把冰球学院设在那里……"

彼得无须再听剩下的内容。当他们制定这个地区的未来愿景时，他就在场。先是冰球馆和冰球学院，然后是购物中心与更优质的联外公路、商务办公大楼，还有电视直播的世界杯滑雪锦标赛。然后，谁知道呢？也许再来一座机场？除非某些根本对体育活动不屑一顾的人能从体育活动中牟利，获致"经济"，否则体育永远只是体育。过去，冰球协会被视为整个区的救星；现在，它还是整个区的救星，只不过不是彼得所属的那个冰球协会。

另一名看起来刚结束假期的男子两手一摊，说："是啊，对于这个情况……对于你女儿的事，我们当然感到非常遗憾。"

他们总是说"你女儿"，而从不称呼她的名字玛雅。他们就是要用这种含沙射影的方式让他想想：换作别人的女儿，他也许就会让凯文打完决赛了吧？政客们把这件事称为"情况"，但是，区政府招聘来的公关顾问则称之为"丑闻"。问题似乎并不在于一个女孩被强奸了，而在于：这件事刚好被曝光了。公关顾问团队向这些政客说明：某些其他社区"也遭受过类似的丑闻影响，形象受损"。这种事情不能在这里发生。埋葬这起丑闻最简单的方式，就是埋葬熊镇冰球协会。

这么一来，人们就可以骄傲地指着"措施方案"，说明要如何在赫德镇打造一支更优质、"士气更高昂、更有责任感"的球会，而不需要回答：一如往常，打造出这支球队的还是同一帮男人。

"那些该死的新闻记者一直打电话来，彼得他们紧张得要命！区政府必须规划下一步了！"

他说得倒像是新闻记者没有打过电话给彼得的家人似的。他们当然打过，只是他和玛雅都没有接听。他们所做的一切都是对的。虽然他们现在已经闭嘴了，但这已经无关紧要。因为他们在一开始就曝光了这件丑闻。

*　　*　　*

这一年夏天，十八岁的威廉·利特利用众人对彼得·安德森的痛恨，整合了自己所属的赫德镇冰球队。同时，区政府的其他人士也在进行某些会谈。威廉·利特的父亲是高尔夫球协会理事会成员，经常和大银行家、政客们一起打高尔夫球。他备受欢迎的原因不只是他认识有钱人，还在于他是那种能够"打开天窗说亮话"的人。当然，区政府需要赞助才能申办世界杯滑雪锦标赛，因此，产业界提出了一个严苛的条件——保留一个冰球协会，而不是两个。他们说这事关"负责任的经济"，并刻意强调了"责任"一词。

再过几天，仲夏节即将到来，此刻，沙滩上所有青少年的手机同时振动起来。一开始，沙滩上一片死寂，然后，一群体格壮硕的十八岁青年爆出一声高亢、幸灾乐祸般的吼叫。威廉·利特吼得比任何人都要大声。他爬上一棵树，在树上挂起两面赫德镇冰球协会的红旗，它们随风飘扬着，看起来像是在绿叶（熊镇冰球协会的标识是绿色的）间捅出两道淌血的伤口。

他的队友们在树下围成一个半圆，等着和别人大吵一架。可是他们太高大、太强壮，而沙滩上的这些人跟他们同校，压根儿不敢惹他们。之后，整个沙滩就成了利特的天下。这符合所有派系、党伙的形成原理：属于这个派系的人自成一体，同时排挤、打压不属于他们的人。

沙滩上的其他青少年看着这伙人。虽然他们热爱熊镇冰球协会，但不够强壮，不能和威廉·利特的党羽打架，奈何不了这伙人。现在，他们必须找别人出气，某个比他们还要弱小的人。

* * *

玛雅和安娜读了最初几条匿名短信之后，就将手机关机了。"这是你的错。""死婊子，要是球会垮了，你就死定了！""我们也要宰了你那该死的老爸！！"对于现在会发生什么事、会由谁来承受恨意与威胁，玛雅与安娜心知肚明。有些人会认为熊镇冰球协会土崩瓦解是玛雅的错，因为"她早该闭上臭嘴的"。其他人则会幸灾乐祸地说："这就是爱说谎的臭婊子的行事风格。"

玛雅走进浴室，呕吐起来。安娜则坐在浴室外玄关的地板上。她读过，在针对强暴案受害者的辅导小团体中，她们自称"幸存者"，因为她们每天做的其实就是：一次又一次地从她们所遭受的不幸中存活下来。安娜很好奇，有没有什么字眼能够形容那些袖手旁观、坐视一切发生的人。为了避免承认我们当中许多人对一个小男生的行为都负有共同的责任，我们可是随时准备出手打烂彼此的世界。说服自己相信一切只是"单独个案"、否认问题的存在，总是容易得多。因为凯文对玛雅所做的事情，安娜做梦都想将他打死；因为全镇居民对玛雅的持续伤害，她恨不得摧毁整个熊镇。

那些白痴绝对不会说，是凯文毁了熊镇冰球协会；他们会说，是"这起丑闻"毁了冰球协会。对他们来说，真正的问题不在于凯文犯下了强奸案，而在于玛雅被强奸了。要是她不存在，就什么事情都不会发生了。在男人的世界里，女人永远是问题。

玛雅与安娜收拾好自己的背包，走出大门，进入森林，却不知道自己要往何处去。不过，不管去什么地方都比待在这里好。安娜没带猎枪出门，她将会为此后悔不已。

* * *

里欧等待着，直到天色渐趋昏暗。他独自躲在森林的边界处，直到沙滩上空无一人。然后，他蹑手蹑脚地溜回沙滩，一把火烧了那两面旗帜。他将火舌吞没旗帜上的字母、赫德镇冰球协会标识的情景录了下来。然后，他以匿名方式把视频传到了网站上，传到他确定学校里所有人都能找到的网站上。

人们会说暴力就是在那年夏天降临了熊镇，但这并非实情。暴力早已存在多时。因为人们是互相依赖的。对此，我们将永远无法真正宽恕彼此。

5. 一个人有百来种面貌

一名赤裸着上半身、背着背包的年轻男子孤独地穿越森林，手臂上有一个熊头图案的文身。一名衣着笔挺的律师坐在办公室里，书桌上摆着家人的合照。刚才她又接到了一个来自搬家公司的电话，却不知道原因。同时，一个陌生人驾着吉普车在乡间道路上行驶，驾驶座旁的置物架里有一份名单。

他们的手机振动起来。彼得·安德森还没离开区政府办公大楼的会议室，政客们就已经将熊镇冰球联盟即将破产的消息泄露了出去。那些薪资昂贵的公关顾问告诉区政府的政客，检查"新闻内容"是必要的。

森林里的年轻男子、办公室里的律师与吉普车上的陌生人将会同时拿起手机。大家都会受到影响。

* * *

生活中，一个人会扮演各种角色，然而在其他人眼中，我们通常只会被赋予一种角色。蜜拉·安德森是律师，在两个不同的国家受过高等教育，拥有双学士学位，但在熊镇，她永远只能是"彼得·安德森的老婆"。在某些日子里，就因为这一点，她特别痛恨自己。她痛恨自己有所不足，只能依附别人。

她在办公桌旁吃着午餐，周围是与工作有关的粉红色备忘录便条纸，以及为家庭中不同成员奔波、采买的黄色备忘录便条纸。电脑旁边摆着里欧和玛雅的照片。要不是她的思绪被走廊上急促的脚步声打断，伴随他们眼神而来的良心不安感早就把她毁灭了。

即使这是个地狱一般的夏季，蜜拉还是露出了微笑。光听脚步声，就知道是哪个同事狂奔进来。一方面，除了她以外，只有这位同事会在这么接近仲夏节的时间点留在办公室；另一方面，当她到来时，门不是被推开的，而是被撞开的。这位同事身高接近一米九，说话声音浑厚，让你误以为这是从某个肥胖的身体里发出的。她是蜜拉所认识的最输不起的人。每逢有人抱怨时，她总是在半途打断道："闭嘴，去开账单！"一如往常，她从某句话的半途说起来，仿佛蜜拉错过了之前的对话。

"……那家比萨店没开，蜜拉！'休假中，暂停营业'。你懂吗？开比萨店的，那种人需要度假？这应该像……社区保健中心……还有，消防队……还有，修鞋匠……一样，被列为最基本、不可或缺的社会机能才对！而且我好想跟柜台那个男生约会，就是那个看起来总是很难过的家伙，那些看起来很难过的男人，在床上可是活龙一尾！你在吃什么？还剩很多吗？"

蜜拉叹了一口气，仿佛是要吹熄人生中最后一块生日蛋糕上的蜡烛。她举起装着食物的塑料盒。那位同事发出呕吐的声音。

"这是熟的。"蜜拉说。

"那是什么做的？"这位同事哀号道。

蜜拉大笑起来。她没打算在短短几秒钟里就将这位同事打回原形，不过正因如此才显得更加有趣。这位同事有着青少年式的饮食习惯，从来不问"什么好吃"，而总是只问"这个是用什么做的"。她读菜单时的表情就像在读一份宣战声明。

蜜拉用叉子比出一个鼓励般的手势："这个叫'沙拉'，懂吗？这就像肉一样，只是我们不需要杀生。来，尝尝看！"

这位同事后退一步，说："我才不要！那种味道，闻起来好恶心。"

"喂，说话注意点！"蜜拉面露不悦地喊道。

"怎么啦？"这位同事惊讶地问道。

"你真是个小孩子！"蜜拉说。

"你才是小孩子！闭嘴，去开账单！"那位同事嘟囔道，并像从屋顶上被抛下一般重重地坐到椅子上。

蜜拉本来想再说些什么，却被手机铃声打断。她以为是彼得。然而，话筒另一端的声音却高兴地喊道："您是蜜拉·安德森吗？这里是 S 邮递暨运输公司，我们已经收到您的五十只全新搬家用纸箱的订单。我们是否可以将它们放在您家的庭院里？"

蜜拉懒得听对方说完。她看到那位同事打开自己的电脑，似乎看到了什么，脸色突然变得煞白。接着，蜜拉的手机就响了。

*　　*　　*

彼得从椅子上起身。坐在另一端的绝大多数政客选择以不和他握手来羞辱他，他们只是径直离开。但其中一人停下脚步，假意宽慰道："彼得，你们和青少年代表队在今年春天所获得的成就真是令人赞赏。来自我们这个小镇的年轻人挑战所有大城市的球员，这其实是非常了不起的。要是他们能够……夺冠就好了。假如这样，一切也许就……嗯，你知道的。"

这一点，彼得再清楚不过了。在这项体育竞赛中，"灰姑娘传奇"已经濒临绝迹。大型球会不断吸走小型球会的人才，而熊镇却能够留住自己的精英球员，让他们为自己的故乡奋战。他们一路杀进总冠军赛，但球员中最耀眼的明星却缺席总冠军赛。因此，他们……只是差点就赢了，最终还是功亏一篑。

熊镇是一座冰球小镇，小镇居民深信"记分板不会骗人"。你如果不是最厉害的，就是和其他人一样，最厉害的人绝对不找借口，他们只会想办法赢。为了赢得胜利，他们会竭尽全力，不惜一切代价。人们谈论"赢家心理"，因为赢家就是有别人所欠缺的某些特质，这种人的想法很特别，认定自己从出生起就注定要成为英雄。比赛进入读秒阶段、即将分出胜负之际，赢家会用冰球杆敲击冰面，要求队友传球给他。赢家不会请求别人传球，他们会要求别人传球。当看台上几千名观众站起来大吼大叫时，其他人会犹豫、退缩，但赢家会挺身而出。这就是我们讨论的心理素质。大家都梦想着成为佼佼者，在整个球季最扣人心弦、惊心动魄的最后一刻射出最后一击，但就在……千钧一发之际，有胆量把握机会的人其实是少之又少的。这就是区别。

二十多年前，熊镇的甲级联赛代表队曾经有机会成为全国冠军。整个球季里，大家争相传颂、重复着："熊镇以一当百！"大城市的记者们看不起他们，坐领高薪的敌队看轻他们。但就在他们抵达熊镇时，事情发生了：他们坐了几十公里的车来到那处森林，走进一座破旧的冰球馆时，迎接他们的是一座被多面身穿绿色衣服的人墙团团包围着的看台，这个景象让他们不禁一阵颤抖。那一季的看台活像一座堡垒，整个小镇的人都往那里行军，球队背负着一个小镇出赛。大型球会有钱与否早已无关紧要，因为，冰球就在这里。"熊镇以一当百"。

可是，最后一战是在首都举行，熊镇甲级联赛代表队是客队。比赛的最后几秒钟，彼得·安德森持球。他的冰球杆将决定那个位于森林几十公里处的小镇的存亡。一个运动社团所面对的差距究竟有多大呢？在冰球界，精英与泛泛之辈之间的差距非常大。位于联赛排名最前列的球队坐享所有电视转播权利金、获得百万富翁的赞助，而排名靠后的球队只能体会到"最好的球队总是会获胜"。所以，当彼得持球时，那可不仅仅是一次射门、一场比赛而已，那是小镇扳倒大巨人的一个机会。要是进球了，那将会是一个多么美好的故事。在森林的子民们承受这么多的唾骂与苦难之后，熊镇在这么一个晚上终于能感受到：现在总算轮到他们了。这本来可以成为那种让大家爱上体育活动的传奇故事：最强大、最财大气粗的球队，不一定总是会赢。

彼得射门，却没有命中。一个小镇先是屏息凝神，而后竟然无法呼吸。终场的哨声响起，敌队获得了胜利；在下一个赛季里，熊镇跌出最高水平联赛的竞争行列，再未卷土重来。

彼得进入 NHL，成为职业球员，却受了伤。他的职业生涯几乎就是南柯一梦。之后，他回到故乡，排除万难建立了一支几乎成为全国冠军的青少年代表队。

那名站在门口的政客耸了耸肩道："彼得，胜利能够治愈一切。"

其实，他大可以直说："彼得，你不是赢家。因为赢家就是会赢。正因如此，我们才知道谁是赢家。赢家会开最后一枪。赢家不会把在冰球场外发生的事和冰球场上的事混在一起。赢家不会要求警方从一辆准备开往最重要的比赛的客车上，把球队最重要的球星拉下来。赢家知道，在这个区里，胜利能够治愈一切，但第二名将毫无意义。"

这名政客心不在焉地拍拍他的肩膀。

"可是，彼得，你听着，也许你可以把这当成一个转机、一个尝试新工作的机会。多花点时间陪陪家人！"

彼得真想叫他下地狱，但他只是默默地离开了区政府办公大楼。他绕着办公大楼走了一圈，在一处阶梯下停步，靠在一座花床边。当他确定那些该死的家伙都没看见他时，便呕吐起来。

手机响了，是蜜拉打来的。彼得知道消息已经不胫而走，却不敢接电话。他既不想听见妻子声音中的沮丧之情，也怕她会听见他的低泣声。她一而再，再而三地打来电话。最后，他将手机关机。终其一生任职于冰球协会的问题就在于：一旦球会不复存在，他就完全弄不清楚自己是谁了。他坐进车里，开车上路。他使尽全力握住方向盘，以至于鲜血都从指甲缝间流了出来。

＊　　＊　　＊

一个陌生人坐在吉普车里，墨镜后的双眼沉静、审慎地观察着路况。陌生人浅浅地吸了几口烟，任由烟圈从摇下的车窗飘出。那辆吉普车停在几棵树下方的阴影中，车子破旧而不起眼，没有人会注意到。在车上置物架里的名单上，"彼得·安德森"高居首位。当彼得开车上路时，陌生人便紧随其后。

6.他们就是来引战的

森林中，那名十八岁的男子摘下背包，将它放在草地上，爬上了一棵树。这个夏天让他的长发变得更加金黄耀眼，熊头文身周围皮肤的颜色变得更深。他名叫班杰明，但只有他的妈妈和姐姐们会这么称呼他，其他人都叫他班杰。他的名字从来不会让人联想到良好的家庭教养。从他上幼儿园起，人们就说这个小男孩将来不是进监狱，就是不得善终。冰球拯救了他的人生，也以同样的方式让他备受责难，他在冰球场外最恶劣的特质让他在冰球场上备受崇拜。凯文是大明星，而班杰则是贴身侍卫。两人情同手足。整个小镇爱极了凯文的双手，但他们也崇拜班杰的重拳。在熊镇，人们会说一则老笑话："我想找人打架，突然间，一场冰球比赛就开始了。"这则笑话所指的，就是班杰。

凯文被指控犯下强奸罪时，整个小镇惊骇不已。但让他们几乎感到同样惊骇的是，班杰和玛雅·安德森站在同一边，和他的兄弟作对。他留在熊镇，而没有跟着跳槽到赫德镇冰球协会。班杰明·欧维奇做了正确的事。可是，他究竟是为了什么呢？匿名、充满讪笑口吻的短信一条接着一条传来，告诉他：现在，他的球会已经玩完了。他押错宝了，他已经一无所有了。短短几个月前，他和最好的朋友在全国最强的一支球队里并肩作战。现在，他则孤零零地坐在一棵树上，叼着烟，正在印证那些怀疑他的人所言不虚——"这孩子迟早会伤害自己，或是伤害别人。"

* * *

每次看着办公桌上彼得、玛雅和里欧在那年夏天的合照，蜜拉·安德森都会为自己此刻仍窝在办公室里而莫名地感到无比羞愧。想象他们仍然是正常的一家人，会让她心里轻松一点。至少，他们四个人并非内心全都焦灼不已；至少，他们同住的屋内没有因为无话可说而陷入沉默。

夏天刚来临时，玛雅要求全家人不要再谈论强暴事件。当时他们坐在餐桌前，玛雅极其平淡地提出了这个要求。"现在，我得继续过自己的人生。"彼得和蜜拉试着点头、微笑，但他们的目光犀利得足以刺穿拼花地板。你得善解人意，总不能扯着女儿大喊着：我们得谈谈，好好调节调节心情。父母亲很害怕遭到抛弃，而且很……自私。他们是很自私，这点总没错吧？

蜜拉知道人们不能理解她怎么还有心思工作，或是彼得怎么还有心思关心冰球。但真相是，有时工作就是我们唯一还有心思关心的事物。当其他的一切都土崩瓦解时，你会龟缩进就你所知的、自己唯一还能掌握的事物里，待在你唯一还熟悉事情如何运作的位置上，其他的一切只会徒增伤痛。所以，你会去上班，像个暴风雪来袭时窝进雪堆的登山客，将自己掩藏在工作中。

蜜拉并不天真，可是她毕竟身为人母，她试着找出一条前进之路。凯文已经远走高飞。心理医师表示，玛雅的创伤后复原状态有所进步，所以一切或许仍然能够……好转。蜜拉就是这样说服自己的。彼得会和区政府见面，球会会得到需要的资金援助，一切都会……步入正轨。

但现在，她在接到以她的名义预订搬家用纸箱的邮递公司的电话以后，当着同事的面直接挂断了。她看了刚收到的短信，是一个记者发来的："我们尝试联系你的丈夫彼得·安德森，请他针对熊镇冰球协会破产一事发表评论。"下一条短信是一位邻居发来的："我们都不知道，你们要搬家啦？！"还附上了一张房地产中介公司的网页截图，有人已经在网上挂出安德森家出售房子的信息。网上发布的照片都是新拍的，就是当天早上在他们家院子里拍的。

蜜拉打电话给彼得，但他并未接听。她知道现在将会发生什么事情，如果球会毁于一旦，这究竟是谁的错已经不再重要了。这个小镇里的某一种人早就开始寻找替罪羊了。这将是彼得的错，是玛雅的错，是体育总监的错，是臭婊子的错。

蜜拉一次又一次给彼得打电话。她最后一次拨打时，电话并未接通。她使尽全力一拳猛砸在办公桌上时，那名同事被吓了一跳。蜜拉听见指尖发出的嘎吱声，但仍继续猛击着，仿佛内心住着一百个不同的女人，她们的怒火都从她身上全面迸发出来。

砰。砰。砰——砰——砰。

* * *

班杰蜷曲着身子，烟从鼻孔中冒出。他听别人说过，毒品能带他们上天堂。但对班杰来说，那种感觉就像在海上漂浮，而不是在空中飞舞。他无须出力，它就能让他在海面漂浮。在其他时间里，他总是感觉自己为了生存而在水中游泳。

小时候，班杰很喜欢夏天，因为繁茂的枝叶能让孩子们躲在树上而不会被地面上的人发现。他一直有着许多必须隐藏的特质。在球队更衣室里，当所有人都认识到自己必须和大家保持一致，作为一支球队、一个整体去赢取胜利时，与众不同的人就必须遮遮掩掩。所以，班杰就成了他们所需要的那头猛兽。人们非常怕他。有一次他受了伤，教练仍然让他坐在板凳席上。虽然他始终没上场，但对手仍然不敢动凯文一根汗毛。

班杰一部分的强硬特质是自己后天锻炼出来的。他爬树的方式让教练笑称，他把自己变成了"猩猩和坦克的综合体"。他在姐姐的犬舍里劈柴，并在劈完柴之后用柴堆练拳，让手指关节变得更坚硬。但是，他还有一部分的强硬特质是与生俱来的，那是一种无法灌输也无法摆脱的特质。这使他无法捉摸。在他小时候某一年的冬天，他爸妈没有开车送他来练球，他是自己骑着一辆拖着雪橇的自行车去的练球场。球队里的几个男生于是就称他"雪橇"。这个绰号沿用了好几个月，直到有一天某个男生实在太过分，班杰扛着雪橇冲进更衣室，打断了那个男生的两颗门牙。在那件事之后，没人敢再给他取绰号。

现在，他安静地坐在树上，内心却纷乱不已。我们对爱情的第一次体验，就是在孩提时代交到最好的朋友。我们希望能和他们朝夕相处，要是他们离开我们，我们就感觉自己仿佛被截肢了。凯文和班杰来自镇上完全不同的城区，其中的差异大到足以让两人被视为不同的物种。但是，冰球场却成为两人共舞的地方。凯文拥有天赋，而班杰充满暴力。十年以后，大家才发现班杰其实也有一点天赋，而凯文比大家想象的要暴力得多。

你要怎么原谅自己最要好的朋友？你该怎么做才能有所预料呢？今年春天的一个夜里，凯文站在离这里不远的一处森林里，全身颤抖着请求班杰原谅他。班杰转身遗弃了他。此后，两人再也没有交谈过。

当凯文在三个星期前离开这个小镇时，班杰就坐在现在这棵树上。他用后脑勺撞击着树干，力道越来越猛。砰。砰。砰。毒品的药效已经在他体内发作，他满心仇恨，他听见了一些声音。一开始，他不知道这是不是自己的幻觉。然后，他再次听见这些声音。他们越来越接近，他看见树丛间的人影。他的肌肉紧绷起来。

他将会动手伤人。

* * *

如果你想知道人们为什么会为爱情牺牲一切，你就得先问他们为什么会为爱倾倒。有时，你会完全不知道原因、不假思索就开始爱上某个事物。这只是时间问题。所有大人内心最深处都知道，冰球是一种被打造出来的游戏。可是，五岁小孩的内心是非常单纯的，他们会立刻全心全意爱上这种游戏。

彼得·安德森的老妈生病了，他老爸则会发酒疯，仿佛自己家小孩没长耳朵似的高声狂叫，痛揍他一顿，他们之间形同外人。在彼得的成长过程中，他脑海里总是充斥着一堆声音，这些声音告诉他：你一无是处。直到他套上溜冰鞋，世界才第一次安静下来。一个小男孩从冰球学院里找到的东西，是你所无法给予的；要是你抢走它，你一定会遭到处罚的。夏天来临，冰球馆关闭了，但五岁的彼得·安德森大步走进球会甲级联赛代表队训练员的家，猛力敲着门。"冰球季什么时候开始？"他问道。

"秋天。"甲级联赛代表队教练苏恩微笑着说道。当时的他已经是个老人，啤酒肚已经非常明显。他只能随意回应，这样打太极拳似的回答。"那要多久？"那个五岁小孩追问着。"就……秋天啊？"教练咕哝着。"我还不会认时间。"五岁小孩说。"那要……好几个月。"教练嘟囔道。"我可以在这里等吗？"五岁小孩问。"等到秋天？"教练大喊。"要很久吗？"五岁小孩。他们由此开启了一段终生不渝的友情。

苏恩从来不过问五岁小孩身上的瘀伤，而这个五岁小孩对此也绝口不提。但是，当他第一次在教练家的庭院里学习射击橡皮圆盘时，他在家里所挨的每一次打就充分展现在他的眼神里。教练知道，冰球不能改变一个孩子的生命，但是它能够为生命提供另一种可能。那是一条向上的出口。

苏恩教导彼得什么是"球会"。你不能责怪球会，更不能向它要求任何东西。"因为，彼得，我们就是球会，你和我就是熊镇冰球协会。球会最好的与最坏的表现，也就是我们最好的与最坏的一面。"他也教了彼得其他东西：无论输赢，你都要能挺身而出。而且，最有才华的球员有义务扶持资质最差的球员，因为"得到越多的人，将被赋予越高的期望"。

那个晚上，苏恩送那名五岁小男孩回家。他们在离小男孩家数百米远的地方停了下来。教练说，如果小男孩第二天还到他家来，他们就可以继续练习射门。"你能保证吗？"小男孩问。苏恩伸出手，说："我保证。我们必须信守诺言，不是吗？"小男孩握着他的手，点点头。然后，老人就和小男孩坐在一张板凳上，教他认时间。这样一来，小孩就能计算离明天天亮还有几分钟。

有时，单是时间就足以使你爱上某个事物。很长时间，当时五岁的彼得·安德森每天晚上梦想的就是同一个场景，一枚橡皮圆盘离开冰球杆，飞向墙壁，同时发出声响——

砰。

* * *

班杰明·欧维奇的妈妈平时从来不提他的爸爸。但在极少数场合，她会闭上眼睛低声说："有些人就是这样，他们就是来引战的。"

别人告诉班杰，他很像他老爸。但是，他不知道他俩是哪里相像。内心的相似处也许要多过外在的相似处。他知道父亲的内心一直承受着痛苦，直到有一天，他再也承受不了。这一带的猎人们从来不用"自杀"这个词，他们只会说："亚伦提着猎枪，走进森林[1]。"班杰总会纳闷，父亲的自杀究竟是计划多时，还是临时起意。当他看见孤独男子犯下恐怖暴行的新闻照片时，心里想着同一件事情：为什么就是这一天出事？为什么不是发生在别人身上？他是经过精心选择，还是无目的地作案？

班杰知道，悲痛和愤怒会像化学物质和毒品一样改变大脑的性质。有些人的脑袋里也许就装着定时炸弹，只等着打开引爆开关。也许，他妈妈说的是对的，有些人也许生来就是要引战的。

他从树上看见安娜与玛雅穿越树林。对于那一刻他心里究竟是怎么想的，他将永难回答。他的一项本能被唤醒了。某个东西被封锁，另一个东西则被释放。他爬下树，一把抓起草地上的背包，从背包里掏出某个东西，将它握在手上，开始在树丛间移动。

跟踪她们。

* * *

玛雅与安娜漫无目的地穿越森林，她们越深入树林，步伐就越缓慢。她们虽然没有说话，但仍然知道对方想说的一切。她们一直都知道，如果你与众不同，你在熊镇成长可是很艰难的。成年就意味着一件糟糕的事，你会开始察觉，也许在哪个地方长大都是很艰难的。不明事理的人，到处都是。

这两名年轻女子，一个是尊贵的公主，一个是大自然之女，两人之

1　瑞典俗语中，"走进森林"意味着情况已经无可救药。

间并没有多少共同点。两人还小时，有那么一次，安娜将玛雅从冰窟中拉起来。那是她们第一次见面。当时玛雅才刚搬来熊镇，安娜从没交过朋友，两人拯救了彼此的生命。安娜经常嘲笑玛雅无法在森林里安静行走，她走动的方式活像一头穿着高跟鞋的驼鹿。玛雅则常常嗤之以鼻，说就是因为安娜的老妈曾经和一头松鼠偷情，安娜才变成今天这副德行。

当安娜的妈妈离家出走时，玛雅就不再这么说了。安娜也不再针对玛雅的网瘾嘲弄她。几年来，她们保持着对等的关系。但是，青春期少女的友情总会因权力平衡而出现变化。当她们开始读初中时，安娜关于如何在森林中存活的知识简直是一文不值，而玛雅关于如何在学校走廊上存活的知识才有价值。可是，今年夏天呢？现在，不管到哪儿，她们都缺乏自信了。

安娜走在前面，跟在后面的玛雅紧盯着她的头发。她常常想，安娜真是她所认识的最强悍也最软弱的人。她爸爸又在喝酒了，而这不是任何人的错，事情就是这样。玛雅希望她能分担安娜的痛苦，但她实在无能为力——如安娜无法为玛雅承担遭到强暴的痛苦。两人从不同的悬崖向下坠落。玛雅有她的噩梦，而安娜则自有其睡不着觉的理由。晚上，当爸爸太晚回家，在厨房里活像一头忧郁、无法以言语表达自我的猛兽般大发酒疯时，安娜就跟小狗们躺在一起。那时，不等安娜要求，小狗们就会绕着她躺成一圈，保护她。她特别喜欢动物。虽然她爸爸从未打过她，连一根手指头都没碰过她，可当他喝醉时，她还是会怕他。男人感觉不到自己的力量，不懂得自己只需要破门而入就能在生理上给别人带来很大的恐惧。他们就像席卷青绿树林的飓风，他们醉醺醺地从餐桌前起身，步履蹒跚地走过房间，而不知道自己到底踩踏着什么。隔天早上，他们就把一切都忘得干干净净，空酒瓶被清掉，玻璃杯被偷偷地洗干净。屋内一片沉默，没人说话。他们永远不会看到他们给自己的孩子带来了多大的心理创伤。

安娜停下脚步，转过身来。玛雅望着她，虚弱地一笑。唉，你这个笨瓜，我真是爱死你了。她心想。

而安娜知道她的想法，因此她问道："假如万不得已，我们是该对你动手术，让你有猪的鼻子和嘴巴呢，还是要对你动手术，让你长出猪的屁股呢？"

玛雅放声大笑。从小时候起，她俩就在玩这个游戏，不是如何如何，就是如何如何。

"猪的嘴巴和鼻子吧。当我弹吉他的时候，屁股上的猪尾巴会凸出来，我坐不住的。"

"你真够笨的，笨死了！"

"我笨？你知道你在说什么吗？"

安娜嗤之以鼻，眼神在树丛间飘移着。

"很好，那听听这个吧：你是想不快乐地活到一百岁，还是想快快乐乐地活上一年，然后死掉？"

玛雅安静地沉思着。她始终没法回答这个问题。在玛雅专心思考的时候，安娜习惯性地在树林间环视着。她本该早点察觉的，但是安娜太习惯追踪、狩猎，而不习惯被跟踪。

一声突兀的嘎吱声传来，干枯的树枝受到一具结实躯体的压迫，碎裂开来。她们远离小镇，在这种地方碰上动物可是非常危险的。

而这些树枝，可不是由一头野生动物折断的。

* * *

彼得来到熊镇冰球馆时，冰球馆已经关门，灯光也已熄灭。他没有开灯，他非常清楚墙上那些已经发黄的便条纸上写着些什么，根本不需要开灯。高处写着："团队重于自我。"较远处写着："我们唯一撤退的时候，就是瞄准的时候。"上方则写着："战斗——胜利！"最贴近门边的则是他的笔迹："赢的时候，我们昂然挺立；输的时候，我们昂然挺立；不管怎样，我们就是昂然挺立。"

那些理性的人也许会觉得这种小字条非常愚蠢，但光靠理性你是不能在体育项目中脱颖而出的，你必须勇于梦想。彼得上小学低年级时，有位老师向全班问道："长大以后，你们想成为什么？"彼得说："我要进入 NHL。"他永远记得全班同学讪笑的情景，他用一辈子的努力证明，他们真是大错特错。那些理性的人认定，一个来自小小熊镇的小男孩不可能有机会和全世界最强的高手同场较量。可是，梦想家可不是这么想的。

问题就在于你永远无法毕其功于一役，你的表现永远不足以证明一切。那些讪笑的人只是一再将界限往上推。更衣室的墙上挂有一个时钟，但它已经停止运转，大家都懒得替它更换电池。只需假以时日，你就会爱上某个事物，但只要一眨眼的工夫，这个爱好也足以被放弃。体育是残酷无情的。在冰球场与更衣室之间的那十秒钟的路途上，一个大明星就沦为一个背号；在区政府办公大楼里，一个已经存在半个世纪的球会在几分钟内就被判了死刑。彼得纳闷的是，不知道他们会不会拆了冰球馆，改建为商务办公大楼，或是有权有钱的大爷们朝思暮想的其他建筑物。他们从来就不喜欢任何事物，而只是将这些事物据为己有。对他们来说，这一切都只是空壳子而已。

他走上看台，在顶层办公室外的狭长走廊上停下脚步。在前半生里，他在这座冰球馆里度过了多少岁月？现在，它们还有什么价值呢？墙上还挂着装裱好的照片，定格了球会最重大、最辉煌的时刻：一九五一年球会成立、二十年前甲级联赛代表队几乎称霸全国的那个传奇球季、今年春天青少年代表队获得全国亚军。这些照片中，很多就是彼得自己的照片。

彼得在狂怒之下一把将这些照片全扫开。他从走廊一头开始动手，将每幅照片都从挂钩上扯了下来，相框砸在地上，碎裂的玻璃散落一地，但他已经转身离开。当他重重甩上大门时，冰球馆内的灯光仍然是熄灭的。

* * *

那名陌生人坐在黑暗的看台上看着彼得离开。当彼得在停车场发动汽车引擎时，那名陌生人走到办公室前，端详着眼前的一片狼藉。他看见彼得的老照片，以及那些跟青少年代表队有关、比较新的照片，它们全被撕得支离破碎。几乎每张照片里都可以看见两名球员的身影。那名陌生人用靴跟踢开碎玻璃，俯身看着一张有着同样两个男生的旧照片。那张照片是早在他们成为全镇大明星以前拍的，是一次颁奖典礼，那时他们十来岁，像亲兄弟一样勾肩搭背。背部则是他们的背号与姓氏："9 恩达尔"与"16 欧维奇"。

他们曾是最要好的朋友，而冰球是他们热爱的体育活动，他们能为这支球队奉献生命。如果你同时从一个年轻人手上拿走他所有的一切，他还能有什么作为呢？那名陌生人小心翼翼地把手头名单上的"班杰明·欧维奇"圈了起来，然后走下看台，离开了冰球馆。他又点了一根雪茄。天气温暖而无风，然而那名陌生人仍然将手贴近雪茄的焰心，仿佛一场风暴就要来临。

＊　　＊　　＊

当安娜与玛雅转过身看见班杰从树干之间冲出来时，她们都听见了自己的心跳声。不久前，他还是个热爱自己的冰球队、热爱自己最要好朋友的小男孩；现在，他则是个已经长大、双眼空洞无神的成年男子。他一只手握紧拳头，另一只手则抓着一把铁锤。

在熊镇，你随便拦个人问问，他都会告诉你：这个小男孩就像一颗定时炸弹。

7. 开始吃午饭

赫德镇有一句俗语："只要你对陌生人诉说对熊镇的痛恨，你就会交到一辈子的朋友。"在赫德镇，连年纪很小的孩子都知道：赫德镇冰球协会的战绩当然非常重要，但最重要的是，一定要让熊镇冰球协会下地狱去。当然，这当中有一半是玩笑话。看台上的观众喊着要"杀掉""痛恨"彼此，但那都不是真的，除非他们突然开始玩真的。

当我们开始描述两个小镇之间的暴力是如何开始的时候，我们当中绝大多数人不记得最初发生了什么事，究竟是十二岁的里欧·安德森将录下的那段燃烧的旗帜视频传到了网上，还是某人几乎同时在赫德镇上传的另一段视频。一个好的故事流传得比什么都快。当区政府、权力和金钱选边站的时候，那些在赫德镇长大，从小就热爱红队、痛恨绿队的人，当然难以掩饰自己的幸灾乐祸。

所以，赫德镇冰球协会球迷后援会的一名会员拦下一名准备下班回家的公职人员，一边录像，一边提问："嘿，我问你啊，现在熊镇那些还喜欢冰球的人该怎么办？"那名公职人员是一个紧张的中年妇女，也许她不知道该怎么回答这个问题，又或者她正是这么想的。她答道："他们总可以为赫德镇加油吧？"

半夜里，她被一道爆裂声惊醒。当她在隔天早上走出大门时，发现自己座驾的引擎盖上插了一把斧头。

当她走到公交车站时，一辆载着两名黑衣男子的汽车从她身边驶过。他们没有看她，但她知道他们在跟踪她。

*　　*　　*

毛皮酒吧坐落在熊镇的镇中心。过去，当人们还可以在室内吸烟时，它属于那种气味比较怡人的酒吧。老板娘拉蒙娜的脸如同酒吧的木条地板，而人生如同地板上不断被拉进拉出的椅子，在她脸上留下痕迹。因她抽的香烟，那些把毛皮酒吧当成第二个家的年轻男子将她称为"万宝路妈咪"。有时，他们甚至觉得这家酒吧才是他们真正的家。拉蒙娜已经过了退休年龄，但是任何不希望被打断鼻梁的人都不敢高声提起这件事。就在她将已经不算早的早餐饮料倒进一只高脚杯时，一个陌生人走了进来。

拉蒙娜惊讶地扬起一边眉毛："您好！"

陌生人不解地望着空荡荡的酒吧，说道："打扰了。"

"有什么是我可以为您效劳的吗？"拉蒙娜用指责般的口气问道。

这个陌生人头发凌乱，穿着牛仔裤、运动夹克、厚袜子和粗笨的靴子。只有在没料到气温升高到零摄氏度以上时，你才会穿这种粗笨的靴子。

"这是一家酒吧，对吧？"

拉蒙娜警觉地噘起嘴唇："是啊。"

"有客人到酒吧里，你很惊讶吗？"

"那要看是什么样的客人。"

陌生人的表情似乎证实了拉蒙娜的猜测是对的。

"我有事打听。"

"那你来错地方了。"

陌生人后方的那扇门应声开启，两名年轻男子走了进来。

他们身穿黑色夹克。

* * *

安娜和玛雅感觉心一下子提到了嗓子眼。她们之前并没有把班杰当成敌人。当凯文和其他人都跳槽到赫德镇冰球协会时，他是少数留在熊镇的人之一。但是，如果说玛雅和安娜从这次事件中真正学到了什么，那就是：这一带人们的忠诚度说变就变，你永远都料想不到谁会出手伤害你。

但是，班杰停在几米开外的地方，缓缓地摇晃着手里的铁锤。他一言不发，似乎在和她们比耐心。班杰的肌肉一直很发达，但今年夏天他的身体里似乎添加了某种成分，浑身透着一丝残暴的气息。安娜没带枪，她现在对此后悔不已。她看过班杰打冰球，知道他的不可捉摸使他成为最优秀也最危险的球员。如果在赛场上最后一败涂地，任何人都想不到他真的会动手伤人。

但现在，他一动不动地站在那里。当他终于开口时，他的话语低沉而不连贯，因为他已经好几个星期没说话了。他扔下铁锤，它就落在安娜的脚前，发出沉闷的咚的一声。他说："你们需要这个。我有东西要给你们。"

安娜和玛雅过了好久才领会到他的意思。他带着铁锤是因为他知道，自己必须给安娜和玛雅武器，她们才敢跟着他走。一个人知道自己在他人眼里是一头凶残的猛兽，这莫名让人产生一种无以名状的哀伤。

*　　*　　*

身穿黑色夹克的男子站在毛皮酒吧门口。他们已经习惯自己的出现会让陌生人突然意识到自己预约了洗衣房，或必须去五六百公里之外的社区医院验血。在接下来的几个月里，这个陌生人将会意识到，关于他们通常在毛皮酒吧里喝些什么有许多不同的故事，只是没什么人愿意说出这些故事。他们没有标识、没有网站，每到熊镇的冰球比赛日，你根本看不出他们和前往冰球馆的其他男子究竟有什么区别。可是那个陌生人将了解到，"那群人"绝对不会未经表态就任由任何人操纵他们的球会。直到他们已经成了你的敌人，你才会惊觉他们真是人多势众。那个陌生人如果不是太精明，那就是蠢到无可救药，才对这些情况浑然不知。

"你是新闻记者吗？"拉蒙娜问道。

她不知道这个陌生人是刻意忽略她富有威胁性的腔调，还是真的迟钝到没能察觉到这一点。因此，她补充道："在你之前，我们这里也来过几个想要'问问题'的记者，他们全都空手而归。不过，他们真该买个好一点的人身保险。"

这么直接的威胁似乎直接越过了陌生人如灌木丛般散乱的头发，只见这个陌生人沉静地在高脚椅上转着身，端详着酒吧里的装潢，以及挂在墙上的照片、锦旗和比赛球衣。

"你们这里有没有供应午餐啊？"

站在门边的两名男子分辨不出这句问话究竟是羞辱，还是就如字面表达的那样。但是，拉蒙娜突然哈哈大笑。她比了一个简短的手势，那两名男子就从门口消失了。

然后，她马上再转为不满的声调："喂，你来熊镇到底想干吗？"

那个陌生人将绞紧的双手放在膝盖上，说："我只是想吃顿午餐而已。"

* * *

蜜拉又拨打了一次彼得的手机，还是没人接听。她觉得区政府肯定会找到方法来对付彼得。彼得是个浪漫主义者，但蜜拉可是个律师。她察觉到，对区政府来说，埋葬这件丑闻最简单的方法就是埋葬这个球会。

在夏天刚来临时，安德森一家就达成协议，要继续留在熊镇，继续奋斗。但是现在，蜜拉的信念开始动摇了——在一个把你当成病毒、拼命想将你扫除的地方，你能待多久？如果彼得在这里连个球会都没有，那他们留下来还有什么意义呢？

蜜拉的同事沉默地坐在办公桌的另一端，蜜拉清楚地记得这个同事对彼得的评语："他有成瘾的倾向，蜜拉。你以为成瘾的人总是会喝得烂醉、吸毒或赌马，而你先生既没有酗酒，也没有打游戏成瘾。但你不能否认，他是个竞争狂。他就是想不停地赢。他就是需要这种冲动才能活下去。"

无数个夜里，蜜拉躺在床上难以成眠，思考着这句话究竟对不对。

她一次次地打着电话。最后，彼得终于接电话了。即使他的声音很平缓，但她仍听得出来，他很生气。只有她听得出来。从他说出她名字的细微差异中，她就能听出来。她小声道："亲爱的，我一直在给你电话……我听说发生了一些事……"

他没有回应。她便问道："你在哪里？"

他终于回话："我在办公室。蜜拉，我在开会。我们等下再谈。"

她从周围的噪声中可以听出他在车上。当他还是球员的时候，每次输球，他就会坐进车里，一连开好几个小时。他从不会对别人施暴，只会对自己施暴。所以，他就这样直接把车开进黑暗，没想过家里有人在等他，而且等他的人害怕得要命——害怕就在这天晚上，他再也无法接听响起的电话。她害怕被警方询问"你就是彼得·安德森的太太吗"，她害怕在她低声回答"是"的同时，会听到话筒另一端传出一声悲伤的长叹。

"亲爱的，我不知道该说什么。我现在真的很难过。"蜜拉说。

"没什么好说的。"他简短地说。

她听见杂音，纳闷他的车速到底有多快。

"亲爱的，我们得谈谈这件事情……"

"没什么好说的，他们赢了。他们想要把球会给弄死，他们找到了赢的办法。"

她一直都在深呼吸，现在她更加谨慎地深吸一口气，就像是她做错了事。

"我……亲爱的，这也许……现在，我知道这感觉就像世界末日，可是……"

"蜜拉，你少来。"

"什么叫'你少来'？"

"你知道我在说什么！"

"我只是说，这也许是我们的一个机会，我们终于可以谈谈做点……别的事情了。"

她已经不知道问过他多少次"你什么时候才会退出冰球界"，而他也不知道究竟说了多少次"明年"。明年，他就会减轻自己的职责；明年，他就会减少自己的工作量；明年，就该轮到她全力冲刺自己的职业生涯了。她一直等着这个"明年"，一等就是近二十年。但是，有时总是会发生一些使他变得不可或缺的事情。一场危机会让他变得被需要，让她变成自我中心主义者，因为她总是提出不合理的要求，要求他减少办公时间，要求他回归家庭。

现在，他暴怒起来，这也许不是他的本意。

"蜜拉，我该怎么做？当个家庭主夫吗？"

因此，她采取了守势。或许，这也不是她的本意。

"不要对我发泄你的挫折感！我只是说，也许有……"

"还有什么，蜜拉？这个球会就是我的全部生命！"

彼得在电话里只听到她粗重的喘气声。她咬紧牙关，不让自己尖叫出来。他努力让自己平静下来，想表示歉意，但最终被其他情绪淹没，只是说："亲爱的，你懂我的意思……"

她已经付出多少年了呢？为了他的冰球，他们搬到加拿大；为了他的冰球，他们搬到熊镇。她不知想过多少次，在所有人当中，就数他最应该了解她的，不是吗？所有冰球运动员都有种冲动，想知道自己究竟有多厉害，其实律师也是如此。当他们搬到熊镇时，有一天晚上，她喝醉了，嘶吼着说出心里话："住在这里就等于接受自己永远无法发挥最大潜能的事实。"彼得认为她是在说他，因而觉得很受伤。他觉得很受伤！

"你懂我的意思！"现在，他重复着。

她完全知道他的意思，而这就是问题。冰球就是他的全部生命，所以她挂上了电话。

当手机砸上墙壁时，蜜拉的那个同事刚好低下头，及时避开了。

*　　*　　*

那个陌生人把一张皱巴巴的字条放在吧台上，那是一份名单。"你认识这些人吗？"

拉蒙娜看了看那份名单，没有理会，只是说："今天的午餐是土豆配肉片，外加酱汁。吃完后，请自行离开。"

陌生人皱了皱鼻子，说："你们有没有素食菜单？"

拉蒙娜咒骂一声，走进厨房。只听微波炉叮的一声，然后她走了回来，将一只餐盘猛力砸在吧台上。那是土豆配肉片，外加酱汁。

"我是纯素食主义者。"那个陌生人说，语气听起来仿佛这是天经地义的，一个心智正常的人完全不用为此道歉。

"你说什么？"拉蒙娜咕哝道。

"纯素食主义者。"

"那好，我们有土豆配酱汁。"拉蒙娜说着，像个恼火的母亲一样用刀把餐盘里的肉挑出来，直接扔在了吧台上。

陌生人看着这一幕，接着问道："这酱汁里有没有掺奶油？"

拉蒙娜将啤酒一饮而尽，再次咒骂起来。她一把抓起餐盘，闪进厨房。随后她拿着另外一个餐盘回来，里面只装着土豆。

这个陌生人无动于衷地点了点头，开始吃起来。拉蒙娜不胜恼火地观察了片刻，才将一杯啤酒放在餐盘旁边。

"这杯我请你。你这个人哪，总得吸收一点养分吧。"

"我不喝酒。"陌生人说。

"我也不喝酒，我戒酒了！"拉蒙娜一边说着，一边又为自己倒满一杯啤酒，随即用防御性的口吻吼道，"就这玩意儿？酒精浓度还不到百分之五！这根本就是牛奶！"

陌生人看起来想问拉蒙娜她的牛奶是从哪种乳牛身上挤的，但忍住了。拉蒙娜倒了两杯威士忌，将其中一杯一饮而尽。陌生人没有动属于自己的那杯威士忌。

"这可不是为了酒精，而是为了促进肠胃消化！"拉蒙娜一口咬定道。

陌生人还是没碰那杯威士忌，于是拉蒙娜也将它一饮而尽。这样一来，就会加倍促进肠胃消化。那个陌生人迅速地瞥了一眼墙壁上的球衣与锦旗。

"你们这个小镇一直都这么喜欢冰球吗？"

拉蒙娜哼了一声："我们这里可不'喜欢'冰球。那些拿着该死的爆米花、戴着特别来宾徽章的大城市居民才'喜欢'冰球，而且隔天就开始喜欢别的东西。我们这里可不是大城市。"

那个陌生人不做任何反应。这让拉蒙娜感到很苦恼，通常她可是很能读懂人心的。陌生人用完餐后站起身来，把钱放在吧台上，并将名单塞进口袋，朝门外走去。陌生人刚走到一半，拉蒙娜就大叫起来："名单上怎么只有男人？"

陌生人转过身来："怎么啦？"

"如果你到熊镇来问关于冰球的事情，你那份名单上怎么只有男人？"

那个陌生人拉开连帽运动服的拉链，说："你说错了，你的名字也在这份名单上。"

大门开启后又关上了。那个陌生人从外面那两个身穿黑色夹克的男子中间勉力挤过去。拉蒙娜困惑地站在原地。她既不习惯，也不欣赏这种感觉。

8. 人与人走到尽头的时候

小时候，当树木的叶子转绿时，班杰就会从家里溜出来，闲晃好几个小时，然后爬上其中一棵树。如果风是从城里吹来的，他就会竭尽全力高声大喊，把一切让他心痛的情绪都喊出来。如果风是从森林吹向城里，他就会安静地坐着，直到双颊被风吹得麻木，再也感觉不到眼泪的流淌。

教他打猎的是他的三个姐姐。她们其实也不愿意这样做。可是，当妈妈去工作时，独自在家的小男孩总会闯出一堆乱子。班杰唯一可靠的特质，就是他绝对不可靠。不过，令所有人惊讶的是，虽然人们无法接近他，但大自然却能贴近他。一旦有人在你小时候教你如何走入森林，那就像多学了一种母语。这里的空气是会说话的，而班杰听得懂它的话。这里的空气既悲伤又狂野。

姐姐们是从爸爸那里学会打猎的。她们还记得爸爸。因为这一点，班杰痛恨她们。因此，当他认识凯文时，那是他人生中第一次拥有真正属于自己的朋友。每年夏天，他们都会溜到一个秘密的地方，那座连猎人都不会去的杂草蔓生的湖中小岛。在这里，这两个小男生完全可以放心地展现自己的本性。他们裸泳，在岩壁上做日光浴，把身体晒干。他们晚餐就吃钓来的鱼，在星空下睡觉。他们可以一连几天都不用说话。第一年夏天，他们在那里待了二十四个小时；进入青春期以后，他们就会在那里一连待上好几个星期，把握每一秒钟，直到冰球季再度开始。

在凯文和班杰建立友谊的最初几年，每次想到自己的父亲时，班杰仍然会尿裤子。但是，他从来没在这座小岛上尿过裤子。当人们划船来到岛上，将一把楔子钉在岩壁上以便把船固定在岸边时，梦想家就不会在这里出现了。那时凯文就是班杰的全部。我们孩提时代最要好的朋友就是我们人生中的真爱，他让我们内心百转千回。

班杰领着安娜和玛雅来到那片灌木、树丛蔓生的沙滩。湖边没有任何码头，但他还是将一条藏在灌木丛下的划艇拖了出来，将背包扔进划艇。他自己则跳进水里游了出去。

安娜和玛雅不知道自己划向何方，湖心处只有几座草木蔓生、长着低矮树木的岩壁，从水面上望去，甚至看不出有登岸的地方。可是，班杰在几块大石头的后方浮了出来，水滴从他的双臂滑落，赤裸的双脚牢牢抓着地面，一把将小艇拉上了岸。

安娜从背包里找到金属楔子，用班杰给她的铁锤将楔子钉入岩壁的一个裂缝，将小艇下锚停好。玛雅跟在她后面下了船。直到这时，她们俩才发现自己看见了什么。在这座小岛正中央的草地上有着一块被清空的长方形区域，从湖上任何一个角度都看不见这里，刚好大到足够让两个人在这里搭帐篷露营。

"这是一个躲起来的好地方。"班杰说着，低头看着地面。

"你为什么让我们看这个？"玛雅问。

"我已经不再需要它了。"他说。

她看得出来他在说谎。有那么一秒钟，他看起来几乎就要承认了。但他只是近乎害羞地指了指另一边，补充道："如果你在那儿游泳，没人能看见你。"

玛雅和安娜没问他以前和谁共享这座岛屿。现在，这座岛屿是她们的了。大自然最棒的优点就在于它没有归属问题，岩壁和树木才不管自己以前的主人是谁。班杰走向水边，但就在他准备从石头上跃身入水时，玛雅叫住了他："班杰！"

他转过身来。

她的声音仿佛即将被撕裂："班杰，我希望你能有个美好的未来。"

班杰只是迅速地点点头，在玛雅看清他听到这句话的反应之前，他就转过身，跳入湖中。当他慢慢游远时，安娜和玛雅依然站在原地看着他。

安娜紧盯着他那划破水面的双臂。她眯起眼睛，盯着那紧绷的躯体，直到他爬上岸，钻进对面的森林，那里也充满了狂野与哀伤。安娜满意地抿着下唇。当玛雅用谴责的眼神狠狠盯着她时，安娜吼道："怎么啦？我只是在想……他根本不用马上就从这里逃走，他其实可以看我游泳的……"

玛雅敲了敲自己的太阳穴："你有非常严重的精神疾病。"

"什么？你看到他手臂了吗？我是说，他可以看看我，在我……"

"谢谢！我受够了！要是你再讲这种话，我就不准你待在我的岛上！"

"什么？这座岛怎么突然就归你啦？"

玛雅咧嘴大笑。安娜是她所认识的人中最大智若愚的，她努力用自己愚蠢、笨拙的方式找回正常生活中的一切，包括和男生约会、做爱，体验人生，阅览大千世界。而她的一切努力就从这项事关一切生存的特质——幽默感开始。

整个夏天，她们几乎都待在这座岛屿上。安娜不时会回家拿些补给品，但主要的还是为了清理爸爸留在厨房里的那些空酒瓶。她总会在天黑以前回来，而且她总会确定玛雅吃饱了。有一天早上，玛雅被安娜惊醒，她赤身裸体地站在湖边，一边高声咒骂着，一边试图徒手捉鱼——她以前在某个野外求生节目上看到某个白痴这样做过。自这次以后，玛雅就坚定地把安娜称为"咕噜[1]"。当玛雅第一次脱下衣服时，安娜就还以颜色，也死盯着玛雅。那个夏天，她们狂歌纵舞，睡在星空下，完全没做噩梦。玛雅沉静而奔放，弹着吉他。如果她能未卜先知，那么她就会知道，她在这里写的其中一首曲子在十年后将成为她第一场巡回音乐会所演奏的第一首歌曲。那时，她的两条手臂上各有一个文身：一把吉他和一支猎枪。她会把这首歌献给自己最要好的朋友。这首歌叫《小岛》。

* * *

班杰独自在另一片森林里奔跑着。他找到了新的藏身之地，而他长期以来就一直在练习这种技能。他已经成了一个不会把任何事情视为理所当然的男子，只有小孩才会相信某些事情是理所当然的。比如，我们一定要随时拥有一个最要好的朋友，一个能够让我们坦诚、展现本性的朋友，爱上我们本性的朋友。班杰已经不再存有理所当然的心态，他只是在森林里一直跑，直到喘息的大脑要求获得更多氧气，直到他毫无感

1　咕噜（Gollum），英国小说家 J. R. R. 托尔金的小说《魔戒》中的虚构人物。

觉为止。直到那时，他才会爬上一棵树，等待风的来临。

＊　　＊　　＊

你必须信守承诺。当你开始说话的时候，这就是大人教会你的第一件事情。小时候，玛雅曾经逼爸爸向她保证她能够成为太空人。家长通常都会答应这种要求，所以彼得就答应了。即使是某些不可能的事情——没有人能伤害她、一切都会好转，他也答应过。即使这不是真的，他还是做出了这种承诺。

今年春天的事情发生之后，彼得问女儿想不想搬离熊镇。她说："不要。这也是我的故乡。"他问她，他是否能为她做些什么。她回答："为大家建立一支更好的球队。"因此，他做出了承诺。

彼得一直不善言辞。他一直不善于表达自己多爱妻子、多爱儿女。他曾经以为，只要向他们表示关爱就足够了。而现在，他还能够向他们表示什么呢？他就是一个失败者。除此之外，他还剩下什么呢？

他在一处人行横道前停了下来。一位比较年轻的父亲和年约九岁的女儿正通过人行横道。爸爸牵着女儿的手，而女儿表明，她早就已经长大，不需要再被爸爸牵着手了。彼得必须努力控制自己，才能忍住冲出车外对着那名父亲大吼，让他永远都别松手。永远都别松手。永远！

当长子艾萨克出生的时候，蜜拉对他说："现在，我们得先扮演好父母的角色，然后才能谈扮演别的角色。我们得先当好父母！"当然，彼得已经知道这一点了。这是尽人皆知的事实。这可不是一个自愿的过程，而是一场情感上的袭击。当你一听到孩子的啼哭声时，你就变成了某人的资产。现在，你就属于这个小生命，而且是最优先顺位。所以，一旦你的孩子出了什么事情，那就永远是你的错。

彼得真想冲到车外，对那名父亲大吼："别让她离开你的视线，不要相信任何人，别让她参加派对！"

艾萨克去世的时候，人们都问："你要怎么克服这一切？"彼得给出的唯一回答是：这是做不到的。你只能继续活下去。你脑海中一部分的情感数据库会启动自动导航模式。可是，现在呢？他真的不知道。他只知道，当你的孩子出事时，究竟谁该负责任已经无关紧要。到最后，这仍然是你的责任。你为什么不在现场呢？这跟你亲手杀死他有什么差别？你怎么这么无能呢？

彼得想放声对人行横道上的那位父亲大叫："永远不要放手！一放手，那些该死的就会夺走你们的人生！"

然而他只是静静地哭着，指甲深深陷进方向盘。

* * *

小岛

那年夏天

那是我们的小岛

千年来

我们曾有过冬天

你已经毁灭

我已经断裂

你挂起绳子

我负责打结

我们到底得先死几次

才能撑到十六岁

离别之歌，得先唱上几次

你才能心领神会

可是，这是夏天

这是我们的岛

你属于我

直到千年

*　　*　　*

彼得晚回家时，蜜拉通常会在沙发上入睡。桌上摆着一瓶没有打开的酒、两只玻璃杯，周遭一片沉静。她感到轻微的罪恶感，她本该提醒他有人在等他，他不回家时，某人会很心痛。他通常会小心地将她抱起，放到床上，一起入睡。他的鼻息弥漫她整个背部。

一段漫长的婚姻是由许多小事情所组成的，这些小事情一旦失落，我们甚至不知道该从何找起。比如，他们通常在无意间触碰彼此的方式，当她在洗碗、他在煮咖啡，且两人同时将手放在流理台上的时候，她的小指就会贴在他的小指上；当他走到餐桌旁、经过她身边时，两人都把眼神转向别的地方，但他的嘴唇会飞快地贴在她的头发上。两个相爱已久的人似乎不会再刻意触碰彼此，那已经变成了一种本能。当他们在玄关与厨房之间相遇时，两人的身体就是会产生交会。当两人从同一扇门出去时，她的手就会无意识地搭在他的手上。这种微小的擦枪走火每天都会发生，一直都在发生。它们是无法刻意构筑的。因此，当它们消失时，没有人知道为什么。突然间，两个人就像两条平行线一样，各过各的生活，而不是一起生活。某天早上，他们不再有眼神接触，放在流理台上的手隔着几厘米。他们在玄关与彼此擦身而过。他们之间不再擦枪走火了。

彼得打开大门时，时间已经过了午夜十二点。蜜拉知道，他希望她已经睡着。因此，她就假装已经睡着。桌上的酒瓶空空如也，旁边只摆了一只杯子。他没有把她抱到床上，而只是迟疑地用一条毯子盖在她身上。几秒钟后，他停了下来，似乎在等她停止装睡。但是，当她睁开眼睛时，他已经走进浴室。他锁上门，凝视着地板；她躺在外面，凝视着天花板。他们已经不知道彼此间还有什么话好说。一切事物都有其忍受的极限，就算人们总是说"独乐乐不如众乐乐"，但我们仍然坚信，悲伤的运作方式是完全相反的。也许，这并非实情。两个脚上缠着沉重铅块、即将淹死的人就算紧握彼此的双手，也仍然救不了彼此，而只会以双倍的速度向下沉。最后，他们谁都无法再承受彼此被撕裂的心。

两人远离彼此而睡，他的双唇再也不会贴上她的头发，背部再也感受不到对方的鼻息。每个晚上，他们脑海里都会越发鲜明地浮现一个问题：人与人走到尽头的时候，就是这样开始的吗？

9. 今晚，他需要有人和他打架

所有热爱体育活动的人都知道，不只实际发生的事情会影响一场比赛结果，那些没发生的事情也一样会影响比赛结果，比如射中门柱、误判、不到位的传球。所有关于体育的讨论迟早都会归结到一千个"如果"，以及一万个"如果……没有发生"上。一部分人的生命也正以同样的方式停滞不前。他们年复一年在越来越冷清的吧台前对陌生人说着同样的故事——青春期一段失落的恋情、一个不诚实的商务伙伴、不公平的裁员、不知心怀感激的青少年、一起意外事故，或是离婚。一切都糟透了、烂透了，就只需要一个理由。

追根究底，每个人都只想说自己应该拥有的人生，而不是自己现实的人生。城市也是如此。所以，如果你想理解一个小镇最重大的故事，你就得先听听它的小故事。

*　*　*

仲夏节过后，整座区政府办公大楼就人去楼空了。政治人物们不是去度假了，就是回归自己正常的工作。如果你想弄懂他们是怎么治理整个行政区的，你就得从这里开始：在这里，从政是一项杂务。从政的薪资按小时计算，每月数千瑞典克朗，这使得这项工作简直和非营利业务没有两样。所以，绝大多数政客如果不是某个公司的职员，就是企业主，这就意味着他们有自己的客户、供应商、主管与合作伙伴。在这种情况下，他们是很难保持"超然独立"的立场的。可是，没有人是一座孤岛，尤其在森林深处，就更没有人是一座孤岛了。

一整个夏天，只有一名公职人员继续每天工作十八个小时。在这里，他对任何人都无所亏欠。他名叫理查德·提奥，独自坐在办公室里，身穿黑色西装，全身暖热，打着电话。有些人恨他入骨，有许多人害怕他。很快地，他就会改变一个球会和两个小镇的发展方向。

一连几天的降雨使整个熊镇的氛围与之前截然不同。这个小镇经常下雪，却不怎么下雨。人们待在室内，变得比平常更加沉默，更加暴躁。

吉普车驶过泥泞不堪的上坡路，进入森林。那个陌生人在一座位于破落住宅楼旁边的汽车修理厂前停车。草地上停满了等待检修的车辆，其中一辆车的引擎盖被一把斧头给劈开了，因而非常显眼，引人侧目。

那个陌生人看着一个拳头硕大的十八岁年轻人跳上车头，将斧头从钢板里拔出来。他使出全力，以至于肩膀肌肉绷紧。

一个四十来岁的粗犷男子走到吉普车旁边，敲了敲车窗。他和那个年轻人非常相像，即便是邮差这种陌生人也能断定两人是父子。

"轮胎？"他咕哝道。

陌生人摇下车窗，不解地重复道："轮胎？"

那名男子踢了踢前轮，说："车子的轮胎都磨坏了，它们的纹路几乎和密纹唱片一样了，我猜这就是你到这里来的原因吧？"

"好。"陌生人说。

"'好'？那你到底要不要换新轮胎？"那个男子问。

"好。"陌生人一边说，一边耸耸肩，仿佛在回答一个和"要加点番茄酱吗"一样无关痛痒的问题。

男子无声地咕哝了一句什么，然后叫道："波博！我们有没有这种轮胎？"

当然了，这个陌生人来这里不是为了更换汽车轮胎，而是为了判断一名防守球员的资质。但是，如果他需要用更换汽车轮胎的方式来鉴别这名球员的资质，那也不得不为。陌生人的眼神紧盯着那个名叫波博的十八岁少年。他拔出斧头的动作就像穷人版的亚瑟王，使这个陌生人惊艳不已。他走进汽车修理厂，修理厂的墙壁上并没有挂着任何衣着清凉的女郎的照片，这使陌生人得出一个结论——这家一定有个妙龄少女，父子俩对她的看管一定很紧。然而，墙壁上倒是挂着冰球队的旧照片和新照片。

陌生人朝着那些照片点点头。当波博双臂腋下各夹着一只轮胎回来的时候，陌生人对波博点点头，问他的父亲："你儿子真是冰球员的料，不是吗？"

男子的脸色随之一亮。他表现出只有自己也当过冰球后卫的父亲才会表现出的骄傲神情："波博？当然啦！他可是全城最强硬的后卫！"

陌生人对"最强硬"这个词并不感到惊讶。父子俩都给人一种独特的印象，一种属于只能单向溜冰的男人的印象。男子伸出一只油渍斑斑的手，陌生人和他握手时的表情，就像是握着一条蛇。

"大家都叫我'雄猪'。"男子笑道。

"我叫扎克尔。"陌生人说。

那个陌生人换了比较优质的中古车轮胎，价格合理得有点不太寻常。陌生人离开修车厂时，在一张全新的白纸上做了笔记："波博，如果他能学会溜冰的话。"

这张纸可不是一份清单，而是一张球队的阵容表。

* * *

亚马沿着乡间道路狂奔，毛衣被湿气染黑。直到双眼快要从眼眶中迸出、脑海无法掌握任何想法时，他才停下来。

他是这个小镇见证过的最有才华的冰球员之一，然而人们直到今年春天才惊觉这个事实。他和妈妈住在位于熊镇北部"洼地"区最底层其中一座最廉价的租赁公寓大楼内。他打球时总是使用二手装备，人们总是告诉他，他的个头太小，但是他溜冰的速度比谁都快。他最要好的朋友们总是对他说"宰了他们"，而不是说"加油"，速度成了他的武器。

在这一带，冰球就是熊群的运动，但是亚马却学到，要像狮子一样打球。体育活动成为他进入这个社会的门票，而他相信，体育活动也可以成为远离这个社会的门票。他的妈妈冬天在冰球馆担任清洁工，夏天则在医院负责打扫。但是，亚马有朝一日会成为职业球员，那时他就能带着妈妈离开这个社会。今年春天，他在青少年代表队获得了机会。他把握了这个机会。他向这个小镇里的所有人证明：他就是个赢家，通往梦想的道路已然打开。那真是他一生中最美好的一天、最悲惨的一夜。比赛后，他受邀参加一场玛雅·安德森也会出席的派对。亚马唯一比打冰球还要强烈的渴望，就是亲吻玛雅·安德森。

当时他已有醉意，但是他永远不会忘记自己在高歌、笑闹、烂醉如泥的青少年之间踉踉跄跄、一个房间接一个房间地找。他上了一层楼，听见玛雅的呼救声。亚马打开门，看见了强奸的景象。

凯文意识到亚马所看见的景象以后，就和威廉·利特及青少年代表队的其他几个男生向亚马提供了小男孩梦寐以求的一切——打入青少年代表队、明星级的地位、大好的前程，而代价就是他得闭嘴。凯文的爸爸用钱贿赂他，并且保证为他的妈妈提供更好的工作。要是有人因为亚马选择接受收买而谴责他，这个人一定过着道德相当简单、黑白分明的人生。但是，道德从来就不是一件简单的事。道德是一件奢侈品。

凯文的双亲和球会的赞助商们召开了一次会员大会，试图将玛雅的父亲从球会逼退。亚马最后才到达现场。他站在台上，做证说自己看见了凯文的所作所为。彼得·安德森在表决中胜出，保住了职位。

可是，然后呢？现在，亚马跑得更快了，双脚越来越痛。可是，后来发生了什么事呢？凯文并没有遭到处罚。玛雅没有获得平反，而亚马离开会议现场的时候，已经有无数人视他为死敌。利特和他的一众朋友追上他，将他毒打了一顿。要不是波博在最后一刻出手保护亚马，亚马早就被活活打死了。

现在，波博和亚马在赫德镇都不受欢迎了，亚马是奸细，波博则是叛徒。而熊镇冰球协会呢？它很快就不复存在了。亚马正在成为其中一个在三十年后坐在吧台前说着充满"如果"与"如果……没有发生"故事的人。他在冰球馆看过这种人——面目可憎、三天没刮胡须、一连宿醉四天的男子。当他们还是青少年的时候，他们人生中最美好的时刻就已经过去了。

亚马本来可以成为职业球员，他的人生本来可以有所改观，而现在，年仅十六岁的他却正在成为"过气球员"。

他的视野变得狭窄，他甚至没有察觉那辆吉普车就跟在他后面。当吉普车经过他身边时，他甚至不知道它就跟在他后方五十米处、尾随他达数分钟之久。这个陌生人因而有时间记下他离熊镇的距离，以及他奔跑的速度有多快。这名陌生人写道："亚马，如果他的心脏和肺一样大。"

* * *

班杰背对着父亲的墓碑坐着，全身上下散发着私酿酒和大麻烟的气味。这种组合简直就像打开电路总开关，他竭力使自己平静下来，否则他根本就承受不了。

　　他有三个姐姐。如果人们对她们说出班杰的名字，就能看出她们之间的差异。佳比是两个小孩的妈妈，会读睡前故事；周五晚上很早就上床睡觉；而且她仍然坐在电视机前，而不是在电脑前看连续剧。凯特雅是赫德镇谷仓酒吧的酒保，每周五晚上的时间都花在倒酒上，以及在体重达到一百四十公斤的酒鬼试图打掉其他体重一百四十公斤酒鬼的门牙时，把他们支开、推出门外。身为大姐的爱德莉独自住在位于熊镇外围的犬舍里，她喜欢钓鱼、打猎，喜欢那些懂得闭嘴的人。所以，当你说出"班杰"时，佳比会担心地大喊："他发生什么事了？"凯特雅会发出一声叹息，问道："他现在怎么样了？"但是，爱德莉会把你推到墙边，逼问："喂，你想把我弟弟怎么样？"佳比会担心不已，凯特雅解决问题，爱德莉则会给予保护。当爸爸"提着猎枪，走进森林"的时候，三姐妹就是这么划分彼此的责任的。她们知道，她们没有能力调教班杰的心；最理想的情况下，她们只能克制它。因此，当他过着游牧民般的生活——有时待在妈妈家里、有时窝在森林里、有时又在其中一个姐姐家里过夜时，她们就依照各自的角色分工：如果他在佳比家，即使他已经年满十八岁，她在夜里还是会轻手轻脚地溜上楼，以确定他还在呼吸；当他和凯特雅见面时，她仍然会宠坏他，让他坏事做绝而又能够逃之夭夭，因为她不希望他停止和她分享他的问题；当他在爱德莉的犬舍里时，她上床就寝时仍然会把武器柜的钥匙藏在枕头下，这样一来，她弟弟才不会步上父亲的后尘。

　　在这个小镇里，总是不乏坚信班杰就是脑后有反骨的成年人。他的姐姐们则认为，班杰的个性其实完全相反。他完全符合所有人的期许。一个背负着重大秘密的小男孩很快就学到：有时候，最好的藏身处就在被大家看见的地方。

小时候，班杰就已经早所有人一步认识到凯文将会成为大明星。熊镇居民把这种球员称为"樱桃树"。因此，班杰就确保凯文在冰球场上获得足够的空间，能够开花结果。班杰是如此能打，也是如此能挨得住打，以至于看台上的男人们都说："这才像个冰球选手，这种运动不适合同性恋，这种运动是属于班杰这种人的！"他打架打得越多，人们就越觉得自己真的懂他。直到他成为他们所希望看到的那个人。

现在，他十八岁了。他站起身来，靠近那块墓碑，亲吻父亲的名字，然后他向后退了一步，握紧拳头，使尽全力在同一个地方打上一拳。明天就是亚伦·欧维奇的冥诞，而这将是班杰第一次在没有凯文的陪伴下，度过父亲的冥诞。今晚，他需要有人和他打架。

班杰从来没见过那辆吉普车，它就停在一棵树下。那个陌生人冒雨走到那座墓前，望着墓碑上的名字。当陌生人回到吉普车上时，就在纸条上写道："欧维奇：如果他仍然想打球。"

班杰。亚马。波博。每个鸿篇巨制的故事里，总是隐藏着许多环环相扣的小故事。就在熊镇的这三名年轻人相信自己即将失去球会时，这个陌生人早已以他们为核心，打造了一支球队。

* * *

夜幕降临时，公职人员理查德·提奥正独自坐在区政府办公大楼里。基因使然，他看起来似乎还不到四十岁。当他索然无味地观望着闪亮的毛囊、枯等青春期的到来时，他很讨厌基因让他这么年轻；然而现在，当和他同龄的人们胡子变得花白、每次小便都要咒骂万有引力定律时，他才算尝到了年轻的美妙。提奥身穿西装，而同事们最多只会穿着牛仔裤与夹克。对于别人对自己"看起来是政府公务员，实际上只是个乡巴佬"的嘲笑，他早已习以为常，一点都不以为意。他是为自己希望得到的工作，而不是为自己现在的工作调整穿着的。

他在熊镇长大，但始终不属于那种最受欢迎的青少年，他从来没打过冰球。他去国外留学，却根本没有人发现他离开了。他在伦敦的银行上班，多年后才突然身穿昂贵的西装、满怀政治抱负回到老家。他加入镇上当时规模最小的政党。而现在，这个党可不再是最小的政党了。

不久前，提奥还是那种在学校团体照中出现，但当年的同班同学却叫不出名字的无名小卒，而当地方报纸以负面方式将他的政策公之于世时，情况才有了变化。但是，对提奥来说，他才不管他们是怎么记得他的名字的，他们只要记得他的名字就成了。民意如流水啊。

理查德·提奥并不属于既得利益者的精英阶层，因此，在彼得被告知熊镇冰球协会命运的那场会议上，他并不在场。所有的区政府都有政治权力精英团体，你要么加入他们，要么被排除在外。不过，这些既得利益者将提奥冷藏起来。他们当然要宣称，这都是提奥的政策带来的结果，但提奥却认为，他们只是害怕他。提奥很有群众魅力，他们称他是"民粹主义者"，但他和其他政治人物之间唯一的差别就在于他不需要旗帜。那些政治人物的办公室位于区政府办公大楼的顶层，他们和企业界的首脑们打高尔夫球。而理查德·提奥的办公室则位于最底层，他和那些失业者，而不是和解雇他们的老板打交道；他和那些生气的人，而不是和那些心满意足的人打交道。所以，他不需要通过旗帜来了解风向是否变了。当其他政治人物都奔向同一个方向时，像理查德·提奥这种人就会向反方向跑去。有时候，他们就是用这种方式赢的。

办公室门上响起一阵敲门声。时间已经不早，没人看见那个陌生人的到来。

"嗯，你终于来了！怎么样？想清楚没有？你接不接这份工作？"理查德·提奥开门见山地问道。

扎克尔站在门口，口袋里揣着那张写有冰球队阵容表的纸。但是，她的回答非常冷漠，让人难以判断她究竟是对这份工作缺乏热忱，还是对人生失去了兴趣。

"你打电话给我，邀请我担任熊镇冰球协会甲级联赛代表队教练。可是，这个球会正濒临破产，否则它早就找到教练了。而且，如果我对民主制度没有非常严重的误解，即使它没有破产，你作为政府的公务员，而非体育总监，也是不能邀请我担任教练的。这和你不能送我一头独角兽是同样的道理。"

"可是，你还是来了呀。"理查德·提奥自信满满地说。

"很不巧，我刚好对独角兽情有独钟。"扎克尔承认道。你无法判断她的口气究竟是不是在说笑。

提奥歪着头说："来点咖啡吧？"

"我不喝咖啡。我不喜欢热饮。"

提奥抽搐了一下，像是在躲避一把飞刀。"你不喝咖啡？那你在这个小镇会很难适应的！"

"又不只是这个小镇会喝咖啡。"扎克尔回答。

提奥咯咯笑了起来："扎克尔，你可真是个怪人。"

"确实有人这么告诉过我。"

提奥的手掌猛力拍了一下办公桌，雀跃地站起身来："我就喜欢这样！媒体也会喜欢这样的！这份教练的工作就归你了，你可以让我去费心应付熊镇冰球协会的体育总监了。我期待你我之间的合作。"

他的神情看起来似乎想和对方击掌庆祝，但扎克尔看起来一点都不想和他击掌。

"我是全心全意希望你我永远不要有什么'合作'。我来这里是处理冰球的事情，不是来搞政治的。"

提奥高兴地摊开双手，说："我痛恨冰球，你自己好好享用吧！"

扎克尔将双手插进连帽运动服的口袋："你痛恨冰球，可是居然还这么投入。"

提奥的双眼满意地眯成一条线道："扎克尔，当所有人都往同一个方向跑时，我就偏要逆向而行。这才是关键。这就是我的制胜之道。"

10. 这样我们该怎么教孩子啊？

除一间办公室外，整个律师事务所的灯都已经熄了。蜜拉·安德森还在办公室里工作。她的那位同事则躺在她的斜对面，正在网上搜寻由旅行社包办所有服务的度假旅行套餐，她们之间隔着两张扶手椅。

"度假？你根本不喜欢休假。"蜜拉指出道。

那位同事伸展身体，像一只受到责难的猫咪。"谁说的？蜜拉，我这么完美的身材，如果每年没有至少一次穿着比基尼秀给大家看，可是要犯反人类罪啊！"

蜜拉笑了起来。天哪，这位同事仍能如此轻易地逗她发笑。幸好，她还能拥有这么一位朋友。

"如果你订好票了，一定要告诉我。我会打电话给你要去的国家，警告所有女人把她们的丈夫都关起来。"

这位同事煞有介事地点点头："要是我已经喝得烂醉，她们还得把她们的老爸、儿子们都关起来。"

蜜拉露出微笑，然后缓缓眨了眨眼睛，喃喃说道："谢谢你留在这里……"

这位同事耸耸肩："我家的无线信号很弱。"

当然，这是一派胡言。她留在办公室是因为她知道，蜜拉今晚不想早回家，在空荡荡的屋子里等待彼得回家。这位同事不批判、不唠叨，只是留在唯一还亮着灯的那间办公室。

天哪，她还能拥有这么一位朋友。

* * *

"千万别爱上一个球会，它永远不会回报你的爱。"彼得·安德森的老妈这么说过。她比他老爸温和。有时彼得会觉得，在她生病以前，老爸其实也是个很温和的人。"不要以为自己很了不起。"老爸说。彼得显然把两人的话都当成了耳旁风。

他已经给自己所有的熟人打了电话，所有曾经与他并肩作战的队友。他向他们寻求建议、借钱、借球员，希望能够拯救这个球会。大家都能理解，都"心有戚戚焉"。可是，冰球是讲求数据、讲求回报的，没人会免费帮你。

此时手机响起，是他的童年好友、超市老板、熊镇冰球协会最后一位真正的赞助商"尾巴"弗拉克打来的。"尾巴"开口时，声音颤抖不已："彼得，这真是太低级了。这真是太低级、太缺德了……他们登了一篇东西……"

"什么？"彼得问。

"我给你打电话，是想告诉你别让孩子们看到那篇东西。那些该死的家伙……今天的地方新闻报上登了一篇讣闻，上面写着你的名字。"

彼得一言不发，他了解这背后的含意。你大可以自我开脱，相信"批评就是工作的一部分""千万不要太介意"。可是他毕竟只是一个人，只是血肉之躯。当你的名字被印在一篇讣闻上时，你肯定会介意的。

"别管他们……""尾巴"尝试劝慰，但他知道没什么用。

即使并非所有人都跟你一起行动，拯救熊镇冰球协会或许仍是有可能的。但是当所有人都反对你的时候，这就不可能了。

彼得挂断电话。他真该回家，可是玛雅和安娜去露营，里欧又睡在朋友家，整栋屋子里将会只剩下他和蜜拉，而他知道她会说些什么。她会努力劝他放弃。

因此，彼得掉转沃尔沃的车头，朝着远离熊镇的方向开去。沿着那条驶离熊镇的路，他越开越快。

* * *

理查德·提奥的办公室墙上挂着一张鹳鸟的照片。提奥学过统计，他知道影响人们意见最简单的方式就是证明关联性——饮食不良导致疾病、酒精造成车祸、贫穷滋生犯罪。他也知道，政客完全可以根据自己的需求对数据进行改造。

例如，提奥从一位英国统计学家的书中读到，有些统计数据显示，拥有大量鹳鸟的城市，每年出生的婴儿要远多于只拥有寥寥几只鹳鸟的城市。"这能证明什么？鹳鸟能带来小孩！"这名统计学家讽刺地写道。情况当然并非如此。事实上，烟囱数量较多的城市，定居着较多的鹳鸟。原因是它们会在那里筑巢。大量烟囱就意味着大量的屋舍，意味着居民人数很多，因此出生的婴儿当然也就比较多。

所以，理查德·提奥在办公室墙上挂着一张鹳鸟的照片，用于每天提醒自己：发生的事情其实并不重要，你怎么跟人们解读才是重点。

他对其他动物也感兴趣，其中包括熊和公牛。他和这一带的小孩一样，从小就知道这些动物是球会的名称。但是，当他出国、开始在国外攻读经济学时，他也听到另一种说法。华尔街那些股票掮客把形势大好、股票看涨的市场形势称为"牛市"，而把形势低迷、行情看跌的市场走向称为"熊市"。这项理念在于，两者都是必要的，唯有在两者相斗时，经济才能保持平衡。

理查德·提奥对这两个球会有着相同的看法。但是，他的目标在于打破这个平衡。政治选择是很简单的，当一切顺利、人民满意时，既得利益者的精英阶层就会获胜；但是，当人民不满、内部不和时，理查德·提奥这种人就会获胜。边缘人要想夺权，就得借助某种冲突。要是冲突不存在呢？那你也许就得制造冲突。他打电话给伦敦的一位老友。

"大家都同意了吗？"他问道。

"是的，大家都上船了。可是你应该了解，新的老板必须取得某些……政治性的保障吧？"这位伦敦老友要求道。

"他们想要什么就有什么，你只需要确保他们到这里来、在地方报社拍照时表现得很开心就成了。"提奥微笑道。

"那你想得到什么？"

"我只是想当他们的朋友。"提奥坚称。

伦敦老友笑了起来：“当然，当然，就跟平常一样。”

“这对新老板来说，是一笔划算的买卖。”提奥保证。

伦敦老友认同道：“不可否认，这的确是一笔划算的买卖，如果没有你的专业知识和你在政界的人脉，这买卖还真无法进行。新老板对你的大力帮助大加赞赏。可是，你老实告诉我，你为什么对这家工厂感兴趣？”

提奥温和地回答说：“因为这家工厂位于熊镇。我需要它。这样一来，它才能为我带来一个冰球协会。”

伦敦老友又笑了起来。当他和提奥在那所英国大学相遇时，提奥除了一笔微薄的奖学金以外，两手空空，一无所有。他的母亲是教师，父亲则是工厂职工。但是，父亲投身于工会运作，成为谈判桌上著名的难缠角色。就因为这样，工厂领导阶层给了他一份中层主管的工作，这样他就不会成为反对者了。他们家开始富得流油，他们的生活舒适起来，他父亲很快就对资本家构不成威胁了。理查德·提奥从这件事中学到如何运用权力。他一上大学就专注地找寻那种出身富裕家庭，却仍然遭到霸凌、缺乏自信心的弱者。提奥反应敏捷，个性讨喜，很容易与人结交，更是派对和宴会上的好搭档。除此以外，他跟女生也能聊得来。这种特质给他带来了莫大的好处。那些很快就从父母手上继承权力和金钱的人成为他忠实的好友。这让提奥了解到，人脉是多么有价值。

当理查德·提奥回到熊镇时，他可以选择任何一个政党加入，但他选择了最小的政党，这和他选择在熊镇而非大城市展开政治生涯的理由完全一样。有时，在小圈圈里当大鱼其实比在大型组织里当个无名小卒要好。他对政治路线和色彩毫无兴趣，不管是哪种路线，他的忍受程度都是相同的。有些人是理想派，但提奥只关注结果。其他政客说他是个“机会主义者”，总是“草率地回答困难的问题”。他前一刻还和毛皮酒吧里那些失业男性站在一起，保证区政府会加大投资力度；下一刻又和"高地"那些大企业家混在一起，保证替他们争取减税。每次只要"洼地"发生犯罪事件，他就会寻找无助、容易对付的替罪羊，借此向地方报社鼓吹"增加更多警力"；同时，他又会批评既得利益者，表示他们"没有落实区政府的预算"。他和环保运动人士共处一室，保证会遏制狩猎协会对地方政治的影响力；然而，只要对他的议程有利，他就会和猎人们共处别室，对他们在热爱野狼的大城市居民及痛恨武器私有的政府官员那里遇到的挫折煽风点火。

当然，提奥自己对那些事情毫不在意，他只是想通过言行来表明自己不需要树立旗帜来见机行事。政治是由策略而不是由梦想构成的。所以今年夏天，他又该运用哪些形势呢？

赫德镇医院即将关闭的谣言流传已久，同时，熊镇的工厂连续几年都在裁员。而现在，熊镇冰球协会又深陷破产危机。你必须稍微了解风向，才能知道该如何从这三件事中得到一点好处。

"冰球协会？我还以为你不喜欢体育活动。"伦敦老友惊讶地说。

"我喜欢对我有用的一切。"理查德·提奥回答。

* * *

法提玛和安－卡琳同坐一辆轿车穿越森林。今年春天，他们的儿子亚马和波博成了队友，小男孩球衣上的熊头图案也使妈妈们团结一心。夏季，法提玛就在安－卡琳担任护士的医院负责打扫工作。她们一起喝咖啡，互相交往。她们察觉，虽然她们的出生地可能相距甚远，但她们拥有共同的特点——勤奋工作、高声谈笑、倾其所有地爱着孩子。

一开始，她们的话题当然多半围绕着医院即将关闭的谣言。那时，法提玛就告诉安－卡琳，当她抱着小男孩刚在熊镇落脚时，从熊镇方言中学到的最初几个字就是"这本来就很困难"。这里的人们不会假装世界单纯无比，而这正是法提玛所欣赏的。他们承认人生很艰难，有时更会让人心痛，但随后他们就笑着说："唉，这本来就很困难。要不然，随便哪个大城市的人都能做到！"

安－卡琳也倾诉了自己的故事。她说起早逝的双亲；说到在森林间的成长、经济的衰退；还说到她的丈夫，那个人称"雄猪"的魁梧而笨拙的男子。虽然他只能全速向前溜冰，而且打起冰球来活像一头被流弹射中的野猪，但她还是爱上了他。安－卡琳从来没去别的地方旅行过，但她对此并不向往。她向法提玛保证："最漂亮的树就长在这里。"然后又补充道："而且，只要这里的男人有点耐心，他们其实也不差。"

"雄猪"和他们的三个孩子让安－卡琳始终有的忙。波博是家中的长子。她每天早起，把他们喂饱，为他们穿好衣服，协助"雄猪"处理汽车修理厂的文书工作，然后去医院上班。在她漫长的工作中，会遇到许多人生命中最悲惨的时刻。然后她再回家，"敦促孩子把作业写好，打扫屋子，有时候还得把脸颊上的泪水擦干"。

但是，她告诉法提玛，"雄猪"会在晚上用自己笨重的身躯本应无法承受的轻盈脚步偷溜进厨房，抱住她，而她紧紧地依偎着他。两人翩翩起舞，她的脚趾踏在他的脚上，这样他就能在每踏一小步时举起她，这样一切就都值得了。这就是人生的全部。"法提玛，你还记得孩子们还很小的时候，你去幼儿园接他们，而他们直接冲过来、扑到你怀里的情景吗？他们笨手笨脚地扑过来，因为他们完全相信我们会抱住他们，这就是我在人世间最喜欢的一刻。"法提玛露出微笑，说道："你知道吗，当亚马打冰球的时候，当他感到快乐的时候，我还能体验到这种感觉。你能理解这种感觉吧？"安－卡琳完全理解。她们就此成为朋友。

几个星期前的一个下午，当安－卡琳在医院的自助餐厅里发病、倒下时，是法提玛抱住了她。她是最初和安－卡琳谈到这种疾病的几个人之一。法提玛陪着她去就诊，送她到另一家医院的专科医生处就诊，让"雄猪"可以待在家里把汽车修理厂管好。此刻她们坐在车内，已经快到家了。安－卡琳疲倦地一笑："你实在为我付出太多了。"

法提玛则坚决地说："你知道我刚到熊镇时学到了什么吗？如果我们不能互相照顾，那就没有人会照顾我们。"

"熊鄙弃森林，其他所有人鄙弃熊镇！"安－卡琳模仿毛皮酒吧里那些喝得烂醉的男人的口吻说。两个女人哈哈大笑起来。

当车子开到汽车修理厂外的草坪上时，法提玛低声说："你得告诉波博，你生病了。"

"我知道。"安－卡琳哽咽着，双手掩面。

她想等到冰球球季开始后再告诉波博，这样一来，波博总还能找到一个出口来面对所有的情绪。可是，时间不够了。那你该怎么做呢？你该怎么告诉自己的孩子你快死了呢？

* * *

谷仓酒吧位于赫德镇外围，提供廉价啤酒，会请乐队现场演奏音乐。所有这种地方自然而然就成为试图忘记自己的问题的人和找寻这类人的去处。凯特雅·欧维奇坐在办公桌前埋首处理账目，这时一名保安敲了敲门。

"我知道你不想被打扰，可是你弟弟现在正穿着短袖T恤坐在酒吧里。"

凯特雅低下头，沮丧地叹了一口气。她站起来，拍拍保安的肩膀，保证会处理好这件事情。

班杰还真坐在酒吧里，但这并不是问题所在。实际上，他就是在这里长大的。当他年纪还小、不能自己买酒时，一旦酒吧人手不足，他也不时会站在吧台后帮忙倒酒。可是现在情况不一样了。"谷仓"的老主顾们都转而支持赫德镇冰球协会，但出于下列三个原因，他们放任班杰在这里自由出入：第一，这些老主顾喜欢凯特雅；第二，班杰曾经是熊镇青少年代表队的一员；第三，他一向很自制，懂得穿长袖衣服。

但是，现在他已经十八岁了，如果他今年秋天还打冰球，他会为甲级联赛代表队出赛。而今晚他就穿着短袖T恤坐在酒吧里，好让大家都能看见他胳膊上的熊头文身。就在这个星期，某人上传了一段火烧赫德镇冰球协会会旗的视频；另外，一名赫德镇公职人员因对熊镇冰球协会面临破产的错误表态，导致其座驾引擎盖被插上一把斧头。

"你要不要穿件外套啊？"凯特雅走到班杰身旁问道。

"嗨，我最喜欢的姐姐。"班杰说。

当他还小时，他最喜欢玩这一套。她的弱点就在于从来不会生气，因为她希望自己是他最喜爱的人。她对他上下一通打量，指着他的酒杯无奈地叹口气道："拜托，班杰明，你难道就不能在……这里以外的任何地方做这种事情吗？"

凯特雅早就认识到，她无法阻止某个家人做某件事情。明天就是他们的爸爸的冥诞日了。

"不用担心，我最喜欢的姐姐。"班杰说。

听他的口气，仿佛他们还有别的选择。她哀求般地看着他说："把这杯酒喝完就跟我回家，行吗？我只要把账目算清就行了，再有一刻钟就弄好了。"

班杰将身子贴在吧台上，凑近亲吻了她的脸颊。一如往常，她既想拥抱他，又想痛揍他。她环视一圈酒吧，现在客人还不多，而且这些客人绝大多数不是太老，就是已经喝得太醉，没人会管班杰的文身。凯特雅希望，她能赶在情况发生变化之前把他弄出这里。

＊　　＊　　＊

当亚马跑到双腿无力时，便转过身，用比较缓慢的速度开始往回跑。半路上，他遇到一辆沃尔沃。那正是彼得·安德森的车。亚马或许应该克制一点、骄傲一点，但他没忍住，上蹿下跳地挥手示意。那辆车显然极不情愿地放慢了速度。亚马将身子探进摇下的车窗，上气不接下气地问道："嗨，彼得……我只是想问问……关于球会的所有传闻，有没有……我是说，今年秋天还有青少年代表队吗？我想打球，我得……"

彼得本来就不应该停车的，他本来应该能克制自我，避免在一个十六岁男孩面前表现出自己所有的情绪。但一时间，他忘记了亚马今年春天做过的事情。正是因为他替玛雅做证，这名青少年代表队球员现在才不能转会去赫德镇。他的证词保住了彼得的工作。但有时候，悲伤和愤怒会吞噬一名成年男子的心智，让他无暇顾及其他人的情绪。

"亚马，我有很多事情需要考虑，这件事我们下次再谈……"

"什么时候谈？我现在没有地方可以打球！"亚马气喘吁吁地吼道。

亚马也许不是故意用这么生气的口吻说话的，但是他很害怕。彼得深觉良心不安，而氧气这时似乎又没有及时送到大脑正确的位置。所以，他就吼了回去："你没听见吗，亚马？我才不管青少年代表队！我甚至不知道我还能不能管理一个球会！"

这是亚马第一次看见彼得哭泣。小男孩谨慎地从车边退开。彼得崩溃般地驾车离开，而没有看见雨中小男孩的脸颊上蜿蜒而下的泪水。

*　*　*

一名男子坐在"谷仓"的吧台区，他大概二十五岁，身穿蓝色牛仔裤、网球衫。他面前摆着一杯酒、一本书。凯特雅走回办公室时，他朝班杰扬起一边眉毛，问道："我是不是该换位子啊？"

班杰转身面向他，嘴角不置可否地微微抽动着。不管是谁，都很难不被他的神情感染。

"为什么呢？"

身穿网球衫的男子露出微笑："你姐姐显然觉得你会惹上麻烦，所以我在想是不是应该换个位子。"

"那还要看你对这个麻烦有多感兴趣。"班杰一边回答，一边喝着自己的酒。

身穿网球衫的男子点点头，同时瞄了班杰的手一眼，看见了他指关节上的血迹。

"我已经在这里待了四个小时，一般情况下，要多久才会惹上麻烦呢？"

"那要看你打算留多久。那是什么书？"

这个问题来得如此突然，那名男子一时无言以对。事后他才察觉到，也许班杰就是要让他闭嘴。班杰有许多办法让别人闭嘴。

"这之前是……我是说，这是……这是一本关于弗里德里希·尼采的传记。"那名男子说道，轻咳一声。

"他好像说过深渊什么的？"班杰说。

"'当你凝视深渊时，深渊也在凝视着你。'是的，就是他说的。"

"你看起来很惊讶。"班杰补充。

"没有……"那名男子撒谎道。

班杰喝着酒。多年来，他妈妈给他制定了一套处罚措施：要是他在学校里打架，她就强迫他读日报，直到他读完当天报纸上的所有内容，他才可以去参加冰球队的练习，这些内容包括社论、国际新闻、文艺版、政治版。几年以后，这个惩罚对他来说已经不算什么，于是他妈妈便开始考他古典文学。虽然她自己完全看不懂古典文学，但是她知道她的儿子比别人想象的聪明，而且深藏不露。因此，他行为不检点时所受到的处罚也成为一种提醒：他的能力绝对不止如此。

班杰朝身穿网球衫的男子哼了一声："当你说到尼采的时候，你以为我会引用'没有让我付出生命的东西，让我变得更强大'吗？还是'天堂中没有有趣的人'？还是……那句话是怎么说的，'那些听不见音乐的人，认为那些跳舞的人疯了'？"

"我觉得最后一句不是尼采说的。"那名男子谨慎地提出疑问。

班杰自顾自地喝着酒，让那名男子分不清究竟是班杰记错了，还是班杰在考验他。然后，班杰说："你看起来还是很惊讶。"

"我……不是……老实说……你看起来不像是会引用尼采的话的人。"男子咧嘴大笑。

"我看起来不像的东西太多了。"班杰说着，嘴角又不争气地扬了起来。

*　*　*

晚上，波博和妈妈在森林里散步，他们走了好长一段路。妈妈想告诉他，成年是一件多么艰难的事情，这个世界有多么复杂，却不知道该如何开口。在波博的成长过程中，她只是努力教他暴力是不对的。就在今年春天，他参加了自己此生经历的最暴力的群架，几乎被揍得面目全非，但那时她对他表现出了无比的骄傲。因为他保护了亚马。他为了他而挨了打。他为了某件事挺身而出。

这么多年来，她为波博所展现的温柔而深感欣慰。当其他男生的妈妈在他们的朋友面前亲吻他们的额头时，他们会觉得很丢脸，但是她儿子不会觉得丢脸。他是会说"妈咪，你今天头发很漂亮"的那种儿子。现在，她希望他能强硬一点。这样一来，他也许就能更容易地接受这个事实。

"波博，我生病了……"她小声道。

她说的同时，他哭了起来。但是，她哭得比他还要凶。波博已经不再是个会扑到她怀里的小男孩，他已经长大成人，拥有能够承受最深切悲痛的心胸。他够高够壮，当她告诉他她快要死的时候，他有力气将妈妈抱起来，并一路抱回家。她在他的脖子旁边耳语："你一直都是全世界最棒的哥哥。现在，你还会变得更棒。"

晚上，她听到他读哈利·波特的故事给弟弟妹妹听。夜里，"雄猪"泡了一点味道清淡的茶；当她在浴室里呕吐的时候，波博走了进来，绾着她的头发。当她躺在床上时，波博擦干她的双颊，说道："你想听点荒谬的故事吗？你知道，你总是说我标准定得太高，所以找不到女朋友吧？那可就是你的错了。因为我想找一个能够以你和爸爸互望的眼神，和我四目相对的女朋友。"

安－卡琳将他那颗硕大、看似蠢笨、土里土气的脑袋贴近自己的额头。她多么想亲眼看到他结婚、成家、成为人父。有时候，人生实在太艰难、太艰难、太艰难，你根本无法承受。就算这是人生的真相……你还是无法承受。

* * *

当警卫跑进来时，凯特雅几乎快算清账目了。她知道一切已经太迟了。"谷仓"的老主顾们都懒得因为班杰手臂上的文身和他吵架，但还是有人打电话叫来了几名男子，这些人无法以宽容之心对待创意与艺术自由，而其中一人的下臂就文着一头公牛。当他们踏进酒吧的大门时，班杰转身对身穿网球衫的男子说道："现在，你最好快走！"

他边笑边说，就像个恶作剧般在沙发垫下塞入尖叫玩偶的淘气小鬼头。门口那几名男子身材远不如班杰健壮，但他们有四个人，而他势单力薄。他兴奋地跳下吧台座椅，仿佛因为看到他们人多势众、终于可以势均力敌地打上一架而高兴不已。并不是他们直冲向他，而是他直接走向他们。这使他们迟疑了几秒钟，失去了马上给他迎头痛击的机会。下臂文有公牛的男子从一张桌子上捞起一个酒瓶，因此班杰决定先打倒他。不过，他没来得及下手。

那名待在酒吧里、身穿网球衫的男子看见凯特雅从办公室里冲出来，直奔到一群男子当中。她将手持酒瓶的男子硬推到墙边，尖叫道："你要是敢动手，我就让你一整年窝在家里喝闷酒！"

随后，她转向班杰。她太熟悉他的眼神了，那种眼神就是大姐爱德莉，以及他们的爸爸特有的眼神：如果没有冲突，他们就制造冲突。

"班杰……别在这里打架，别挑今天打架……我拜托你……"她对他耳语道。

她把双手放在他的胸口,感觉他的心跳。他的脉搏相当平静,呼吸相当平稳。四个成年人想打死他,而他完全不害怕。凯特雅最害怕的,正是这种事。

班杰凝视她的双眼,她的双眼和他们母亲的神似。她可不常拜托自己的弟弟什么事情。他亲吻了她的脸颊,咧嘴对门边的四名男子轻蔑地大笑起来。

"你们是打算进来还是出去?如果你们现在认尿,就让个路吧?"

那群男子斜眼瞄了凯特雅和那群警卫一眼,最后撤退了。然而,他们此番前来的意思已经非常明确:有着熊头文身的人在赫德镇已经不再受欢迎。熊镇也许有"那群人",但是这里也有人准备"挺身而出"。

班杰走出酒吧大门时,高声大笑起来。他把那四名男子抛在身后,他们气急败坏,胸口不住地上下起伏。其中一个人低声对凯特雅说:"有你在,你弟弟算走狗屎运了。你救了他的命。"

凯特雅狠狠地瞪着那名男子:"噢,你这么觉得吗?真的这么觉得吗?我救的是他的命?"

那名男子试图露出自信的微笑,但颧骨旁边的皮肤皱成一团,不听使唤。凯特雅哼了一声,把从办公室带出来的东西收拾妥当后,便把车开了出来。但是,班杰早已躲进夜色,不让她找到。

* * *

所有体育活动都很愚蠢,所有比赛都很荒唐。两个球会为了一颗球汗流不止、气喘吁吁,这是何苦呢?原因在于,我们在几个让人困惑的时刻里得以假装这是唯一真正重要的事情。

夜里，"雄猪"和波博把汽车修理厂的地板拆掉了。父子俩始终不善言谈。或许两人内心都很焦灼，他们却选择了最为简单的纾解方式。一如其他家庭，他们家也有酒，但他们做了别的选择。他们开车拉走了车库里的工具和装备，将车库清理一空。

然后，他们各自取来冰球杆和一颗网球。他们对练了一整夜，气喘吁吁、汗流浃背，仿佛这才是唯一重要的事情。

* * *

班杰关上门，独自在森林里走了一两百米。然后他停下脚步，双手插在口袋里，环顾四周。他仿佛在思考到底是该继续找碴，让自己的夜晚变得更加复杂，还是应该爬上树，狂抽大麻，直到自己睡着。当身后飘来那个声音时，他既感到意外，又似乎有所预料。"我这辈子从没打过架，所以，如果你一心想找人打架，那我就无能为力了。可是，我很乐意和你在别的地方喝一杯酒……"那名身穿网球衫的男子说。

班杰转过头来："你是知道这附近有好玩的夜店吗？"

男子笑了起来，说道："我说过，我在这里才待了四个小时。不过，我有……房子，还有冰箱。"

这名男子过去从未这么直接地邀请别人来自己家，这不是他的行事风格。可是，班杰也许有一种能使人做出即兴反应的特质，也有使人变得莽撞的能力。

他们穿过森林。那名男子在一个距离赫德镇较远、离熊镇比较近的露营区租了一间小木屋，它的位置居中，刚好不会被周围的社区居民看见。两人在玄关第一次接吻。第二天早上，那名男子醒来时，班杰早已消失无踪。

男子发现了自己遗落的那本书，它仍旧躺在大门口与卧室之间的地板上。他翻了翻那本书，总算找到一直在找的那句话："混乱的心，才能孕育出舞动的星星。"

一名年轻男子站在不远处的一座墓园里，一次次地将橡皮圆盘猛击向一块墓碑。他手指有伤，然而这些伤都不及他内心的伤来得深。亚伦·欧维奇已经去世了，而凯文·恩达尔也差不多被他埋葬在了心里。班杰是个喜欢男人的男人，他会失去所有他喜欢过的人。

没有比这还要混乱的心了。

11. 成为赢家的最后一个机会

爱情是无法精确测量的，我们总是不顾阻拦找到尝试的新方法，其中最简单的一点或许就是给予空间：我需要为你预留多少空间，你才能成为你想成为的那个人呢？

有那么一次，蜜拉勇敢地尝试用冰球术语和彼得讨论："亲爱的，你不觉得一段婚姻就跟一个冰球季一样吗？就算最强的球队也不是每场比赛都战无不胜，但是只要他们足够强大，即便有时打得不好，也还是可以赢得比赛。婚姻也是一样的。不管我们是去度假、在午餐前喝酒，还是兴高采烈地做爱，我们还是无法测量婚姻的边界。只有当我们陷入低潮，在家里、在日常生活中必须交谈、解决冲突时，我们才能看到婚姻的极限。"

彼得恼怒不已，感觉她好像在找碴，一心想吵架。因此他就问她到底"想怎么样"。她说她想"针对彼此的问题成熟地讨论一下"。他花了一段漫长到不合情理的时间思考，最后才说："你总是在牛奶纸盒里留两滴牛奶，把它放回冰箱，就因为你懒得把它冲干净，放到资源回收桶里。我对这一点有意见。"她只是盯着他，问道："你觉得这就是我们婚姻中最大的问题吗？"他受辱般地低语着："如果你只想批评我的答案，那你为什么还问？"她揉了揉鬓角，他则砰的一声甩上门，前往冰球比赛的场地。这么一段亲密关系还真是有点复杂。

今天晚上，蜜拉坐在餐桌前。她在报上看见丈夫的讣闻。她面前的酒瓶尚未打开，旁边摆着两只酒杯。她转着自己的结婚戒指，转啊、转啊、转啊，仿佛它是一个螺丝，她正尝试把它拧紧。有时她会摘下戒指，只是为了体验一下它的触感。她觉得冰冷，仿佛戒指下的那块皮肤特别薄。

当她听到门外沃尔沃的动静时，时间已经不早了。虽然她知道这样做很荒谬，但她还是站在门前。因为她想在听到彼得脚步声的时候，弄清楚他是直接将钥匙插进锁孔，还是会稍微迟疑一下。她想知道他在进门前是否会犹豫一下，是否会在外面深吸一口气后再踏进门来。

* * *

彼得停下脚步，手搭在门把上。他将额头谨慎地贴向门板，似乎想弄清楚屋子是否在呼吸，里面是否还有人醒着。因为就在不久前，当蜜拉以为他已经睡着时，他就听到蜜拉在厨房里和某人打电话："二十年来，他老是说明年就轮到我全力冲刺自己的职业生涯了。明年。他以为只有他会因为知道自己对某件事很在行而全力以赴吗？"

二十年来，彼得一直说服自己，他的所作所为可不是为了自己，而是为了别人。为了养家糊口，他成为加拿大的职业冰球员；在全家失去艾萨克以后，因为他们需要一个可以安身立命的地方，他就接下了熊镇冰球协会的体育总监职务。他为球会奋斗，就是在为这个小镇奋斗。熊镇冰球协会就是这个小镇的骄傲，而这个小镇也只能以这种方式提醒大城市的居民：仍然有人定居在这个地区。他们仍然有能力打败他们。

可是，他的那些说辞已经无法再让他觉得心安理得。也许，他真的太自私了？他努力不去想那则讣闻。他一直很焦虑，担心从账单到临时罢工的咖啡机的大小事务。可是，今天晚上他生出另一种感觉。今天晚上，他觉得害怕。

他将钥匙插进锁孔，金属的撞击声让他不由得战栗起来。在他背后的黑暗中，有人把车停在路边，并打开了车门。

一名黑衣男子下了车，朝他走来。

* * *

两辆车穿过森林，其中一辆车直接开上犬舍，一名男子从车内走出来，身穿的黑色夹克因壮硕的胸肌而敞开着。这名男子握了握爱德莉的手。大半辈子前，爱德莉和他是高中同学，她对他当然没有什么意见，唯一不满的是，他比一个手持傻瓜相机的风湿性关节炎患者还要迟钝。有那么一次，她不得不向他说明，在实际生活中，地图上标示的南边并不是指"下坡"。另外一次，她得为他说明，岛屿并不是自由地漂浮在海面上的，而是固定在海底的。他没有兄弟姐妹。她看到，他手上新文了一个文身。那个文身是个非常不规则的蜘蛛网，逼得她不得不问："见鬼……你这里是怎么回事？"

"什么？"他不解地问道，盯着自己的手，显然没有想到那个文身仿佛是某人闭着眼睛帮他文的。

他的双腿细长而多毛，高中时就有人叫他"蜘蛛"。他是那种只要别人知道他的存在就不管别人怎么称呼他的男孩。因此，他欣然接受了这种羞辱。在此之后，他至少文了十个以蜘蛛为主题的文身，所有文身显然都是由坐在摇晃烘衣机上的酒鬼文的。

爱德莉无力地摇了摇头，打开"蜘蛛"车子的后备厢，里面塞满了一箱又一箱的酒。爱德莉注意到另一辆车一如往常地停在道路与森林的交界处，驾驶员还留在车上，以便在有人来捣乱时及时发出警告，但乘客已经溜下车。他和爱德莉也是多年旧识，而和"蜘蛛"不同的是，他还真不是个白痴。这就是他的危险之处。

他叫提姆·雷诺斯，身材并不特别高壮，头发梳理得整整齐齐，惹得他最要好的朋友戏称他为"会计"。不过，爱德莉看过他打架，知道他刘海下方的额头就像混凝土制的跳马一样硬。他踢人的力道也非常凶猛，就连这个小镇里的马都害怕站在他的后面。他年轻时和他的弟弟到处惹是生非，臭名昭著，就连猎人们都常拿他们说笑："你知道为什么你永远不会撞上骑自行车的雷诺斯兄弟吗？他骑的很可能就是你的车！"然而，他也逐渐老去，人们已经不再拿他的事说笑了。假如有外地人在小镇问起提姆·雷诺斯，那些年幼的孩子只会反问一句"谁啊"。

提姆没有穿黑色夹克，他根本就不需要穿黑色夹克。他打开后车门放出了两条狗。那两条狗还小时，他就从爱德莉手里买走了它们。因此，假如有人问他今天晚上在这里做什么，他的解释就是，他打算再买一条狗。他没有送货的时间表，没有固定的送货时间。爱德莉在一两个小时前接到电话，而他在入夜之后来到这里。她用半戏谑、半亲昵的口吻称他"批发商"，而她自己则是零售商。在熊镇，两辆车并排行驶，留下烈酒，一定会引起注意。但是大家都知道，乡间的猎人们常常到犬舍坐坐，看看小狗狗们，喝杯咖啡。当然，这伙猎人来得挺频繁的，在周末即将到来之际尤其如此。但是在这一带，不管你跟谁问起爱德莉，他们都会异口同声地说："她煮的咖啡真是好喝得要命。"

身穿黑色夹克的男子们总是分乘两辆车行动，提姆从来不会坐在装着烈酒的那辆车上。警方在调查报告书中宣称，他是一小群"监看熊镇冰球协会比赛、被称为'那群人'的暴民"的领导人。各方的说法都指出，他们在球会里呼风唤雨，让甲级联赛代表队里那些坐领高薪、绩效低迷的球员主动毁约。然而，他们始终拿不出证据。当然，从来就没有证据能指出"那群人"有组织地从事私酿酒买卖，或私下交易汽车或雪上摩托车零件。他们甚至没有证据证明"那群人"威胁过任何人，各地的犯罪组织一定都威胁过他人，这样才能杀鸡儆猴，树立威信。警方在调查报告书中宣称，"那群人"利用冰球比赛来展示自己的力量，因而不需要威胁任何人。这种说法来源于，凡是见过黑衣人站满看台站位区，或听过他们对胆敢挑战自己的其他球队球迷的所作所为的人都知道，一旦他们来按门铃，就表示事态严重了。

不过，这一切当然都是胡扯，都是那些看了太多电影的大城市居民放出的谣言和夸大之词。要是你问熊镇居民"那群人"是谁，绝大多数人只会反问："哪群人啊？"

当爱德莉从后备厢里搬出最后一箱酒时，发现底下藏着一把大斧头，不禁翻了个白眼。

"说真的，提姆，现在全省的每个警察都看到赫德镇那个政客的座驾的照片了。在后备厢里藏把斧头，你不觉得这样很可疑吗？"

敢用这种口气对提姆说话的人寥寥无几，但是他看起来相当愉悦。

"爱德莉，现在想想，在赫德镇那名政客的车出事以后，如果我们的斧头不在我们的车里，那不是更可疑吗？"

爱德莉咧嘴大笑道："你虽然看起来像个白痴，但真不是个白痴。"

"谢谢，谢谢夸奖。"提姆微笑道。

*　　*　　*

在小岛上的那些夜晚，安娜入睡以后，玛雅仍然醒着，趴着写下关于仇恨的文字。有时候，她写到最后，反而写出关于爱情的文字。倒不是那种惊天动地的生死恋，而是那种无趣的、老夫老妻相守一辈子的爱情。今年夏天，不知何故，她常常想到自己的父母。在青少年时，我们常常希望父母变得没有性别，但就在某个地方，我们关于证实父母爱情的最微小的记忆却成了我们基因中的化石。很多孩子的爸妈，包括安娜的爸妈，都离了婚，这足以让他们永远不再相信永恒的爱。而相守一辈子的父母却能让孩子相信，这一切都是理所当然的。

玛雅记得自己成长过程中非常微不足道的事情。比如，妈妈在形容爸爸的衣着像"初中舞厅里的便衣警察"时笑个不停的样子，或爸爸每天早上摇着只剩下两滴牛奶的牛奶盒，嘟囔着："欢迎来到挑战金氏世界纪录园地！我们今天要做的是全世界——最——小——杯——的——咖——啡。"她也记得妈妈看到地板上散落着袜子时气得要命的模样，以及爸爸看到有人没把水槽的污渍弄干净时，那副想把人送上战犯审判席的模样。她记得，妈妈为了爸爸的冰球事业两度搬到不同的大陆；她也记得，当妈妈在厨房里打公务电话时，爸爸偷偷地以崇拜的神情望着她。她仿佛是他见过的最聪明、最有趣、最顽固、最擅长吵架的人，而他仍然无法相信，她已经是他的了。她是他的人了。

玛雅记得自己和里欧一直到上幼儿园还不知道双亲的名字，因为他们总是称彼此"亲爱的"。就算他们之间再怎么不和，他们也从来不说"离婚"这个词。因为他们知道这个词就像原子弹，只要你拿这个词威胁对方一次，往后所有的争吵都会以同样的方式收尾。他们现在仿佛突然不再因为小事争吵，屋子里突然变得特别安静。在玛雅出事以后，她的爸妈几乎不再拿正眼看对方。他们已经没有余力去顾及彼此间的裂痕已经扩大到了什么程度。

父母之间失和的迹象不管再怎么微小，孩子们都会察觉到，像"你的"这类词就是个例子。现在，玛雅每天早上发短信给他们，装作一副已经不再需要他们担心的样子，而实际上，情况正好相反，因为她习惯他们用"爸爸"和"妈妈"称呼对方。比方说，"亲爱的，妈妈的意思绝对不是要——辈——子禁止你出门"，或是"亲爱的，爸爸不是故意要把雪人弄翻的"。可是有一天，其中一个人突然就不经意地写道："你该打个电话给你妈妈，你不在家，她很担心。"而另一人则回道："要记得：我和你爸爸对你的爱，胜于世界上的一切。"这些字眼就预示着一段婚姻即将画上句号。"你的"。仿佛他们已经不再是彼此的人了。

玛雅待在森林深处的一座湖中小岛上，谱写着关于这件事情的歌曲，因为她没法待在家里坐等这件事情发生。

* * *

我的地盘

你们在我的地盘上行走

每一步都如同炸弹，但你们仍继续行走

直到脚趾下方传来咔嚓一声响

此时已经太晚，没办法回头

身为受害者最糟的一点，就是我把你们变成受害者

现在就算我再怎么想，也已修不好你们

死去的好像是我，而被埋葬的是你们

就像我的人生被他打断，而下车的是你们

* * *

身穿黑色夹克的男子和爱德莉握手，朝着那两辆车走去，但提姆留在原地，点燃一根香烟。爱德莉把一块和小婴儿握紧的拳头一样大的嚼烟放在嘴唇下方。她不是白痴，她非常清楚"那群人"是何方神圣，以及他们有能力干出什么事。但是，她是个实用主义者。

几年前的一个夏天，熊镇发生了一连串入室盗窃案。有一次，一伙窃贼在晚上驾着厢型车前来盗窃，一名老年男子试图阻止他们，但被他们痛揍了一顿。另外一次，入室盗窃案发生时，被盗住户的邻居打电话向警方报警，结果三个小时后，一辆孤零零的警车才姗姗而来。爱德莉记得，在入室盗窃案发生的几个月以前，这附近不远处的森林中似乎有不法猎人盗猎狼只，有人向警方报了案，结果该死的全国犯罪侦查部门人员就搭直升机前来，还带上了特别行动小组。这些事情的是非对错你可以自己判断，但是当爱德莉看到狼群得到的照顾远比退休的老人还要

好时，与那些端坐在中央政府机关与区政府办公室的罪犯相比，她反而更信任自己身边的这些罪犯。这跟道德毫无关系。追根究底，绝大多数人都和她一样，是实用主义者。

当入室盗窃案团伙卷土重来时，身穿黑色夹克的男子们早已恭候多时。那天晚上，熊镇其他居民紧闭门窗，调高电视机的音量，没人敢在事后提出任何问题。之后，再没发生过任何入室盗窃案。提姆是个疯子，在这一点上，爱德莉和其他人的意见一致。但是他和她一样，热爱这个小镇、热爱冰球。所以，他现在神采奕奕地微笑起来："班杰秋天就可以进入甲级联赛代表队了，对吧？你一定骄傲得不得了吧！你看过赛事抽签没有？他是不是很兴奋啊？"

爱德莉点点头。她知道班杰明具备提姆希望在熊镇冰球球员身上看到的所有特质：强硬、无畏、邪恶。而且，班杰明是这里人，是土生土长的人才，简直就像邻家男孩一样让人备感亲切。提姆这样的男子特别看重这一点。而且没错，抽签结果已经在今天一大早公布在网上了。今年秋季的第一战，熊镇冰球协会将要对阵赫德镇冰球协会。

"如果熊镇冰球协会还在的话，他一定会上场的。"她低声哼道。

提姆微笑着，但是他的眼神却越来越难以解读。"我们相信彼得·安德森会摆平这件事的。"

爱德莉朝他眯了眯眼睛。今年春天，"那群人"在会员大会上发挥影响力，确保彼得从表决中胜出，继续担任球会体育总监。没人能证明这一点，但大家都心照不宣。没有他们的选票，彼得早已下台。现在，几乎所有的赞助商都放弃了熊镇，转而投靠赫德镇。对"那群人"来说，这个风险实在太大了。毛皮酒吧的老板娘拉蒙娜常说："也许提姆不知道对与错之间的区别；可是，他非常清楚善恶之间的区别。"也许她是对的。为了体育总监和他的女儿，"那群人"选边站，站在了与明星球员凯文敌对的立场。但是，如果这位体育总监把"那群人"的球会弄到破产，那就非常危险了。

"你们真的相信彼得吗？我在报纸上看到了他的讣闻。"爱德莉指出。

提姆扬起一边眉毛道："也许只是有人在开玩笑吧。"

"又或者是某个常在你看台上出现的人发的消息！"

提姆装出一副忧虑的样子，搔了搔额头说："我们的看台很大。我管不了所有的人。"

"要是班杰明被扯进这种事情，我就杀了你们！"

提姆突然发出一阵大笑，树丛间也随之响起一阵轰鸣。

"爱德莉，没有几个人敢用这种口气和我说话。"

"我的名字不叫'几个人'。"她回答。

提姆借着前一根烟的余火，又点了一根烟。

"是你教你弟弟打冰球的，嗯？"

"是我教他打架的。"

提姆再次咧嘴大笑，连树木都随之颤动。

"要是你们现在打架，谁会赢？"

爱德莉的眼神一沉，声音变得浓浊起来："我会赢。因为我有一个不公平的优势——班杰明没办法伤害自己心爱的人。"

提姆赞赏地点点头。他拍了拍她的手臂，说道："在冰上，我们只要求班杰一件事情。我们对所有人的要求都是一样的。"

"你们要他尽力而为，享受比赛？"她明知故问道。

提姆大笑起来。最后，她也大笑起来。她太清楚他的意图了。"赢。"这一带的人只会提这么一个要求。提姆将一个信封递给她，说："拉蒙娜听说你和苏恩为五岁的小女孩成立了一支冰球队。这笔钱是来自基金会的。"

爱德莉惊讶地抬起头。"基金会"是拉蒙娜留在毛皮酒吧、针对失业而付不出酒钱的老主顾设置的一小笔款项。所有小费都会流入这个基金会。在毛皮酒吧，酒客们给小费的意愿之高超乎想象。提姆总会为一杯酒付上双倍的钱，因为在他小时候，有一次妈妈那个最邪恶的男友又将她挤到门边时，有人就带着这么一个信封找上他们家。在那之后，提姆没有再让任何人揍过他妈妈。当他年纪大到足以建立"那群人"时，他也从没忘记毛皮酒吧老主顾们所展现出的宽宏大量。因此，他现在说："这是给你们买冰球杆、溜冰鞋，还有小女孩所需要的其他装备的。"

爱德莉感激地点点头。当提姆转身朝那辆车走去时，她从后面喊住他："嘿，你听着！给彼得·安德森一次机会吧！说不定他真的能找到拯救球会的办法！"

提姆关上后备厢，那把斧头还留在那里。

"我会给彼得一次机会。要是我不给他机会，他在这个小镇里早就待不下去了。"

* * *

彼得就站在自己家门外，惊恐地松开大门的把手，将钥匙抽出锁孔，转身面向大路。理查德·提奥朝他走来。即使现在是仲夏时节，他仍然穿着黑色西装。就彼得的记忆所及，他俩从未交谈过，但是他当然知道理查德·提奥是谁。他知道提奥代表哪一派的政策，而他不喜欢这种政策。那是一种具有侵略性、使人们反目成仇、自相残杀的政策。更重要的是，提奥已经好几次给彼得一种印象：他非常痛恨冰球。

"彼得，晚安。我希望我没有打搅到你。"提奥说。

他的友善中，藏着某种不祥之兆。

"有什么事是我可以效劳的吗？"彼得略显困惑地说。

"没有。但是我倒是可以帮你一个忙。"提奥回答。

"什么忙？"

这名政治人物微笑起来："彼得，我可以挽救你的球会。我可以给你提供最后一个成为赢家的机会。"

12. 我快要在里面烧起来了

所有终其一生努力在某个领域成为佼佼者的人，迟早都会被问到"为什么"。因为如果你想成为某个领域的佼佼者，你就得牺牲其他所有的一切。因此，就在彼得与蜜拉初次见面的那天晚上，当彼得在首都输掉自己人生中最重要的一场比赛、备受打击地走进蜜拉父母所经营的餐厅时，她就问了他这个问题：为什么？

他始终没能好好回答这个问题，可把蜜拉给气坏了。但就在他们结婚多年、育有子女、共同生活很长一段时间之后，她读到一名百年前登山客的话。有人问他："为什么你要攀登圣母峰？"这名登山客露出相当困惑的表情，仿佛这是个不可理喻的问题，理所当然地回答："因为世界上有这座山峰啊。"

这时蜜拉才理解：当全家人没有一个读过大学时，她为什么想读大学呢？当所有人都说法律太难学的时候，她为什么要选读法律呢？为什么？就是为了知道她有没有能力。因为她就是想攻上那座该死的山头。因为世界上就是有这座山头嘛。

因此，也许在彼得自己真正了解以前，她就知道会发生什么事。她就站在大门边，听到了他和理查德·提奥对话的内容。她的丈夫将会找到挽救球会、使自己再度变成不可或缺的主角的办法。一如往常，蜜拉坐在玄关，直到她听见沃尔沃引擎的发动声，直到她从窗口瞥见彼得消失为止。那瓶酒仍然没有打开，蜜拉将杯子收进橱柜。当她上床就寝时，感到结婚戒指下方的皮肤一阵冰凉。这一夜即将过去，第二天早上，她将会醒来，努力假装一切都非常好——即使她知道，从现在起到明年的每一天都会更加漫长。

＊　　＊　　＊

彼得漫无目的地独自开着车，一连开了几个小时。他只是思考着同样的问题："一个球会有什么价值？它是为了谁存在？它存活下来的成本是多少？"而在内心深处的某个角落，他又思索着其他的问题："除了冰球，我还懂什么？一旦没有了冰球，我会成为什么样的男人？"

自始至终，他爱的人就只有蜜拉。他知道，要是他抛下冰球，她会大喜过望。但他在内心最深处仍纳闷着：这真的是她想要的吗？她爱上的是一个有抱负、有梦想的男人。所以，如果时间一年一年地过去，而他始终一事无成，她会怎么看待他呢？

黎明降临时，阳光以某种方式笼罩了整座熊镇。在夏季，彼得的母亲总是如此形容这种方式："天父降临，在树冠上洒满了柳橙汁。"彼得坐在超市外面，双眼紧闭。他左思右想，思绪百转千回。

昨天晚上，理查德·提奥对他说的第一句话是："你不喜欢我的政策，嗯？"彼得深思熟虑后，回答："我完全尊重你，但我不认同你代表的一切。你是民粹主义者。"提奥看起来完全不以为意地点点头："你只有在获胜以前才是民粹主义者；等到你成了赢家以后，你就是既得利益者了。"这位政客看见彼得嫌恶的眼神，又补充道："彼得，我必须直言不讳：虽然像你这样的人希望这个世界变得简单一点，但政治就是要让人理解，世界是很复杂的。"

彼得摇摇头："你就是利用冲突扩大自己的势力。你的政策就是在制造冲突、制造隔阂。"提奥露出理解的神情，笑了笑："那冰球呢？你觉得冰球对所有的圈外人起了什么作用？你还记得我上学的时候吗？"彼得不自在地清了清嗓子，推测道："你比我低好几个年级吧？"理查德·提奥摇摇头："彼得，我们同班哪。"他并没有表现出生气或是谴责，甚至几乎让人感受到一种谦卑。

彼得不知道提奥是不是意在让他无地自容，但不管怎样，这一招奏效了。当彼得低下头、羞愧地望着地面时，提奥满意地微笑着，直截了当地说出他今晚来找彼得的意图："我在伦敦有些人脉。我知道是哪家公司即将收购熊镇的工厂。"

"我都不知道它就要脱手了……"彼得脱口而出。然而，提奥只是谦卑地耸耸肩："彼得，我的工作就是知人所不知。我也知道关于你的很多事情。所以，我才会在这里。"

* * *

第二天早上，里欧醒来时，家里空无一人。妈妈在餐桌上留了一张字条："我去上班，你的爸爸在球会。如果有什么事，就打个电话过来。抽屉里有零用钱。我们都爱你！妈妈"。里欧可不是小孩子了，他也看到了"你的"这个词——你的爸爸。爸爸已经不再是妈妈的人了。

他走进姐姐的房间，关上门，在地板上蜷缩成一团。玛雅的笔记本摆在床下，上面写满了诗和歌词。他读着这些诗、歌词，为了不同的理由而哭起来。有时候是为了她而哭，有时是为了他自己而哭。玛雅可不像其他人的姐姐，会大声尖叫着把年幼的弟弟妹妹赶出自己的房间。当里欧还小的时候，他可以待在这里。当里欧感到害怕，当他们偷听父母在厨房里谈话，听到他们谈到艾萨克而声泪俱下时，玛雅就会让他睡在她的床上。玛雅床周围的地板一直都是里欧最温暖的安乐窝。可是，他现在已经长大了。一整个夏天，玛雅都和安娜待在森林里。通常里欧不管遇到什么问题，都会请教玛雅的意见。因此现在，关于一个弟弟在自己的亲姐姐被强奸时应该做些什么，或者当双亲放弃彼此时他能为他们做些什么，甚至他该怎么处理所有的恨意，他还真不知道该问谁。

他在玛雅那本笔记本的最后一页找到了一篇名为"火柴棒"的歌词。他小心地将那一页纸从笔记本上撕下来，塞进了口袋，随后便朝沙滩走去。

他一直用力地抓挠，胳膊上满是深深的抓痕。他拉下衬衫袖子，掩藏了那些抓痕。

* * *

熊镇和赫德镇激动的情绪终于在那些下雨的日子里冷却下来，而威廉·利特在那些日子里则天天汗如雨下。他的训练员对他说过，他"从没看过自卑情结如此强烈的人打球"。他也许只是想让威廉聊聊自己的自卑情结，但是威廉把这句话当成了恭维。

他在成长过程中一路奋斗，就是想再度成为凯文最要好的朋友。过去，当他和凯文在凯文家外面踩着踏板车，或是在自家地下室打室内网球时，他们的确是最好的朋友。之后，他们开始打冰球，班杰突然冒了出来。从那之后，在球队团体照中，威廉再也没有机会站在凯文旁边。威廉无所不用其极地打击班杰，嘲笑他身上二手、廉价的衣服，称他是"雪橇"。直到班杰将雪橇砸在他脸上，威廉不仅断了两颗门牙，还失去了更衣室里队友对他的尊敬。威廉的妈妈要求针对这起"攻击"事件处罚班杰，但是球会没有对此多做处理。

他们逐渐长大。威廉企图夸口自己和多少个女生睡过，让自己看起来比这个会爬树的怪人更有资格成为凯文出席派对的好搭档，从而压制班杰。当然，他在撒谎。他与女生亲密接触的时间，其实比球队里大多数人都要晚。但是有一天，凯文走进更衣室喊道："威廉！你女朋友在外面等你！"威廉笨拙地起身，但走道上空空如也，只摆着一整盒白色圆筒短袜，共计十条。凯文讪笑起来，队里其他人更是笑翻了天。威廉永远都忘不了当时的情景，尤其是班杰咧嘴大笑的样子。多年来，威廉就是带着这种自卑情结打球。可是，现在呢？赫德镇冰球协会对他来说是全新的开始，他终于有机会成为领导者。他打算永远不再成为那个"圆筒袜男孩"。

就在这个阴雨不断的夏天，他夜以继日不停地进行重量训练，睁大双眼看着网上那个自己所属的赫德镇冰球协会会旗熊熊燃烧的视频。他一看再看。他多么希望能在视频中找到上传者身份的蛛丝马迹。最后，他总算看出了端倪。视频上握着打火机的那只手很小，应该是初中部的某个小鬼头。当衬衫袖口从他的手腕滑下来时，威廉发现他的胳膊上布满了抓痕。

威廉打电话给球队里那几个高大魁梧的男生。他们买了香烟，冲向沙滩。

* * *

火柴棒

有一间暗室，你把最怕黑的男生或女生锁在里面

他们被留在暗室里，怕得要死

只因为生命如野猪般恶心

如果你那时在暗室里，又找到唯一一根火柴棒

即使暗室里满是汽油味，你还是会点燃那根火柴棒

雨雪之间只有几摄氏度的差别

所有的房子都向上建，最终还是被夷为平地

你们已经让我看过比死还恐怖的东西

所以如果我在你们旁边，我很乐意烧死自己

* * *

阳光重新降临熊镇，沙滩上再度挤满了青少年，他们假装没有窥视彼此的身体。刚开始，沙滩上一片喧闹，气氛愉悦。但是，一种受惊的沉默突然从水边蔓延开来。两个男生爬到一棵树上，挂起簇新的赫德镇冰球协会会旗。威廉·利特则在野餐垫间翻找着、走动着，在每一个读初

中的小鬼头面前停下来，伸出香烟问道："你带打火机了吗？"

没有人敢正眼看他。他抓住每个小男生的手，检查有没有抓痕。或许就连威廉本人都不知道自己到底希望找到什么，谁敢在这里、在他面前承认呢？但是他就是想让他们感到害怕，让他们再也不敢挑战他的球队。随着一个又一个孩子摇摇头，低头望着沙滩，他感到了一丝解脱。一想到在这整个夏天里每个小鬼头都不敢抽烟，他就觉得自己变得伟大起来。

然而，一阵刮擦声传来。起初只有一声，然后又传来一声，最后是火焰点燃时简短的哒哒声。威廉背后传来一个微弱的声音："我有打火机！"

里欧的手指并未颤抖，他撸起袖子，手臂上的抓痕赫然在目。

* * *

"你说……你知道跟我有关的其他事情？你这是什么意思？"昨天，彼得这么说了。理查德·提奥用毫不悲伤，甚至接近雀跃的声音说："我知道熊镇冰球协会顶多还能撑三个月，三个月后，它就会破产了。即使你的朋友'尾巴'再卖掉一家店铺也于事无补。而且我知道，你的甲级联赛代表队教练苏恩生病了。"

彼得目瞪口呆。夏天来临时，苏恩的心脏病发作。当他缺席新成立的女童冰球队的溜冰训练学校时，爱德莉·欧维奇去了他所在的联栋住宅，发现他倒在了地板上。爱德莉从医院打电话给彼得，但是苏恩要求他俩不要把这件事情透露给任何人。这只是"小小的晕眩"而已，而且苏恩不想成为"该死的殉道者"。

当然，他们保持了沉默。不过老实说，这并不只是为了苏恩，彼得也是出于私心才这么做的。没有赞助商和金钱，他没办法招聘教练；没有训练员，他就不能说服球员签合同，而一旦没有了球员，他就肯定无法吸引赞助商或新教练。

"正如我所说的，"昨天提奥谦卑地说，"我的工作就是了解事情。我在医院里有朋友。我也希望能成为你的朋友。"然后，他沉着老练地将条件对彼得和盘托出：工厂的新老板需要政治依靠才能重建工厂。提奥能够摆平这件事。但是，这些老板也意识到他们"必须和当地人保持良好关系"，而提奥就说服他们，"冰球就是通往镇民内心最迅捷的一条路"。

彼得狐疑地挠挠头，竭力用平常的语调提问道："根据我听到的消息，其他政党甚至不愿意与你合作。我怎么信任你能推动这一切？"提奥毫不在乎地回答道："彼得，到昨天为止，冰球馆还欠了一屁股电费。如果你现在打电话了解一下，你会发现那笔钱已经付清了。这样可以让你信任了吧？"

彼得满心不自在，问道："你为什么挑上我们的球会？你怎么不去找赫德镇冰球协会？"提奥再度微笑道："熊镇以卖力工作闻名。二十年前，整个小镇全力支持球会，这一点意义重大。你们通常是怎么说的，'让熊镇和全世界对着干'？"

彼得反射性地咕哝一声："我不觉得你喜欢冰球。"提奥调整一下袖扣，回答道："彼得，我的政治立场始终是，纳税人的钱必须花在医疗体系与就业上，而不是花在体育活动上。"

彼得抓了抓头发，努力让自己看起来面无喜色，为难地说道："所以，你让税金流入工厂，让工厂的新任老板赞助球会。这样一来，你不仅拯救了球会，还带来了就业机会。而且，你还营造出节省税金的表象……也许还能拿税金来支应医疗体系……天哪，你下次就能借此在选举中获胜了。"

提奥将双手插进西装大衣的口袋，毫无志得意满的表情："你知道吗，彼得，我们之间有许多共同点，只是我们玩的东西不一样。如果我想继续玩我的游戏，我就得赢得下一次选举；如果你想继续玩你的游戏，你就必须保住球会。"

*　*　*

威廉已经十八岁了，体重想必是站在他面前、年仅十二岁的里欧的两倍。但是，里欧分毫不让。他用毫不在乎得失的决绝眼神直视着威廉。

沙滩上的所有人都看着这一幕。现在，就算威廉本来懒得把这个比他小六岁的小鬼头打倒，他也没有回头路了。他的手扑向里欧的咽喉，想牢牢控住他的头，但是这时，他的身上似乎产生了某种反应。锁喉的动作带来一种恐慌，当威廉的指甲嵌入下巴下方的皮肉时，里欧本能地张开嘴巴，呕吐起来，双眼也变得湿润。在这种情况下，他只有两种本能的反应：绝望地抓住攻击者的双手，或使尽全力疯狂地殴打对方。

里欧的第一拳挥空了。但是，他继续疯狂地挥拳，第二拳就击中了威廉的耳朵。在你第一次出手打架以前，没有人会告诉你：被打到耳朵时可是会痛得很厉害的。威廉锁喉的动作松开了半秒钟，而里欧充分利用了这半秒钟。他使出全身力量猛击威廉的下巴，他听见威廉的牙齿猛烈地咬在一起。威廉肯定咬到了舌头，就在他扑向里欧时，血从他的嘴里流出来。一切都结束了，威廉太高壮了，这个十二岁的男孩根本毫无胜算。

*　　*　　*

　　彼得再次朝理查德·提奥摇了摇头，只是这次已经显得不再那么桀骜不驯了。"你和我根本就没有共同点。你只想争权夺利。"在他们的对话过程中，提奥第一次笑了起来："彼得，你不觉得你和我一样政治化吗？今年春天，你女儿指控凯文·恩达尔强奸她，赞助商们企图通过表决把你从体育总监的位置上逼下来。结果你在投票中胜出，因为……'那群人'站在你这边。不是吗？"

　　细小、冰冷的汗珠从彼得后脑勺的头发间滴落，沿着背脊向下滑。"不是……我对……没有影响力……我从来没有要求过……"他结巴起来，但理查德·提奥否决了他的话："一切都是政治，大家都需要盟友。"

　　彼得提问时，耳畔的脉搏几乎轰鸣起来："你打算把我怎么样？"提奥诚实地回答道："当一切公开化时，你要跟着出席一场记者会。你只管对着摄像头微笑，和这位新赞助商握握手。你得到的回报就是资金和对球会的全面控制。没有人会介入你的工作。你将有机会打造一支常胜军。我想要的一切就是……你的友情。这种要求不过分吧？"

　　他再次微笑起来，并且在彼得来不及插嘴之前补上最重要的一点："还有最后一件事情：工厂的新老板当然不愿意和暴力分子扯上关系。所以，当你出席记者会时，你得说你会和'那群人'保持距离。你打算撤掉冰球馆看台的站位区。"

　　彼得无言以对。这似乎也在提奥的预料之中，于是他细心地再解释了几点。当他驾车离开时，彼得还在原地发呆。他都不知道自己呆立了多久。

　　最后他终于坐到车里，驶入黑夜。用预算来控制球会？这种认知像鼓点一般无情地在他心头敲击。别人经常指控彼得，说他以为自己"道德比较高尚"。这一点也许人们说得没错。在他眼里，一个球会可不只关于一项运动，它应该能不受金钱或政治操纵，是一股不可收买的力量才对。

可是，针对这些理想，他准备做出多少让步呢？他又准备为自己树立多少敌人呢？要是他独揽大权就好了。要是他能赢就好了。

他即将知道答案。

* * *

理查德·提奥坐到车里，开了一整晚，一路开到一座小型机场。他的一位朋友刚在那里降落。提奥和那位朋友握了握手，朋友不满地说："你应该很清楚，我希望这样专程来一趟是值得的。"

提奥谦卑地表示歉意："有些事情，实在不适合在电话里谈。"

"当然。"那位朋友点点头。

所以，提奥便解释道："我向我们在伦敦的朋友们保证，他们会得到他们需要的关于土地与工厂的一切政治资源。但是，我也需要一些回报。有个暴民组织会毁掉整个球会。一个政治人物并不能采取什么行动来阻止他们，但是一个全新的大金主可以……你懂的，发挥影响力。"

这位朋友点点头："又是这个冰球协会？它对你为什么这么重要？"

"那只是表象。"提奥微笑道。

"所以，你要什么？"这位朋友问道。

"新老板们必须针对自己的赞助事宜提出一项条件：熊镇冰球协会的体育总监必须在公开场合与这群暴民保持距离，并且拆除冰球馆看台的站位区。"

"这听起来又不是什么大事。"

"当然不是大事。可是，这必须是老板们提出的要求，而不是我提的。这很重要。"

这位朋友向他保证自己会办到这一点。他们握了握手，朋友登上了飞机。

理查德·提奥开车返回，一路上想着：只有从来没踏上熊镇的人才会说，他们刚才谈的事情听起来不算是"大事"。这就是提奥为什么总是早别人一步。人们已经没有能力事先进行调查了。

*　　*　　*

"威廉！威廉！"球队里的一个男生从某个地方喊道。里欧已经晕眩，听不清声音究竟从何而来。他仰面朝天，承受着猛击，什么都看不见。

威廉又一次挥起拳头，球队里的一个男生抓住他，喊道："威廉！"

威廉从眼角瞥到沙滩上方路面的动静。一辆车正停在那里，两名身穿黑色夹克的男子走下车。他们并没有走到沙滩上，也不需要这么做。"那群人"从来不管这个小镇里的青少年在搞些什么，甲级联赛代表队的重要性和青少年代表队的游戏之间总是有一条界线。但是威廉已经不再是青少年代表队球员了，而且现在这件事也已经不仅仅是冰球的问题了。

威廉放开里欧，犹豫地站起身。黑衣男子没有动。威廉吐了一口唾沫，带血的唾液沾到了他的 T 恤上。

"去他的……"他嘟囔道，尽可能压低音量，不让任何人听见他声音中的颤抖。

他转身离开。他的队友们紧随其后。那两名黑衣男子仍然站在路上，直到威廉的一个朋友搞懂了他们的意图，他爬到树上，将赫德镇冰球协会的红色会旗摘了下来。黑衣男子一言不发地离开，但他们的态度已经很明显：在熊镇的土地上，赫德镇冰球协会已经玩完了。

里欧坐在野餐垫上，但没有擦干脸上威廉的血。他的喉咙疼得厉害，让他不禁怀疑里面的某个部位可能断裂了。他的一个朋友拍了拍他的肩膀，另一个人给了他一根香烟。里欧此前从没抽过烟，但他现在已经克制不住了。他全身痛得要命，抽烟能带给他无比巨大的快感。

他在威廉·利特面前并没有退缩，而那年夏天，树上再也没有出现过红旗。也许，里欧本该觉得满足，但是他的心脏正以另一种频率跳动。他发现了某个东西。肾上腺素。暴力。那是一种爱情。所以，当威廉·利特的妈妈第二天早上打开家门外的信箱时，发现整个信箱里塞满了打火机。

威廉·利特这种人对这种挑衅绝不会置之不理，这一点早在里欧·安德森的预料之中。

13. 因此他们给了他一支军队

"一切都是有代价的，大家都是要付出代价的！"拉蒙娜的丈夫还在世时，嘴上最常念叨这句话。只要他的谈话对象买了某个东西，不管是一辆新车还是一台二手烤面包机，他的第一个问题就是："你付了多少钱？"而且不管他们怎么回答，他总是嗤之以鼻："他们骗了你！我可以用半价买到一样的东西！"过去，拉蒙娜对此真是厌倦不已；而现在，她多么想再听一次这个声音哪。他爱她，也爱冰球。他总是说，熊镇冰球馆场地上的圆圈就是他们的结婚戒指，所以他不必在手指上戴结婚戒指。当人生变得沉重时，他从不说"一切都会好转的"，而只是说"很快就有冰球比赛了"。如果有人说"夏天"，他会纠正他们说："这叫'季前'。"他把年历都翻了一遍，让每年都从九月开始。对他来说，每年的元旦就是熊镇冰球队每季第一场比赛的日期。

从他离开拉蒙娜，已经过了十一个球季。现在，一名电话推销员正坐在某个地方拨打这个电话号码，毫不在乎是谁接听电话："是霍格吗？霍格，你今天好吗？"对方一接起话筒，他就大呼小叫起来。

"霍格已经死了十一年了。你最好搞清楚，而且在死之前，他过得也真他妈的不怎么好。小鬼，你想怎么样？"拉蒙娜站在吧台区，手上拿着今天的第二份早餐，回答道。

电话推销员焦虑地敲着电脑键盘："这里不是毛皮酒吧吗？"

"是啊。"拉蒙娜应道。

"哦……不好意思，可是根据我们的档案，登记的店主仍然是霍格……"

"这里还是我们的酒吧，只不过现在所有事情都是我一肩扛。"

"哦，这里写了些什么……你是……拉蒙娜吗？"

"是。"

电话推销员重新吸了一口气，开口道："太棒了！今天好吗，拉蒙娜？"

"小朋友，现在已经有能够帮你这种人找到住家地址的科技了。"

"不好……意思？"

"你知道我是什么意思。"

电话的另一端陷入一阵短暂的沉默。但是似乎出于某种不明的原因，电话推销员最后仍然决定鼓起勇气，清了清嗓子，用略显急促的口吻说："我们销售护肤保养系列产品！只要您成为我们的用户，我们每个月都会把八种不同的产品寄到您的地址，而您只需要选择您喜欢的产品，然后将其他产品免费寄……"

"八种？"拉蒙娜吞了两大口早餐后说。

"是的！"

"小朋友，你觉得有必要做这种选择吗？一个人有这么多皮肤需要保养吗？"

电话推销员没有演练过这种情况，只好硬着头皮说下去："现在，我们正推出优惠……"

拉蒙娜试图打断电话推销员的话，但前两次尝试都被话筒那头的那个小浑蛋给避开了。她气恼起来，用那种告知推销员他的猫被车轧死的遗憾口吻说道："小朋友，接你电话的这些人为了维持生计就已经忙不过来了。八种护肤产品？大家都只是想撑过每一天。"

"我也是啊。"电话推销员回道，声音听起来很无奈，其中还夹杂着喉糖的刮擦声。

"小朋友，你早餐喝啤酒了吗？这是一天当中最重要的啤酒。它肯定对皮肤也很好，有丰富的蛋白质。"

"我会试试看的。"电话推销员保证道。

"小朋友，你知道吗，要是你经过熊镇，我们可以请你吃一份早餐。"

电话推销员笑了起来："'熊镇'？我还不知道有个地方叫这个名字。"

拉蒙娜挂上电话。"一切都是有代价的。"霍格在离开她以前，就是这么说的。当他入土为安时，牧师也是这么说的："拉蒙娜，我们为爱情付出悲伤，为一颗完整的心付出一颗被撕裂的心。"当然了，那个该死的牧师当时也有点醉意了。这么说倒是没错：不管是人民还是社会，大家都要付出某种代价。

过去有一段时间，所有电话推销员都听说过熊镇。"熊镇？你们有一支冰球队，对吧？"

* * *

"洼地"租赁公寓楼下方的院子里，几个孩子把屋子的一面墙壁当成球门，把汽水瓶当成门柱，玩起地面网球。亚马站在自己房间的窗户旁，看着他们。他通常和自己最要好的朋友利法和札卡利亚一起打球。那时，游戏规则还相当简单。他们人手一根球杆，一颗网球，分成两支球队。

可是他现在已经十六岁了，快成年了。如果不是"洼地"变得越来越糟糕，就是他们已经长大到足以看清周遭环境的真相。如果你想了解"洼地"，你就得知道，所有住在这里的居民看熊镇其他区域居民的眼神，就和熊镇其他地区居民看大城市居民的一样。对他们来说，我们的存在只是报刊上的负面标题。

利法曾经对亚马说："如果你冰球打得好，他们会喜爱你，但是只有在赢球的时候，他们才会说你是熊镇人。输球的时候，他们就会说你是从'洼地'来的。"利法已经多年不打冰球，他已经变得不一样，变得更强悍了。现在，他跟自己哥哥的帮派混在一起，背着一个背包，骑着摩托车到处乱晃。亚马可不想知道他的背包里到底装了什么，他们见面的次数越来越少。

这段时间，札卡利亚每天夜里都窝在家里打游戏，在白天补觉。每到夏季，他的父母都待在亲戚家里。而现在，札卡利亚所有的时间都花在网上。刚放暑假时，亚马每天都会打电话问他要不要一起跑步，但札卡利亚反而一直努力引诱他一起打游戏、吃三明治。所以，亚马不再给他打电话，这样就不至于被诱惑，荒废整个夏季。他知道：要是你无所作为，你终将一事无成。

所以，亚马就自己一个人锻炼。他把哑铃放在沙地上，再将它像原始的举重练习一样举起；他疯狂地做俯卧撑，直到自己哭出来为止；他沿着社区步道疯狂地奔跑，直到自己呕吐为止。每天夜里，他站在洗衣房里，用越来越快的速度推着橡皮圆盘。每到夏季，母亲法提玛在医院工作。每隔一两天晚上，她需要协助一个生病的朋友，会很晚回家。亚马不知道她的那位朋友是谁。他并没有告诉她，他很想念她，因为他不希望她因良心不安而崩溃。法提玛会照顾所有需要她帮助的人，而她的儿子已经长大，可以耐心等候她了。

但是，他今晚没有锻炼，也没有去睡觉。一入夜，"洼地"那些和他年龄相仿的青少年就会聚集到"后山"一带，那是一个位于森林边缘、一个废旧砾石坑旁的小山丘。亚马从自己家的阳台就能看见他们，他们正在烤肉、抽大麻、漫天胡扯、高声大笑。他们只是……青少年。

一切都是有代价的。人们说，你必须练习一万个小时，才能真正精通某件事情。所以，亚马究竟得再花上多少个小时才能离开这里呢？他连自己的球队都没有。就在今年春天，他不顾一切地挺身而出，说出了凯文对玛雅所做的事情的真相，而后他就失去了自己的球队。就连玛雅那该死的老爸，也不在乎这件事情了。

亚马穿上衬衫，走出门外，转身朝"后山"走去。烤肉架旁边的人大多数是他孩提时代的旧识，但是他们看他的眼神，仿佛他是一头逃脱囚笼的动物。他难为情地停下脚步，双眼看着地面，直到某人突然笑了起来，递给他一根香烟。他没有多问那根香烟的成分。

"嘿，大明星！来享受派对吧！"那个给他香烟的人微笑起来。

她好甜美、好可爱。亚马闭上双眼，感觉自己正在溶解。当她握住他的手时，他心想：也许，我可以留在这里。其他的一切——冰球、球会、要求、压力，都可以见鬼去了。就这么一个晚上，他想当个正常人。他要疯狂抽烟，直到把自己弄得筋疲力尽。

他手上多了一罐啤酒，而他不知道这罐啤酒是打哪儿来的。所以，当一只无名手用力地打了亚马的下臂，使得香烟和啤酒罐脱手而出时，他大叫一声，然后本能地转身，一拳搰向那个白痴的胸口。

现在，他的童年玩伴利法已经相当高壮、魁梧。他毫不在意地受了那一拳，接着一把抓起亚马的衬衫，狠狠地将他摔下坡去。

* * *

超市老板"尾巴"弗拉克身材非常高壮。他几乎总是比一头待在洒水车上的拉布拉多犬还要开心。当彼得告诉他所有的情况时，他只是惊骇地睁大了双眼。他们坐在"尾巴"位于超市内的办公室里，里面塞满了关于熊镇冰球协会账务的文件。"尾巴"是球会的最后一位主要赞助商。现在，他全部的时间都花在计算出自己在不需要区政府提供经济援助的前提下，还能撑多久。

"我不懂……为什么理查德·提奥希望你和……"他站起身来，把门关上，然后才轻声把整句话说完，"'那群人'保持距离？"

彼得揉了揉自己的眼睛："工厂的新老板希望能够赞助'家庭式运动'。这样一来，媒体对他的印象会比较好。他们已经跟提奥说过，他们希望能够除掉'冰球暴民'。而且，就在有人在那名公职人员的座驾上插了一把斧头以后……"

"可是，这怎么可能办得到呢？""尾巴"问道。

彼得疲倦地闭上双眼："我会在记者会上发表声明，球会已经决定拆除冰球馆观众席的站位区。"

"会使用站位区的又不只是'那群人'……"

"的确。可是，'那群人'都会使用站位区。理查德·提奥才不管会发生什么事，他只在乎外界的观感。"

"尾巴"的瞳孔因惊讶而放大："这个提奥……他真是个该死的鬼灵精，太聪明了。大家都知道，今年春天是'那群人'在会员大会上投票支持你，你才能留在球会。所以，如果是你在报上发表声明和他们保持距离……那效果将不同凡响。"

"而且，理查德·提奥会得到他所要的一切：工厂、就业机会、球会。他将会获得一切的荣誉，不需要承担任何罪责。就连'那群人'都不会痛恨他，他们只会痛恨我。我们为他赢得下一届区议会选举提供了所有条件。"

"你不能这样做，彼得，'那群人'会……你知道他们是什么人……这伙人当中有些疯子，而且他们当中的某些人除了冰球以外，一无所有！""尾巴"说。

"那群人"当中的几个成员就在他的库房工作，所以他非常清楚。他们努力工作，并确保和他们值同一班的其他人也同样努力工作。要是店铺遭到偷窃，"尾巴"根本不需要打电话给保安公司，这伙人自己就会动手处理。与此同时，"尾巴"对这些男子的轮休做了巧妙的安排，让他们不需要动用节假日就可以到外地观看熊镇冰球协会的客场比赛。但是，要是警方在隔周找上门来，试图证实他们牵涉冰球暴民的斗殴事件时，他们的名字又刚好会出现在排班表上。"暴民？在这里上班的哪有什么暴民，""尾巴"会不解地喊道，"那群人？哪群人？"

彼得绞着自己的双手："尾巴，我还有什么选择？理查德·提奥只在乎权力，把球会交到他和我们完全一无所知的投资人手里，这简直……太不可思议了。可是，尾巴，说真的，如果不这么做，球会不出三个月就会倒闭！"

"我还可以再卖掉一家店面，或是针对这件事情贷款。""尾巴"斟酌道。

彼得将一只手重重地按在朋友的肩膀上："尾巴，我不能要求你这样做，你对这个球会已经是仁至义尽了。"

"尾巴"看起来像是受到了侮辱："球会？我和你就是球会。"

彼得的严肃随着一抹轻轻的微笑爆裂开来。"你的口吻太像苏恩了。当我们还小的时候，他老是念叨'我们就是球会'。"他模仿着那位年老的训练员说话的口吻。

小的时候，彼得和"尾巴"特别痛恨夏天。因为每到夏天，冰球馆都会闭馆。他们就在空荡荡的停车场上和"雄猪"及另外几个人成了要好的朋友，这可是一群不在乎在湖里游泳、不在乎在森林里玩打仗游戏的小鬼头。他们用残旧的冰球杆和网球在柏油路面上打起冰球，直到天黑。他们拖着酸软不堪的膝盖回家，内心如同赢得了十座世界杯冰球赛冠军那样兴奋。现在，他们其实就坐在同一个停车场上，"尾巴"就是在这里建立了自己的第一家超市。他将手搭在一张泛黄的冰球队团体照片上，对彼得说："你这个白痴，我不是为了球会这样做，我可是为了你才这样做的。二十年前，我们夺得银牌，你在比赛终止前得到球，准备最后一击的时候，你记得是谁给你传的球吗？"

彼得怎么会不记得？大家都记得。球是"尾巴"传的，彼得射门不中。也许"尾巴"感觉他们得到了银牌，但彼得只是觉得他们丢掉了金牌。都是他的错。但此刻，弗拉克用手背擦干双眼，低声说道："彼得，如果再给我一百次机会，我还是会把球传给你。我会为了你把所有的店面都卖掉。当你的球队里有个明星的时候，你就是要这样做：完全相信他。我们都得把球传给他。"

彼得瞪着地板说："尾巴，到哪儿还能找到像你这么忠实的朋友啊？"

"尾巴"的脸因骄傲而涨得通红："在冰球馆。只能在冰球馆找到。"

* * *

一名已经相当老迈的男子摇摇晃晃地走进毛皮酒吧。他是"伯父五人组"的一员，拉蒙娜可从没看过他独自一人出现。他看起来比他的实际年龄整整大了一倍，岁月好像在他身上裹成一团。

"其他人来过没有？"他问道。他指的是总会跟他在一起讨论冰球的朋友们。

拉蒙娜摇摇头，问道："你没有打电话给他们吗？"

这位伯父看起来很不开心："我没有他们的电话号码。"

日复一日、年复一年，"伯父五人组"不是在冰球馆看冰球比赛，就是窝在毛皮酒吧聊冰球比赛。他们有着一模一样的日程安排，每年的九月对他们来说就是一月份。他们要彼此的电话号码干吗呢？

伯父在吧台前站了一会儿，手足无措起来。然后，他走回家。他和他的朋友们，五个人总是一起出现，每天窝在同一家酒吧畅谈冰球赛事。他们五个人可不想每天坐在同一个酒吧里，只是喝酒而已。

＊　　＊　　＊

围在烤肉架旁边的青少年们已经沉默下来。没用多久，利法就从无名小卒变成了这个圈子里一言九鼎的老大。他无须提高音量。

"谁要是敢再给亚马一罐该死的啤酒或一根烟，就永远不准在这里烤肉。懂不懂？"

亚马在小山丘下方咳嗽着，从砾石堆里站起身来。札卡利亚紧张地站在后方一段距离外，衬衫上沾着融化的奶酪。不久前，利法来到他家，表示他听说亚马就在小山丘上，札卡利亚试图说服利法递给亚马一块温热的三明治，但利法只是瞪了他一眼。此后，札卡利亚便不敢再作声了。

"利法，我只是在参加派对！把你自己的事情管好！"亚马挤出这么一句。

利法握紧拳头，但没动手揍人。他只是泄气地朝下方的租赁公寓走去。札卡利亚扶起亚马，无奈道："亚马，这不是你……"

"什么'我'？已经没有我了！已经没有球队要我了！"亚马也听出自己的声音是多么脆弱。

利法回头朝上坡路走去，一帮手持冰球杆的青少年紧跟在后。利法指着其中一个青少年说："说出当你们打球的时候，你觉得你是谁！"

小男孩害羞地清了清嗓子，嗫嚅着开口，刘海下的双眼望着亚马："我是……你。"

砾石从亚马的头发间落下，利法用一根手指顶住他的胸口，说："你觉得自己很可怜吗？”

“我不觉得……”亚马才刚开口，利法就打断他的话，指着他家的屋子说：“该死的，阿札和我每天都跟你在这座院子里打球，你真的以为我们觉得这样很好玩吗？你不觉得阿札宁可去打电脑游戏吗？”

“是，是……我宁可……”阿札做证。他的衬衫上还粘着小小一片奶酪。

利法双眼冒火：“去你的，亚马，我们每天晚上都陪你练球，就是看到你有未来。你注定会出人头地的。”

“我现在不属于球队，我……”亚马抱怨着，但利法不让他有机会争辩：“闭嘴！你得滚出这里。你知道为什么吗？因为不管你有没有放弃，这些青少年都会以你为榜样。所以，你应该去练球！因为当你有朝一日打进 NHL、接受电视采访的时候，你会说你是这里人。你是从‘洼地’来的，你出人头地了。我们庭院里每个该死的小鬼都会知道这一点。所以，他们就会乐意以你为榜样，而不会像我一样。”

泪水从利法脸颊上奔流而下，但是他毫不在乎、毫不遮掩：“你这个自私鬼！你知不知道大家为了你的才能付出了多少？”

亚马浑身颤抖，利法走上前拥抱他，两人仿佛又回到了八岁。利法亲吻着亚马的头发，对他耳语道：“我们跟你一起跑步。今年整个夏天，这里的每个疯子都愿意跟你一起跑步。”

他可不是在胡说八道。当天晚上，利法真的陪亚马在社区步道旁来回跑动，直到体力不支、累倒在地。当亚马背着好朋友回来时，札卡利亚接着陪他跑。阿札跑不动时，再换别人跑。整整两打该死的疯子向亚马承诺：只要他需要有人陪他跑步、锻炼，他们绝对不会再抽烟、喝酒。

十年后，当亚马成为职业冰球球员时，他始终记得这一切。当时陪着他锻炼的其中几个人已经死于毒瘾；有些人死于暴力事件；有些人已经锒铛入狱；有些人则已经躲了起来，从此不问世事。但是，其中某些人仍将拥有伟大、值得骄傲的人生。那时大家都将知道，就是在那个夏天，他们为了某个目标一同奔跑。亚马将会以英语接受电视台专访，记者将会问到他是在哪里长大的，而他会回答："我来自'洼地'。"那时，每个疯子都会知道，他可没忘记那段往事。

他没有球队，他们便给了他一支军队。

14. 一个陌生人

彼得独自穿过熊镇，经过那栋经历母亲过世、他不得不回避父亲哀痛的住宅，经过那座曾经让他感受到强烈归属感的冰球馆，经过那个他初次遇见好友"尾巴"和"雄猪"的停车场。当彼得获得职业冰球联盟的合同时，在动身前往加拿大的前一天晚上，他还跟他们一起练球。他们就用一颗网球，在柏油路面上练球。他们小时候就是这样练球的。他感到莫名紧张，惊恐不已。因此，他的朋友们就说："哎呀，冰球真是太简单了。如果你完全不管旁边那些乱七八糟的狗屎蛋，不管看台，不管观众，不管记分板，不管钱，一切都简单得不得了。人手一根冰球杆，两个球门，两支球队。"

当然，他们的教练苏恩就是这样对他们耳提面命的。无论是关于人生，还是关于冰球，他们总是会向苏恩寻求建议。这个教练简直比他们的亲生父亲还要像父亲。所以，彼得现在正要去找苏恩。穿越一个小镇来到教练的家，就是要告诉他，自己刚得到拯救球会的最后机会。

这名饱受心脏病折磨的老人身形消瘦，双肩低垂，T恤上的熊头低低地垂在腹部。他无妻无子，就像一个毕生只为冰球卖命、已经年华老去的将领。他是什么时候变得这么老的？彼得心想。苏恩似乎看破了他的心思，疲倦地笑着道："你看起来倒也不像一朵刚盛开的小玫瑰，这你应该很清楚吧。"

一条小狗欢快地在老人的脚边吠叫，他对它训斥道："你给我乖一点！至少假装一下！"

"你还好吗？"彼得问。

苏恩像父亲一般拍拍彼得的肩膀，注意到他双眼眼圈下方深深的皱纹。苏恩点点头道："我可以感觉到你的心情。有什么是我可以帮你的吗？"

于是彼得和盘托出，一个他一无所知、似乎颇有权势的赞助商和一个没人信赖的政客，可以帮助他拯救苏恩T恤上印着的熊镇冰球协会，不过前提是他得拆掉看台站位区，将"那群人"撵出冰球馆。但是今年春天，正是"那群人"保住了他的工作。

苏恩聆听着。然后，他说："要来点咖啡吗？"

"我来这里是想听你的建议。"彼得不耐烦地坚持着。

苏恩摇摇头，哼了一声："真是无稽之谈。当我还是你的教练、你准备要操刀罚球的时候，你总是会走到板凳区，让大家都以为你是来寻求我的建议。你人真好，用这种方式向老教头表示尊敬。但是，你我都知道，你早已做出决定了。现在，你也已经做了决定。来杯咖啡吧！虽然它的味道糟透了，但它可是很浓的。"

彼得仍顽固地站在玄关，说："可是，就算我能拯救球会……如果你不能训练这支球队，我就没教练了！"

苏恩回以纵声大笑。彼得直到这时才了解原因，跟着他走进了厨房。

苏恩并非独自一人，餐桌旁还坐着一个陌生人。苏恩满意地眨眨眼睛说："这位是伊丽莎白·扎克尔，你也许认识她。她不久之前才打电话过来，表示她能接管我的工作。"

*   *   *

蜜拉·安德森坐在小别墅外的台阶上。她正等着一个永远不会出现的男子。她的那位同事曾说："男人！你知道为什么男人不可信吗？因为他们爱男人！蜜拉，没有人比男人更爱男人！就算是体育比赛，只要不是男人的比赛，他们都是不看的！汗流浃背、喘着粗气的男人和别的男人打来打去，看台上还坐着一万个男人，男人就喜欢这样。我能想象到，世界上很快就会推出一种专门针对异性恋男人、只由男人主演的色情片！这些异性恋男人看到男人并不会勃起，可是他们就是不相信女人有能力打炮！"

这位同事总能逗得蜜拉哈哈大笑。这次也一样。一个穿西装的老头在客户会议上毫不遮掩，直接打喷嚏，声音震耳欲聋。这位同事喊道："你们这些男人！想想看，你们要是有月经的话，该怎么办啊。你们连当众掩饰一下自己的体液的能力都没有！"

但是就在今天，这位同事不但没能让蜜拉发笑，反而让她感到羞耻。这位同事赌上了她们的友情，一直唠叨着她们真该一起成立一家公司。蜜拉对此从来不需要找借口，因为这个"梦想"本来就是一场玩笑，是那种每隔约三个月，你喝了半瓶葡萄酒，越来越自大、不可一世时，会拿来说说的玩笑。可是就在今天，这位同事手中抓着一份文件，直接冲进蜜拉的办公室："这里正在招租！"是的，那间她们多年来梦寐以求的办公室现在正在招租。要是能弄到这间办公室，她们毫无疑问就能从眼前这家律师事务所抢走几个大客户。这真是再完美不过了。

然而，蜜拉的回答一如往常："考虑到彼得的工作和孩子们，我现在不能这样做，我要花时间陪伴玛雅。"这位同事俯身贴在她的办公桌上："你知道，我们的客户都会跟随我们的。我的存款够用。现在不动手，什么时候再动手？"蜜拉找着借口，但唯一能找到的借口就是时间。创办一家公司每天必须工作十六个小时，一周工作七天，这样一来，她要如何安排儿子冰球训练、女儿吉他课程的接送，冰球馆小店的轮值呢？

这位同事严肃地盯着她的双眼："蜜拉，你在同时扮演四个不同的女人。你想同时把这些不同的角色演好，一个好太太、一个好妈妈、一个好职员，这样你能撑多久啊？"

蜜拉假装盯着电脑读着一份重要文件，但最后还是放弃了，问道："你说有四种女人，太太、妈妈、职员……那第四种是什么？"这位同事俯身贴在办公桌上，压着电脑屏幕，阴沉地敲了敲，说："就是她，蜜拉。什么时候才会轮到这个女人呢？"蜜拉就在阴暗的映影中，和自己四目相对。

现在，她就坐在别墅外的台阶上，喝着葡萄酒，等着一个似乎永远不会到来的男人。

*　　*　　*

彼得伸出了手，伊丽莎白握住他的手，内心仿佛十分不情愿。她的肢体语言十分奇怪，仿佛她体内坐着一个小小的伊丽莎白·扎克尔，正试图用控制杆操纵他眼前的这个伊丽莎白·扎克尔。

"我看过你参加奥运比赛……"彼得承认。

扎克尔看起来不知道该怎么处理这个信息。所以，苏恩插嘴道："见鬼，彼得，你眼前这个人可是有着两百四十场国家队比赛的经验！拥有奥运会和世界杯的资历！她还拥有教练执照！她如果是男人，你现在肯定已经跪下来，拜托她接管我的职务了！"

彼得接过咖啡杯，在餐桌前一屁股坐下，用哀怨的眼神望着伊丽莎白·扎克尔。

"可是，如果你是男人，你现在肯定已经有工作，而且受聘于精英球会，不是吗？"

扎克尔简短地点点头，证实了他说的话："我是没机会带一支好球队，所以我决定来带一支超级差队，然后让它变成强队。"

彼得受辱般地眨了眨眼，苏恩放声大笑，而扎克尔看起来完全不能理解自己的话怎么会让听者产生这种反应。

"你们现在不就是一支超级差队吗？"

彼得不情愿地微笑说："你怎么知道我们需要一位新教练？苏恩对自己的病情可是保密到……"

他猜到了答案，所以就没再说下去。扎克尔不需要说出"理查德·提奥"。彼得喝着咖啡，忍俊不禁地对自己喊道："这个提奥，真是聪明。一个女教练……"

"那次被强奸的那个女孩是你的女儿吧？"扎克尔插嘴道。

彼得和苏恩不自在地清了清嗓子，扎克尔疑惑地问道："到底有没有被强奸？被你们俩亲手调教出来的一个球员强奸？"

彼得声音低沉道："这就是你来这里的原因吗？来帮理查德·提奥搞公关？一个强奸犯待过的球会聘用了一位女教练……媒体肯定会喜欢这

个话题的。"

扎克尔不耐烦地起身道："我不会和媒体谈话的。这种事情你去做就可以了。而且我才懒得管理查德·提奥的公关事务，我在这里扮演的角色可不是女冰球教练。"

彼得和苏恩面面相觑。

"那你想当什么？"苏恩问。

"冰球教练。"扎克尔回答。

苏恩搔着肚皮。他总是说，我们都假装冰球十分复杂，但它实际上一点都不复杂。当你把周边一切乱七八糟的事情全部清掉，冰球比赛就简单得不得了：人手一根冰球杆，两个球门，两支球队，我们对抗你们。

某种声音从苏恩家的庭院里传来。苏恩抬头一望，大笑起来。但彼得还深陷在自己的思绪里，一开始并没有注意到这是什么声音。

"我……"他开口说话，努力让自己的声音听起来像个大人、像个体育总监、像个领袖。

然而，他被那个声音打断。"砰！"彼得顿时变回过往那个怀抱梦想的小男孩，立刻认出了这个声音。他用质疑的眼神望着苏恩。"砰！砰！砰！"这声音不断从庭院里传来。

"这是怎么回事？"彼得问。

"对呀！我好像忘记告诉你啦。"苏恩笑着说道。但从他的表情能看得出来，他其实什么都没忘记。

彼得起身，顺着声音的方向往外走去，穿过露台的门。苏恩的房子后方站着一个四岁半的小女孩，正使尽全力将橡皮圆盘射向墙面。

"彼得，你还记得吗，以前你常到这里来做一模一样的事情。"苏恩满意地宣布，"她比你还棒。她刚到这里的时候，就已经学会看时间了！"

彼得凝视着射向墙面的橡皮圆盘，再看着它神气活现地弹回来。其实这种运动再简单不过了。小女孩一次射门不中，气得使尽全力将冰球杆砸在墙面上。冰球杆应声折断。直到这时她才转过身，看到彼得。看着小女孩，彼得本能地弯下腰来，内心因童年的记忆而澎湃着。

"你叫什么名字？"他低声问道。

"爱丽莎。"她回答。

彼得望着她身上的瘀青。小时候，他身上也有过类似的瘀伤。他知道，如果他问她这些瘀伤是怎么回事，她肯定会说谎。小孩对自己父母的忠诚度可是高得不得了。所以，彼得蹲下来，用一种颤抖、充斥着自己童年时那种绝望感的声音对小女孩保证："我看得出来，你平常只要一做错事就会挨打。但是冰球永远不会这样对待你的。你懂我说的话吗？冰球永远不会伤害你的。"

小女孩点点头。彼得取来一根新的冰球杆。爱丽莎继续射门。苏恩在他们背后说："彼得，我知道你已经下定决心要拯救球会。但我还是要提醒你：想想你是为了谁而拯救这个球会。"

彼得朝这个老人不住地眨眼："在我这一生中，你一直都是甲级联赛代表队的教练。难道你突然间就准备把工作交给一个……陌生人？"

他尽可能克制自己，使"陌生人"这三个字不至于脱口而出。苏恩喘着气，回答："我一直希望熊镇冰球协会不仅仅是一个球会。我不相信分数和记分板，我相信信号和象征。我相信，培养人格比一手打造大明星还要重要。你也是。"

"而你真的觉得，这位站在你家厨房里的伊丽莎白·扎克尔也是这么想的？"

苏恩微笑着摇摇头说："不，伊丽莎白跟我们不太一样。不过，也许现阶段的球会就需要这个。"

"你确定？"彼得问道。

苏恩拉扯一下裤带。他逐渐衰竭的心脏使他的双腿消瘦，裤管变得越来越宽。他当然不愿放手自己的工作，没人想这样做。可是，他为了这个球会付出了自己的一生，所以当他的骄傲感即将死灭的时候，如果他不准备将它一口吞下……他又算是哪门子领导呢？

"彼得，你什么时候百分之百确定某件事情呢？我只知道，熊象征这座城市最良善的特质，现在有人却认定这是我们最坏的特质，要亲手将它葬送掉。如果我们任由这些恶棍得手，任由这些人为了一己之私就加速把钱全灌到赫德镇去，我们对这个小镇的孩子会释放出什么信号呢？我们就只是一个球会？难道你挺身而出说真话的结果，就是这样？"

"那么，扎克尔跟你相比有什么差别？"彼得问道。

"她是个赢家。"苏恩说。

他们再也无话可说，只能站在原地，看着爱丽莎将橡皮圆盘射向墙面。砰砰砰砰砰。彼得走进卫生间，拧开水龙头。他站在镜子前，却没有看镜中的自己。当他从卫生间走出来时，扎克尔已经穿上了长靴。

"你要去哪里？"彼得问道。

"我们应该已经谈完了吧？"扎克尔回答的口气，好像她已经被任命为教练了。

"我们总该谈谈球队的事情吧？"彼得指出。

"我去多煮一点咖啡。"苏恩一边说，一边挤进厨房。

"我不喝咖啡。"扎克尔说。

"你不——喝——咖——啡？"苏恩嘶吼道。

"我来的时候不就说过了嘛。"

"我以为你在开玩笑！"

彼得就站在这两个人中间，双手揉着眼皮。

"喂喂喂，球队的事情怎么办？我们总得谈谈球队吧！"

伊丽莎白·扎克尔此刻的表情看起来仿佛那个小小的伊丽莎白·扎克尔从真正的伊丽莎白·扎克尔体内钻了出来，正在寻找电源开关。

"哪个球队啊？"她问道。

比赛规则可能很简单，但人性可是一点都不简单。

砰，砰，砰。

15. 维达·雷诺斯

熊镇中学的教职员即将在秋季学期开学前召开教学规划会议。一如往常，讨论的主题将包括预算、教学大纲，以及体育馆的改建计划。然而，一个名叫"维达"的学生突然出现在班级名单上，所以一名教师会在会议上问到这个学生的事情。校长将会不胜其扰地清清嗓子说："是的，这个学生之前在这里上过学，现在又转回这里。这个通知来得有点突然……"那名教师问到那个学生在那段时间在哪里，是否在其他学校上学。"没有，维达是在……他在替代教育系统上学。"校长咳了咳。"你是说青少年监狱？"那名教师问道。"我觉得那比较像是……治疗中心。"校长指出道。这名教师似乎不理解，也不在乎这其中的差异。

坐在教室较后方的一名教师小声道："施暴加持有毒品罪，还企图打死警察！"另一名教师嗤之以鼻："我才不要让这个精神病患者进我的教室！"某人提高音量问道："那维达不就要在里面待更久？"但是，没

131

有人回答他。另一个人不安地问道："维达？他姓什么？"校长回答的时候，睫毛不住地抖动着："雷诺斯。他叫维达·雷诺斯，是提姆·雷诺斯的弟弟。"

* * *

伊丽莎白·扎克尔搔着自己的头发，她的发型实在说不准是理发师特意剪的，还是不小心失手误剪的。她足蹬适合零摄氏度以下低温、至少比脚大两号的靴子踏出苏恩家的大门，点燃一根雪茄烟。彼得紧跟在她后面，感觉相当不安。

"你这是在搞什么？"他问道。

扎克尔显然非常不擅长解读别人的感受。她还以为他问的是她手中的雪茄烟："这个？嘿……我不知道。我是严格的纯素食主义者，不喝酒，也不喝咖啡。如果我不抽上几根烟，没有一个明理人会信任我的。"她仿佛经过深思熟虑才说出这些话，不像在开玩笑。

彼得长叹一声，道："你总不能只是来到这里，完全不提你准备怎么带我们的球队，就自以为要接任总教练吧？"

扎克尔满嘴都是烟，歪着头说："你是说，你们现在的这支球队？"

"对！就是你准备接的这支球队！"

"哦，你是说你的甲级联赛代表队？那真是一支差队。一堆又老又糟糕的过气球员，都是其他队挑剩的。"

"可是，你要把他们变成强队，你不就是这么说的吗？"

扎克尔咯咯一笑，笑得既不友善，也不迷人，反而有点蔑视的味道。"不，不，不，别闹了，一支烂队是不可能变成强队的。我又不是哈

132

利·波特。"

她吐出的烟气飘到彼得的眼皮底下，让他丧失理智："那你在这里干吗？你到底想怎么样？"

扎克尔从口袋里抽出一张皱巴巴的字条，面带歉意地将烟雾从彼得的面前吹开。她面带犹豫，不过似乎不是因为自己抽烟，而只是对彼得不抽烟感到遗憾。

"你在生气吗？"

"我没有……生气。"彼得冷静下来。

"你看起来有点生气。"

"我才没有生……闭嘴！"

"别人曾告诉我，我不怎么会处理……人情世故，就是这种……情绪，类似这种事。"扎克尔承认道，但脸上仍然毫无表情。

"你自己不觉得吗？"彼得讽刺地说道。

扎克尔将那张字条递给他："……不过嘛，我可是个好教练。而且我也听说了，你是个很好的体育总监。如果你能把写在这张纸上的所有人弄来，我就能带出一支常胜军。"

彼得读着这些名字：波博、亚马、班杰。

"他们都还只是青少年……其中一个只有十六岁……你要用这伙人打造甲级联赛代表队？……"

"他们不是组建甲级联赛代表队，他们要来带领这支甲级联赛代表队。这个，就是我们的新队长。"扎克尔打断他的话。

彼得先是瞪着她，然后看着她手指指着的名字："你要指派他来当队长？当我们甲级联赛代表队的队长？"

"不，这种事需要你来做。你最擅长处理人情世故了。"她的回答听起来这似乎是全世界最天经地义的事情。

然后，她又向他递来另一张字条，上面写着"维达"。彼得只看了一眼，就大叫道："打死我都不干！"

"所以，你知道维达？"

"知道！他……他……"

彼得浑身颤抖着，最后甚至开始转圈，活像一只定时完成的煮蛋计时器。苏恩站在门口，手里端着咖啡。扎克尔虽然嘴上婉拒着，但还是接过了那杯咖啡。

苏恩嘴角上翘着笑起来："维达？那小子，我们当然知道。他应该是不能在你的队里打球。这是出于……地理因素。"

扎克尔回答的口吻并不自以为是，只是就事论事："我已经获得担保，他们很快就会让他出来。"

"把他从戒毒中心放出来？现在这是什么情况？"苏恩嗤之以鼻。

扎克尔并没有提"理查德·提奥"。她只说："这不是我的问题。我的问题是：我需要一个守门员。而他似乎是熊镇最好的守门员。"

彼得气到双手抱胸："维达是……罪犯，而且是……精神病患者！我的球队不能有这种人！"

扎克尔耸耸肩："这可不是你的球队，而是我的球队。你们不是在问我'想'怎么样吗？我就是想赢。想赢，就不能只靠几个老掉牙、其他球队都不要的球员，你们得多给我一点支援才行。"

"什么？"彼得绝望地咕哝道，靠在墙上。

扎克尔吐出一大口烟："我需要一帮抢匪。"

* * *

提姆·雷诺斯走进毛皮酒吧。拉蒙娜的身体贴在吧台上，温柔地拍了拍他的脸颊。他带来两袋食物，其中一袋更多的是香烟。自从霍格离开拉蒙娜以后，她就不再外出。提姆从未因此责怪她，而只是确保她衣食无忧。正因如此，她绝少指责他的人生选择。道德标准总是可以讨论的，但两人都心知肚明，绝大多数人每日但求糊口。正如拉蒙娜常说的："每个人都只是陷在自己的狗屎蛋里。"

头发梳理得整整齐齐、下巴上的胡子刮得干干净净的提姆，看起来几乎是人畜无害。要是你每天早上来得够早，拉蒙娜的神志可是清醒得很。

"你妈妈好吗？"她问道。

"很好，她很好。"提姆说道。

拉蒙娜知道，他的母亲总是疲倦不已。她实在太喜欢安眠药和生活紊乱、不检点的男人了。当提姆长大时，他虽然有力气把那些男人轰出门，却无法让她摆脱安眠药。他那双蓝色的眼睛里反映着他希望母亲过的人生。与长年来跌跌撞撞走进毛皮酒吧买醉的男性酒客相比，拉蒙娜允许自己给提姆更多的关心。也许，这就是原因吧。然而，就在今天，那双蓝眼睛还因为某种东西闪闪发亮，那就是希望。

"维达刚刚打电话来啦！你知道他说了什么吗？"他大喊道。

好几件警方的调查案指出，提姆·雷诺斯"非常危险"，足以置他人于死地。虽然一堆人宣称他是罪犯，但他总会像个犹豫、心急的小男生一样走进一家位于熊镇的酒吧。

"小鬼，你在玩什么花样？玩问答游戏吗？直接说啊！"拉蒙娜不耐烦地要求。

"他们要释放他啦！我弟弟要回家啦！"提姆笑道。

拉蒙娜简直不知道自己的双脚该往哪里摆，最后，她在酒吧里绕了两圈，才喘着气说：“我们需要好一点的威士忌！”

提姆已经把一瓶酒放在了吧台上。拉蒙娜绕过吧台，拥抱他：“这一回，我们可得好好照顾你弟弟。这一回，我们不会再让他跑掉！”

这位老酒保和那位年轻气盛的打架王不约而同地大笑起来。今天，他俩实在是大喜过望，以至于没有细究为什么维达这么早就被放出来，转动钥匙的究竟是谁的手。

*　　*　　*

政治就是一连串永无止境的谈判与妥协，即使过程常常相当复杂，但原则其实非常简单：大家都希望在某种形式上获得报酬。所以，绝大部分的官僚体系会以这种方式运作——给我点什么东西，这样我就能替你做点什么。文明就是这样构建出来的。

理查德·提奥相当享受坐在自己车里的感觉，他每年的行车里程数达到数万公里。科技使许多事情变得更加便利，但它可是会留下痕迹的。电子邮件、短信和电话录音永远是政客最大的噩梦。所以，提奥把车子开得很远，这样他才能安静地打电话，这种情况下才没人能证明他打过这个电话。

彼得·安德森猜对了，提奥了解伊丽莎白·扎克尔在公共关系上所能创造的附加价值，所以才打电话给她。强奸犯待过的球会居然聘请了一位女教练。提奥也深知赢球的重要性。因此，当扎克尔逐一审视熊镇冰球协会甲级联赛代表队的球员名单上的球员时，提奥就问她：“你需要什么？”她回答道：“首先，我得有一个守门员。两年前，有个青少年代表队球员的数据很亮眼：维达·雷诺斯。但他好像从人间蒸发了。他怎么啦？"提奥对冰球一窍不通，但他精通人情世故。

要找出维达所待的戒毒中心并非难事。经年累月以来，提奥已经和许多不同政府机关的职员与委员会的成员变成了好朋友。因此，他打电话问扎克尔："你有多需要维达的加入？"扎克尔回答道："如果你能向我保证他的加入，而我能再从熊镇找出三个好球员的话，我就能赢球。"

理查德·提奥不得不提供一些私人服务。他得为此做出一些承诺，并搭上几十公里的车程。但是维达·雷诺斯很快就会被释放，他的服刑期可比原先预期的要缩短很多。他们遵守所有法条，甚至没有违反任何行政条例。只不过，理查德·提奥和握有权限的委员会主席成了好朋友，而这个案子不巧又换了一个承办员，这位新的承办员认为："必须重新调查并解读照护的需求。"

维达因持有毒品和施暴被捕时才十七岁，所以被判在戒毒中心接受照护。官僚体系很复杂，体系人员也会犯错。请将手放在胸口，扪心自问："照护需求"难道不需要不时地重新评估一下吗？想想看，戒毒中心可是人满为患，让青少年在那里待太久，虚掷光阴，岂不是更不负责任的政策吗？

新任承办员在调查报告书中声明：维达·雷诺斯在进入戒毒中心之前，本来是个前途无量的冰球新星，如果能够在"比较开放的模式下让这位青少年重新从事有意义的活动"，将有助于他的复检过程，使他能够"重新融入社会"。正常情况下，释放他的流程本来要经过一系列手续，他必须被转到其他戒毒中心观察。但是，如果他能够获得"整洁且安全的住所"，这些都可以重新评估。因此，由熊镇镇政府所拥有并经营的房地产公司便在"洼地"腾出了一座公寓，提供给维达入住。当然了，理查德·提奥跟这件事情一点关系都没有，这种事情可是贪污的行为啊。

当然，这名新接办维达·雷诺斯案件的承办员也不是熊镇本地人；如果承办员是熊镇人，这就十分可疑了。可是，这名承办员新近才过世的岳母刚好就是熊镇人。承办员的妻子继承了一座临海的小房屋，过了几个月，区政府"刚好"又收到一份申请函，申请人要求在那块空地上兴建小木屋，以便出租。正常情况下，这种申请通常都会被驳回，因为谁都不能在如此接近水边的区域盖房子。但是这一次，承办人"刚好凑巧"就把营建许可批了下来。

一张又一张签了字的文件层层交叠着，一级又一级的官僚体系给予许可。伊丽莎白·扎克尔终于得到一名守门员，提姆·雷诺斯将迎接弟弟回家，彼得·安德森将不得不面对危险的敌人。终极赢家就是这位理查德·提奥，他大获全胜，坐享渔人之利。大家都想获得报酬，区别在于每个人想获得的报酬不同。

＊　　＊　　＊

彼得离开苏恩家以后，苏恩与扎克尔就陪小女孩爱丽莎回家。

"我明天还可以回来射门吗？"这名年仅四岁半的小女孩问道。

苏恩向她保证。扎克尔面无表情。苏恩不得不告诫她，不要在小孩面前抽雪茄。扎克尔的表情看起来似乎无法理解究竟是这种行为比较不妥，还是这个小孩在戒烟，不能被别人影响。

当爱丽莎跑进屋子后，苏恩就对扎克尔蹙眉道："你想让维达加入球队？你不是在开玩笑？"

"他难道不是一个很棒的守门员吗？我看过他最后一个球季的数据。他有什么问题吗？"

"维达也许是这座城市有史以来最厉害的守门员，可是他以前也有过一些……问题。"

"他到底能不能下场比赛？"

"能不能出赛跟适不适合出赛是两回事。"苏恩说明道。

扎克尔的不解世事简直令人震惊。

"冰球的事就归冰球。他如果够厉害，就适合下场比赛。彼得为什么对他这么反感？"

苏恩努力克制住自己的笑意："彼得没有……反感。"

"他看起来很反感。"

"维达……一冲动起来，就控制不了自己。而彼得不喜欢……湿答答、黏糊糊的东西。"

"湿答答、黏糊糊的东西？"

"维达……咳……我到底该怎么说呢？他哥哥是……"

"流氓，也就是'那群人'的头儿。这我听说了。"扎克尔插嘴道。

苏恩清了清嗓子，说："对……嗯……也不对……这里并非真的存在'某一群人'……媒体对这件事有点过度炒作了。可是，嗯……有一次，在一场甲级联赛代表队的比赛之后，两支球队的支持者在体育馆外大打出手。提姆加入了这场群架。而在那之后，青少年代表队就有比赛要打。但是就在开赛前，熊镇的青少年代表队却没了守门员，因为维达已经被送进警车了。他直接冲出来加入群架行列，杀进打成一团的群众，脚上还穿着溜冰鞋呢。另外一次，他杀进冰球馆，骑着摩托车直接冲下看台。他那时候有点……嗯……喝醉了。还有一次，他听说彼得·安德森在球会的理事会议上讲'暴民们'的坏话，所以他一整晚就在那一带绕来绕去，把所有的橡皮圆盘偷了个精光。对，我说的是每一个橡皮圆盘，那座该死的冰球馆里的、体育用品店里的，还有人家车库里的……第二天就是男童冰球队的巡回赛，我们不得不请求现场观众，回自家阁楼的储藏室里找一找，看是否还有橡皮圆盘，捐给我们，这样我们才能照常进行比赛。另外一次，维达动手揍了一个裁判的……嗯，对……命根子，就在比赛进行到一半，在众目睽睽之下。彼得将维达赶出了球会，他就直冲进冰球馆，在彼得的办公桌上拉屎。"

扎克尔无动于衷地点点头："彼得不喜欢湿答答、黏糊糊的东西？"

苏恩咯咯地笑了起来："只是将咖啡滴在彼得的办公桌上就足以让他大发雷霆，更别提粪便了。他绝对不会让你把维达列入球队名单。"

扎克尔摆出一副对事情前因后果显然一无所知的表情，问道："在你们熊镇，还有比维达更厉害的守门员吗？"

"没有。"

"我是要训练一支冰球队。我唯一知道的、该做的事情，就是对所有人一视同仁，而不是搞什么差别待遇。好球员就是好球员。"

苏恩点点头："是呀。彼得肯定会和你吵个不休的。"

"这有什么不好吗？"

苏恩露出微笑道："没什么不好。一个精力充沛的球会必须由愿意燃烧热情的人们组成。火花就是在摩擦中产生的……"

"森林大火不也是这样吗？"扎克尔补充道。

"你把我的比喻给毁了。"苏恩发出一声叹息。

"那是比喻啊？对不起。我不是很在行……"

"你是对人情世故不在行，还是对情感不在行？"苏恩猜测道。

"……我需要能够……动手执行的球员。"

"这就是你为什么需要彼得啊。由他来激励他们，由你来训练他们。"

"是。"

"他是不会跟维达讲任何话的。可是，我可以跟维达的哥哥谈谈。"

"他的哥哥？"

"是。"

"那另外三个人呢？波博、班杰和亚马呢？彼得会跟他们谈吗？"

"不会。"

"不会？"

"如果你希望他激励班杰、波博和亚马，他可不需要跟这些男孩子谈，他得跟他们的妈妈和姐姐谈。"

"你们这个小镇真是够奇怪的。"扎克尔指出道。

"我们的确经常听到这种评语。"苏恩承认道。

16. 熊镇和全世界对着干

刊登在地方报纸上的新闻迅速传播开来。也许，这是因为实在没有别的新闻好聊。也许，这是因为冰球在这里拥有比在其他地方更高的地位。又或者，风向在绝大多数人浑然不觉的情况下就已经悄悄改变。

报纸上用斗大的字写着标题："大型赞助商拯救了熊镇冰球协会：体育总监彼得·安德森辟室密谈"。标题下方的一两行文字又爆出了一个内幕："据消息来源，前女子冰球国家队队员伊丽莎白·扎克尔将会接任甲级联赛代表队教练的职务。因此，她将成为熊镇冰球协会历史上第一位女性教练。"

报纸上并未写出他们是从哪里获得这些消息的，他们只写了"根据接近球会高层的可靠消息来源"。

＊　　＊　　＊

政客需要冲突才能赢得选举，然而他们也需要盟友。理查德·提奥只知道有两种方式能够让不喜欢你的人仍然站在你这边：共同的敌人，或共同的朋友。

就在彼得·安德森与伊丽莎白·扎克尔见面的同一天，地方报社的一个记者打电话给区政府的另一个公职人员。但是，接听这通电话的是理查德·提奥。"很抱歉，您要找的人正在度假。我刚巧经过走道，听见电话在响。"他友善地说。

"哦……他的助理发了一封电子邮件给我，让我打电话来……说是有关于'熊镇冰球协会的内幕消息'！"

提奥装傻的本领简直让人叹为观止。那名公职人员的助理的电子信箱的密码刚好是某个脏话加上数字"12345"，真是太巧合、太幸运了。

"熊镇冰球协会的内幕消息？应该是关于他们新任的教练和新的赞助商吧？"理查德·提奥相当热忱。

"什么？"这名记者脱口而出。

提奥装出犹豫不决的口吻："不好意思……我还以为这已经算是公开信息……我真傻……也许我说了不该说的话！这件事情真的不是我在管！"

记者清了清嗓子说："能不能请你……详细说明一下？"

"那我可不可以拜托你，不要在你的报道里提到我的名字？"理查德·提奥问道。

这名记者当然做出了保证。提奥小心翼翼地表示，他可"不希望偷

142

取本来属于彼得·安德森的关注，为了这一切，彼得不知付出了多少！"

当这则新闻出现在网上时，提奥走进超市，要求找店主，于是店员将他带到了库房。

"尾巴"正在将货品入库。他其实只是一个开着肮脏卡车、以前打过冰球的糟老头，但他仍一如往常穿着西装。年轻时，"尾巴"始终难以吸引到女生的注意。因此，与其他人相比，他开始穿更多的衣服。当别人只穿 T 恤时，他就穿西装外套；当其他人在葬礼上穿西装时，他就穿燕尾服。"尾巴"这个绰号也就是这么来的。

"我叫理查德·提奥。"虽然不需要，但提奥还是做了个自我介绍。

"我当然知道你是谁，我们上的同一所学校。""尾巴"咕哝道，从卡车上跳了下来。

提奥将一个大箱子递给他，"尾巴"满脸狐疑地接过这个箱子。

"我想帮助熊镇冰球协会。"提奥说。

"这里的人不会给政客插手球会事务的权力。""尾巴"回答道。

"政客……还是说，你所指的就是这个政客？"提奥自我讽刺地问道。

"尾巴"的声音仍然谨慎，但不失友善："我想你对于自己的名声如何应该是知道的。你想让我怎么做？"

"我希望我们能够互相帮助。尾巴，你和我有个共同的朋友，而且我也相信，这比共同的敌人还重要。"

"尾巴"打开箱子，探头一看。尽管他努力装作无动于衷，但失败了。

"我该……怎么处理这些东西？"

"你是熊镇最好的卖家，这点尽人皆知。所以，请你把它们卖掉吧。"理查德·提奥说。

他将手插进那条昂贵的长裤的口袋。他身穿白得发亮的衬衫，打着红色丝质领带，外罩灰色背心，足蹬一双擦得闪闪发亮的鞋子。在熊镇，没有人这样穿衣服，除了他和"尾巴"。除了自己的家人以外，"尾巴"只爱两件事：这个小镇和这个小镇的冰球协会。所以，当理查德·提奥转身离开时，从眼角瞄见"尾巴"的脸上露出了微笑。

那个大箱子里装满了T恤，T恤上印着"熊镇和全世界对着干"。"尾巴"只花了不到一个小时就将它们全卖光了。

*　　*　　*

所有的关系中总会有一个输家。也许我们不愿意承认，但我们其中一方总会多获得一些东西，而另一方总会轻易地多付出一些。

蜜拉坐在别墅外的台阶上，不断地深呼吸，吸进氧气，但肺部却始终没被填满。假如她有任何非分之想，这些森林就会让她窒息而死。但是，如果你只关心自己的呼吸，你又怎能撑起一个家呢？她可以在远离熊镇的地方找到条件更优渥的工作，而她的现任雇主也想将她升为主管，但是这意味着她的工作时间会更长，周末也必须随时待命。这是行不通的。女儿的吉他课程和儿子的冰球赛与集训都在周末进行。她得分发赛程表、帮忙倒咖啡，扮演好贤妻良母的角色。

她这位同事可是坚定地反对一夫一妻制，她理直气壮地告诫她"不要忍受这种狗屎蛋"。可是，一旦没有了爱，婚姻还剩下些什么呢？只剩下谈判。天哪，要找到两个人都愿意看的电视节目就已经很困难了，如果还想共同生活一辈子，就总得有人做出牺牲吧？

彼得从沃尔沃里走出来，手上捧着鲜花。蜜拉身旁的台阶上还摆着另一只酒杯，以及白旗。最后她露出微笑，主要是对那些鲜花微笑。

"这个时间，你是在哪里买的？"

彼得脸红道："我是在一座花园里偷摘的，在赫德镇。"

他伸出手，爱抚着她的肌肤，两人的手指尖谨慎地碰触着。

*　　*　　*

这只是一个冰球协会。只是一场游戏。只是装模作样。往后肯定会有人试图这样告诉爱丽莎，而爱丽莎这个年幼的小鬼当然是一个字都听不进去。她才四岁半，而就在明天，她又会去敲苏恩家的门。这个老头将会放任她将橡皮圆盘一再射向墙面，力道越来越猛、越来越强。房屋外观的印痕将会变得像其他老人贴在冰箱上、由孙子们所画的画：那是留在时间长河上的小印记，证明我们心爱的人曾经在这里成长。

"幼儿园好玩吗？"苏恩问道。

"那些男生都好笨。"这个四岁半的小女孩回答道。

"那你就教训他们一下。"苏恩激励她。

这个四岁半的小女孩向他保证。人必须说到做到。但是，当苏恩跟着她回家时，补充道："可是，对那些完全没有朋友的小孩，你要当他们的好朋友。而且，你要保护弱者。即使很困难，即使你觉得这样做很麻烦，甚至很害怕，你还是得这样做。你必须永远做个好朋友。"

"为什么呢？"小女孩问道。

"因为有一天，你会成为冠军。这样一来，教练就会让你当队长。那时候，你就得记住：要怎么收获，就先怎么栽。"

小女孩还不理解这些话是什么意思。但是，她会记住自己听到的每一个字。此后每天夜里，她都会梦到同样的声音：砰——砰——砰。

砰——砰。她的球会会继续存活下去。她始终不怎么清楚这一年夏天到底发生了什么事情，这也许是一种幸福。她不会知道这个球会差点被解散，以及它是如何获救的。或者说，她不会知道他们付出了多少代价才拯救了这个球会。

*　　*　　*

和同一个人一起生活得够久，你常常会发现，在开启一段亲密关系时，你们也许会遭遇数不清的冲突，但最后你们之间只会剩下一种冲突。你们会一而再，再而三地为了同一个问题吵架，只是引起吵架的表面原因会不断变化。

"有个新赞助商……"彼得开口道。

"报纸上和网上已经说了，每个人都在聊这件事情。"蜜拉点点头。

"我知道你想说什么。"彼得站在台阶上小声道。

"你不会知道，因为你根本没有问啊。"蜜拉一边回答，一边喝了一小口酒。

现在，他依然没问，反而说："我可以拯救球会。我答应了玛雅，我会……"

蜜拉轻柔地抓住他的手指，但声音冷酷无情："不要把我们的女儿扯进来。你是为了你自己才拯救这个球会。你想向这座城市里不相信你的人证明——他们错了。你永远无法完全证明这一点的。"

彼得咬牙切齿道："不然我要怎么办？难道我只能让球会破产，然后别人……"

"别人怎么想、感觉怎么样，跟你一点关系都没有……"她打断他，但他随后又立刻打断她："报纸上登了我的讣闻！有人想要我的命！"

"彼得，有人想要我们的命！为什么你总是可以选择这个家什么时候必须共克时艰，什么时候不用？"

最后，他的泪水终于滴落在她的头发上。他一屁股跌坐下来："对不起。我知道，我没有权利要求你做更多了。我爱你。我爱你和……孩子们，胜于其他所有的一切……"

她闭上双眼说："我们都知道，亲爱的。"

"我知道你为了我的冰球做了多少牺牲，这我知道。"

蜜拉将自己的绝望与无助压制在眼帘之下。每年秋天、冬天和春天，全家人都屈就冰球生活——球队赢了，全家人就仿佛上了天堂；一旦输球，他们就仿佛坠入万丈深渊。蜜拉不知道自己是否还能再撑上一个球季。但是，她还是站起身，说道："亲爱的，如果我们一点牺牲都不做，爱情又是什么？"

"亲爱的，我……"彼得开口，但欲言又止。

蜜拉身穿一件印着"熊镇和全世界对着干"字样的绿色 T 恤。她咬紧牙关，为了自己即将放弃的一切感到挫败不已，但仍然以自己的选择为傲。"尾巴刚刚经过这里，他在店里卖这个。我们的邻居回家时，每个人身上都穿着这个。彼得，天哪，他们两个都已经年过九十了！还有哪个九十多岁的人会穿 T 恤的？"她微笑道。

彼得面露羞怯，眼神闪躲着："我不知道，尾巴居然……"

蜜拉碰了碰他的脸颊："尾巴爱你。噢，你真的应该知道，他是多么爱你。在这个小镇里，有很多人恨你，你不为所动；但是也有更多人崇拜你，你仍然不为所动。有时候我真希望他们不再需要你，希望我可以不用和其他人分享你的时间。但当我嫁给你的时候，我就知道，你的半颗心是属于冰球的。"

"不是这样的……你听我说，亲爱的……只要你要求我辞职，我就会辞职的！"

她从来没有这样要求他，也从来没有逼过他，让他心安理得地沉浸在自己的谎言里。如果你真心爱一个人，你就会这样做。她说："我也崇拜你啊。而且不管怎样，我跟你是同队的啊。你去拯救你的球会吧。"

"亲爱的，明年，再给我一个球季的时间……明年……"他喃喃说着，声音几不可闻。

蜜拉将酒杯递给他，里面还剩下半杯酒。她亲吻丈夫的双唇，他暖热的鼻息直扑向她。他低语道："我爱你。"她回答道："放手去赢吧，亲爱的。只要你足够努力，你就会……赢的！"

然后，她就走进屋子。她发了一封电子邮件给那位同事："我不能申请那间办公室。今年不行。对不起。"然后，她就上床睡觉了。

那天晚上，有三个女人窝在床上睡觉。只有三个。

* * *

那名地方报社的记者深夜打电话给彼得，直截了当地问："你能和我们聊聊这些传言吗？有新的赞助商吗？你能够拯救球会吗？你已经聘用了一位女教练吗？熊镇是否还会在系列赛的第一轮就对上赫德镇的代表队？"

对于这四个问题，彼得给出的回答一模一样。回答完毕，他就挂断了电话。

"是。"

17. 煽风点火

在理查德·提奥办公室的墙壁上，在那张鹳鸟照片的旁边，张贴着一份从冰球协会的网站上下载打印的表格。这就是熊镇冰球协会秋季系列赛的赛事表。第一战他们将对阵赫德镇冰球协会。

一只苍蝇从敞开的窗户飞进提奥的办公室。他没把它打死，任由它到处乱转。他最近读过一本关于恐怖主义的书，一位历史学家利用瓷器来解释恐怖主义：一只苍蝇无法独自掀翻屋子里最小的茶杯，但假如一只苍蝇在一头公牛耳边不停地飞舞，让公牛恐慌、暴怒，冲进瓷器行，那么什么样的破坏都可能造成。

理查德·提奥不需要搞破坏，只要能制造冲突，他就已经心满意足。所以，他花了很长时间倾听其他人。他倾听超市里的人，倾听五金行里的人，倾听毛皮酒吧里的人，倾听"洼地"的居民，倾听"高地"的居民。他看着每个人的双眼，不但没有表态，还提出了问题。"您觉得我们这些公务员应该为您做些什么？""十年后，您觉得熊镇会是什么样的光景？""您去年交了多少税？您认为您交的这些税是否值得？"他借此得知这一带的居民会对三件事感到焦虑：工作、医疗体系和冰球。

所以，理查德·提奥就坐在电脑前振笔疾书起来。整个夏天，地方报社一直刊登报道，认定位于赫德镇的医院即将关闭，提奥则用半打左右的匿名账号在所有报道下方发表评论。他从来不会散播仇恨，从来不吸引别人注意，而只是在已经被点燃的磷火上谨慎地添加柴薪。当一名孕妇担心不已地询问一旦医院被裁撤，妇产科将何去何从时，提奥的一个匿名账号就回应道："你听到什么消息了吗？"孕妇就回答："我有个熟人在那里工作，她说医院快要被裁撤了！！！"提奥的匿名账号回答道："我们只能希望政府可别提高汽油税，要不然我们甚至都没钱在汽车里生产啦。"当一名最近才被熊镇工厂裁员的失业男子回答"对啊！每次都是我们这些乡下人倒霉！"的时候，提奥的另一个匿名账号就接口道："为什么所有的钱都流到赫德镇去了？他们难道不能在熊镇开一间社区医院吗？"

这名男子和孕妇得到了好几个人赞同、充满愤怒的回答，他们的口吻很快就变得激烈、极端起来。提奥接下来写的内容只是将挫折感继续往正确的方向推："我们这个区的妇女只能在车上生产，可是区政府好像很舍得在赫德镇冰球协会上花大钱哪？"

医院和冰球协会隶属不同的预算体系，这甚至不是由同一名政客决定的。但是，假如你提出一个够难的问题，即使是最简单的答案，都会有人买账。所以，理查德·提奥就日复一日地在报道的评论区做这种自己最精通的事情：制造冲突，让两件事情对立起来。乡村对抗大城市，医疗体系对抗冰球，赫德镇对抗我们。

我们对抗你们。

现在，这个小镇里越来越多的人，不分老少，开始穿上一件绣有"熊镇和全世界对着干"的绿色 T 恤。

政治，并不是循时间先后顺序演进的。重大的改变并非无中生有，而总是伴随着一系列细微的原因。有时候，政治是替一个球会找到一位冰球教练；有时候，政治只是在其他公职人员都去度假时接听电话。上一次打来电话的那位代班记者再次给理查德·提奥打来电话。现在，她正尝试用一堆诸如"地方上的名人都怎么庆祝仲夏节"的问卷式问题来填补暑假期间空虚的新闻版面。而理查德·提奥"既是政客，也勉强算是个名人"。而且，他们最近一次谈话时，他是那么和善。

理查德·提奥自然不会放过这个机会。"其实我就在赫德镇观看群众庆祝仲夏节，就是区政府总是会出资承办的活动，你知道吧。不过，我当然还是最希望在熊镇庆祝啦！"

"你是说，区政府应该在熊镇举办仲夏节庆祝活动？"记者问。

"在这样的时代，我觉得区政府所有的资源似乎都流向了赫德镇，这也许是熊镇居民感到不安的原因。"提奥友善地说。

"你是……什么意思？"

"也许你可以看看你们报社的评论版面。"提奥提示她。

这位新闻记者挂断电话，很快就找到了那些关于医院报道下方的读者评论。这个时候，理查德·提奥早已将自己所有的评论都删除了。然而，许多人已经重复了他的话："熊镇得自己找赞助商，而赫德镇却能得到区政府的赞助！他们有钱赞助赫德镇冰球协会，却没钱盖医院？"

这位女记者再次打电话给提奥。提奥谦卑地说，他"并没有亲自参与关于医院的谈判"，但他建议记者，也许可以向区政府最大党的党主席提问。所以，这位记者就打电话给最大党的党主席。这名政客正在西班牙度假，电话接通后，这位记者马上问道："你们为什么直接把区政府所有对熊镇冰球协会的补助款全都移交给了赫德镇冰球协会？赫德镇冰球协会难道不能自己寻找赞助商，这样区政府不就有钱投资医院了吗？"这位政客也许过度放松了，也可能刚喝了一杯葡萄酒，甚或是一整箱啤酒，所以他回答道："嘿，拜托，小老太婆，资金来源是不一样的，懂吗？那是完全不同的预算系统！关于冰球，我们必须将区政府的资源集中在我们认为能够收到最大效益的地方，现在是赫德镇冰球协会能创造最大效益，而不是熊镇冰球协会。"这位记者就在网上引述了他的话，却将"冰球协会"拿掉了。所以，最后内容就剩下"我们将资源集中在赫德镇，而不是熊镇"。读者评论区顿时有了反应："很好！就像平常一样，所有好处又归了赫德镇！我们熊镇人难道没交税吗？！"然后就是："就像有人之前写的，为什么他们有钱赞助赫德镇冰球协会，却没钱在熊镇盖一座社区医院？！"然后就是："这些政客到底觉得什么最重要？冰球，还是医疗保健？"

这位新闻记者再次打电话给正在西班牙度假的政客，问道："你觉得什么才是最重要的，冰球，还是医院？"这名政客不住地咳嗽，试图说明："事情不是这样比较的……"但是，记者仍紧咬不放。所以，政客就嘶吼道："见鬼去吧！你明明就知道我觉得医院比冰球重要！"记者再次引用了他的话，只是加了一小段内容："……当他在西班牙度假屋度假的时候，我们联络到他，他如是向我们说明。"这篇文章甚至"不经意"提到，这位正在度假屋逍遥的政客住在赫德镇，而不是熊镇。

这位记者再次打电话给理查德·提奥，要求进行采访。提奥友善地提醒说，或许她会想在区政府办公大楼内进行这次采访。事实上，提奥整个暑假都在那里上班。

"担任这个区的公职人员不是一份工作，而是一项特权。"他如是说。

地方报社的下一篇报道就刊出了一张他的照片，他孑然一身坐在区政府办公大楼内空空如也的午餐室里辛勤地工作着。针对"冰球或医院"的问题，他回答道："我觉得，在社会上，纳税人实在不应该被迫在维护健康和医疗保健之间做出抉择。"

* * *

很快，地方报社的网站上就刊出了一篇新报道。没有人真正知道一名暑假代班记者是如何挖出这么一大篇新闻的。然而，很快就有文件证明，整个春天，区政府的高层政客一直针对赫德镇的医院秘密地进行着讨论。报道指称，假如现在就直接裁撤掉一个"成本更加昂贵"的医院部门，也许就能拯救医院的另外一个部门。报社以某种形式通过"秘密的消息来源"证实，"当下掌权的既得利益政客们"竭尽全力保留的那个医院部门里，绝大多数职员住在赫德镇，而在可能被裁掉的那个医院部门里，大多数职员住在熊镇。

过了很长时间以后，这个消息被证明是不实的。但是那时，这个消息是真是假已经不再重要，因为今年夏天熊镇已经被冠上一个大标题——"现在，熊镇的失业人口越来越多"。

读者评论区真是尽忠职守，充分发挥了煽风点火的作用。

* * *

就在今年夏季的某一天，一名女性公职人员来到"雄猪"的汽车修理厂取车。如果之前你从车前窗看出去，就会见到一幕不忍卒睹的景象——引擎盖上插了一把斧头。但是现在，波博已经用亮光漆重新将引擎盖涂得晶亮生光。就在这位女性公职人员掏出皮夹准备付账时，这个男孩摇摇头说："已经有人来这里付过账了。"他没说出是谁，但这位女性公职人员心知肚明。她开车回家，只要一想到可能会看见身穿黑色夹克的男子，就胆战心惊。但是，没人守在她家门外威胁她。她家门外只摆着一束特别美的鲜花，花束上夹着一张卡片，写着"别害怕，你还有朋友！我们不会任由恶势力得逞的！理查德·提奥"。

这名女性公职人员打电话向他道谢。理查德·提奥态度相当谦卑，谢绝一切回报。她为此而敬重他。提奥挂上电话时露出了微笑。他虽然经常盘算着、计划着，但心里也并不总是打着算盘。有时候，他其实就像个优秀的冰球员——反应迅速。就在仲夏节前夕的这个下午，就在代表既得利益者群体的政客们与彼得针对熊镇冰球协会的事情开过会以后，这名犹豫不决的女性公职人员站在走道上迟迟不敢出门。理查德·提奥推着放有咖啡机的推车经过她身边，问道："你看起来有点害怕，怎么啦？"

这位女性公职人员所代表的政党采取的公开立场是和理查德·提奥保持"安全距离"，但是，充满关心的寥寥数语效力惊人。她承认道："我真不知道该怎么办。大家都说熊镇冰球协会就要破产了，如果有人就此事询问我的想法，我该怎么回答啊？我对体育一点兴趣都没有！"

提奥将手搭在她的手上，说道："哎呀，事情没那么严重啦。不是还有另一个球会嘛。你就说，请大家全力支持赫德镇冰球协会嘛！"

这位女士离开了区政府办公大楼。当一位赫德镇冰球协会的支持者对她录像时，她就这么回答了。然后，她座驾的引擎盖上就被插了一把斧头。事发的第二天，她的党内同事没有对她表现出任何同情，只是指责般地暴吼："你竟然说出让大家支持赫德镇冰球协会的话，你怎么会笨到这种程度？在这个区里？"她该怎么回答呢？难道她要说是理查德·提奥教她这么回答的？她闭口不言，党内同事将她臭骂了一顿。当她在他们看不见的地方时，她就哭了出来。

理查德·提奥在那天晚上来到她的办公室，聆听她的心声、安慰她，甚至还向她道歉。她招来了新的敌人，因此她需要一个朋友。理查德·提奥表示，他可以将她的车开到修理厂，承诺会负责所有的维修费用，并且要她别担心。他开车送她回家，并告诉她，如果她遭受到任何威胁，不管什么时候，她都可以打电话给他。"你不用害怕，你有可靠的朋友。"他提醒她。随后他又说："这些暴民欺负你，我会确保球会处罚他们的。我会确保他们拆掉冰球馆的站位区！"

在这位女士的党内同志当中，没有一个关心过她的感受，没有一个向她伸出援手。因此，当有人向她伸出援手时，她就接受了。

帮助她的人反应相当敏锐。

*　　*　　*

那位在暑期度假屋逍遥的政客直到看到报纸，才察觉自己已经铸成大错。他气冲冲地中断假期，打道回府。他在机场遇到了理查德·提奥。

"你在这里做什么？"这名在暑期度假屋逍遥的政客问道。

"我想帮助你。"提奥回答。

那名政客发出一阵嘲笑："哦？这么说吧，我们两个……从来就不是一个阵营的。"

但是，这还是激起了他的好奇心。而且，关于医院的一系列报道也让他进退维谷。因此，提奥就请他喝咖啡，非常友善地说明"我们两个其实都只是为了这个区的最佳利益着想"，同时"不希望任何人从恐惧感与冲突中获益"。他们稍微谈了一下关于医院的一系列报道，提奥对"招致一切不幸误会的说辞"感到遗憾之至。有好一会儿工夫，那名政客高声咒骂"该死的混账记者"。然后，提奥忽然脱口而出道："你听说过熊镇冰球协会的新赞助商没有？"

那名政客点了点头，咕哝道："听说过！大家好像一直在谈这个话题，可是似乎没人真正知道这个'新赞助商'是谁！"

提奥趋身向前，揭开了谜底："那是一家即将收购熊镇工厂的企业。他们联系过我，等这桩买卖正式成交以后，我可以让你主持记者会。这会为这个区带来许多就业机会。"

那名政客迟疑道："你是怎么知道……的？我都没有……听说过……"

提奥不再拐弯抹角，直接跟他说明：他在伦敦银行工作时的老同事给他引荐了这条人脉。他也描述了工厂的新东家对区政府有哪些期望："当然，他们需要某种政治上的……善意，针对……基础建设的投资。"那名政客理解到这句话的含意——获得区政府津贴补助的土地；租金减免；一旦工厂必须改建，区政府能或多或少给予补贴。但是，他也领会到，如果他能够成为主持记者会、公开承诺给予更多就业机会的政治人物，那可是意义重大。

"你为什么告诉我这些事？"他狐疑地问道。

"因为我不想成为你的敌人。"提奥谦卑地说。

这时，那名政客高声大笑起来："提奥，你这个人就像马匹贩子一样鬼灵精。你到底想怎么样？"

理查德·提奥平静地回答道："将来在谈判桌前的一席之地。你只需要在记者会上提到我和我所属的政党，开启合作之门，这样一来，其他政党就会跟着我们的脚步。"

"你要我在政坛上把你洗白？"

"我是想给你机会，让你成为拯救熊镇就业机会的政治家。"

那名政客虽然还在装腔作势，但其实已经接受了这桩买卖。因此，他向提奥提出了唯一一个条件："那家工厂所有新创的就业机会必须提供给熊镇居民！现在，我可不想让外界觉得我的政党继续图利赫德镇！"

理查德·提奥以个人荣誉起誓，答应了这条要求。他的个人荣誉其实并没有多少价值。他并不痛恨这名政客，他们两个其实非常相像，而这就是问题所在。整个区里的有钱人都是这名政客的熟人，而他也是出了名的体育爱好者，总是支持球会。这种组合真是再危险不过。理查德·提奥需要一个自己能够轻松取胜的对手。所以，一等这名政客开车回家，他马上打电话给自己在伦敦的朋友："搞定了，新东家将会大获全胜。不过，还是出了一件小事……"

提奥说明，考虑到地方上正针对医院的裁撤吵得不可开交，如果工厂的新东家能够承诺这些新创造的就业机会将为赫德镇带来劳动力，"地方上的政治人物"将十分赞赏。这一点，工厂的新东家要心中有数。

如此一来，就没有人会认为熊镇是这桩交易里唯一的赢家。

* * *

夏季进入尾声的一天傍晚，理查德·提奥站在一扇大门外，敲了敲门。那名女性公职人员一脸惊讶地打开了门。她请提奥进来，但他一再微笑，歉意地表示"不愿多打扰"。他看到她的丈夫和孩子都在家里。

"工厂的新东家很快就会将这笔交易公开。他们将会对外表示，这会创造新的就业机会，他们也会赞助熊镇冰球协会。他们还将和促使谈判成功的政治人物一同召开记者会。"提奥说。

这位女士对这场游戏的敏感度远远不足，无法理解这将会对自己造成什么样的影响。因此，她说："恭喜。这对你的下次选举简直是锦上添花呀。"

提奥谦卑地微笑："哎呀，我不会参加选举的。不过，你所属的政党肯定会参加。不管怎样，你们可是区议会的最大党哪。"

"我的职位还不够高，没有资格参加这场记者会。尤其是在……你知道的，我车子引擎盖被插了一把斧头之后。"这位女士说。

她的声音听起来不只是害怕，还带着点愤怒，这让提奥喜出望外。

"要是我安排一下，让你不仅能出席记者会，还能站在贵党党主席的旁边呢？"

"你做不到的……你能做到吗？"

她沉默下来。但是，提奥一言不发。所以，这位女士勉强问道："你想从我这里得到什么？"

"我想成为你的朋友。"他说。

"我在记者会上需要说些什么呢？"她过于心急地问着。

"真相。不只熊镇需要就业机会，赫德镇也一样需要就业机会。一位有责任感的政治家会考虑到整个区的利益。"

这位女士摇了摇头，不住地眨眼道："我做不到……你应该知道，我做不到……"

提奥碰了碰她的手，安抚道："你很害怕。不必害怕。没有人会伤害你的。"

她从他的眼神里看出，他是认真的。她深吸一口气道："所以你希望我要求，工厂里一部分的工作机会必须保留给赫德镇的居民？"

"半数。"他点点头。

"熊镇的人会因此恨我入骨的，你懂吗？"

理查德·提奥耸耸肩道："是的，可是赫德镇的人会很爱戴你。而且，赫德镇的人口比较多。假如你已经被一个地方的人痛恨，那你就得尽可能多地争取其他地方居民对你的支持。让你赢得选举的关键是，朋友越多越好，而不是敌人越少越好。"

"这样真的合法吗？你能够……要是我所属的政党开除我，我该怎么办？"

"我想你没明白我的意思。在这一切结束以后，你在政党里将不只是占有一席之地，而是会成为党主席。"

直到这时，理查德·提奥说的都是认真的。

18. 一个老太婆

熊镇的夏天会使任何人陷入麻醉。在阴暗的房间里，玫瑰的花香会更加浓烈；在一个对黑暗已经习以为常的地方，光线将会导致泛滥、激烈的情感。绿意突然从四面八方笼罩着我们，白昼几乎长达二十四小时，而暖风就像刚被放出来、绕着屋角追着自己的尾巴跑的小猫。但是，我们已经学会永远不要信任热气，它难以捉摸、虚假、总是背弃我们。在这里，树木迅速地更衣，落叶就像丝质睡衣瞬间滑落，日照时间很快就变得越来越短，地平线将会步步逼近。银白的冬天来得比我们想象的还要早，迅速地抹去其他季节的所有色彩，大地再度变成一张白纸。我们将小船从湖中拉上岸，却将属于我们的一小部分遗留在船底。在属于夏天的七月，我们都曾充满活力，而现在，我们的这一面就像被冰雪掩盖住的树木。这段冬眠将持续好几个月，导致我们彻底将自己遗忘，直到来年春天。

九月即将来临，它属于深爱冰球的人。对我们来说，九月才是新年的开始。

＊　＊　＊

法提玛和安－卡琳刚在医院值完班。每个路过的医师都在谈论冰球，而地方报社又透露：一名"神秘的新赞助商"将会拯救熊镇冰球协会。这在熊镇和赫德镇都成了热门话题。"这个球季一定够呛！"一名护士在茶水间大声喊道。而她很快就和另一名支持敌队的护士起了争执。"赫德镇本来应该得到这个赞助商的！这个区太小，容不下两支冰球队！"其中一个人说。"才不是呢！把赫德镇冰球协会解散吧，你们没有税金就撑不下去！"另一个人咆哮道。

一开始，这还比较像友善的拌嘴，但法提玛和安－卡琳已经看透这些小镇里冰球球迷的热情，知道这很快就会演变成真正的冲突，不只在医院，到处都会出现这类冲突。当熊镇和赫德镇正面相遇的时候，所有人最良善和最恶劣的一面都会暴露出来。在这里，体育活动可不仅仅是体育活动，尤其是在冰球季。

法提玛和安－卡琳值完班，走出医院。一名身穿连帽运动服与夹克的男子正在停车场上等着她们。

"彼得？你在这里干吗？"安－卡琳惊讶地问道，她大老远就看见了熊镇冰球协会的体育总监。

"我需要拜托你们帮个忙。"彼得说。

"什么忙？"安－卡琳问道。

"你们的儿子。"

法提玛和安－卡琳大笑起来，直到她们意识到他不是在开玩笑。

"彼得，你还好吗？"法提玛不安地问道。

"我们聘请了一位新教练，这件事你们可能已经听说了。她希望……

以你们的儿子为核心打造一支球队。"

安－卡琳仔细揣摩他的口吻，问道："你觉得，这不是个好主意？"

彼得的嘴角上扬，但双眼低垂："我一直努力建立一个……不仅仅是球会的球会。我希望这个球会能够培养出冰球球员，以及成熟的男人。我不希望赢球变成最重要的事情。可是……现在，我们有了新的赞助商。要是我们这一季不能赢……要是我们无法打倒赫德镇，进入更高一级联赛……明年这个球会还在不在，我就不知道了。"

"你有话直说吧。"安－卡琳不耐烦地说道。

彼得的胸口剧烈起伏着："我担心，这一年球会可能会要求你们的儿子过度付出，却不能给予他们相应的报酬。"

"怎么说呢？"法提玛问道。

彼得转身面向她："前一阵子，亚马在路上拦住我。他问我，他能不能在青少年代表队出赛，而我……我回答他的态度像个混账一样……"

"大家都是混账，你并没有更糟糕……"法提玛微笑道。

但是，彼得打断了她："法提玛，他问的是青少年代表队，可是，天哪……我们可不希望亚马待在什么青少年代表队。我们的甲级联赛代表队需要他！"

法提玛吞了吞口水道："和所有……成年人一起比赛？"

彼得没有向她隐瞒事实："他们将会对他提出前所未有的严苛要求。其他老球员也会加倍凶狠地对付他。在他之前，已经有很多年轻球员被老球员下重手，最后不得不伤退。成为球队中最年轻的一员……而且还是男子球队……他会吃上很多苦头。"

法提玛目光严厉地瞪着他说："之前，从来没有人跟我儿子提到，事情会变成这样。"

彼得用手摩挲着胡楂，惭愧道："亚马在今年春天的会员大会上挺身而出，说出了真相。我本来应该跟亚马说，我和我女儿还欠他一个道谢的……"

法提玛搔搔头道："他会接受你的谢意，可是玛雅并没有欠任何人什么。应该是我们，这个小镇的居民，要向她道歉才对。至于我儿子嘛，他只想打球。所以，如果你给他发挥的舞台，他就会下场去比赛的。"

彼得不胜感激地点点头。随后，他转身面向安－卡琳："我不打算对你说谎。"

"我谅你也不敢对我说谎。"安－卡琳微笑道。

她的丈夫就是彼得的童年好友——"雄猪"戈登。她几乎是亲眼看着彼得和自己的丈夫一路长大的。所以，彼得实话实说："这一季，我们需要波博。我们的后卫非常缺人。可是，我必须实话实说，他并没有优秀到能进入更高一级水平的联赛……所以，要是我们赢了，进入高一级联赛……那他在下一季就不会有出赛的机会了。这将是他最后一个球季。我需要他流血、流汗、流泪，他必须将全副精力集中在冰球上，必须抛弃学校生活、找女朋友的机会，还有……全部的一切。而我能给出的回报，就是让他打完这一个球季。"

安－卡琳喘着粗气。彼得也许会认为，她纯粹就是因为值夜班、卖力工作而看起来既消瘦又憔悴。他和其他人一样，对她的病情一无所知。事情就是这样，她不想得到他们的怜悯。但是，她仍然想看到儿子作为冰球选手的最后一个球季。所以，她露出微笑："一年？这一年可就是永恒啊。"

她的丈夫"雄猪"就是因为多承受了一次脑震荡，最后不得不结束冰球生涯。医生们逼他做出这个决定。一连好几个星期，他一言不发，独自哀悼着，简直如丧考妣。一连好几个月，他甚至无法前往冰球馆，就因为他觉得自己背弃了球队。他背弃了他们！因为他并没有金刚不坏之身。波博从父亲身上遗传到厚实的肩膀与蛮力，可是，他同时也遗传到成为团体一分子的需求，父子俩都痛恨孤独。他俩都需要某个能让他们觉得自己被喜爱、被接纳的环境。所以，当"雄猪"不再拥有自己的更衣室时，那感觉就像身上某个部位被生生撕裂一样。假如他能再多打一年，他愿意付出多少呢？假如只剩一场比赛呢？

这天夜里，安－卡琳回到家时，几乎无法站稳。"雄猪"将她从车上弄下来，这名壮硕、愚蠢却又可爱的大男人将她抱进屋。她太过疲倦，无法跳舞，但在厨房里，他轻柔地将她抱在怀里，缓慢地带她转动着身体。她入睡时，他的双唇正贴在她的脖子上，他仍充满怜爱的双手已经伸到她的毛衣下。波博在另一个房间里读哈利·波特的故事给弟弟妹妹们听。第二天一大早，安－卡琳要再去看医生。

一年？我们会为这一年付出多少？那可是永恒的。

* * *

就在毛皮酒吧的吧台区，五位老伯父再度聚首。这回，他们又有新的话题可以吵了。

"喂，一个老太婆？当冰球队教练？真的是这样吗？"其中一个人说。

"什么性别平等，我觉得这已经做得太过分啦。"另一个人说。

"喂，闭嘴啦。那个老太婆忘记冰球的程度可能远超过你们的想象，你们这些阿尔茨海默病患者。"第三个人开口抗议。

"你还好意思说？你连冰柱和冰激凌都分不清，去年一整季，我还得像导盲犬一样，告诉你橡皮圆盘在哪里！"第四个人大呼小叫。

"哟，现在有会说人话的导盲犬啦？你以前撒谎说你在现场看过一九八七年瑞士世界杯。这个谎撒得还不够大吗？"第五个人说。

"我看过！"第四个人坚称。

"是啊是啊，如你所说，一九八七年世界杯的主办国是奥地利！"第五个人点破。

他们五个人都大笑起来。然后，不知是第一个，还是第二个人说道："可是，一个老太婆？当冰球队教练？这不是太奇怪了吗？"

"她是个同性恋，至少报纸上是这么写的，我们这里难道需要这种人吗？"不知是第一个，还是第二个人问道。

不知是第四个，还是第五个人提出异议："这个小镇里肯定有更多这种人。现在到处都是这种人。"

第一个人嗤之以鼻："她们要是放低调点也就算了，可是，没有必要什么事情都举牌子抗议吧？难道现在什么事情都得政治化？"

第三个人在吧台座椅上趋身向前，使人难以分辨究竟是他的身体，还是座椅发出嘎吱嘎吱的呻吟声。他又向拉蒙娜点了一杯啤酒。在她倒酒时，他说："你们最好给我搞清楚，要是这个新教练能在第一场比赛打赢赫德镇，我才懒得管她是什么人呢。"

五个人再度大笑起来。他们附和着彼此的笑声，更是在嘲笑彼此。

拉蒙娜将下酒的点心塞到这些糟老头子的面前。那是一盘又一盘的坚果。

* * *

164

彼得按下欧维奇家的门铃。前来应门的是班杰的母亲。

"彼得！进来吃饭！"她马上这样命令他，说得像是他已经迟到了似的。事实上，他已经不知多久没见到这位女士了。

让彼得感到高兴的是，班杰并不在家里。他并不是因为他的事而到这里来的。他的三位姐姐——佳比、凯特雅和爱德莉，都坐在厨房里。妈妈因为她们没有及时多摆出一套餐盘给客人，轮番敲了她们的头。

"我不会待太久的，而且我刚吃过饭了。"彼得试着推脱，但爱德莉一把抓住他的手臂："嘘！要是你能拒绝我妈的邀请，你就比我想象的还要有种！"

彼得露出微笑。一开始，他还以为她只是开玩笑，但随即便了解了自己的处境。欧维奇一家人可以对很多事情开玩笑，唯独不会对晚餐开玩笑。所以，彼得就跟她们一起吃晚饭。他吃了超过他食量三倍的饭菜，此外还喝了咖啡，吃了四种不同口味的饼干。她们甚至让他把多出的食物打包带回家。

爱德莉不胜满意地送他到门口："只能怪你选在晚餐时间来。"

彼得用手捧着肚子："我只是想聊聊班杰的事。"

"我们都理解，所以我们才让妈妈跟你聊其他事情。"爱德莉脸上露出更加明显的坏笑。

当她发现彼得凝重的眼神时，她才收住笑意。

"我们聘任了一位新教练，伊丽莎白·扎克尔。"

"我听说了。大家都听说了。甚至连报纸上都登出来了。"

彼得递过去一张皱巴巴的字条。爱德莉读着字条，看到了自己弟弟的名字，但一开始仿佛没想到他名字旁边的字母"C"是什么意思。彼得必须跟她解释："她想让班杰当队长。"

"当甲级联赛代表队的队长？那不是成年人的代表队吗？班杰明才……"

"我知道。可是这个伊丽莎白·扎克尔似乎并不怎么……我应该怎么说呢，她做事的风格跟别人不太一样……"彼得泄气地说。

爱德莉露出微笑："谢谢你的通知。可是，让我老弟当队长？她到底想搞什么，有人知道吗？"

"她说，她并不想要一支球队，她想要一帮抢匪。就你所知，还有人比你弟弟更像抢匪的吗？"

爱德莉歪着头说："你想让我怎么做？"

"你得帮我管管他。"

"没人管得住他。"

彼得无奈地挠了挠脖子："爱德莉，对于人情世故，我从来就不在行。可是，这个伊丽莎白·扎克尔，她真是……"

"比你还糟糕？"爱德莉猜测道。

"没错！你怎么知道的？"

"苏恩给我打了电话。他告诉我你会过来。"

"所以你就让我在晚餐桌前虚耗了一整晚？"彼得脱口而出道。

"我妈做饭的手艺很糟吗？"爱德莉立刻吼道。她是如此凶狠，彼得不禁高举双手后退一步，活像西部片里遭到抢劫的人质。

"拜托啦，爱德莉，帮帮我。我们有班杰才能赢球。"

爱德莉瞧了瞧手里的字条说："可是，你们需要一个有领导能力的班杰明。他必须是个抢匪，但不能是个疯子。"

"我们需要一个……不那么像班杰的班杰。"

"我会尽力而为的。"爱德莉保证道。

彼得感激地点点头："然后……假如你还有余力，我需要你担任女

166

子冰球队的教练。我发不出薪水给你，我也知道这是一份很无情的工作，可是……"

"这并没有很无情啊。"爱德莉说。

彼得能看见她身上燃烧着的烈焰。那是只有冰球球员才能察觉到的烈焰。两人坚定地握手道别，一人身为人父，担任体育总监；另一人则身为人姐，同时担任女子冰球队的教练。就在彼得离开之前，爱德莉说："你的钱从哪里来的？报上写的'神秘新赞助商'有什么要求？"

"谁说他们开出了条件？"

"彼得，每个有钱人都会提要求，尤其是当钱和冰球扯上关系的时候。"

"在一切公开以前，我不方便多说。这一点，你应该懂吧？"

"只希望你不要忘记，在一切跌到谷底的时候，是谁挺身而出支持球会的。"爱德莉回道，语气中没有威胁，反而透着体贴。

爱德莉不需要说出"那群人"。彼得非常清楚"挺身而出"代表着什么。

"我会尽力而为的。"他保证。

不过他们两个都深知：在这个小镇，就算他们全力以赴，那还是不够的。

19.同一件蓝色网球衫

熊镇中学的秋季学期开学时，天气依然炎热。阳光照耀，高空中云朵轻轻地飘动，暖热的气温让你仍可以穿着短袖衬衫，舍不得撤掉户外纳凉家具。但是，如果你终此一生都住在这里，就会嗅到冬天的气息。

严寒很快就会让湖面冻结，雪片将沉重地落下，极夜将降临整个小镇，让它仿佛遭到一个盛怒巨人的背后偷袭。这个巨人把所有房屋都收进一只黑色的袋子，这样就可以在地下室的秘密房间里建起模型玩具。

在熊镇，人们感觉八月似乎就标示着一年的终结。也许，这就是人们为什么会轻易爱上一项在九月展开的体育活动。有人在校舍外的树上悬挂了绿色旗帜。对大多数人来说，这没什么好大惊小怪的，但在某些人眼里，这就是一种挑衅。

事情并不是从这里开始的，但是事情就是在这里急转直下，变得更糟糕的。

* * *

安娜和玛雅站在距校门一百米远的地方，深呼吸，握紧彼此的双手。她们享受了一整个夏天的自由时光。但是，学校是另外一种岛屿，不是那种能让你和好朋友躲起来玩捉迷藏的岛屿，而是在你经历了一场恐怖的意外后，依然不得不登上的岛屿。这里的所有学生都像是刚经历船难的幸存者，他们都是不得已才到学校来，大家都只想撑到学期结束，然后赶快离开这里。

"你确定我不用拿猎枪过来？"安娜问道。

玛雅笑翻了："我很确定。"

"我不会开枪打人。不管怎样，我不会常常开枪的。"安娜保证道。

"假如有人干了蠢事，你可以在餐厅的饮水机里掺一点泻药。"玛雅保证。

"然后把厕所所有的灯泡都偷走，在马桶座上包一层塑胶膜。"安娜点点头。

"你真是是没救啦。"玛雅哈哈大笑。

"别让那些人看到你在哭。"安娜对她耳语道。

"永不。"玛雅回答。

两人并肩走进学校。尖锐的眼神刺穿她们的皮肤，沉默在她们的太阳穴爆裂开来，但两人依然抬头挺胸地走着。她们两个会联手对抗全世界。她们距离玛雅的置物柜才不过五十米，却觉得这辈子再没经历过比走完这段距离更惊心动魄的事情。两名年轻女子抬头挺胸，两眼始终直视前方，穿过流言满天飞的学校。她们已经经历过太多苦难，已经没有什么能够吓到她们了。

*　　*　　*

威廉·利特在四名队友的簇拥下大步穿过走廊。也许，他不是有意要找敌人打架，也许他只是不小心拐了个弯，"意外地"和波博撞了个正着。但是，这些年轻男子几乎完全出于本能，马上在狭窄的走廊上打起架来。那个情景仿佛他们跌跌跄跄踩到一个蜂窝似的。今年春天，自从亚马在冰球馆的会员大会上挺身而出，针对凯文强奸玛雅一事做证以后，其中几名男子选在一天夜里杀到"洼地"去，打算给他一点教训。波博也参加了，却在最后一刻变节。要不是他为亚马挡下了许多拳，他的这位新朋友恐怕早已当场被他们乱拳打死。现在这场争执还没完呢。

现在，有人狠推了波博一把，他向后跌在走廊上。所有人尖声大叫，但利特和他的队友几乎立刻陷入沉默。波博倒在地板上，而班杰就站在他后方一两米的地方。他一言不发，双眼半睁，头发凌乱，仿佛这伙人就在他睡了一整晚的长凳旁边开始打架似的。他双手插在口袋里，眼神轻蔑。他对自己眼神的威力非常自信，甚至没有表现出威胁的意味。

"利特，我们是现在就开始打架，还是等你多叫几个好朋友过来？"班杰的口吻就像在问威廉·利特选了汉堡套餐以后，是要中杯汽水还是大杯汽水。

利特的队友们看着他，等着他下命令。利特的眼神和班杰交会，但为时甚短。他勉力挤出一句羞辱的话，但底气不足："去你的，我们冰球场上见。你们好好享受你们的女同志教练吧！她很适合你们哟！"

班杰踮着脚站着，利特的脚板则踏在地板上。当一众老师急匆匆地来到走廊上时，利特有点太过急切地朝着他们摆摆双手，假装自己是看在他们的分儿上才离开现场的。但是班杰仍然站在原地，眼神毫不退缩，所有见到这一幕的人都心知肚明：在这所学校里，到底谁才是老大。

其中有个名叫里欧·安德森的学生，看得特别仔细。

* * *

当安娜和玛雅听见争吵声和尖叫声的时候，她们正站在玛雅的置物柜旁。校舍好像经过了特殊设计，不管你人在哪里，声音都能找到你。这样一来，学生们就永远无法从彼此的生活中逃离。玛雅看着老师们朝混乱的现场冲去，她从眼角瞄见那些在走道末端狂乱推挤、挥舞的高年级女生。她大声问道："他们为什么打架？"但是她话一说出口，就意识到自己真是蠢透了。

一名和她同龄的女生在一两米外转过身，非常鄙夷地回答道："不要装傻，你这个假惺惺的该死的……"

但那个女生的一个朋友抢在她说完以前制止了她。但那其实已经无所谓了。玛雅瞪着她，就多瞪了那么一秒钟，那个女生便双眼圆睁，双手紧紧握拳，咆哮道："装得好像你不知道他们为什么打架似的！你很得意对不对？这个该死的小镇都是因为你在吵架！就是你，玛雅·安德森，熊镇的小公主！"

她说出玛雅的名字时，简直像在吐出一句诅咒。那个女生的好朋友们连忙将她拉走。她的背包上别着一枚印有"赫德镇冰球协会"字样的红色别针，她的男友和哥哥都转投了赫德镇冰球协会。他们过去可都是凯文·恩达尔的好朋友。

玛雅和安娜站在原地，靠着置物柜，金属门随着她们的心跳发出咔咔声。这种事情总是没完没了。永远没完没了。玛雅泄气地呻吟道："她们到底有多少痛恨我的理由啊？我一下子是被强奸的受害者，一下子变成说谎的婊子，现在又是……小公主？"

站在一旁的安娜低着头，大声清了清嗓子，提出异议道："不管怎样……我还是觉得你是头稀松平常的蠢驴！如果这样会让你心情好一点的话！"

玛雅嘴角犹如堡垒一般的忧伤起初还强行抗拒，但最后仍然退让了。微笑如风暴般扫过这座堡垒。

"你真是个笨蛋……"

"哟，'蠢驴'说话啦！"安娜哼了一声。

玛雅咧嘴大笑。

因为，你不能让那群好事者看到你做出相反的事情。

* * *

波博像一头结实的猛兽般在地板上蠕动。亚马狂奔过来，伸出一只手，和班杰一起将呻吟不止的波博从地上拉起来。

"你明明就这么重，怎么还这么容易跌倒？"亚马坏笑道。

波博一向不以伶牙俐齿闻名，但他这次的回答令人始料未及："我的小鸡鸡太重，让我的身体失去了平衡。"

亚马和班杰的笑声在走廊上回荡着。去年的青少年代表队的阵容中，就只剩他们三人还留在熊镇冰球协会。但那时，至少人们会觉得这样也许就够了。

"你们有没有听说，我今天可以跟甲级联赛代表队一起练球啦？"亚马快乐地问着。

波博点点头，却突然显得手足无措："利特说什么'女同性恋教练'，什么意思啊？"

亚马和班杰不胜讶异地盯着他："难道你没听说，熊镇的甲级联赛代表队换教练了？"

波博满脸不解。也许这些消息已经在熊镇迅速流传，但对波博来说，这还不够迅速。

"可是，什么女同性恋？难不成我们的教练是女同性恋？"

班杰一言不发，但亚马轻咳一声道："你啊，波博……我们是说，甲级联赛代表队。"

"你是说，我不能进甲级联赛代表队吗？"波博咆哮道。

亚马耸耸肩道："也许我们练球的时候还得多带上一头乳牛才行。当你没穿溜冰鞋的时候，它好像就变得比较快……"

班杰咧嘴大笑起来。波博企图抓住亚马揍他一拳，但亚马动作太敏捷，早就逃掉了。

虽然三个人谈笑风生，但他们内心深处都不知道自己的资质是否真的那么优秀，不知道他们是否真的能在甲级联赛代表队里取得一席之地。如果他们不是冰球选手……他们又是什么呢？

*　*　*

很快，学校里就挤满了教职员和学生。新的学期、新的期望、新的忧虑。你再次见到自己喜欢和讨厌的人，并且知道：你即将再次同时跟这两种人共处，没有避开的可能。这会让你内心五味杂陈。

一名叫珍妮的年轻教师坐在校长办公室里，最后一次尝试说服自己面前这名身着西装外套、正在按揉鬓角的男子："拜托啦，再给我一次机会嘛！让我把这个变成体操课程的一部分嘛！"

校长发出一声长叹，道："拜托，珍妮。今年春天出了这么多麻烦事，我只想让这个学校平安无事地再撑上一个学期，不要再闹出丑闻，不要再招来媒体的注意。而你居然想教学生们打架？"

"见鬼……这才不是……这只是格斗术！"珍妮嘶吼道。

"你刚才说什么？"

"综合格斗术，一种艺术。"珍妮很有耐心地解释道。

校长朝天翻了个白眼："'艺术'？你们把这种玩意儿称为'艺术'不觉得太丢脸了吗？还是说，你们打算在博物馆里陈列被打断的鼻梁骨？"

珍妮的双手在膝盖上绞动着。唯有这样做，她才能避免拿东西往校长身上砸。

"格斗术能让学生学会守纪律，同时让他们尊重自己及他人的身体。我已经获得了训练场地，就在爱德莉·欧维奇所经营的犬舍，就请您让我邀学生参加这门课程，这样我就……"

校长非常谨慎地擦拭着自己的眼镜，几近于吹毛求疵："珍妮，我非常遗憾。家长们会被气疯的。他们肯定会认为你在教学生使用暴力。我们承担不起更多丑闻了。"

他站起身，暗示珍妮应该识相点，离开他的办公室。然而就在他开门时，居然有一只手伸向他的脸。那是一名站在门口、正准备敲门的男子。

"我感觉，这会是非常漫长的一学期……"校长喃喃自语。

珍妮饶有兴致地站在他后面。

"嗨！"她说。

站在门口的男子露出微笑。

"我今天是来……报到的。"他自我介绍。

"没错！我们新到任的哲学与历史老师！"校长喊道。他翻动着书架上的几份文件，补充道："你还能教数学、自然科学，还有……法语，对吧？你会法语吧？"

那位站在门边的男老师似乎很想抗议，但珍妮向他微笑，比了个手势，要他假装什么事都没发生。校长将一堆书籍和文件塞到他怀里。

"你现在就可以开始工作啦！最上面的这个就是你的课程表！"

男老师道了谢，便闪到走廊上。校长看着他的背影，哼了一声："刚毕业的菜鸟。知道他是自愿来报到的，我本来应该高兴的。可是，珍妮，看在耶稣的分儿上，你觉得他有多大？"

"二十五六岁吧？"珍妮猜测道。

"那你也看到他的庐山真面目啦。"

"我什么都没注意到啊。"珍妮虚假地笑了一下。

"全校都是血气方刚的小男生、小女生，结果我们还聘请了一位活像男童歌手的老师！这下子我们得把全校一半的女学生锁起来了。"校长喃喃道。

"可能还要把几位女老师锁起来……"珍妮咕哝道。

"什么？"校长说。

"啊？"珍妮装糊涂道。

"你说了什么吗？"

"没有！我现在有课！"

校长不满地递上一张字条："你可以贴一张关于'格斗术'的字条。珍妮，就一张字条！"

珍妮点点头，然后闪进走廊。她贴了四张字条。当新到任的那位男老师闪进一个角落时，她就跟在他的背后。

*　　*　　*

那位新到任的老师站在教室前方，在白板上奋笔疾书，学生们则三五成群地走进教室。上课铃声已经响了，却被课桌椅拉动的声音、背包摔落在地的声音，以及关于暑假所发生的一切与刚才在教室外走廊上爆发的争吵的热切讨论声淹没，几不可闻。

全班学生中，班杰是最后进教室的，他的样子几乎没人认得出来。他的头发仍然凌乱，牛仔衬衫皱巴巴的，那条长裤仿佛是他刚刚在暗室里套上的。他现在的样子就和他不久前在位于熊镇与赫德镇之间露营区一座小木屋的床上醒来时一模一样。也正是那天晚上，他灌着沁凉的啤酒，和别人高谈阔论地说着尼采，用暖热的双手互相爱抚着。

其他学生都自顾不暇，忙着看别人在干些什么，因而没有注意到那名男性教师转身面向门口、顿觉无法呼吸的样子。一般情况下，班杰是很难被惊吓住的，不过此刻却震惊地停下了脚步。

那名男老师身上所穿的，正是和当晚一模一样的蓝色网球衫。

20. 鞋子里的剃须泡沫

要关心别人是很困难的。同理心是很复杂的，所以，关心别人其实是很累人的一件事情。它的先决条件在于：我们必须接受别人的人生也在同时进行。当几件事情同时发生，而我们无暇处理的时候，我们并不能按下暂停键。同样地，别人也不能按暂停键。

＊　　　＊　　　＊

这堂课结束时，学生们一如往常，乱七八糟地冲出教室，仿佛听到了火警。班杰似乎刚巧是最后一个出去的学生，他就是有这种不疾不徐的功力。这名老师因紧张而满头大汗，那件蓝色网球衫的衣领已经布满汗渍。

"我不……不知道你原来是个学生，班杰明。要是我知道的话……我本来还觉得，你年龄应该比较大。这真是一个错……错误！我可能会丢掉工作，我们不应该那么做的……通常我都不会那样做的……你只是……只是……"

班杰更加接近他。那名教师的双手颤抖着。

"只是个错误。我就只是一个错误而已。"班杰替他说完。

那名教师紧闭双眼，焦虑地点点头。班杰凝视他的双唇许久。当这名教师再度睁开双眼时，班杰已经离开了。

*　　*　　*

一如往常，波博一下课就直接回家。他把背包朝房间里一扔，换好衣服，走进修理厂，协助父亲"雄猪"，一如往常。但是，今天留意时间的可不是波博，而是"雄猪"戈登本人。

"这样就够了，波博。你走吧！"时间一到，爸爸就催促他。

波博放松地点点头，触电般脱下连身工作服。"雄猪"发现，这件工作服已经显得太小了。当波博取来那只装着冰球护具的工具箱时，"雄猪"犹豫许久，仿佛想说些什么，也许他就是不希望让儿子看到自己充满期望的表情。父亲的期望足以把儿子压垮。但是，他最后还是说了："你紧张吗？"

这真是个蠢问题，波博就像一只陷在两张摇椅之间的长尾巴猫咪一样紧张。这可是他第一次跟甲级联赛代表队一起练球。他今年刚十八岁，而冰球以一种非常确切的方式告诉孩子们——你们已经成年了。儿子摇了摇头，但眼神却闪烁了一下。爸爸笑了一下。

"你只需要保持沉默，并埋头苦干。尽力而为吧。记得带一双你不喜欢的鞋子去。"

"哦？"波博疑惑出声。从孩提时代开始，每次遇到疑惑、不解的事情时，他就会发出这种声音。

"甲级联赛代表队那些老球员会在你洗澡的时候，把剃须膏和剃须泡沫洒在你的鞋子里。一开始，他们会给你一点苦头吃，但是你要顺其自然。你要记住：这是他们尊敬你的一种表示。要是他们不找你的麻烦，那你就要小心啦，因为这就意味着他们知道，你将被踢出球队了。"

波博点点头。"雄猪"似乎想拍拍他的肩膀，但最终转身拿了后方板凳上的一组工具。波博正要离开去换鞋子时，"雄猪"清了清嗓子，说道："今天谢谢你帮忙。"

波博不知道该如何回答。他每天都到汽车修理厂帮父亲，父亲从来不谢他的。但是，他接着又说道："我希望你的人生可以比较不那么复杂。我希望你只需要想着学校、想着冰球、想着女孩儿们，还有你的那些朋友现在在想的事情。我知道在修理厂干活是件很辛苦的事，而现在，关于你妈妈的所有事情……"他陷入了沉默。

波博没有搭腔，而后他只是说："爸，这不算什么。"

"我真以你为傲。""雄猪"说。随后他将头埋进一辆福特汽车的引擎盖，忙碌起来。

波博去取了一双旧鞋。

*　　*　　*

整间更衣室里就数亚马的个头最小。他竭尽全力把自己越缩越小，他可以感受到那些老球员的目光，知道他们绝不想在这里看到他。波博坐在旁边，因为他个头更大，情况就更糟糕了。这些老球员在别的地方是找不到工作的。经过今年夏天，球会正濒临破产，而他们可不愿意被一群青少年代表队的小伙子抢走饭碗。这就让波博成了靶子。都是些小事情，比如有人走进来时用肩膀顶他，有人"刚好"把他放在地板上的装备一脚踢飞。当他们大声说笑时，波博竭力想加入一些有趣的评论。

他显然很想被群体接纳，但他的尝试让情况变得更加恶劣。亚马试着用手肘顶他，让他闭嘴，但是波博却兴奋不已。

其中一个老球员咕哝道："难不成我们现在要让一个女人当教练？难道体育总监不能随便拉个别的什么人去做做公关吗？难道我们现在还要搞什么该死的政治游行？"

"她不可能是凭真本事弄到这份工作的，一定是靠性别比例啦！"另一个人吼道。

"你们有没有听说过她是女同志？"波博大声嚷嚷，他太急着插话了。

其他一众老球员根本无视他的存在。不过，其中一个人说："看她那副样子，肯定是拉拉。"

"哦？什么是拉拉？等等……我懂啦！是女同志，对吧！我懂啦！"波博大呼小叫道。

没人搭理他。老球员们只管继续说："难道不能让一支冰球队只专心打球就好吗？一切非要泛政治化吗？他们很快就会把我们球衣上的熊头换成彩虹的！"

波博好像被施了魔法一样，突然插嘴道："……然后逼我们穿……嗯……芭蕾舞裙打球！"

他站起身，笨拙地旋转脚尖，滑到一张板凳上，趴倒在地，像海龟一样拨弄双手，弄翻了两个提袋。这时，一两个老球员咧嘴大笑。他们是在取笑他，不是在附和他。但他一看见他们有反应，就急切地想要吸引他们的注意。他站起身，再次旋转脚尖。其中一个老球员装得一脸严肃，说道："你就叫波博，嗯？"

"是！"波博急切地点头。

其他球员充满期望地坏笑着，他们都知道，这个老球员会好好耍弄这个男孩。

"你真该把你的小鸡鸡露给她瞧瞧。"他说。

"哦？"波博说。

那个老球员指着他说："新教练。让她瞧瞧你的小鸡鸡！这样她就知道自己少了什么！"

"波博，把你的那条巨蟒从笼子里放出来吧！你该不会是胆小鬼吧？"另一个老球员起哄着。他们很快就一起"帮他加油"，仿佛他已经在跳远场上摆好架势，准备起跳了。

"可是她……难道不会……生气吗？"波博困惑地问道。

"哎呀，她只会觉得你很幽默！"其中一个老球员急切地嚷嚷道。

事后来看，波博当时真是蠢透了。但是，对一个年仅十八岁、在一间更衣室里受到一群成年人起哄的男孩来说，说"不"是世界上最困难的事。

所以，当伊丽莎白·扎克尔经过更衣室外的走廊时，波博就跳了出来，仿佛经过上帝的授意。他预期，她会被他吓一大跳，或至少颤抖一下。结果，她连眼睛都没眨一下。

"怎么回事？"她问道。

波博手足无措起来："我……呃……我们都听说，你是女同性恋……所以我……"

"波博就是想让你看看，这样你就知道你少了什么东西！"有人从更衣室里高喊，随之而来的是两打成年男人歇斯底里的笑声。

扎克尔将双手手掌撑在膝盖上，趋身向前，饶有兴致地看着波博的私处。

"就这个啊？"她好奇地指着，问道。

"哦？"波博说。

"你们想让我看的就是这个呀，拜托，真是太没看头了。"然后她就转身朝冰面走去。波博爬回更衣室时，脸涨得通红。

更衣室里爆出一片讪笑声。大多是在嘲笑他，不是在附和他。但是波博还是羞赧地微笑着，因为任何形式的注意有时就是一种肯定。

亚马缩进自己的装备，看着波博，早已知道这种玩笑绝对没有好下场。

＊　＊　＊

训练即将开始时，球员们兴致缺缺地围着中场圆圈懒散地站着，刻意表现出自大的神情，他们就是要告诉伊丽莎白·扎克尔，她在这里不受欢迎。她似乎完全没有领会到这种暗示，反而在双臂下夹着六个水桶走了过来。

"你们这些熊镇人对什么最在行？"

没人搭腔，她就耸耸肩："我看过你们上个球季所有的比赛资料，所以我知道，你们简直一无是处，烂透了。如果我知道你们到底对什么在行，这对我的工作真的会很有帮助。"

有人喃喃自语，说笑般地挤出一句"喝酒泡妞"。对这句话，其他人只是发出了刻意压低的咕哝声。然后，有人突然笑了起来，并不是针对这个玩笑，而是针对发生在扎克尔后方冰面上的事情。波博从板凳区走来，超过一百公斤的身躯套着一条从花样溜冰储藏室里偷来的裙子。他踮着脚尖连续旋转了三圈，中线圆圈旁的老球员们见此情形都报以掌声和欢呼声。就算他们现在嘲笑的对象是她，而不是波博，伊丽莎白·扎克尔也会无动于衷。

但是，就在波博第四次旋转动作做到一半时，欢呼声戛然而止。波博还没得及搞清楚自己被什么东西砸到，眼前就一片昏黑。当他睁开眼睛时，发现自己正四脚朝天地倒在冰面上，几乎无法呼吸。伊丽莎白·扎克尔面无表情地站在一旁，对他说道："怎么从来没人好好教你溜冰？"

"哦？"

"你的吨位和一条渡轮一样重，我亲眼看过你将一把斧头从一辆车的引擎盖上拔出来。如果你好好学过溜冰，我就不会这么容易把你铲倒。这样，你作为冰球选手就不会一点价值都没有。所以，为什么从来没人好好教你溜冰？"

"我……不知道。"波博喘息着，仍然四脚朝天地倒在地上，胸口疼痛不已。那种感觉仿佛是被车碾轧过，而不是被铲倒。

"你们熊镇人到底会什么？"伊丽莎白·扎克尔严肃地问道。

一开始，波博没有回答，所以扎克尔只好放弃，朝中场的圆圈走去。但最后，这名年轻男子总算从冰面上爬了起来，脱掉裙子，既愤怒又受辱般地回答："努力工作！我们熊镇人工作起来可是很努力的。人们可以说一堆关于这个小镇的坏话……可是我们很努力工作！"

那群老球员紧张起来，但是没有人提出抗议。所以，伊丽莎白·扎克尔说："很好！要赢球就得靠这个。我们必须比其他人更努力。如果待会儿你们想吐，请吐在这里。我听说过，体育总监不喜欢湿答答、黏糊糊的脏东西。所以我猜，他不希望在冰面上看到呕吐物。你们做过一个名叫'捡木板'的练习没有？"

老球员们高声呻吟着，她认定这意味着"做过"，就把带过来的水桶固定摆放到几个地方。集训的剩余时间全部用于恐怖的体能训练。先是在边线界墙之间全速溜冰，然后是侧面位移，接着是摔跤，训练、训练、再训练。在这次集训结束时，没有一个水桶是空的。最后，就剩亚马一人还能站得起来。

一开始，那些老球员当然试图用些不那么明显、看起来像是"偶然、不经意"的小动作来阻拦亚马，比如在拥挤的地方狠狠赏他一肘，在他准备加速时拉扯他的球衣，小心而精确地伸出一只脚让他失去平衡。冰面上绝大多数球员都比亚马重三十到四十公斤，他们只需要向他一靠，他就有的受了。他们这样做并不是亚马的错，他已经非常努力地隐藏自己，只是他实在是太优秀了。他让其他人的脚步看起来迟缓无比，而这是他们不能容忍的。一次又一次，他们确保让他摔倒，但每一次，他就是能从跌倒的地方再站起来。他的速度越来越快，越发努力地战斗，越发深刻地挖掘自己的潜能。同时，眼前也越来越昏黑。

没人知道现在几点钟了，伊丽莎白·扎克尔完全没有要放他们走的意思。老球员们一个接一个地倒下，瘫软在地。但是，当他们看向冰面时，亚马还在场中滑动。不管扎克尔要求他在边线界墙之间来回几次，就是没办法把他累垮。他的球衣被汗水浸湿，但他仍然昂然挺立。波博几乎失去意识，躺在冰面上。当他看到自己的朋友不断战斗、战斗、再战斗的时候，内心充满骄傲与羡慕。

亚马是全队最年轻的球员。练习结束后，当他站在淋浴间里，他的大腿颤抖得厉害，让他几乎无法保持平衡。但就在他腰间缠着毛巾、一拐一拐地走进更衣室时，发现自己的鞋子里灌满了剃须膏和剃须泡沫。

这就值得了。

＊　　＊　　＊

集训结束后许久，伊丽莎白·扎克尔在空荡荡的冰球场巡视。更衣室里只坐着一个球员。波博的体形像乳牛一样硕大，但他却又如同刺猬一样容易受惊。他的眼睛湿润，低头望着一双没有被人灌满剃须泡沫的鞋子。当他走出淋浴间时，老球员们只对他高声咆哮了这么一句："死小子，谢谢你让我们做这些该死的体能锻炼！'我们很努力工作'？该死，你怎么能对一个冰球教练说这种该死的蠢话？"

亚马企图安慰他，但波博只是回以苦笑。亚马已经太累，没力气再坚持下去。当亚马和其他人都回家以后，波博独自留在冰球馆里，成了全世界最渺小的人。

"你走的时候记得把灯关掉。"扎克尔说。她本来就……不擅长表达情感。

"该怎么做才能受人尊重？"波博抽噎着。

扎克尔的表情极不自在。"你的……鼻涕……弄得满脸都是。"她一边说，一边用手掌扫过整张脸。

波博用手掌把脸擦干："我要他们尊重我。我要让他们在我的鞋子里也灌满剃须膏和剃须泡沫！"他说道。

扎克尔呻吟一声："人又不一定非要受别人尊敬不可。这没有你想的那么重要。"

波博抿抿嘴唇，说道："对不起，我对你做了那样的事。"

扎克尔硬挤出一丝微笑："别在意！你那玩意儿对我根本构不成冲击。"她一边说，一边比画着。

波博咧嘴大笑起来。扎克尔双手握拳，插进口袋，低声建议道："波博，你必须对球队有点贡献。这样他们就会尊敬你。"

她不等他再提问，直接离开。此后每天夜里，波博清醒地躺在床上时，都会费心思量她这番话到底是什么意思。

回家途中，波博在超市逗留了一下。他买了剃须泡沫，这样老爸才不会觉得难过。当"雄猪"在玄关看到那双被浸坏的鞋子时，便拥抱了自己的儿子。他可不常拥抱自己的儿子。

21. 他躺在地上

苏恩缓缓地在冰球馆里晃来晃去，沉重地呼吸着。分分秒秒，他都思念着教练的工作。但是，他已经没有力气再走上看台了。冰球越来越年轻，而我们这些身处其中的人却越来越老。完事以后，它就不带丝毫情感，将我们一把抛开。这就是它不断存活、不断演进的原因：它是为了年轻一代而活的。

"扎克尔！"他看见那名取代他职务的女士，就气喘吁吁地喊道。

"嗯？"她一边应着，一边从更衣室里走出来。

"你对今天的集训感觉怎么样？"

"'感觉'？"扎克尔问道，仿佛这个词来自某种外语。

苏恩靠着一面墙壁，虚弱地微笑道："我是说……要在这座城市担任冰球训练员，可不是一件容易事。尤其对……嗯，你知道的。"

他的意思是"对女人来说"。所以，扎克尔回答道："担任冰球训练员，不管在哪里都不是容易事嘛。"

苏恩不无遗憾地点点头："我刚刚听说，其中一个……球员向你展示了……自己的生殖器官……"

"那还不太算。"扎克尔猛然打断他。

苏恩困惑地咳了一声："难道说……他没有露出……"

"那根本就不算生殖器官。"扎克尔纠正他，同时用拇指和食指比了比。

"噢，这种事情总是……这些臭男人，你知道的，他们有时候很……"苏恩试图说明，双眼低垂，望着自己的膝盖。

扎克尔看起来恼怒不已："你是怎么知道这件事的？"

苏恩误解了她，以为她会因为这件事情而感觉受到侮辱。

"如果你认为有必要，我可以和这些小伙子谈一谈，我可以理解你觉得自己受到了侮辱。不过……"

"轮不到你来跟我手底下的球员谈话。只能是我来跟我手底下的球员谈话。有没有受辱，只有我自己知道。"

苏恩扬了扬眉毛："所以我猜，你不太常觉得受到侮辱？"

"受侮辱是一种感觉。"

扎克尔谈到这个词的表情，仿佛在谈论一种工具。苏恩将双手插进口袋，喃喃道："在熊镇担任冰球教练是很不容易的。在情况开始变糟的时候，就更不容易了。请相信我的话，在你来到这里之前，我一辈子都在做你现在的这份工作。在这个小镇里，对于像……你这样的冰球教练，有人可是很反感的。"

这名老男人深切地凝视着这名女士的双眼，而他从她的眼神中看出一种他自始至终缺乏的特质：她毫不在乎。在内心深处，苏恩总是在乎别人对他的看法。他希望自己手底下的球员喜欢他，包括支持者，以及窝在毛皮酒吧里的那群糟老头与老太婆。他希望整个小镇的人都喜欢他。但是，伊丽莎白·扎克尔不怕别人有意见，因为她深知所有成功教练铭记在心的一点：一旦她赢球，他们就会喜欢她。

"我得去吃晚餐了。"她的口吻不算友善，但也称不上不友善。

苏恩点点头，再度微笑。在离开之前，他把自己的最后一点想法告诉她："你还记得爱丽莎，那个在我家庭院射门的小女孩吧？她今天也来冰球馆了。整整七次。她从幼儿园里偷溜出来，就是想看甲级联赛代表队练球。我陪她回去后，她又逃学了。这一整个秋天，她会不断逃学的。"

"难道就不能把小孩锁起来吗？"扎克尔问道，没有领会到苏恩真正想表达的意思。因此，苏恩把话说得更清楚："小孩对自己成长过程中所看到的一切都会认为是理所当然的。在看到你训练甲级联赛代表队球员以后，爱丽莎就会认为：女人也可以做到，这是理所当然的。当她年龄大到足以加入某一支甲级联赛代表队参加比赛时，到那时候，也许就没有'女性冰球教练'了。那时可能只剩下……'冰球教练'了。"

苏恩不知道这对伊丽莎白·扎克尔来说是否有意义，但对他而言意义重大。老实说，从扎克尔的表情来看，他看不出端倪。这名冰球教练看起来只想赶快离开，去吃晚餐。但是无论如何，饥饿也是一种感觉。

就在扎克尔一脚刚要踏出门时，灵光一闪，突然想到一件自己真正在乎的事情。于是她问道："我要的那个守门员，那个维达呢？他怎么样了？"

"我会跟他哥哥好好谈谈的。"苏恩保证道。

"你不是也保证过，彼得会跟班杰明·欧维奇的姐姐们谈谈吗？"扎克尔问道。

"是啊。"苏恩惊讶地说。

"那班杰明今天怎么没有来练球呢？"

"他今天没有来？"苏恩脱口喊道。

他万万没有想到，班杰没到场练球。会把事情当成理所当然的，可不仅仅是小孩。

*　*　*

一名身穿蓝色网球衫的男子坐在一栋位于一处露营区的小屋里。他本来应该备课的，这份教职是他辛苦研读多年才得到的。但是，他却无心去做。他坐在狭小的厨房里，面前的桌子上摆着一本哲学书。他凝视着窗外，希望看到一名有着哀伤双眸、狂野灵魂的年轻男子。但是，班杰并没有出现。他真是无药可救了。今天，这名教师盯着他的双眼说：他真是一个错误——即使这个错误是这名教师铸成的。

熊镇人都知道，班杰是危险人物，因为他下手最重。然而，似乎很少有人能够领会到：他全身上下的每个部位都是如此，下手始终奇重无比。他的心，更是如此。

*　*　*

就在欧维奇妈妈的家里，三姐妹之一的佳比走进班杰的房间。佳比的两个孩子窝在地板上玩乐高玩具，玩具散落得到处都是。对于班杰，佳比恐怕有千言万语要说。但是，全天下没有比他更好的舅舅了。在她的孩子们成长期间，他们将会说：姥姥的家里，就数舅舅的房间是全宇宙最安全的地方。他们在这里不会受到任何伤害，没有任何东西敢伤害他们，因为他们的舅舅会保护他们，使他们不受任何人、任何事物的伤害。有一次，其中一个小鬼头对佳比说："妈妈！舅舅的衣橱里有鬼，它

188

们藏在那里，因为它们很怕舅舅！"

佳比脸上露出微笑。当她正要离开房间时，忽然意识到一件事情。她转过身来，问孩子们："你们的乐高玩具是从哪里来的？"

"从盒子里拿的。"孩子们无忧无虑地说。

"从哪个盒子里拿的？"

孩子们觉得自己被怀疑偷东西，吼道："舅舅床上的盒子！我们的名字就写在盒子上，妈妈！那是给我们的！"

就在此时，大门的门铃响起。佳比全速冲向门口。

*   *   *

前去应门的是大姐爱德莉。站在门口的是班杰的队友亚马。小男孩本来还没那么不安，但当他看到爱德莉不安的表情时，他也跟着担心起来。然而，她顿时就明白了一切。

"班杰在家吗？"即使已经知道答案，亚马还是这样问了。

"见鬼了……"爱德莉回答。

佳比狂奔而来，冲进玄关，喊道："班杰明留了礼物给孩子们！"

亚马紧张地清了清嗓子说："他没有来练球。我只是想来看看，他是否一切都好！"

他最后一句话，是对着爱德莉喊的。然而她已经将他甩在背后，朝森林直奔而去。

班杰有时不会去练球，但他从来不会缺席秋天开季的第一次集训。他的双脚早已期待着再度踏上冰球场，双手渴望接触到冰球杆，脑海中的思绪早已奔向冰球的世界。这季联赛的第一轮比赛，熊镇在第一战就会对上赫德镇，他无论如何都不可能错过今天的集训。情况不太对劲。

*　　*　　*

拉蒙娜一如往常地站在吧台后面，尽可能保持情绪平稳。她曾亲眼看见这座城镇开花结果，但就在最近这几年，她也看到它遭受到一次次的重击。熊镇的人们是很能干的，但他们总是需要一个能够让他们展现才能的地方。他们肯打拼，但他们必须知道为何而战。

你唯一能够确认的事情就是：不管在大都市还是小城镇，总会有一些废人。这和这些地方本身没有关系，这和人生有关系——人生可以将我们彻底撕碎。到酒吧买醉是非常容易的，所有的吧台都能迅速变成哀伤的场所。没法掌握住任何事物的人，就会过度用力地握住酒杯；对于摔倒已经感到厌倦的人就会龟缩在酒瓶最底部，因为他们已经烂到底了，情况不会更烂了。

拉蒙娜见过这些伤心人来来往往，一部分人继续勇敢地走下去，一部分人则彻底沉沦。对某些人来说，情况后来有所好转，但像亚伦·欧维奇这样的人，最后只能彻底沉沦：他只能"走进森林"。

拉蒙娜年事已高，她的人生阅历已经使她能够在顺境时心平气和、在逆境时从容不迫。但是，就连她都知道：就在即将开赛的秋季，人们会轻易对一支冰球队寄予不合理、过高的期望。体育活动不是现实生活，当现实生活烂到谷底的时候，我们就需要传奇故事。它们能让我们感觉：只要我们成为某个领域的冠军，其他一切也许就会好转。

可是，拉蒙娜其实也不知道，事情好转过吗？还是……我们只是习惯成自然呢？

*　　*　　*

亚伦·欧维奇"提着猎枪、走进森林"之前所做的最后一件事情，就是把礼物留在了孩子们的床上。没有人知道，怎么会有人做出这种事情。不过，他也许希望这是他们对他最后的回忆。他希望能在森林中走得够远，这样他们就会相信，他只是遗弃了他们。这样一来他们就会幻想着，他其实是个受征召、要去执行绝密任务的神秘特务，或是个登陆地球的太空人。他也许希望：无论如何，他们总能有个童年。

结果并非如此。作为大姐的爱德莉始终无法说明她怎么知道他在哪里。她只能从心里感觉，他到底往何处去。狗狗们喜欢她，也许就是这个原因。她拥有高于常人的敏感度。当她在树林间走动时，从来不会大喊"爸爸"——猎人的子女从来不会这样做。他们学到：所有在森林间的男人都是某个人的爸爸。所以，如果你想找自己的爸爸，你就得像个外人一样，直接喊他的名字。当然了，爱德莉从来没完全变成外人过，她拥有某种与生俱来、从亚伦身上传承到的特质。他没法在森林中走太远，因为她总是能够找到他。

*　　*　　*

一家酒吧可以变成一个阴郁、沉闷的场所。总而言之，人生带给我们的伤痛远多于喜庆，在葬礼上喝苦酒的机会总是多于在喜宴上喝喜酒的机会。但是拉蒙娜也知道，酒吧不时还是可以成为别的场合，就像你胸中的大石块，有时仍然会出现细小的裂缝。酒吧并不总是全世界最美好的地方，但也不是最糟糕的地方。

最近几个星期以来，谣言真是满天飞。人们说，工厂即将转卖，熊镇已经见过太多歇业的工厂，而这种消息完全可能代表破产。谈论失业的已经不再限于毛皮酒吧里的年轻男子，现在每个人都焦虑不已。在小地方，每失去一个雇主，简直就意味着一场天灾，大家的亲友圈中或多或少会有人受影响，到了最后，连自己都会被波及。

当镇民们谣传政客们只会把资源送往赫德镇，完全无视熊镇下一代人的前途时，你可能会轻率地用"偏执狂"来形容他们。但是，作为偏执狂最糟糕的一点就在于，你只能通过证明自己所言不假才能摆脱"偏执狂"的恶名。

* * *

一部分子女始终无法真正摆脱自己的父母，他们被父母的罗盘操纵，在父母的眼中过生活。恐怖的事情发生时，绝大多数人会变成波浪，只有某一种人会变成岩壁。风起时，波浪会来回摆动，而岩壁只会承受撞击，纹丝不动，等着风暴结束。

爱德莉只是个孩子，但她从父亲手中取下猎枪，坐在一个树桩上，握着他的手。这可能是出于震惊，也可能是她有意识地跟他和她自己道别。那件事情过后，她就变成了另外一个人。当她起身、穿越森林、走回熊镇时，并没有惊恐地喊叫、求助。她迈着坚定的步伐走到技艺最优秀、最强壮的猎人家里，他们会帮她把尸体扛回家。当母亲在门廊处尖声哭叫、晕厥在地时，是爱德莉抱住了她。这个小女孩已经哭过，已经流尽了泪水。她已经准备成为那面岩壁。从那件事情以后，她始终是一面岩壁。

凯特雅和佳比的个性比较像妈妈，爱德莉与班杰则更多地遗传了亚伦·欧维奇的特质。他们制造冲突，总是对人宣战。因此在那件事之后，爱德莉每次走进森林寻找自己的弟弟时，她都知道，她一定找得到他——仿佛他的皮肤上装着磁铁。她对这一点并不感到害怕。每一次，她都害怕他已经死了。弟弟们始终不知道，他们总会让姐姐们担心得要死。他们隐藏在眼底的恐惧、言外之意，就像一把藏在枕头下能打开枪柜的钥匙。

班杰没有坐在树上，他倒在了地上。

* * *

伊丽莎白·扎克尔走进毛皮酒吧。此时距晚饭时间已经过了很久，但她仍然坐进角落，没等她开口要求，拉蒙娜就给她端来了一大盘土豆。

"谢谢。"这位冰球教练说道。

"关于你们这种纯素食主义者除了土豆以外到底还可以吃什么，我真的不知道。可是，这个小镇周围有蘑菇。它们的生长季很快就到了哟！"拉蒙娜说道。

扎克尔抬起头来，拉蒙娜向她点头致意。这位酒吧的女主人也不喜欢表现情感，但她通过这种方式表示：她希望这位冰球教练能够多待一会儿。

* * *

班杰一动不动，双眼仍然睁着，但眼神涣散。爱德莉仍然记得，小时候，她坐在那个树桩上握着爸爸手的感觉。那只已经没有脉搏的手，竟然那么冰冷。

爱德莉小心翼翼、动作轻柔地抚着平躺在地的弟弟。她的手按在他的手上，就是为了感受他身体最后的余温，以及体内最后的脉动。

"你真是吓到我了，你这该死的脓包，下次我再找你的时候，别躺在地上！"她小声说道。

"对不起。"班杰回答。

他并没有喝醉，也没嗑药。今天，他并没有逃离自己的情绪。这样一来，她更加不安了。

"出了什么事？"

夏季最后的余晖映照着凝结在班杰睫毛上的泪水。

"没事。这只是……一个错误。"

爱德莉没再说话。她不是那种会表示自己心碎的姐姐，她只是那个会把弟弟"从森林里带回来"的姐姐。等到他们快踏进小镇时，她才说："那个新教练想让你当队长。"

那一刻，她从班杰眼中见到了多年不见的某种情绪。

他害怕。

* * *

扎克尔快吃完晚餐时，拉蒙娜来到她的桌前，给她端来一杯啤酒。

"这是老客户请的。"拉蒙娜说。

扎克尔望着那群坐在酒吧区的伯父："他们？"

拉蒙娜摇摇头："他们的老婆。"

五个大婶坐在最里面的角落。她们一头银发，手提包搁在桌面上，双手满布皱纹，每个人手上都紧握着一杯啤酒。她们都在熊镇住了一辈子，这是属于她们的小镇。她们当中有几个以前就在那家工厂工作过，而现在，她们当中好几个人的儿子、孙子也在那家工厂上班。大婶们已经年华老去，但她们都穿着新 T 恤。所有人都穿着一模一样的 T 恤。那些绿色 T 恤上的字，仿佛一声怒吼——

熊镇和全世界对着干！

22.队长

这一年，熊镇的秋天相当没有秋意。它只在冬天降临前留下一个苍白的身影，白雪甚至相当不礼貌，没有让落叶安详地落入尘土。黑暗的脚步非常迅猛，但那几个月仍充满着大量的光辉：一个球会努力奋斗，存活下来；一名成年男子把手搭在一名受惊吓的四岁半小女孩的肩膀上，安慰着她：冰球，可不只是一种游戏而已；一杯端到陌生人桌上的啤酒；那些绿色 T 恤说着：不管怎样，我们是同一阵营的；梦想成为最伟大的英雄的男孩；凝聚成一支军队的好朋友们。

不幸的是，不出几年，我们就不会再记得这些故事了。回首这几个月的时光，我们当中许多人除了……仇恨以外，什么都记不住。不论好坏，人心就是这样：我们只会用最恶劣的时刻来定义某个时期。因此，我们会记得两个小镇之间的敌对，只会记得已经起了头的暴力。当然，我们不会去谈论它。我们不会做这种事情。反之，我们将会讨论已经发生的冰球比赛，这样我们就不用谈到这段时间里所举行过的葬礼。

＊　　＊　　＊

当一个苍白、单薄的身影穿过森林时，黑暗已经牢牢掌控了熊镇与赫德镇。天气已经开始变冷。虽然白天还没有充分显露这一点，但夜晚相当诚实，璀璨的阳光已经遮掩不住零摄氏度以下的低温。那个身影打着哆嗦，快步走在步道上——这既是出于紧张，也是为了保暖。

赫德镇的冰球馆并没有装设警铃，这栋建筑相当老旧，而且有好几扇管理员很容易就忘记锁上的后门。这道身影并没有精密规划该怎么执行这项入室盗窃任务。他只是想碰碰运气，在这栋建筑前走动走动，试试所有把手。这名十二岁少年用尽全力才顺利地将其中一扇门撬开了。

里欧爬了进去，在黑暗中跑动。他在赫德镇打过够多场次的客场比赛，所以知道更衣室的位置。甲级联赛代表队有自己专用的置物柜，大多数置物柜门上没写名字，但就是有些球员特别痴迷于自己名字的拼字组合，按捺不住地把名字写在门板上。里欧用手机的灯光照着置物柜，直到找到威廉·利特的柜子。然后，他就开始执行任务。

＊　　＊　　＊

毛皮酒吧已经打烊，但爱德莉、佳比和凯特雅仍然不住地敲门。拉蒙娜大喊"子弹已经上膛啦"。这就是她表达"本店已经打烊"的方式，但是欧维奇一家三姐妹仍然激动地走了进来。拉蒙娜看见她们三人，高高地跳了起来。

"我犯了什么错啦？"她喘息着。

"没事，我们只是想请你帮个忙。"凯特雅说。

"没事？一个糟老太婆看到你们三个人同时进来，会以为自己要被痛揍一顿！该死的，这一点你们应该很清楚吧！"拉蒙娜一边说，一边夸张地用手抚着胸口。

三姐妹大笑起来。拉蒙娜也大笑起来。她将啤酒和威士忌端上吧台，怜爱地拍了拍她们每个人的脸颊。

"好久没有看到你们了。对这个小镇来说，你们的美色还是让人无法招架呀。"

"拍马屁对你是没有好处的。"爱德莉说。

"就是因为这样，上帝才赐给我们酒精。"拉蒙娜点点头。

"你还好吗？"佳比问道。

拉蒙娜哼了一声："我已经老了。这真是天杀的该死。腰酸背痛、眼睛越来越看不清楚。我倒是不怕死，可是这样一天天变老，真的有必要吗？"

三姐妹露出微笑。拉蒙娜一把将自己空空如也的酒杯重重地放到桌面上，继续说道："嗯？你们是想要我帮什么忙？"

"我们需要一份工作。"爱德莉说。

当欧维奇一家三姐妹离开毛皮酒吧时，她们的弟弟班杰明就靠墙站在酒吧门外。爱德莉一掌打落他手里的香烟，凯特雅粗暴地折好他的领口，佳比则用舌尖舔舔手指，替他梳理头发。然后，她们就把他推进门。拉蒙娜站在吧台区，正恭候他的大驾。

"你的姐姐们说，你需要一份工作。"

"是这样没错。"班杰呢喃着。

拉蒙娜在他眼里，清楚地看到了亚伦·欧维奇的眼神。

"你的姐姐们说，你非常焦躁不安，得让你有事做。她们是不能阻止你进入酒吧，但是她们至少努力让你待在正确的一边。我告诉过爱德莉，让你担任酒保就像命令一条狗看守一块驯鹿肉排。可是，她可不会跟人讲理，这家伙。而且凯特雅强调，说你在她在赫德镇上班的地方干过酒保的工作。红番们是不是都叫它'谷仓'？"

班杰点点头。拉蒙娜一向管赫德镇居民叫"红番"。

"我和……当地居民产生了一些审美观念导致的冲突，所以那里不再欢迎我了。"班杰说明道。

拉蒙娜不需要撸起他的袖子就能知道他胳臂上有一个熊头文身。有些小男孩就是毫无理由地喜爱这个小镇，而她对这种小男孩总是特别容易心软。

"你可以端起酒，不让酒洒出来吗？"

"可以。"

"如果有人想要赊账，你会怎么做？"

"让他闭上嘴？"

"你被雇用了！"

"谢谢！"

"别这么说。我只是因为害怕你那群老姐才这么做的。"拉蒙娜哼了一声。

"所有精明人都很怕她们。"班杰微笑道。

拉蒙娜指着墙上的架子说："我们卖两种啤酒、一种威士忌，其他东西全是装饰品。你负责洗酒杯、打扫。一旦有冲突，你千万不要插手。听清楚没有？"

班杰没有顶嘴，而这就是一个好的开始。他从后院翻出一堆已经堆了好几个月的木材和钢板，他像一头公牛般强壮，而且能够守口如瓶。这是拉蒙娜最喜欢的两项特质。

熄灯、上锁的时间到了，他搀扶她走上公寓房的楼梯。她仍到处悬挂着丈夫霍格的照片。丈夫霍格和熊镇冰球协会就是她毕生的两大最爱。

"现在你想问什么就问什么吧。"拉蒙娜温和地说着，拍了拍年轻人的脸颊。

"我没有想问什么。"班杰说谎。

"你想知道，你老爸是不是经常到毛皮酒吧来。你想知道，他在……走进森林之前，是否经常坐在楼下的酒吧里。"

班杰双手插进牛仔裤口袋，他的嗓音掩盖了年龄。

"他是怎么样的一个人？"男孩问道。

拉蒙娜发出一声叹息，道："不算最好的，但也不算最坏的。"

班杰边走向楼梯间边说："我去倒垃圾了，我们明天晚上见吧。"

但是，拉蒙娜挽住他的胳臂，低语道："班杰，你不必跟他一样。你有着他的眼睛，可是我觉得，你可以成为另外一个人。"

班杰在她面前哭了出来，但他并不引以为耻。

* * *

第二天一大早，伊丽莎白·扎克尔一头探进彼得·安德森的办公室。彼得正在处理浓缩咖啡机。扎克尔观察着。彼得按下一个按钮，棕色的水从机器下流出。彼得恐慌起来，在按下所有按钮的同时以超级流畅、杂耍般敏捷的动作伸手取来卫生纸，同时还能用其中一只脚让那座漏水的机器保持平衡。

"难怪我会变成怪人，因为我不喝咖啡……"扎克尔说。

彼得抬起头，仍以一个如现代舞动作的姿态维护着办公室的清洁。他骂了一句："该死，真会把我气死……"

在扎克尔看来，这很不符合他的行事作风，于是问道："那我等一下再进来，可以吗？"

"不用……不用……我……这台破机器真是没救了……可是……这还是我女儿给我的！"彼得难为情地承认道。

扎克尔没有任何反应。

"我等一下再进来。"她说。

"不用！我……对不起……有什么是我可以帮上忙的吗？你的薪水迟发了吗？"彼得问道。

"我的事情跟绳子有关。"扎克尔说。

不过彼得已经为自己辩护起来："那个新赞助商，我们的合同还没……谈妥。可是，大家现在应该都要领到薪水了！"

他擦拭着额头的汗水。扎克尔只好重复道："我的事情跟薪水无关，跟绳子有关。"

"绳子？"彼得重复道。

"我需要绳子，还有一把漆弹枪。这附近哪里能买到这些东西啊？"

"漆弹枪？"彼得又重复。

扎克尔干巴巴地解释说："漆弹射击是一种模仿战争的游戏，这种游戏在根据游戏目的设计的射击场进行，两队用枪支和含有颜料的漆弹射击对方。我需要一把这种枪。"

"我知道漆弹是什么。"彼得说。

"你显然不知道它是什么。"扎克尔为自己辩护。

彼得搔抓着头发，导致咖啡喷溅到额头上。他对此浑然不觉，扎克尔也没有指出这一点。要是她提醒他，他想必又会莫名恐慌。

"毛皮酒吧正对面的五金行应该就有绳子卖。"

"谢谢。"扎克尔一边说，一边走向走廊。

这时，彼得喊道："你要绳子干吗？你总不会是想把某个人吊死吧？"

当他第一次这么说时，还自鸣得意地哈哈一笑。但当他说第二次时，声音中流露出明确的不安："扎克尔！你该不会是想把某个人吊死吧？我们这里的问题已经够多了！！！"

* * *

担任过班杰教练的戴维说过，即便是出席自己的葬礼，班杰都可能迟到很久。如果队友们没有招呼十六号球员和他们一起登上冰球场，开赛时，他可能还躺在更衣室里呼呼大睡。他有时会错过集训，有时又会喝得醉醺醺的或嗑了药后来参加集训。但是，今天他居然准时来到冰球馆，换装后直接踏上冰面。伊丽莎白·扎克尔转过头，看到这位冰球员来参加集训，似乎感到很惊讶。班杰深吸一口气，向她道歉："对不起，我昨天没有来练球。"每次被姐姐们狠狠教训后，他才会道歉。

扎克尔耸耸肩道："我不在乎你来不来练球。"

班杰看到摆在冰面上那五根长达数米的结实绳子。扎克尔手中拿着一把漆弹枪，熊镇的五金行不卖漆弹枪，但是赫德镇的五金行硬是从库房里扒拉出一把。边线其中一个角落的亚克力玻璃上有一片小色斑，表明扎克尔已经试射过那些又小又硬的漆弹了。

"你在搞什么？"班杰困惑地问道。

"大清早，你在这里做什么？"扎克尔反问他。

班杰看看手表。他刚好准时来到训练场地，但此时冰面上的球员只有波博与亚马。班杰咕哝道："我老姐说，你打算让我当队长。这可真是个馊主意。"

扎克尔点点头，眼睛一眨不眨地说："没错。"

班杰等她解释原因，不过她看起来并没有这个打算，于是他吼道："为什么挑我？"

"因为你是胆小鬼。"扎克尔说。

班杰承受过无数骂名，但从未被人这样骂过。

"你全身上下一无是处……"

她点点头说："也许吧。但是，我要你办好你这辈子最害怕的事情：对别人负责。"

班杰的眼神阴沉下来。她的脸上则毫无表情可言。亚马就站在他们背后，套着溜冰鞋的双脚不安地跳动着。最后他失去耐心，喊道："现在训练开始啦！你怎么不去更衣室把其他人弄出来？"

扎克尔无所谓地耸了耸肩道："我？我为什么要在意这个？"

班杰眯着眼睛，打量着她。他感到越来越受挫，再次看了看手表，然后走下了冰面。

* * *

班杰一脚踏进更衣室时，熊镇冰球协会的许多老球员还在换衣服。
"现在开始练球。"他说。

几个老球员没有理会，继续交谈着。但是，有些老球员一开始误解了班杰的意思，回答道："嘻！反正那个老太婆又不在意我们准不准时！"

"我在意。"班杰干脆答道，随后便是死一般的沉默。

权力就是让他人乖乖听话的能力。更衣室里的每个成年男子本来都可以继续赖在板凳上，让这个十八岁的少年毫无权力可言。然而，他只给了他们三十秒。当他转身朝冰面走去时，他们立刻起身，紧随其后。

他并不是在那时成为他们的队长的，而是当包括他在内的所有人都承认这一点时，他才真正算是他们的队长。

＊　　＊　　＊

班杰并不想带领一支球队，但他还是这么做了。而在赫德镇的威廉·利特，无所不用其极地想领导球队，却没这个机会。这并不公平，不过体育项目本身就是不公平的。训练时数最多的人不一定球技最好，成为队长的其实并不总是最合适的人选。人们常说，冰球不是一种以评估为主体的体育项目："我们只算进球数。"当然，实情并非完全如此。冰球囊括各种各样的数据，但始终无法预测。它受到许多隐形因素的操控。比如，一个常用来形容深具才华的球员的词是"领导特质"，但这是一种完全无法测量的概念，因为它是由无法教授的事物——魅力、威望、爱组成的。

当威廉·利特年纪还小，而凯文·恩达尔被任命为队长时，威廉听见教练对凯文说："你可以强迫别人服从你，但你永远没办法强迫别人追随你。你若想让他们为你而战，就必须让他们爱你。"

最爱凯文的人莫过于威廉了，他可谓无所不用其极，希望自己的爱能获得回报。即使在强奸案过后，他的忠诚度仍然不打折扣。当凯文最要好的朋友班杰留在熊镇时，他追随凯文转投了赫德镇冰球协会。威廉纠集了自己的党羽，把胆敢检举凯文的亚马和胆敢保护线民的波博痛揍了一顿。

当凯文突然从人间蒸发时，威廉留在了赫德镇。他很失望，但忠诚度仍然不减。戴维是他在熊镇时的教练，两人在赫德镇再度聚首。当初，戴维顺利说服威廉和几乎所有的球员转会。这倒不是因为要保护凯文，而是考虑到体育活动所能提出的最简单论点："我们只能专心打球。我们不能搞政治。在冰球场外发生的事情就只能留在冰球场外。"

威廉对他深信不疑。此刻，凯文和班杰都已离队，威廉打心底希望戴维也许终究会开始赏识他的忠诚。但是，他没有得到答谢，甚至连一句鼓励的话都没有。他仍然被忽视。

所以，当这天威廉走进更衣室、打开置物柜、看到某人留在他柜子里的东西时，统计学上无法预测的事情就发生了。置物柜里躺着一个打火机。今年夏天塞满威廉家邮筒的，就是这种打火机；当时里欧带到沙滩上的，也是这种打火机。

同时，一个队友开门进来，说："威廉，你听说了吗，熊镇的新教练让班杰当队长了！"

23. 针对唯一重要的事情，付出一切代价

大家都说，领导力意味着做出艰难、使人不快、不受欢迎的决定。领导们总是听到这句话："把你的工作做好。"这当然是不可能的任务，因为只有在还有人愿意跟随的前提下，领导才能继续领导。而人类对领

导的认识始终是一致的：如果你的决定对我有利，你就是公平的；如果同一个决定让我有损失，你就是暴君。对一般人而言，真相非常简单，却不容易接受。我们绝少希望见到"对大家都好"的决定。通常，我们只希望自己过得好就好。

彼得心事重重地关上电脑，把文件夹放回到书架上，踏上通往冰球场的阶梯。他在看台站位区的地上坐了下来。法提玛在远处打扫，他向她招招手，但她只是简短地点点头作为回答。她不希望引人注意，她必须在甲级联赛代表队开始练球之前就完成打扫工作，她不希望亚马在队友们面前丢脸。彼得心想：这个小男孩真的这么以母亲为耻吗？

从许多方面来看，法提玛比彼得本人更像人们刻板印象中的熊镇居民：低调、自傲、努力工作、绝对不容忍胡说八道。夏天刚来临时，球会的账户已经空空如也。彼得意识到法提玛没有领到薪水。然而，当他打电话给她时，她只说："不用担心。我和亚马挺得住。"彼得知道，在某几个月的月底，亚马仍然必须捡空瓶罐来换钱。所以，他非常羞愧地说："你不能没有薪水，球会有责任……"但是，法提玛打断了他的话："球会？那也是我的球会。我儿子的球会。我们挺得住的。"只有特殊的人、特殊的球会，才能做到这一点。

入秋后，法提玛领了薪水。彼得也领到了薪水。今天早上，他打算付球会的账单，但是电脑又死机了，他就打电话给银行。话筒另一端的男子听起来困惑不已："这些账单已经付清啦。"不是一笔账单，而是所有的账单。理查德·提奥可不是信口开河。即使记者会还没有召开，赞助商已经开始投资了。彼得将能够拯救自己的球会。所以，他为什么还感到如此焦虑不安呢？

甲级联赛代表队的集训开始了。下方冰球场上的人都以为，电灯能亮、按时拿薪水、观众蜂拥而入是天经地义的事情。在冰球界，反正钱是取之不尽、用之不竭的嘛。我们并不是真正在这项体育活动中成长的，在冰球场上我们就还只是想打打球的小孩子：一个橡皮圆盘、几个好朋友、开灯！现在，我们上路吧！

但是彼得知道代价。他就是在承受这些代价。那只是木料、金属、被踩烂的嚼烟碎片，以及摇摇欲坠的栏杆。不过，当黑衣人在看台站位区跳上跳下的时候，它就震颤起来。他们高歌时，歌声简直要将屋顶掀翻。"我们是熊，我们是熊，我们是熊，来自熊镇的熊！我……们……是熊！我们……是……"

一切顺利时，这种支持就像一堵坚实的墙支撑着你，但在诸事不顺时，这股力量可是极其恐怖的。这么多年来，整个球会里就数彼得最卖力地批评"那群人"。当他们打群架时，他试图在冰球馆里安装摄像头；当坐领高薪、表现却不如预期的球员企图毁约时，他就努力证明他们受到了提姆的党羽的威胁。一直以来，理事会办公室里穿着西装大衣的男子总是会教训彼得一顿，骂他"没事找事，做出不必要的挑衅行为"。但事实上，理事会成员对"那群人"也是怕得要命。只要符合理事会西装男子们的利益，他们就会放任"那群人"用暴力统治整个小镇。不过，现在呢？此刻，彼得终于有机会将"那群人"斩草除根，但他却犹豫起来。为什么？难道是因为他们在表决时力挺他，让他留在球会，他觉得自己亏欠他们？因为他是胆小鬼？还是说，这和理查德·提奥有关？难道彼得担心他扫除了暴民势力，结果让政客们的影响力乘虚而入？到底是在脖子上文着文身的暴民可怕，还是穿西装打领带的政客恐怖？

在他担任体育总监的最初几年，蜜拉常提醒他："我们不是一个害怕打架的家庭。"她始终比较强硬，这位热血的律师比颇具外交手段的体育总监还要有赢家头脑。但现在，想找机会打上一架的人是彼得，蜜拉则犹豫起来。而理查德·提奥也许是对的，或许彼得只是太天真了。世界极其复杂，而他却希望它非常简单。

当他在加拿大打球时，教练说过："赢球不是一切。它是唯一！"但是彼得欠缺"杀手本色"。在练球时，如果他的球队遥遥领先，他就放慢节奏，原因是不愿意羞辱对手。教练的人生哲学是"永远把脚踏在敌人的脖子上"，但是彼得没有这种特质。赢球就够了，不需要痛宰对手。之后的某次集训，对手从零比五的劣势下反超成功。"给我用心打球！"教练尖声大叫。而彼得始终没能真正做到这一点。

在二十年前的那场决赛上，他最后一击失手也许就是这个原因。也许，他现在就是出于同一个原因，不敢完整兑现对理查德·提奥做出的承诺。你所能够应付的敌人的数量是有上限的。彼得知道自己得做好自己的工作，他只是不确定自己到底该做哪项工作。

他看到伊丽莎白·扎克尔站在冰面上。他希望自己能像她一点。她会死死地将脚踏在敌人脖子上。

* * *

伊丽莎白·扎克尔将所有球员分成两队，用绳索将每队队友牢牢地绑在一起。只要其中一个队员倒下，全队都会跟着倒下。

"这算哪门子的老太婆练习法！？"其中一名老队员咆哮着。他被一名踉踉跄跄的队友绊倒，重重摔在了冰面上。然而，扎克尔不为所动。

他们必须持续练习，直到学会与彼此合作，共同进退，成为共同体。他们可以不断流汗、不断呕吐，但最后一试必须成功。直到连亚马都累倒、瘫软在短边线上时，扎克尔才让他们解开身上的绳索。然后，她就取来一把漆弹枪。其中一名老球员喃喃自语道："现在糟老太婆脑充血了……"

扎克尔也许读出了他的嘴形，天晓得呢！不过，她回答道："根据我的了解，你们很喜欢说'老太婆'。我可以担保：当你们被我训练时，你们会很害怕自己打球像老太婆的。"

球员们紧张起来，还有人趴在水桶上呕吐。扎克尔示范性地对着其中一个球门的横杠发射了一枚漆弹，弹壳跌落下来，那枚坚硬的漆弹引爆成一块黄斑。

"我带过一支女子冰球队。她们非常不擅长从球门前带球反转，更不想挡下对手射门，因为她们怕痛。所以我就请她们把衣服全脱光，试着从中线滑到球门前方触摸横杠，而我就用漆弹射击她们。她们每成功一次，我就请她们一人喝一杯冰啤酒。你们知道她们对我说什么吗？"

没人搭腔。因此，扎克尔只好自己说出答案："她们说'见鬼去'。不过，当然了，她们是……老太婆。而你们呢？你们又是什么东西？"

冰面上的男子们凝望着，但扎克尔只是等待着。一分钟过去了。其中几名男子紧张得咯咯笑，但扎克尔只是站着，一动不动地握着枪。

"你在……说笑？"最后，某人问道。

"我不这么觉得。有人告诉过我，我很没有……幽默感。"扎克尔说。

这时，另一名男子站起身来。他把头盔摔在冰面上，脱掉球衣与护具，裸着上半身。

"这样够不够？还是要脱光？"班杰问。

"这样就够了。"扎克尔一边说，一边发射一枚漆弹。漆弹嗖的一声飞过他的颈畔。

其他球员都蹲下身体，但班杰分秒必争，已经直接溜向球门。他第一次触碰到横杠时，扎克尔就已命中他两次；等到第二次、第三次时，她就有更多时间射击双倍的子弹。漆弹枪的销售商表示，漆弹每秒射速为九十米。所以，他强烈建议扎克尔只能在"至少十米的距离外射击穿戴护具的人"。班杰赤裸着上半身，有一次，扎克尔命中了他的背部。当漆弹的颜色顺着脊背流下时，他痛得颤抖不已。

老队员们张望着。一开始，他们仿佛还不敢相信自己的双眼。但是没过多久，他们就变得痴迷起来。到最后，某人喊出一个数字，没人记得那个数字是"八"还是"九"。但在那之后，班杰每触碰到一次横杠，全队就一起数。最后，他们吼着他已经赢到了几杯啤酒：十四，十五，十六。扎克尔重新装填子弹，班杰再次上路。这不是正常人会有的行为，不过，她的用意正是如此。扎克尔不希望队长是个正常人。

有一次，她直接射中班杰的锁骨，她从他的眼神中看出了他的能耐。她心想："靠他，我可以战无不胜。"他溜个不停，她射个不停，直到他赢到数量多达一整个板条箱的啤酒。她从板凳席取来那箱啤酒。当他接过那箱啤酒时，她说："班杰明，有责任感的人是不自由的。这就是你害怕的原因。"

这个老太婆的确不擅长表达情感，但也没有那么不擅长表达情感。班杰带着一身红肿和满身颜料走进更衣室。在更衣室里，他把一罐罐啤酒分给每个队友。就连亚马也喝了酒。他不得不喝这罐酒。

班杰独自一人去冲澡，冲了很长时间。当他回来时，所有啤酒早已被喝得精光，他的鞋子里灌满了剃须泡沫。

*   *   *

当扎克尔将所有绳索收齐时，彼得·安德森就站在边线角落里看着。

"你的训练方法……可真是有趣。这样真的会让球员变得更好吗？"彼得一边尽可能委婉地询问，一边非常努力地克制自己不对流满整个冰球场的漆弹颜料大发雷霆。

"更好？这我怎么知道？"扎克尔满不在乎地回答。

"你使用这些……方法，总有原因吧？"彼得说道，头一阵阵犯疼。理查德·提奥向他保证过，他可以对这个球会实行"全面管制"，但他觉得事实根本不是这样。

"哎呀，冰球选手对于我们假装在搞的这些玩意儿知道得并不多啦，我们主要还是在碰运气。我想，这一点你是知道的。"扎克尔回答。

彼得感到自己背部的肌肉纠结成一团。"你对……领导能力的看法非常古怪。"

扎克尔耸了耸肩："假如这些球员觉得我是个白痴，那么他们之间就有共同话题啦。有时候，一支球队需要一个敌人才能同心协力。"

当她离开时，彼得打量着她；当她说出最后一段话的时候，她甚至还微笑了一下。彼得简直想破口大骂，但最终只是取来清洁剂与海绵，花了好几个小时把漆弹的颜料清洗干净。

也许他应该回家，和妻子共饮一杯葡萄酒，然后一起上床睡觉。不过，蜜拉和他还没有完全和好。他们只是不再吵架，但那跟和好可是不一样的。他们不再对彼此大吼大叫，但也几乎不对彼此说话。家里变得越来越安静，就像一个变得越来越乱的房间，让你觉得把门关上都比真正去解决问题来得舒服。彼得想到，他完全可以找点事做，这样他回家的时间就够晚，等他到家时所有人就都已经睡了。

所以，他花了大半个晚上阅读一台咖啡机的使用说明书，而没有打电话给送他这台机器的女儿，向她承认他已经不知道自己在搞些什么，已经不知道自己究竟为谁而战。

*　　*　　*

　　赫德镇冰球协会的甲级联赛代表队教练名叫戴维。他的一头红发已经数月未剪，脸上一片死白。就算是在美好的夏日，冰球馆的视频放映室里还是没有阳光的。他为工作付出了一切，而他必须这么做。他的女朋友已经怀有身孕。假如他获胜，赫德镇冰球协会就能进入更高一级联赛，这成为他职业生涯中的一个重要跳板。

　　他实在不想带这支甲级联赛代表队，他希望带的是熊镇的代表队。他在那里执教同一批小鬼头，一路将他们带上青少年代表队，他们即将赢得青少年锦标赛冠军，成为甲级联赛代表队的基石。凯文和班杰在冰球场上，戴维则安坐在教练席上。这个梦想几乎就要成真了。但也只是"几乎"而已。

　　戴维并不是因为有意替强奸行为辩护才离开熊镇的。至少，他并不是这样看事情的。他甚至不知道凯文是否有罪，这孩子从来没有被定罪，而戴维既不是律师，也不是警察。他只是冰球队教练。要是球会开始把连法院都没有确定的罪名强加在球员身上，这会怎么演变下去？冰球必须是冰球。冰球馆外的人生，必须和冰球馆内的人生彻底区分开来。

　　所以，戴维并不是因为凯文被指控的罪名才离开熊镇的。他离开的原因是，彼得·安德森让这孩子在冠军赛当天被逮捕。这么一来，全队就都遭到了惩罚，而不仅仅是凯文。戴维不能容忍这件事情，愤而转会，并将整个熊镇几乎所有优秀的球员都带走了。

他不后悔自己的决定。他唯一觉得后悔的，就是班杰明·欧维奇。这孩子身上具备了戴维希望一支球队必备的所有元素，但就在事态最紧急的时候，教练居然无法联系上他。当其他人都转会到赫德镇的时候，班杰留在熊镇；而就在今年春天，戴维还看到他和一个男生接吻。班杰并不知道戴维知道这件事，显然也没有其他人知道这件事。戴维应该保持诚实吗？他希望，没有人必须为这件事情实话实说。他不希望在这个区里揭穿一名冰球员的这种行径，就算这个球员今年九月起会成为他的敌人，他还是不愿意这样做。

戴维感到自傲吗？不，完全没有。所以，他为什么不直接到班杰家里实话实说：他竟是一个如此糟糕的领导者，这孩子都不敢向他吐露关于自己的真相，他真的觉得很丢脸。戴维为什么不直接道歉呢？他不道歉的原因，想必和所有人做出最愚蠢行为的原因是一样的：认错，是非常困难的。错误越大，认错就越困难。

戴维从来不认为自己是个好人，但他说服自己，他为了冰球的最佳利益付出了全力。团队、球会、体育优先。他永远不打算让这些事情泛政治化。就算是现在也不行。

办公室的门板上传来敲门声，威廉·利特站在门口。

"你听说班杰成了熊镇冰球队的队长吗？"他劈头大吼道。

戴维点点头："这里是赫德镇，不是熊镇。你不用担心他们在做什么。"

威廉在门槛上颤抖着，即使教练的眼神明确表示这件事情已经讨论完毕，他还是没法走开。

"今年我们球队会不会有人穿十六号球衣？"威廉还想知道。

他问话的口吻并没有指责的意味，他只是想获得教练的关爱。问题就出在这里：爱和领导力一样，是无法强求的。

"这不关你的事。"戴维冷冷地说。

班杰在熊镇代表队的背号就是十六。戴维拒绝让任何赫德镇的球员穿上十六号球衣。

"那谁会当我们队的队长？"威廉希冀地问。

戴维对他寄予希望的这个问题做了回答："威廉，你还太年轻。"

当一名冰球员凝视着自己的教练，发现教练希望看到的是另一个球员时，这样的回答以一种特别的方式使他心碎。

"假如我是班杰，你还会说同样的话吗？"

戴维诚实地摇摇头。

＊　　＊　　＊

威廉·利特踏上冰球场，心中被认同的需求比以往更加强烈。戴维假装不理解这一点，但其实他心知肚明。他成为常胜之师的名教练绝非偶然，他知道自己的话能产生什么样的效果。在这群男孩的成长过程中，他看到威廉与班杰争夺一切，却一次都没赢。戴维知道嫉妒是一种很悲惨的情感，但它仍然可以成为一种动力。因此，他蓄意煽风点火。领导力的奥妙之处就在于操弄情感，造就杰出的表现。戴维知道，自己所做的事情相当危险；他知道，威廉对班杰的痛恨或许已经达到了临界点，他甚至可能在比赛中弄伤班杰。但是，在所有最强大的冰球队里，总是有人在临界点上，甚至越过了临界点作战。当威廉感到仇恨时，他的战斗力才最为强大。

戴维仍然喜爱班杰，他对他的关爱胜于对自己训练过的所有球员。对于这孩子居然不敢把秘密托付给自己，他感到丢脸至极。有一天，戴维或许可以通过自己的人品来弥补这一点。不过，这些情感都属于冰球场外的人生，而现在的重点是冰球馆里的人生。在这里，班杰就是个对手。要是威廉在比赛中逾越了界限，那也只能如此。要是班杰受了伤，那也只能如此。戴维是冰球队教练，他只负责做好自己的工作。针对唯一重要的事情，付出一切代价。

赢。

* * *

黑暗降临时，班杰独自在犬舍的谷仓里进行重量训练。他在举起杠铃以前，先把手表摘掉。那块手表又旧又破烂，不只沉重，还一直响，已经不再适合他了。但是，那是戴维给他的。自从戴维转会以后，他们就再没交谈过。但是，不管去哪里，班杰都戴着这块手表。

* * *

威廉·利特做着俯卧撑，直到双臂和身上其他部位一样酸痛。他睡着时，手上还握着那个被放在他置物柜里的打火机。他知道是谁把它放在那里的。也许威廉现在还伤害不了班杰，但这并不代表他不会伤害别人。

24. 可是，她身上的那头熊已经醒了

拉蒙娜一边高声咒骂，一边走出公寓房下了楼梯，想看看究竟是谁

在毛皮酒吧打烊以后还不断地敲门。她原本预期会看到一个酒鬼，不想却看到了另一个人。

"该死的臭老头，你在这里干吗？！老天爷，四十年前你就三更半夜到我的门口，想给自己弄一杯酒。那时候，你没弄到！现在，你还是弄不到的！"她对苏恩吼道，同时扣起晨衣的扣子。

苏恩纵声大笑，把身旁的小狗都吓到了。

"拉蒙娜，我需要你给条忠告。或者说，两条忠告。"

拉蒙娜放他进来，给小狗倒了一碗水，小狗将那碗水一饮而尽，开始咬着室内的装潢。

"怎么啦？"她咕哝道。

"我想请你替我跟提姆·雷诺斯谈谈。"苏恩说。

假如是其他人向拉蒙娜提这件事，她肯定会装傻，说"哪个提姆"。但是，这对苏恩是行不通的。这老头把一生的光阴都用在栽培对冰球很有才华、生活却极端混乱的小男孩，而拉蒙娜则把一生的时光用来照料那些没才华的人。

"谈什么？"

"球会。"

"就我所知，你已经不是教练了。你跟球会又有什么关系？"

"他们让我留下来，训练女子冰球队呀。可谓老有所为呀。"

拉蒙娜吸着香烟，张开嘴巴，吞云吐雾着。然后，她的神情凝重起来："苏恩，现在谣言不胫而走。报纸上提到'新赞助商'，体育总监参加'密室会议'。这让提姆和他手底下那些人相当紧张。这可是他们的球会。"

"这可不只是他们的球会。"苏恩纠正她。

她心想：要让这座该死的小镇居民满意，真是比登天还要困难。假如球会破产、倒闭了，彼得将会承担一切的骂名；现在，他拯救了球会，却还是被骂得狗血淋头。拉蒙娜将三只威士忌酒杯摆上吧台，其中两只是给她自己的，剩下那只则留给苏恩。

"那么，你对这个新教练有何看法？她不时会来这里吃土豆。"她说。

"扎克尔？我不知道。她是个疯女人。不管怎样，她似乎完全不管彼得·安德森怎么想……"

"真是个好的开始。"拉蒙娜笑道。

"……但是我怀疑，提姆和他那帮人对一个女教练不会太热衷。"苏恩补充道。

拉蒙娜哼了一声："他们都爱自己的球会，这你是知道的。现在他们很担心，他们任命她就是来搞公关的。他们不希望自己变成笑柄，他们不希望冰球掺杂一大堆政治议程……"

苏恩朝天翻了翻白眼："'议程'。我们现在都这么说啊？女人难道不能想跟谁做爱就跟谁做爱？"

"你！没有人比我更理解女同性恋！就我所知，他们算是中大奖了！你没办法跟男人讲理，你只能把他们全扔掉。"

"所以，扎克尔有什么问题？"

"问题出在，这些小伙子都相信彼得·安德森、赞助商们和政客们在操纵她，他们不希望现在这个教练又像……"她顿时住口。

但是，苏恩可没有住口："就像我一样？软弱？"

对于人们的风评，他可是心知肚明。他们说，他在最后这几年任由赞助商和政客们操纵，让球队战绩掉到谷底，而一句话都不敢说。人们说得没错，苏恩年事已高，没有多余的精力争吵了。他希望冰球能够让球会在经济上与道德上维持正轨。不过，事实证明他错了。

"我无意冒犯你。"拉蒙娜喃喃道。

"哎呀，他们说得对。我多么希望我曾给这个小镇带来更多欢乐。不过，扎克尔跟我可不一样。"

"怎么个不一样法？"

"她是赢家。"

"你来这里是要寻求我的忠告吗？这些小伙子需要证据。"

苏恩发出一声叹息："既然这样，请你代我问候提姆，并告诉他，他弟弟从戒毒中心被放出来后，就可以直接上冰球场了。"

拉蒙娜对此震惊不已。不过，事情还没完。

*　　*　　*

彼得很晚才回到家。蜜拉坐在餐桌前，面对着电脑。她很早就下班回家了，给孩子们做饭，清洗衣物，打扫房间。现在她又开始工作，不过，主管们却没看到这一点。她所投入的总工作时数远超过其他同事，但办公室很快就会开始称她为"那个提早下班的女人"。当妈妈简直和给别墅挖地基或重新修理天花板一样耗费时间、金钱、血汗，但完工时，一切就像刚开始时一模一样。因此，你不会得到任何赞美。但是，在办公室里多待一个小时就像挂上一幅漂亮的画作，或悬挂一盏吊灯，大家都看得到。

彼得对她说话，她对彼得说话，两人毫无眼神接触。你今天过得怎么样？很好，你呢？很好。孩子吃过饭了吗？吃过了，冰箱里还有剩菜。明天能否请你开车送他们上学，我明天一大早得赶到冰球馆去？虽然她真想尖叫"那我的工作呢",但嘴上还是应着"没问题"。即使他想低声说"我觉得自己快要憋死了",嘴上还是应着"谢谢"。她真想大喊"救命",嘴上却应着"别客气"。两人没再多说什么,即使他们心里都想着"我好想念我们相处的时光"。彼得离开厨房,而没有用指尖拂过她的头发;她仍坐在原地,而没有贴着他的脖子。

＊　　＊　　＊

拉蒙娜狠狠地瞪着苏恩:"你在耍我啊?"

"我没耍你,这个伊丽莎白·扎克尔很没幽默感的。"

"她想让维达再次上冰球场?彼得怎么说?"

"她才不管彼得怎么想呢。"

拉蒙娜咯咯笑着。和常光顾毛皮酒吧的其他小伙子相比,雷诺斯兄弟和她更加亲近。提姆每个星期都帮她采购食物,维达经常在这里写作业。多年以前,就在霍格刚过世不久,兄弟俩听别人说起"拉蒙娜开始忘东忘西,恐怕是得了阿尔茨海默病"。她没有得阿尔茨海默病,她的心虽然已经破碎,但仍然运转正常。但这兄弟俩当真了,他们在网页上读到,人类可以借由训练延缓大脑老化的速度。所以,他们开始逼她玩填字游戏。每天早上,他们都会带着新的填字游戏来到这里。她高声咒骂,因为他们的贴心,无条件地喜爱他们。因此,她现在便说道:"所以,维达虽然曾在彼得的办公桌上拉屎,但扎克尔现在完全不理会彼得的想法?这样做从来不会有好下场的。"

"的确不会。"苏恩附和道。

拉蒙娜用威士忌酒杯搔了搔下巴。

"和彼得爆发冲突，这一点的确不太像你。"

"的确不太像。"苏恩承认。

"为什么呢？这个教练有那么特别吗？"

苏恩重重地叹了一口气，连鼻毛都随之颤动不已。

"拉蒙娜，我们不是大获全胜，就是输到彻底消失。过去，维达堪称是个丧心病狂的守门员。如果他仍然保有这样的本色，那我会准备来赌一赌他的……个人特质。"

"人老了，说话居然也变得虔诚起来啦。"拉蒙娜微笑道。

"能不能请你确保，让提姆带维达来练球？"苏恩问道。

拉蒙娜扬了扬一边眉毛："你给我听清楚了，糟老头，你还记得维达是怎么打球的吗？训练结束的时候，你们必须把他从冰球场上拖下来！现在，他已经被关在……见鬼……除非你带着枪，否则你是没办法把他弄出冰球馆的！"

拉蒙娜没有说出自己的心里话，如果有需要，她会拉着维达到冰球馆去。她从来无法真正解救提姆，他的性情太暴烈，已经无法被改变。但维达也许还能有个不一样的人生。对拉蒙娜来说，就算冒死，也要赌一下这样的机会。

苏恩点点头，小口啜饮着威士忌。酒精使他的双眼泛起一阵刺痛。

"那就这么办吧。"他陷入沉默。

拉蒙娜哼了一声："还要点什么吗？"

苏恩对于自己如此轻易就被别人看穿，感到丢脸不已。

"我还有一件事想拜托你。这和球会无关，只和我个人有关。有个四岁半、名叫爱丽莎的小女孩，她就住在……"

"我知道那个小家伙是谁啦。"拉蒙娜阴沉着脸说。这倒不是因为她认识这个小女孩，而是因为当地所有酒吧老板都认识小女孩家里的成年人。

"你是否能够帮我看住她？"

拉蒙娜倒了更多威士忌。

"你确定，你来这里不是要在床上好好娱乐我的吗？你的技术可是比以前更加精湛了呀。"

"在你把胸罩扣带解下之前，我的心脏病就会发作了。不过，还是谢谢你的邀请。"苏恩微笑道。

拉蒙娜喝着酒，闷闷不乐地说道："苏恩，我不是要替镇上任何人说话。可是，彼得也算是我的儿子。所以请你提醒他，为了他自己，请他务必记住当初是谁为熊镇冰球协会挺身而出，不管这个新赞助商提出什么要求。"

苏恩点点头。他知道，她指的是"那群人"在冰球场看台上的站位区。要在这个小镇里保守秘密，简直难如登天。

"我会尽力而为的。"他说。

不过，那始终是不够的。

* * *

彼得在里欧的房间外停下脚步。小男孩现年十二岁，即将进入青春期。彼得仍然记得儿子出生时的情景，他的第一声啼哭真是让他肝胆俱裂。他抱起儿子那幼小、脆弱、赤裸的躯体，托起他小小的脑袋，他双眼紧闭，发出焦虑的尖叫……而后，这些尖叫声沉默下来。彼得想起这个小生命安稳地在自己怀中沉沉睡去的情景。在那一刻，我们准备为孩子做出什么奉献？哪些奉献又是我们不准备付出的？

但是，一年年的岁月倏忽飞逝。爸爸们必须活在当下，但体育总监们可从来不能只活在当下。爸爸们必须捕捉浮光掠影，因为童年就像肥皂泡，能让你放松享受的只有短短几秒钟。但是体育总监们必须想到下一场比赛、下一个球季，继续想，一直往前想，向上思考。

现在，彼得一只手握着两根冰球杆，另外一只手抓着一颗网球。里欧总是缠着他，问能不能跟他一起在附属于车库的私人车道上打球："爸爸，你可以把车子开出去一下吗？爸爸，我们可以打球吗？爸爸？一下下就好了嘛！谁先拿到五分，谁就赢！"过去，彼得总是手拿遥控器，盯着比赛纪录片，或是抱着文件夹与小计算机计算着球会的预算，然后说："你得先写作业。"写完作业以后，时间已经太晚了。"那就明天吧。"老爸做出承诺。"一言为定。"儿子应道。男人们都忙得要命，但小男孩的成长可是不等人的。一开始儿子们会一直缠着老爸，不过很快就轮到老爸希望获得儿子的注意。在那之后，我们都希望，当他们的小脑袋还安然枕在我们胸口上的时候，我们曾多陪彼此睡一会儿。这就成了我们的原罪。我们本该趁他们还在地板上玩耍的时候，多在地板上坐一会儿的；本该在他们还让我们抱抱的时候，多拥抱他们一下的。

现在，彼得敲了敲里欧的房门。

里欧没有开门，直接应道："怎么啦？"

"我已经把……车子从车库的车道上挪开了。"父亲满怀希望地说。

"哦？"

"是……是啊，我想，你也许想来……练练球？"

他用力地抓着那颗网球，手心的汗在网球青绿色的表面留下了细小的印痕。

里欧的回答残酷无情："爸，我得写作业。也许等明天吧！"

彼得几乎就要开门了，几乎就要重新问一次。但他还是将冰球杆放回储藏室，独自坐在沙发上，手里握着网球，沉沉睡去。

*　*　*

蜜拉关上电脑，然后去里欧的房间看了看。他假装在睡觉，她假装相信他。她经过客厅，把一条毛毯盖在彼得身上，停下脚步，仿佛想将他垂在前额的头发拨开。不过，她最后还是没有这么做。

她孤独地坐在屋外的台阶上，看着从世界上任何地点都能看见、一模一样的星空。今天，那位同事在办公室里递给她一个信封，寄件人是蜜拉和那位同事崇拜多年的一位年长女士。她是一位管理能手与投资天才，一手建立了一个以艺术家及演员为台面人物的慈善基金会，背后的资金援助多达数百万。去年，蜜拉和这位同事在一场会议上遇见了这名女士，她们成功地获得了她的注意。当她们道别时，她将名片递给蜜拉，表示："我一直在寻找有理想、有抱负的聪明人。假如你以后要找工作，可以和我联络。"蜜拉对此并未认真看待，她或许也不敢，只能让这一切成为渺小、随风摇曳的梦想。但今天这个信封里却装着一份邀请函，两周后这位女士的基金会将在加拿大举行一场大型会议。

"她为什么邀请我们参加这个？难道她想跟我们的律师事务所合作？"蜜拉喘息着。

直到那时，她才看出那位同事眼神中的嫉妒之意。蜜拉瞧了瞧邀请函，发现只有她的名字被印在上面。那位同事努力摆出骄傲的表情，但她的声音出卖了她。她像个即将被更有才华的好友抛弃的小女孩，而且这好友即将进入她梦寐以求的世界。她说："蜜拉，她只邀请了你。她也不想跟我们的律师事务所合作。她只想聘用你。"

蜜拉坐在屋外的台阶上，手中抓着那个信封，凝视着星空。你在加拿大看见的也是同样的星空。她曾经为了让彼得能够在 NHL 闯荡，与世界上顶尖的高手同场竞技，搬到加拿大一次。她很清楚，彼得听到她表示自己想去参加这场会议时会说些什么。"你现在非得这么做吗？球会现在事情这么多，亲爱的，也许等明年吧？"

蜜拉将永远无法解释，而彼得将永远无法理解：她的内心，也有一个 NHL。

* * *

拉蒙娜打电话给提姆。他们长话短说，因为没人愿意让对方听出自己的脆弱。拉蒙娜并没有说，她希望维达的人生过得比提姆好；提姆并没有说，他其实也希望如此。然后，拉蒙娜请他帮个忙。她安安静静地坐着，直到他打来电话，告诉她一切已经搞定。

提姆站在一栋位于另一个社区的小屋外，直到孩子们房间内的灯光熄灭。当他知道只有成年人还醒着时，他既没有按门铃，也没有敲门。他们可永远不知道他是怎么进来的。他只是站在厨房里，而他们只能摸索着流理台的边缘，试图用颤抖的手指握住刚刚弄翻的玻璃杯。他看得出来，他们知道他是谁。所以，他只需要举起装着冰球护具的大皮箱，将它扔在桌面上，问道："爱丽莎住在这里吗？"

那些成年人惊恐万分地点头。

提姆简短地宣布："从现在开始，只要她想打球，毛皮酒吧的基金每年都会支付她购买冰球装备的所有费用。我不知道这个小女孩在这个屋子里有没有兄弟姐妹，但现在她有兄弟了。以后要是还有成年人敢伤害她，他就得向我们每个人解释清楚。"

他不需要等待回答。当他离开这间房屋后，有好几分钟，他背后那些人完全不敢动弹。不过，那只装着冰球护具的大皮箱最后还是被抬进了爱丽莎的房间。这个四岁半的小女孩对橡皮圆盘撞击墙壁的声音简直是如痴如醉。在往后很长一段时间里，除了在冰球场上，她不会在任何地方受伤。她会每天练球，有朝一日，她会成为冠军。

这个小女孩今晚也许睡得相当深沉。可是，她身上的那头熊已经醒了。

25. 妈妈的歌

就像其他十八岁青年一样，威廉·利特也总是在嫉妒与自大的边界上徘徊。在和他同年级的平行班级里，有一个他喜欢的女生。今年春天，他们一起参加了一个派对，她在酒酣耳热之际亲吻了他的脸颊，他对此一直念念不忘。因此，当他今天看到她靠在置物柜旁边时，顿时抛弃了往日的矜持，问道："嗨……你想不想……我是说……你放学以后，想不想找找乐子？就我们两个。"

那女生不胜其烦地看着他说："找找乐子？跟你？"

他清了清嗓子，说："是啊。"

她哼了一声："你啊！我是熊镇人，对我们当中某些人来说，这不是小事情！我希望班杰在比赛中打烂你！"

直到她离开时，威廉才看到她身穿一件写着"熊镇与全世界对着干"

的绿色 T 恤。她的好朋友们也穿着一模一样的 T 恤。当她们经过利特身边时，其中一人咆哮道："凯文·恩达尔就只是个该死的强奸犯，而你也没有好到哪里去！"

利特呆站在原地，脸上感到灼热不已。他这一辈子都在努力地把一切事情做对。他每次都去练球、敬爱自己的队长、乖乖听教练的话。他遵守所有规定，人家怎么叮嘱他，他就怎么做，将自己的骄傲一口咽下。而班杰自始至终都站在他的对立面。真是该死，结果是谁最受大家的喜爱呢？

威廉·利特对于这一切，除了感到仇恨，还有什么情绪可言？

当他转过身时，看见里欧就站在走廊的另一端。十二岁的小男孩将威廉最难堪的一幕尽收眼底。这个死小鬼的嘲笑让这个十八岁青年全身上下的皮肤刺痛不已。威廉一头冲进卫生间。当泪水涌出时，他双手握拳，猛打自己的大腿。他疯狂地撕抓着，直到胳臂被手指甲抓破流血。

* * *

今天学校正课时间结束时，安娜与玛雅换上训练服，在森林里跑步。这是安娜率先提出的主意，这一点是相当奇怪的。玛雅始终很讨厌慢跑，而就算安娜一辈子都在森林里跑步，也从来不会为了锻炼、健身而跑。她从来不曾一圈一圈地跑。但是，安娜还是在今年秋天开始强迫玛雅跑步。因为她知道，即使凯文已经滚出了熊镇，她们还是得努力地将被他偷走的事物抢回来——黄昏、孤独、周遭陷入一片黑暗时仍能戴上耳机的勇气，以及不需要一直回头张望的自由。

她们只在有灯光的区域跑步，两人一语未发，但都在想着同一件事情：男生们从来不会考虑光线，他们的人生当中没有这个问题。当男生们怕黑时，他们怕的是鬼魂和怪兽；当女生们怕黑时，她们怕的可是男生。

她们跑了相当长一段距离，比自己预料的还要远。然而，她们就在安娜家屋外一小段距离处、绕着"高地"的那条慢跑小径边猛然停下了脚步。那是整个熊镇照明度最佳的路段，但这个事实现在已经无关紧要。当时玛雅就是在这个位置，用猎枪对准凯文的头。

她大口喘息着，完全无法更进一步。安娜将手搭在她的手背上，安慰着她。

"我们明天再试一次吧。"

玛雅点点头。她们走进安娜家。在大门外，玛雅对自己的朋友说谎，表示一切都好，可以自己走回家。安娜尽了一切努力，想让一切回归正常，玛雅实在不忍心让她失望。

然而，当她独自上路时，却坐在一个树桩上哭了起来。她发了一条短信给妈妈："你可以来接我吗？拜托啦。"

在这座森林或其他森林里，没有哪个母亲能以这样快的车速驶来。

＊　　＊　　＊

没人知道暴力究竟从何而来。因此，打架的人总是很轻易地觉得，他们始终有个名正言顺的理由："你不应该挑衅我。""你知道我会有怎么样的反应。""这是你的错，是你活该，你自找的！"

十二岁的里欧·安德森从来没有交过女朋友。当一个比他年长两岁的女生在学校置物柜旁走向他时，他感到前所未有地沉醉。

"我看到你在沙滩上跟威廉·利特打架。你好勇敢！"她露出微笑。

当她离开时，里欧不得不抓紧置物柜的门。当他吃午饭时，她就和他同桌。那天下午最后一节课结束以后，她在走廊上出现，问他要不要跟她一起回家。

里欧的爸爸或妈妈通常会在下课后来接他，这样他才能赶得及参加冰球队的开训。但是，他的父母最近都心不在焉，活在自己的世界里，而里欧今年秋天仍不想打冰球。现在，他想做点别的事情。他还不知道自己到底该做什么，但当这个女生望着他时，他心里想着："我要当她心中的勇者。"所以，他发了一条短信给爸妈，告诉他们自己会到朋友家去。只要不用来接他，他们就谢天谢地了。

那个女生和里欧穿过那条位于学校与对面住宅区之间大路下方的隧道。他深深吸了一口气，鼓起勇气握住她的手。隧道里一片漆黑，她的手从他指间滑开，她拔腿就跑。他目瞪口呆，只听见她的运动鞋摩擦柏油路面所发出的啪啪声。然后，其他声音突然冒出来。那是其他人的脚步声。黑暗中，他们从四面八方扑来，其中一个就是那个女生的哥哥。她夹克底下穿着一件红色衬衫，但里欧并没看到。

多年以前，一群群家长努力陈情，要求区政府采取措施，让孩子们不必再冒险穿越那条交通量密集的大路。因此，区政府才挖掘了这条隧道。它原本的用意是保护孩子，但现在却成了伏击的绝佳陷阱。

*　　*　　*

当蜜拉来接玛雅时，女儿假装一切都好。她已经开始精通此道了。她说，她在跟安娜一起慢跑时扭到了脚。蜜拉对此感到开心不已。开心！因为对一个十六岁少女的人生来说，扭到脚是非常正常的。

"我们找点事做做吧？我们可以开到赫德镇去，喝杯咖啡。"蜜拉提议道。作为青春期女孩的母亲，她多年来就已经练就被女儿拒绝的本领。所以，她对女儿接下来的回答感到十分震惊，心怦怦直跳——"好。"

她们喝了咖啡。她们交谈着，甚至还笑了出来，一切仿佛再正常不过了。当然，最后还是蜜拉自己一手毁掉了这份愉悦。因为她不得不问："治疗进行得……怎么样了？还是……你跟心理医生谈得怎么样了？我不知道这当中有什么区别，可是……我知道你不愿意跟我和你爸爸说，但我只是想知道你……感觉怎么样。"

玛雅用汤匙搅拌着咖啡。她一会儿沿顺时针方向搅拌，一会儿又循逆时针方向搅拌。

"挺好的，妈妈。我感觉很好。"

蜜拉多么希望自己能相信她的话。她努力使自己的声音保持平静。

"我已经和你爸爸谈过了。我在之后一段时间里会减少工作时数，这样我就可以多待在家里……"

"为什么？"玛雅脱口喊道。

蜜拉看来困惑不已："如果我多……待在家里的话，我觉得你应该会感到很开心吧？"

"为什么我会感到很开心？"玛雅问道。

蜜拉坐立不安起来："亲爱的，我一直以来都不是个好妈妈。我一直太努力冲刺我自己的事业，我本该多陪陪你和里欧的。接下来的一段时间，你们的爸爸必须全心全意处理球会的事情，而……"

"爸爸一直都在忙球会的事情！"玛雅插嘴。

蜜拉眨了眨眼说："我不希望自己在你的记忆中是个不称职的妈妈，

尤其是现在。我希望你可以感觉到，你有一个正常的……妈妈。"

此时，玛雅放下手中的汤匙，倾身向前，说道："妈妈，你不必如此，我对你的职业生涯感到非常骄傲，你知道吗？其他人只有很普通的老妈，可是我有一个模范老妈。其他妈妈必须告诉自己的孩子，他们长大以后就可以实现他们的梦想。可是你不需要对我说这些，因为你每天都在用行动这样告诉我。"

"亲爱的，我……"蜜拉痛哭失声。

玛雅替她擦干泪水，低声说道："妈妈，你教会我不必只是心怀梦想，我可以设定目标。"

* * *

威廉·利特也许并非蓄意伤人。某些人非常乐于伤害别人，并陶醉其中，但我们并不能确认他就是这种人。也许他有朝一日会自我反省，为什么我居然会变成今天这副德行。或者，他只会成为一个一路走来始终只会用借口搪塞暴力的人——"你本来就不应该挑衅他""你知道他会有什么样的反应""这可是你自找的"。

他的党羽跟随着他，可这是需要代价的。他们是出于敬爱、出于崇拜跟随凯文和班杰，但他们现在跟随着利特，只是因为他有权有势。所以，他必须将所有胆敢挑战他的人全部打烂，因为蔑视就像是夏季森林中的星星之火，要是你不直接把火踏熄，火势就会蔓延，迅即将你包围起来。

他的党羽就站在隧道的出口处。威廉走进隧道。事情本来还不至于急转直下，因为威廉一开始只是说："现在看你他妈的还能狠到哪里去，嗯？"

要是里欧摆出一副惊慌害怕的表情，事情本来可以就此打住。要是这个十二岁的小男孩够老练，知道全身颤抖、跪倒在地、向威廉求饶就好了。然而，威廉并没有从里欧的眼神里读出惊慌，反而是里欧从威廉的眼神里看出了惊慌。所以这名十二岁小男孩轻蔑地说："小威利，那你自己又有多狠？你连跟班杰打架都不敢！等到赫德镇对上熊镇时，你要不要穿尿布出场比赛？嗯？"

也许里欧压根儿就不知道自己为什么要这么说，或者他毫不在乎。那个女生让他气疯了。当她拔腿就跑，当他突然意识到这是他们精心策划的，而他们肯定在暗地里大肆嘲笑他时，他满腹的怒火与妒火便升腾而起。在某些特别的人心中，就是有着某种导致暴力、肾上腺素飙升的元素。他们的心跳频率似乎就是跟常人不太一样。

里欧从口袋里掏出某个东西，将它扔在威廉·利特眼前的地面上。那是一个打火机。威廉马上就狠狠出手，一拳正中里欧的脸，像是在击断一块木板。里欧的身体一沉，他在地上滚动，不想让血喷进眼睛。他知道，他不能跟威廉打架，他打不赢的。但是，要想避免失败，还有很多方法。当威廉摆好架势，一脚踢来时，里欧看到他眼里泛着愤怒的泪水，并迅速地避开了这一脚。他同时使出全力，一脚踢中了威廉的睾丸。里欧站起身来，使出全力猛打。

假如他够高够壮，而威廉的体形又轻又小，事情或许还可以到此为止，但是里欧的出拳力道很弱，有气无力，威廉只是摇晃了一下。站在隧道出口处的男孩们仍然纹丝不动。威廉抓住里欧的毛衣，猛击他的鼻梁。里欧跌在地上，眼前一片黑暗。

然后呢？

哦，老天爷。

然后，威廉·利特就死命地猛踩、猛踏着。

＊　　＊　　＊

妈妈的歌

"我是个好妈妈吗？"你问

问题总是一样

你早该知道，你一直在找的答案

妈妈

你是内在的力量

你是我能成为的一切榜样

你让我懂得"体谅"的价值

但是你

只有在起步时，才会向后退

你让我在哭泣中学会谦卑

但从不让我因为需要你而道歉

你没有给我脆弱的衣裳

你使我像钢铁般坚强

你让我学会：

女孩儿们不一定只能有梦想

我们更可以把目标放在心上

＊　　＊　　＊

那群男生沉默地站在隧道的出口处。他们当中或许有人想要介入，尖声叫喊，要他们住手。这个男孩才十二岁啊。但是，人是很容易变得迟钝的。你可能看到某件事情就在眼前发生，却觉得这只不过是在演电影而已。也许你会觉得害怕，还来得及想到"噢，好险不是我"。或者，你也可能因为惊恐而彻底麻木了。

威廉是否有可能在这个隧道里杀死里欧？没有人知道。因为有人出面制止了他。

*   *   *

这位名叫珍妮的老师有着许多微小的坏习惯，而她很努力地掩藏这些坏习惯，不让学生和同事发现。当她觉得紧张时，她会握拳；她从小时候在赫德镇女童冰球队练球时开始，就逐渐养成了这样的习惯。她长大后便开始练习拳击，后来又接触了武术。她也从这些体育活动中"传承"了许多奇特的习惯。当她坐立不安时，她会伸展手脚，仿佛准备在早晨的教室里直接开始比赛。她的水平一直不错，在某一段时间里甚至相当不错，几乎夺得冠军。某一年，她真称得上是意气风发，有望成为职业拳手。镇上几乎没人知道这个事实，原因就在于她之后受了伤。事情的发展也总是如此：你要么成为冠军，要么就沦为和其他人一样的泛泛之辈。后来她进修成为教师，胸中的烈焰已经熄灭，不再具有必备的肾上腺素。曾经有一位训练员对她说："珍妮，你必须登上擂台，狠狠打碎另外一个女生的梦想，否则你在这里根本就一无是处。"这也许是真的。她多么希望实情不是如此，但是体育项目也许就是这么残酷无情。

她并不缺乏外来的压力与要求，她所欠缺的，只是肾上腺素。你不能用稀松平常的人生来取代肾上腺素。当她走上擂台时，那就意味着一种求生的恐惧感，全世界只剩下她和擂台上另一端的女孩。你对我。此时、此地。

她努力寻找其他机会。这份教职常让人感到绝望，但不时仍会出现一些让漫长的工作时数与使人羞愧的低薪似乎变得有价值、闪亮而微小的片刻。在这些时刻，她会勇敢地走向某人，甚至于出手相救。能让你拥有这种机会的时刻，其实并不多。

这天下午，正课结束后，她通过扫烟囱工人专用的梯子爬上屋顶。一个老师从一座位于学校食堂正上方的通风井几乎能够俯瞰整个熊镇，而且在没人看见时好好抽上一根烟。没有比这还要糟糕的习惯了。

从那里，她看见了那条隧道，那条在大马路下挖掘的、本意是保护孩子们的隧道。她看见里欧跟那个女生走进那条隧道。那个女生独自跑出来。珍妮看见威廉和他的党羽从四面八方冒出来。她扔下香烟，走下台阶。这是一个小镇，而这又是一所规模很小的学校，但你如果感到恐慌，试图在狂奔中穿越整个校区，你还是会觉得这个校区真是太庞大了。

* * *

蜜拉与玛雅回到家。当玛雅走向自己的房间时，蜜拉看见了她墙壁上的音乐会门票。她对最初那几次演唱会的记忆可能比女儿对它们的记忆还要清晰。一连好几个星期，安娜和玛雅都小心地把门票收在口袋里。她们偷偷摸摸地买了眼影膏，却涂得太浓；她们将自己牛仔短裤的边缘剪掉，让裤管变得奇短无比。蜜拉在演唱会会场外放她俩下车，强迫她们保证在音乐会结束后直接出来。她们一边笑，一边保证。当时的她们还只是孩子，但蜜拉知道，大约就从那时起，她在那里逐渐失去了她们的心。她们和其他数以百计的女孩一样，尖叫着、手牵着手向舞台冲去，你是永远无法剥夺某人对自由的初次体验的。音乐改变了安娜与玛雅，就算她们在往后的人生中选择了不同风格的音乐，然后还针对什么是"药虫原声音乐"、什么是"未来音乐"吵得没完没了，她们仍然有一个共同点：音乐挽救了存在于她们身上、某种本来可能会就此失落的特质。那是某种狂想、某种力量，像心窝里一颗发光散热的小球，永远在提醒着："别让那些臭家伙对你颐指气使，走你自己的路，狂歌纵舞，成为冠军吧！"

玛雅今年已经十六岁了，她亲吻了妈妈的脸颊，走进房间。妈妈坐在厨房里，想着最近这几年来的所有新闻：小女孩在音乐会上被推倒、踩踏致死，以及带着炸弹的恐怖分子冲进体育馆。要是蜜拉事先就知道那些可怕的新闻，她还会放这两个小女生下车吗？永不。当你知道全世界将要伤害你的孩子时，你怎么敢放她下车呢？

*　　*　　*

往后，珍妮将会不断地纳闷：要是她当初早一点赶到现场，情况是否会有所不同？如果她早一点点赶到，会不会比较容易让威廉住手？隧道出口的那些男生会不会承认，自己的这种行为太过火呢？

她拉开威廉庞大的身躯。还算威廉运气好，及时认出了她，否则只怕也会对她动手。她的眼神十分狂野。那已经不是老师的眼神，而是一名拳击手的眼神。

威廉不住地喘息着，看都不看里欧一眼，勉力挤出一句："是他先动手的！他自找的！"

往后，珍妮将对自己当时的所作所为感到羞耻不已。她毫无借口。但是，考虑到今年春天发生的一切——强奸案、大众对就读于珍妮任教学校的一个女孩恶意保持沉默，以及整个社会在事发后所展现的丑恶一面，珍妮的内心就充满了羞耻与愤怒。不只她这么感觉，整个小镇都蕴含着怒火。她在威廉·利特身上看到了相同的情绪，只不过她和他感到生气的理由不一样罢了。人类绝少对真正应该发泄怒火的对象发泄，我们只会挑最接近的人动手。

"你说什么？"珍妮咆哮道。

"他自找的！"威廉·利特重复道。

她用力踢中他膝盖的侧面，他像被子弹击中一样瘫软，颓然倒下。她的身体保持了完美的平衡，当他倒在地上时，她已经再次以两脚站稳，逍遥又轻松，简直还可以吹口哨呢。

然而，她很快就察觉到自己做了什么，顿时感到一阵纠结。她以前的武术教练曾经不断地对她耳提面命："请永远不要失控。不要让自己被情绪操控，珍妮。要是你被情绪操控，你就会干蠢事！"

*　　　*　　　*

蜜拉坐在厨房里无助地哭着。她用毛衣蒙住自己的脸，这样女儿才不会听见她的哭声。在门板的另一边，女儿就躺在床上，望着贴满演唱会门票的墙壁，沉痛地在毛毯下哭着，不愿意让妈妈听见自己的哭声。对于自己能够如此轻易就骗到父母，她心怀感激。他们太希望她真心感到快乐，因而选择相信她所说的谎话。

玛雅深知，她的妈妈和爸爸必须努力以他们自己的方式重新掌控人生。这也意味着夺回被凯文抢走的一切。妈妈必须感觉到，她是个称职的母亲；爸爸则必须拯救自己的球会，因为他们必须体验到，他们能够顺利把某件事情办好。挺身而出，还击，获得胜利。他们可不能怕黑。要是怕黑，他们就不可能一起挺过这些难关了。女儿听见了爸妈的争吵。就算只是无声的冷战，她仍然能够感觉到。过去她总会在厨房里看到两只酒杯，而现在只剩下一只。她知道爸爸越来越晚回家，她看见他站在门外，越来越拖延着进门的时间，他越来越迟疑。她也注意到那些装着会议邀请函的信封，但妈妈从来不问她能不能去参加这些会议。玛雅知道，如果双亲离婚，他们肯定会说这不是她的错。而她也会知道，他们在说谎。

凯文摧毁的是她，但最后破碎成两半的，却是她的父母。

*　　*　　*

威廉·利特摇摇晃晃地站起身来。

"算你命大，我不打女人……"他喘着大气。

"我劝你最好别尝试！"即使所有理智的声音都在她脑海里尖叫"珍妮，闭嘴"，她嘴上仍然这么说。

"该死，我要报案……"利特开口。

但是珍妮吼了回去："你去报案吧！你想说什么？"

她很清楚，自己真是白痴。但是，她是个怒火冲天的女人，又刚好生活在一个怒火冲天的小镇，生活中的一般规则在这里似乎已经不再适用。隧道出口处的那些男生已经开始往后退。他们充其量只是霸凌者，不是斗士，只会在自己占上风时充好汉、逞英雄。但是珍妮看得出来：威廉身上有种特质，让他比他的党羽还要糟糕。他朝地面吐了一口唾沫，但没再多说什么。在他转身离开时，或许是担心自己失手打死了里欧，或许是被脑海中的思绪所逼迫，就找了个理由："他本来就不该挑衅我的。他明知道会发生什么事。"

当隧道里只剩下珍妮和里欧时，珍妮俯身查看里欧的伤势。他虽然满脸是血，但呼吸相当均匀、规律。令珍妮感到惊讶的是，他的双眼是睁着的，眼神平静。威廉对他又踢又打，但想必有某种原因让他没有赶尽杀绝，因为里欧的脸并没有被打烂。他没有骨折，全身上下都是瘀伤，但完全可以像擦伤一样隐藏在衣服底下。至于浮肿的双眼和鼻子，里欧也只需要对妈妈说个谎，表示他上体育课的时候被球砸到头，就算没事了。

"你不应该这么做的。"小男孩对老师说。

"的确不应该。"她认同道。

她把这解读成里欧的体贴，但这可不是他的意思。

"你没看过自然生态纪录片吗？受伤的野兽最危险了。"里欧一边漱口，一边尝着嘴角鲜血的味道。

当雨点般的拳头不再落在这个十二岁的小男孩身上时，他就开始想着要怎么报复。他感觉到威廉选择踩踏他的大腿，而不是膝盖骨。他出拳猛捧的位置都是身上比较柔软的部位，而没有打落他的牙齿。他只让里欧肩膀上留下瘀伤，而不是把他整条手臂打断。里欧不会把威廉的手下留情视为仁慈之举，而只会认定威廉懦弱无比。既然如此，他就要再试一次。

当里欧从地上爬起来、站稳脚跟时，珍妮带着命令般的口吻说："我们得汇报这件事情……"

里欧搔了搔头道:"我滑倒了,威廉扶我起来。你要是敢多说,我就会做证,你用脚踢学生!"

这名老师本该抗议的,事后要判定她的责任其实非常容易。然而,在这座森林里,人们已经学会了沉默,这一点有好也有坏。她知道里欧的姐姐是谁,知道他为什么生气。不管珍妮是报警,还是向学校举报这起事件,他将永远不再相信她。这么一来,她将会永远失去和他对话的机会。所以,她反而说:"我们来谈笔交易。我不会举报这件事情,但是你得来爱德莉·欧维奇的犬舍。你知道在哪里吧?"

小男孩不带恶意地点点头,用袖口把鼻子上的血擦干净。

"为什么?"

"我在那里成立了一个武术社团。"

"你要教我打架?"

"我是要教你怎么不打架。"

"我不是刻意要让你生气,可是你好像很难不打架。"里欧补充道。

珍妮尴尬地笑了笑。里欧开始拖着痛苦、迟缓的脚步离开那里,她试图搀扶他,却被他一手挥开。他并没有侵略性,但似乎已经不容许她继续讨价还价。小男孩知道老师想做什么:她想拯救他。

她不会成功的。

26. 这是谁的小镇?

你试图成为在所有方面都尽善尽美的父母,但你永远不知道该怎么

238

做。做到这一点不是太困难，而是根本不可能。彼得站在女儿的房门外，手上握着鼓槌。过去，她总是他的小女儿，他的工作就是保护她。但现在，他感到如此羞愧，连正眼都不敢看她一眼。

在她还小的时候，也是这样的一个夜晚，父女俩挤在一张过窄的床上，那种感觉就像全世界只剩下他们两人似的。小女孩贴着他的脖子睡着了，他简直不敢呼吸。她的心跳像小兔子一样活跃，他的心跳则相当稳定。他太开心了，甚至隐隐产生一丝恐惧，害怕自己会毁了这么完整的生活，只能眼睁睁地看着那些生活的碎片过活。孩子总会让我们变得如此脆弱。而这就是梦想的问题：当你登上山顶时，才发现自己竟然有恐高症。

现在，她已经十六岁了。爸爸就站在她的房门外，害怕到不敢敲门。当她还小时，他总是称呼她"小南瓜"。自始至终，她都不喜欢冰球。所以，在她爱上吉他的同时，他学起打鼓，就只是为了能跟她一起在车库里演奏。当然了，随着时间一年一年地流逝，这种情况变得越来越罕见。他忙得要命，工作、房子、人生。他开始把"明天再说"当成口头禅。过去，当女儿拿着鼓槌进来时，他往往会问："你写完作业了吗？"

但是，现在变成他拿着鼓槌了。他谨慎地敲了敲玛雅的房门，声音轻柔到好像不想让她听见似的。

"怎么啦？"她咕哝道。

"我只是想问问，你……有吉他吗？你想不想……在车库演奏一下？"

她打开门。她的体贴使他柔肠寸断。

"爸爸，我在学习。也许明天吧？"

他点点头："当然，一言为定。小南瓜，就说定明天。"

她亲吻了他的脸颊，然后关上门。他简直不敢正眼看她。他努力尝试着去找到重新成为她父亲的方法，却不知道该怎么做。对此，你永远都不会知道。

＊　　＊　　＊

晚上，安德森一家都待在一栋小小的别墅里，却与彼此保持着最远的距离。玛雅躺在自己床上，戴着耳机，将音量调高；蜜拉坐在厨房里，忙着回电子邮件；彼得坐在浴室里，将门从里面反锁，盯着自己的手机屏幕。

里欧用一件厚重的连帽运动服遮住瘀伤，对于脸上的瘀青，他解释为体育课时被球砸到。也许，他们会相信他。或者说，他们只能相信他。这天晚上，他们都沉浸在自己的忧虑之中，当里欧打开房间窗户、偷溜出去时，居然完全没被任何人发现。

＊　　＊　　＊

彼得打电话给理查德·提奥。

"怎么啦？"理查德·提奥问道。

彼得口干舌燥，不断吞咽着口水。其实他吞下的，只是自己的骄傲。

"关于我们达成的……协议，我想问一个问题。"他说。

他坐在浴室里，低声耳语，不愿让家人听见他所说的话。

"什么协议？"这名政客问道。要在电话里谈的这种事情，没有人比他更精明。

彼得缓缓地呼吸着："现在这个时节，要想在熊镇找到木匠，会……

240

很困难。"

他希望以这种方式，请这名政客不要强迫他拆掉冰球馆看台的站位区，别逼迫他和"那群人"硬碰硬。最起码不是现在。

但是，这名政客回答道："我不知道你在说什么。不过……要是我们，你和我之间真的有过什么协议的话，我希望你能够兑现属于你的那一部分承诺。毫无差错。朋友之间，本来就是要以诚相待！"

"你是在要求我做……危险的事情。你知道这一带的政治人物的汽车的引擎盖上被插过斧头，而我还要……养家糊口。"

"我可没要求你做什么事情。但是，你是体育界人士，我可不觉得体育界人士会保护暴民和滋事分子。"理查德·提奥轻蔑地说。

直到这名政客挂断电话许久之后，彼得仍然握着电话。他一闭上双眼，面前就会浮现自己的讣闻。他拯救了球会，却将家人置于什么样的险境啊？他会带给这个小镇一支冰球队。可是，这又是谁的小镇呢？

＊　　＊　　＊

俗话说："星星之火，可以燎原。"但对某些人来说，有时进度还不够快。理查德·提奥打电话到伦敦。然后，工厂的新老板就寄了一封电子邮件给熊镇冰球协会的体育总监，内容简短扼要：作为新赞助商，他们要求获得保证，让彼得·安德森切实"兑现自己的承诺，营造出一座只有座位区、更适合全家人一起观赏球赛的冰球馆"。没有人提到"那群人"或"暴民"。彼得始终没能收到这封邮件，这是无意间产生的差错。彼得的姓氏里有两个"s"，寄件人却只写了一个"s"。

要是有人在事后问到这一点，所有人都会困惑不已。彼得会宣称他从未收到这封电子邮件。赞助商将会表示他们是通过别人"居中传话的"。针对已经发生的事情，越是难以取得直截了当的答复，人们就越会觉得牵涉到这件事情的各方都有所隐瞒。

当然，没有人需要解释为什么这封电子邮件的一份备份档案会流进地方报社。记者表示，他们引述了"可靠、确切的消息来源"。当新闻已经公开传播时，消息是谁放出来的也就无关紧要了。

到了最后，没有人能够证明：一开始到底是谁建议拆除看台的站位区。

* * *

"那群人"的成员在见面与道别时都会与彼此相拥。他们会双手握拳，拍拍对方的背。对某些人来说，这就是使用暴力的迹象，但对他们来说，情况并非如此。

提姆·雷诺斯仍然住在母亲的家里。警方调查宣称，他赚来的都是黑钱，无法用来买房子。他也让大家都这么以为。但真相是他不能把母亲独自留在家里。总得有人在家打点情况。许多人拿雷诺斯兄弟俩的犯罪行为说笑，例如，"雷诺斯兄弟坐在车上，司机是谁？警察！"当维达成为男童冰球队的守门员时，有人在看台上咯咯笑道："这家人当然会出好的守门员啊，他们什么都包了啊！"这个笑话只说过一次，你想怎么说雷诺斯兄弟的坏话都没关系，但他们在学校最在行的科目就是数学。他们一辈子都在计算：浴室柜子里的瓶罐中还剩下多少颗药片，妈妈又睡了几个小时。当维达被逮捕并送进少年教养所以后，这一切就变成提姆一个人的责任了。弟弟后来被送进戒毒中心，而妈妈睡得越来越长、

242

越来越深沉，生活真是雪上加霜。不管维达多么调皮捣蛋，他始终是妈妈最宠爱的小儿子。

现在，提姆就坐在母亲的餐桌前，看着她翻动汤锅与平底煎锅，感觉有点不习惯。她放声大笑，而她上一次这么笑已经是很久以前的事情了。当提姆告诉她维达将会提早从戒毒中心出来的时候，她兴高采烈，把整栋房屋打扫得干干净净。从第二天早上起，一连两天，提姆多年来第一次发现母亲不需要吃药片。

"我的宝贝，我的宝贝。"妈妈在电炉前方手舞足蹈起来。

她从来没问维达为什么会提早被放出来，也没问这是谁安排的。但是，提姆对此可是担心得不得了。他只能说服自己，他想要的，和其他心思简单的男人一样：把弟弟带回家，让老妈开心一下，过既简单又平凡的日子。但是，这并不是全部，他还得保护他们。这始终是他的责任，他也为此痴迷不已。

"我的宝贝，我的宝贝，回家来找妈咪！"他的母亲哼唱着。

提姆的思绪很乱。人们总是以为"那群人"规划严密，有着军事化的组织，但他们真是大错特错了。要是外人问起，大家都会说："哪群人啊？""提姆……谁啊？"但是，这样的回答可不完全是在演戏。他不是独裁者，这群身穿黑色夹克的男子只因为对两种事物的热爱——对冰球的热爱和对彼此的关爱，凝聚成一体。政客们、理事会成员们和新闻记者们会根据他们的需求和目的称他们是"暴民"，但这些贪婪的人对这个小镇及这个球会的关爱，可是远远不及"这群人"的。

提姆最要好的两个朋友"蜘蛛"和"木匠"可以像猛兽一样凶狠地打架。但是，他们从来不会伤及无辜。就在几年前，在那场百年一遇的猛烈风暴横扫整片森林以后，他们两个挨家挨户拜访所有人，帮大家把吹落的树木从庭院里移开，把屋顶和窗户修好，而没有索取任何酬劳。那时候，新闻记者们和理事会成员们都在哪里呢？警方调查报告书指称，"蜘蛛"和"木匠"是帮派分子。但直到今天，他们每次路过当年受过他们帮助的人家门口，人家都还会请他们喝咖啡。提姆不是小鬼头，他知道自己的这帮朋友并非良善之辈。但是，他们有他们所特有的那种荣誉感。

"蜘蛛"小时候被霸凌过，上完体育课以后不愿意冲澡，班上一帮男生认定他是死娘炮，就把他拖进淋浴间，用成堆的毛巾把他绑起来，将他虐待到大小便失禁。"死娘炮"是他们认知中最难听、最具侮辱性的字眼，只有最没用的弱者才是"死娘炮"。所以，在经历过这件事以后，"蜘蛛"最恨两种人：霸凌别人的人，以及"死娘炮"。

六七年前，一场客场比赛结束后，"那群人"被警察拦下。当年，提姆的弟弟维达才十二岁。他独自坐在一家麦当劳里，而一群敌队支持者正往那里去。就算出动镇暴警察、警犬和战马，都挡不住"蜘蛛"。他和维达联手在麦当劳里与十名敌队支持者足足对战了二十分钟。"蜘蛛"将四名敌队支持者打到进医院，维达则砸烂了一把椅子，用椅子脚当成球棒。当时，他就已经是个战士了。

"木匠"就不一样了。他出生在一个小家庭里，住在"高地"的外围，在父亲开的公司工作。但是他心里最深处的特质与"蜘蛛"一模一样。当"木匠"还是个青少年时，某一年，他的堂妹在某次包机直飞的度假中被一个人渣给强奸了。听到这个消息时，提姆当即偷了一辆车，开了一整晚，及时赶到机场阻止"木匠"杀上飞机。"木匠"就是想坐上那架飞机，杀到表妹度假地的所在国，闹他个鸡犬不宁。他窝在提姆的怀里，愤怒地哭泣着，紧握双拳，敲着提姆的背。

现在，"木匠"已经有了女朋友，她在镇政府经营的房地产公司担任体面的秘书工作，两人刚生下一个小女儿。今年春天，就是"木匠"说服提姆："那群人"应该支持玛雅·安德森，而不是凯文·恩达尔。"我才不管我们会不会被降到全世界最低级的联赛，反正我总是站在这座看台上，但是我绝对不支持一个强奸犯！"他如是说。于是，"那群人"做出了决定。现在，他们就在承受这个决定带来的后果。

他们在表决中力挺彼得·安德森，让他留在球会，而他们现在听说这个家伙居然接受了新赞助商提出的条件，想要把冰球馆看台站位区拆掉。提姆的电话响个不停。他的党羽认为，必须一战。

"可是我不懂，为什么我的宝贝不来跟他的妈妈一起住！"提姆的妈妈突然重复说道，他猛然从纷乱的思绪中回到现实。

"什么？"提姆问道。

母亲将一个来自镇政府经营的房地产公司的信封扔到桌上。

"这封信上写着，维达已经有自己的公寓房了！这有什么好处啊？他明明就有妈妈啊！"

其实，提姆直到此时才开始弄清楚，这一切到底是怎么回事。

* * *

当那名身穿西装的男子走出区政府办公大楼、打开车门时，那个人突然就出现在他的背后。理查德·提奥被吓到了，但并不惊讶。他很快就回过神来，问道："你是谁？"

这时，提姆·雷诺斯向前跨上两步。他并不想触碰对方，而是想让彼此之间的距离够近，足以感受到对方的鼻息。这样一来，这个政客才会真正感受到生理上的恐惧。我们这些不会打架的人都有过这种感受：不管我们多么有钱有势，或是知道法院会还给我们公道，都无济于事。像提姆·雷诺斯这样的人只需要几秒钟，就可以在一座昏暗的停车场把我们打昏，而在那短短的几秒钟里，没人能保护我们。我们知道这一点，他也知道这一点。所以，他说："你知道我是谁。我的弟弟维达刚在戒毒中心待过，但他忽然被释放了。我不懂这是为什么，但我听说，熊镇冰球协会的新教练想招他入队。没有任何球会有能力让我弟弟从戒毒中心出来。但是，也许一个政客就有这个能耐！"

理查德·提奥心跳加速，但仍保持语调平静："抱歉，我不知道你在说什么。"

提姆面露杀意地盯着他，但最后还是后退一步，给这名政客喘息的空间。但是，他仍然比出一根手指，这带着浓厚的警告意味，他要告诉这个政客，整个熊镇善于收集情报的人，不只是他一个："我妈收到一封来自镇政府经营的房地产公司的信件。我弟弟得到了一座公寓房。我们查了一下是谁提出的申请，发现是你干的。"

理查德·提奥温和地点点头说："我的工作就是要帮助这个区的居民。所有居民……"

理查德的电子邮件地址出现在房地产公司的数据库里，当然是一个错误。或者说，他估计这封邮件最后仍然会被提姆找到。不管怎样，他的好友"木匠"的女朋友就在房地产公司的办公室担任秘书。

提姆吼道："你别想要我！你想拿我的家人怎么样？"

理查德·提奥选择装傻。这需要勇气。

"我不会向别人拜托事情，尤其不会向属于……人家不都称你们是'那群人'吗？"

"哪群人？"提姆问道。

他的脸色并未变得僵硬，他佯装出来的冷漠是经年累月不断练习的成果。这名政客对此感到佩服不已。所以他举起双手，说："我认了。提姆，我知道你是谁。而我也相信，我们能够成为朋友。"

"为什么？"

"因为我们很相似。我们并不总是只做应该做的事情，我们是做必须做的事情。我没有遵守既得利益精英分子所制定的、用来阻止像我们这种人的所有规则，媒体就会把我描绘成危险、邪恶的家伙。我想，你对此应该有同感吧？"

提姆朝地上吐了一口口水："你这件西装的价格是一个平头百姓一整个月的薪水。"

这一切，理查德看在眼里。

"提姆，你不是坏蛋。你照顾你的朋友、你的家人，而且你也希望你弟弟过上更好的生活，不是吗？"

提姆眼睛眨都没眨一下，说："讲重点！"

"重点是：我对这个社会不抱有幻想，你对它也不抱有幻想。我们分为不同的群体，我们有不同的个人特质，但我们用同样的方式捍卫自己的利益。"

"你对我一无所知。"提姆说。

这名政客硬挤出一抹微笑："也许吧。可是，我小时候看了很多恐怖片，所以我知道，我们认为怪兽最恐怖的时刻，往往就是我们真正看到怪物的前一刻。我们的幻想总是比我们实际上所知道的更恐怖、更惊悚。我想，你建立'那群人'的方式也是一样的。你们的人数并不像人们想象的那么多，你让人们的想象力把你们变得比实际上还要恐怖。"

提姆的眉毛一沉。这是他能允许自己表现出的最轻微的动作。

"根本就没有'那群人'。"

这名政客相当自信地强调:"那当然,那当然。可是,提姆,大家都需要朋友。因为朋友会互相帮助。"

"帮助什么?"

理查德·提奥声音轻柔道:"你的看台站位区。"

* * *

里欧步行穿越熊镇,却不知道自己到底要去哪里。在隧道里被痛揍一顿后留下的瘀伤和肿胀拖慢了他的脚步,但他必须活动手脚,必须沉浸在夜晚的空气中,必须向自己证明:他无所畏惧。

他首先走向"高地",走向威廉·利特家的房子,就像一个刚被电炉烧伤了手却仍然忍不住再度伸手触碰电炉的孩子。但是那一带的所有房子都熄着灯火,陷入一片沉静,所以里欧转向朝镇中心走去。一些成年男子站在毛皮酒吧外抽着烟,其中两人就是"蜘蛛"和"木匠"。里欧躲在阴影之中,模仿着他们的肢体语言,给自己点上一根烟,想学着像他们一样抽烟。这个十二岁的小男孩也许希望自己看起来能像他们一样,变得人见人怕,这样就没有人敢跟他对着干。

* * *

理查德·提奥说出"看台站位区"时,语气中完全没有表现出自满。但是,他仍然吸引了提姆全部的注意力。提姆眨了眨眼。

"看台站位区……是怎么回事？"提姆提问的语气，仿佛还不知道发生了什么事情。

理查德·提奥慢条斯理地回答道："一些谣传指出，那位新赞助商想把它拆掉。"

提姆的面具瓦解，恨意浮现出来。"要是彼得·安德森胆敢动我们的看台站位区，我就……"他愤怒而坚决地住口。

理查德·提奥非常体贴地重复了一次："就像我刚刚说的，我想成为你的朋友。"

"为什么？"

最后理查德·提奥终于说了重点："就在今年春天，熊镇冰球协会的会员们针对彼得·安德森能否继续担任体育总监进行了表决，是你确保他胜出。我是政治人物。我能够理解，一个能够影响其他人、使他们按照自己的意愿投票的人，是非常有价值的。"

提姆狐疑地眯着双眼："所以，你想让彼得不要拆掉看台的站位区？"

理查德·提奥心安理得地说谎："不。彼得拒绝听政治人物的话。他拒绝听从任何人的话。他打算一个人独揽球会的生杀大权。但是，我可以跟新的赞助商谈谈。他们比较讲理，会体会到……加油区的重要性。你们不就是要替球会加油吗？"

提姆若有所思地咬着脸颊："那彼得怎么办？"

"我不懂冰球，可是有时候，体育总监总是会丢官的吧？风向的变化是非常快的！"

"这些风再怎么吹都不会吹到你弟弟的身上！你待得可安稳了！"提姆吼道。

理查德·提奥礼貌地一鞠躬："你想要的，我可以给你：你的看台、你的球会，还有一支以熊镇子弟兵为骨干打造的熊镇冰球队。我们总可以当朋友吧？"

提姆缓慢地点点头。这名政客坐进车里："那么，提姆，我就不多耽搁你了，我知道你今天晚上在赫德镇有事情要办。"

提姆的眼皮一阵抽搐。理查德·提奥对此乐在其中。如果你想要从某人身上获得某种东西，必须先搞懂他的动力何在。提姆就是一个守护者。小时候，他在厨房里和成年男子打架就是要保护妈妈；进入青少年阶段，他筹组了"那群人"，借此保护他的弟弟。但是，这并非全部。人们很容易就相信：他根本就不喜欢体育活动，那只是使用暴力的理由，以及从事犯罪行为的一种资本罢了。但是，假如你见过他谈到熊镇冰球协会时的眼神，你就会看出：这个小镇就是他的家乡。冰球馆看台的站位区是他唯一能够感到无忧无虑的地方。在那里，他不需要对周围任何人负起责任。冰球就是他的异想世界，这种心理与体育总监、球员和教练是一样的。像提姆这样的人，将会用他们最恐怖的武器，永久保卫能让他们感到最快乐的地方。所以，他现在吼道："你在说什么鬼话？我在赫德镇怎么会有事情要办？"

理查德·提奥露出微笑："我估计，你应该已经看过视频了吧？"

下一刻，提姆的手机就传来一阵振动，那是一条短信。之后又是一条短信，然后又来一条。

＊　　＊　　＊

那群站在毛皮酒吧外面的男子收到一大堆短信，他们的手机发出类似弹珠台游戏的声音。这时，里欧还站在阴影下。他们看着同一个视频，里欧没看到那个视频，但清楚地听见了他们讨论的内容。其中一名男子说："赫德镇这些该死的家伙全都应该杀掉！"另外一个人看着自己的手机，愤怒地回答："提姆给我发了短信。他看过那个视频了。他说我们得把我们的人聚集起来。"里欧只用了不到一分钟，就在自己的手机里找到了那个视频。他就读学校的所有学生已经在网上疯狂互传这个视频，里欧这才了解到随后将会发生什么事情。

他直接冲过树林，要是他动作再快一点，他就能够抢在"那群人"之前赶到赫德镇。

要开战了。

*　　*　　*

提姆·雷诺斯在黑暗中走进犬舍。爱德莉隔着窗户就看到了他的身影，他身上毫无酒味，独自来到这里。

"你弟弟在吗？"提姆问道。

爱德莉对他的眼神，相当熟悉。

"他在屋顶上呢。"她说。

提姆兴奋地笑了。

"我正想要请他喝一杯啤酒。你要一起来吗？"

爱德莉缓缓地摇了摇头。

"要是他受了伤，我就会宰了你。"

提姆假装不解："受伤？只是喝酒，怎么会受伤？"

爱德莉举起手来，手掌停在他下巴下面。

"你听到我说的话了。"

提姆露出微笑，爱德莉走进屋内。她知道今天晚上会发生什么事情。她不希望班杰去打架，但这总比他脸朝上躺在森林里，低声说"这只是一个错误"要好一点。她检查了一下，确保武器柜的钥匙放在枕头底下，然后便上床睡觉。

班杰坐在屋顶上，在星空下抽烟。提姆一级一级地爬上屋顶，在边缘处张望。

"欧维奇，想喝啤酒吗？"

他说这句话的方式有点诡异，仿佛在压制某种笑意。

"什么？现在？"班杰问道，顿时清醒过来。

提姆举起自己的手机，播放了一段在网上广为流传的视频。"有人在赫德镇的广场上烧了一件熊镇冰球队的球衣。"

"这跟我有什么关系？"班杰问道。

"欧维奇，那件球衣的正面绣着我的大熊。球衣的背部绣着你的名字。"提姆回答时，已经开始往下爬了。他非常确定，班杰会跟着他一起爬下屋顶。

他的声音听起来并不很愤怒，甚至几近戏谑。假如有人看见班杰从屋顶上爬下来，他们就会明白为什么：提姆很了解他，两人志同道合。

"你打算怎么做？"班杰微笑道。

"我想请你喝杯啤酒。我听说赫德镇的啤酒很好喝。"

27. 仇恨与混乱

提姆和班杰走着，经过那块写着小镇名称的标牌，沉静、不疾不徐，完全不赶时间。两人在赫德镇的广场上停下脚步。那件被烧毁的球衣碎片散落在地上。户外一片漆黑，但他们不需要点亮灯火就知道每家每户都在窗前盯着他们。这两名男子手上各握着一个酒瓶，在赫德镇的主大街上来回走动。两人都赤裸着上半身，熊头文身就像夜色里的火炬。他们一直等着，直到确保该打的电话都已经打过，该叫醒的人都已经醒来，铁棒已经放进汽车后备厢。然后，这两名男子又平静地走出赫德镇，进入森林，走了一两百米，在林间一处空地前停下。六名身穿黑色夹克的男子在那里等着他们。一刻钟后，人数两倍于他们的一群男子将会从赫德镇出动，但这已经无关紧要。因为这二十名从赫德镇出动的男子都不会打架，而提姆手下的人都是打架能手。他带上了"蜘蛛""木匠"，以及其他会打架的人。

更要命的是，他们还有班杰。

在一座阴暗森林中开打的群架，毫无组织性或战术性的美感。它唯一的特色就是仇恨与混乱。这种场合容不下事先演练好的步法或优雅的动作，你只能抬头挺胸，先求存活，在自己没被打倒在地的前提下，尽可能多地打倒对方的人。永远不要后退，不断挺进，没有规则，别举白旗。你完全有可能失手打死人，可能就是多踢了那么一脚，或不巧多揍了那一拳。你来到这里的时候，就知道自己进入了什么样的场合，而对方也知道。对所有人来说，这都是非常恐怖的，如果你打架时不感到害怕，那就意味着你从来没和势均力敌的对手打过架。你必须更深入地挖掘自我，找到某种恐怖、疯狂的本质。那就是你最真实的自我。

暴力是全世界最容易理解、也最难理解的事物。我们当中某些人为了夺取权力，随时准备使用暴力；其他人只会在自卫时使用暴力；某些人则完全不使用暴力。然而，除此之外还有另一种人，他们似乎毫无目的地打架。他们的兽性也许比我们的还要强烈；或许，他们其实更有人性。但是，你去问任何一个见识过别人眼神变得阴沉、杀气腾腾的人，就会知道：原来我们属于不同的物种。没有人确切地知道，这种人是否缺少其他人所具备的特质，或是其他人没有他们所具备的特质。没有人知道，当这种人握紧双拳时，他们身上究竟是点燃了某种特质，还是某种特质随之熄灭了。

几乎所有的群架在开打以前，就胜负已定。在真正动手出拳以前，你的大脑必须运转，心脏必须跳动。你必然会感到害怕，不是因为被揍，就是因为可能会战败而感到害怕。就算你不怕痛，你还是会因为羞辱与羞耻感而觉得害怕。就算你不怕自己受伤，你还是怕会弄伤别人。这就是肾上腺素在此时飙升的原因：它是人体生物性的防卫机制，好似动物伸出的利爪、沉降下来的尖角、扬起的前蹄以及显露的尖利牙齿。

那么，第一击呢？它完全没有任何指标性的意义，完全不能显示你的个性。然而，第二次出手将完全显露你的本性。任何人出于愤怒、恐惧或本能都有可能打出第一拳。但是，当你使尽全力猛揍一个成年人的下巴时，就像是一拳砸在一道砖墙上。当你听见自己手指下方颤抖的双脚咯吱咯吱作响时，某些事情会随之发生。当敌人弯下腰来向后倒退时，你看见他眼里的恐惧，也许他还会举起颤抖的手，像是在求饶……这时候，你会怎么做？再来一拳？在同一个地方补上一拳，而且力道更猛？那么，你就属于另外一种人了。大多数人是无法这么做的。

任何看到你补上第二拳的人，从今以后都不敢再跟你吵架了。

提姆和班杰肩并肩，走在队伍的最前方。他们所到之处不断有人被击倒在地。第一个冲向班杰的人似乎就是想挑他动手，这可真是不智之举。那名男子的确比他更高、更重、更强壮，但是在这种场合，这些因素全都不重要了。班杰第一拳出手后，就用另一只手牢牢抓住那名男子，这样他就能确保自己能够在同一个位置给对方再补上一拳，而且力道要更重。

班杰松手放开那名男子时，他已经失去知觉，他的脑袋瓜砸在地上，发出一声沉闷的"砰"。班杰在这种情况下，通常都会感觉到肾上腺素飙升、兴奋，甚至某种快感。但是，他已经毫无感觉可言，他已经彻底越过了某种界限。

他的动作戛然而止。他愣了一下，但他不该这么做的。他不该在森林里、在黑暗里发愣，而且更要命的是，双方都带了武器。某个手持铁棒的人从斜后方偷偷包抄过来，一棒扫中他的膝盖。班杰这时才意识到：这群来自赫德镇的男子今天晚上或许会打输这场架，但是赫德镇即将赢得一场冰球比赛。然而，一切已经太迟。

我们直到感受到他人最深切的恐惧，才算真正了解他们。

班杰先是听见自己高声尖叫，然后才感到了痛苦。他等着身体彻底崩溃，等着膝盖在遭到铁棍狠狠一击以后彻底瘫软。他甚至来得及想：他将错过的可不只是跟赫德镇的第一场对战，他的冰球生涯全毁了。他这一生，到目前为止，在冰球场上从来没受过大伤，但就从现在开始，他的膝盖将永远无法真正恢复健康，他毫无完全复原的可能。他还来得及想：最奇怪的一点就是，他竟然一点都不害怕、一点都不惊慌。他早就不在乎了。那将意味着多少年的练习、多少个小时的经验哪？他完全不管这项运动了。他静静地站着，同时喘息着，想到这一切多么没有意义。但是，他还是站了起来。过了好几秒钟，他才真正意识到，他其实毫发无伤。那根铁棒并没有击中他。

他从眼角看见一个不超过十二岁的小男孩，他相当惊恐，地毯式地扫动着某个物体。那名用铁棒攻击班杰的男子被打倒在地。班杰听到的其实是那名男子的惨叫，而不是他自己的。那个小男孩手上抓着一根相当粗大的树枝，泪水不住地从他的双颊滚落。

班杰认出了那个小男孩，他就是玛雅·安德森的弟弟——里欧·安德森。某人朝这个小男孩的眼睛扫了一拳，他踉跄不稳地向后倒去；班杰多想了一下，而他不应该多想的。他没有转过身和对方开打，反而抓住小男孩的手臂跑了起来。他们朝着上坡处跑去，跑进森林，消失在树木之间。他听见背后传来了吼叫声，他完全知道，这帮来自赫德镇的男子将会到处宣传，说班杰明·欧维奇在一场大乱斗中脚底抹油地逃走了。懦夫。他才不在乎呢。里欧的最初几步还踏得很踉跄，但他很快也跟着跑动起来，他们一起消失在黑暗中。

这天晚上，里欧将会认识班杰明。他会了解到他的恐惧。班杰并不怕打架，更不怕被痛揍一顿，他连死都不怕了。唯一让他感到惊恐的，其实是：当他转身看见一个十二岁的小男孩时所感到的责任。承担责任的人是没有自由的。

他们夺路逃回熊镇。班杰先停了下来，随后，气喘吁吁的里欧也停了下来。里欧感到一只脚疼痛不已，想着也许有块石头落进了鞋子。然后他低头一看，才发现那只脚上的鞋子已经不翼而飞了。他在大乱斗的时候弄丢了那只鞋子，却在飙升的肾上腺素的掩护下一路狂奔，没有察觉。他的脚趾血流不止。

"我叫里欧·安德……"

班杰的呼吸规律而沉缓，仿佛他在阳光普照的窗边睡了一个午觉，刚刚才醒。

"我知道。你就是玛雅·安德森的弟弟。"

里欧的语气迅速一变："他妈的，现在不要对我说教，告诉我不应该打架……"

班杰简短地举起一只手掌："你是她的弟弟。在这里，除了她以外，没有人比你更有权利动手打人。"

里欧的呼吸慢了下来，感激地点点头："我并不想……我躲在森林里，我只是想看人家打架……可是你没看到那个抓着铁棒的家伙，他差一点就……"

班杰露出微笑："如果他当初瞄准我的脑袋，其实一点关系也没有，我的脑袋本来就空空的。可是，要是他本来准备把我的膝盖打断，那我还真得好好感谢你一下，因为你迫使他停手。你的眼睛还好吗？"

"没事的……"

班杰拍拍他的肩膀，说："里欧，你真是一条硬汉子。等你长大以后，你会发现这一点有好也有坏。"

里欧朝地上吐了一口口水，重复他刚在毛皮酒吧外听到的那些男子所说的话。这些话从他嘴里说出来时，他感到畅快无比。

"这些死同性恋！死娘炮！威廉·利特跟他那群该死的朋友，还有赫德镇那群该死的烂球迷。我恨他们！"

每听到一个字，班杰都不胜哀伤地眨眨眼。但是，这一切，小男孩都没有留意到。

"时候不早了，你该回家啦。"

"你可以教我怎么像你一样打架吗？"里欧不胜崇拜地问道。

"不行。"班杰回答。

"为什么不行？"

班杰的下巴一沉，他的胸口感到沉重无比。他清楚地看到，里欧对于动手伤人的能力非常重视。班杰实在不知道，他最痛恨的到底是谁。

"你没有这样做的条件，里欧。"他低声说。

这个小男孩崩溃了。不只是声音崩溃，他整个人简直是伤心欲绝："凯文强奸了我姐姐！如果我不把他们杀光，我还算哪门子的……"

此刻，班杰拥抱了这个小男孩，在他的耳边低语道："我也有姐姐啊。要是有人对她们当中任何一个人做了凯文对玛雅做的事情，我一样会恨意难消。"

里欧绝望地喘息着："要是凯文强奸了你的姐姐，你早就杀了他……"

班杰知道，里欧说得没错。所以，他选择实话实说："那么，请你别学我的坏榜样。因为你一旦产生这种心理，它就会让你永无宁日。"

28. 死同性恋

第二天早上，安娜与玛雅在距离学校一百米的地方停下脚步。现在，她们每天早上都会这么做。她们借由这样的"仪式"凝聚自己的力量，把自己全副武装起来。

安娜轻咳一声，神色凝重地问道："好吧……你希望这辈子接下来每天都拉肚子，还是不得不一直开着门上厕所？"

玛雅简直快笑岔气了："你的脑子里现在就只剩下这些东西吗？"

"请回答我的问题！"安娜要求。

"这个问题愚蠢透顶。"玛雅一语道破。

"你才愚蠢！总之，拉肚子还是开着门上厕所……而且是一直开着门上厕所啦，不管你是在哪里上厕所。一辈子！"

"我现在有课。"玛雅嗤之以鼻。

安娜哼了一声："我们一直在玩这个游戏，你居然还搞不懂规则！你得回答！这就是游戏规则！"

玛雅倨傲地摇摇头，安娜推了她一把，玛雅哈哈一笑，回推了她一下。但是安娜敏捷地闪开，于是，玛雅摔倒在地。安娜坐在她身上，牢牢握住她的双手，尖声叫道："在我把你的妆弄花以前，给我回答！"

"拉肚子！该死的，拉肚子！"玛雅又叫又笑。

安娜扶她起来。两个人紧紧相拥。

"小圆盘，我真是爱死你了。"玛雅低语道。

"让我们跟全世界对着干吧。"安娜低声回答。

然后，她们携手迎向新的一天。

* * *

在我们爱上某人的那一刻，胃和胸腔之间仿佛都在颤抖着，就像一面在风暴中被撕裂的旗帜。某人望着我们的眼神，初吻过后的那几天，这一切还是我们之间无法理解、不可告人的小秘密。你要我。这就是一种脆弱，世上最危险的事情莫过于此。

到学校时，某人用红笔在班杰的置物柜上写了字："逃啊，班杰！快逃！"因为他们都知道，他昨天夜里的确逃跑了。他在这个小镇里始终是天不怕地不怕，因此他只要一露出破绽，他的死敌们就会对此大做文章。他从乱斗中逃跑了。他开溜了。他不像大家所想的那样。他就是个胆小鬼。

当他进来时，他们打量着他；当他读到那些字时，他们等着看他的反应。然而，他毫无反应。因此，他们不禁感到些许犹疑，不确定他是否理解他们的意思。在学校的一天过去了，班杰完全没有表现出忧虑或一丝一毫的耻辱感。当他经过自助餐厅时，有人就高声大叫："逃啊，班杰！快逃！"威廉·利特和他的党羽就坐在最远端角落的一张桌子旁边。当时是谁在尖叫，现在已经不可能查证；不过班杰转过身来，照着他们的话做了。

他跑动起来，直直冲向他们。他握紧双拳，全速冲向他们。其他学生赶忙闪到一旁，桌椅纷纷被掀翻。当班杰在威廉·利特面前半米处止步时，利特的一个党羽早已躲到桌子底下；另外两个人实际上已经坐在了彼此的膝盖上；还有一个人向后跳开，脑袋撞上了墙壁。

但是威廉·利特本人则纹风不动。他安静地坐着，双眼圆睁，直瞪着班杰。班杰从他的眼睛中看见了自己。他也已经越过了某种界限。自助餐厅里一片死寂，但这两个十八岁的少年都能听见对方的心跳。他们相当沉静，都在观望着。

"双脚没力了，欧维奇？你昨天晚上一路跑出森林，我们可都听说了哟。"

起先，班杰看起来若有所思。然后，他脱下双脚的鞋子、袜子，将它们扔到利特的膝盖上。

"来，威廉，我们对决，就一次机会。"

威廉的下颚一紧，回答得异常坚决，出乎他本人的预料："我可不想跟胆小鬼对决。"

他非常努力不盯着班杰的手表看，但还是失败了。他知道班杰是从谁手上得到那只手表的。班杰也知道威廉知道这一点。因此，当班杰笑起来时，嫉妒狠狠啃噬着威廉的心。

"威廉，其实我是到森林里找你。可是当两边势均力敌的时候，你从来不敢进来打架，不是吗？你只敢在视频里要狠。所以，你的球队从来不敢信任你。"

耻辱感像一块块斑点，在威廉的双颊灼烧。

"我根本就不知道会打架，我那时在家里，那件球衣又不是我烧的……"他咆哮道。

"的确不是，你没有那种男子气概。"班杰回答。

他转身离开自助餐厅，而威廉·利特直到这时才大吼一声。班杰没听清楚他吼了什么，只听到最后几个字："……死同性恋！"

班杰停下脚步，他不会让任何人看见，一道悬崖在他面前裂开，他直直坠下悬崖。他将双手插进口袋，因为他不愿让任何人看见自己颤抖的双手。他更没有转过身来，因为他不愿意让威廉看见他问话时身上所产生的变化："你说……什么？"

威廉感到自己突然占了上风，受到鼓舞般重复道："我说你们的教练是个该死的臭同性恋！你很骄傲是吧？你待的是一支该死的彩虹队？"

班杰动手扣上夹克的扣子，他不希望有人透过他的衬衫看出他的心正在剧烈地跳动。威廉又大吼了些什么，他的党羽哈哈大笑。班杰走出自助餐厅，来到走廊上。在蜂拥的人潮中，他看到一件网球衫。今天，那是一件绿色的网球衫。那位老师的眼神仿佛在哀恳着，像是想向他道歉，却又知道言语是如此微不足道。

班杰的内心深处的确是在颤抖，整个人仿佛成了一面在风暴中松脱的旗帜。他绝对不能让任何人使他变得如此脆弱，至少不能是这个球季。他离开学校，刻意缓步慢行。然而一旦确定自己已经脱离了所有人的视线，他就拔腿狂奔，直接冲入森林。每经过一棵树，他就揍那棵树一拳。

＊　　＊　　＊

一个年龄较小的男孩站在另一个置物柜旁。那是一个十二岁的小男孩，浑身瘀伤。昨天，他抽起一根树枝投入一场大乱斗，毫不犹豫地将某个准备出手袭击班杰明·欧维奇的家伙的双腿打断。在这个小镇里，这种事情是绝对不会"船过水无痕"的。

今天，他的柜子上就挂了一个东西。一开始，他还以为那是一只垃圾袋。然而，他可真是大错特错了。那是一件黑色夹克，上面没有任何徽章、痕迹或标识，就只是一件普通的黑色夹克。它不具备任何意义，却又意味着一切。这件夹克对里欧来说还太大、太沉重。因为他们想让他知道，他必须等到长大以后才能真正成为他们的一分子。不过，他们还是把这件夹克挂在他的柜子上，就是要让全校师生都知道这个信息。

现在，弟兄们会力挺他。你们以后休想再动他一根汗毛。

＊　　＊　　＊

要和某个人站在同一阵线上打架，是需要非凡的勇气的。正是因为如此，有暴力倾向的人们非常重视，甚至是歌颂忠诚，对最微小的背叛迹象反应异常敏锐：要是你退后，转身就跑，你形同置我于险境，让我看起来成了一个弱者。所以班杰知道，他已经背弃了提姆和"那群人"。这种事情是绝对不会被宽恕的。

不过，在几个小时以后，当心情平静下来后，他回头朝城里走去。他擦干双颊上的泪水和双手手指关节上的鲜血。他绝对不能让任何人知道，他出了问题。一切必须一如往常地运作。就算那些蓝色的网球衫摧毁了他，甚至就算他知道"那群人"会因为他在森林里打架时临阵脱逃而处罚他，一切仍然必须一如往常。原因很简单：一旦没了熊镇，他也就走投无路了。

所以，他就去上班了。他站在毛皮酒吧的吧台后面，倒着啤酒。人潮越拥挤，他就越努力避免和任何人产生眼神交会。在森林里打过架的好几名男子都在那里，包括曾经被拉蒙娜形容成智力"和土豆泥一样敏锐"的"蜘蛛"。不过，他是很忠诚的。在森林里，班杰看到他始终站在提姆的斜后方。"蜘蛛"的站位倒不是出于胆怯，而是要保护领导者的侧翼。"蜘蛛"因为脑袋不灵光，身材又瘦弱，在成长过程中一直被霸凌。但在"那群人"中，他的价值是非凡的。他所展现的奉献精神是金钱无法买到的。

坐在"蜘蛛"身旁的男子，和他在体形上构成鲜明的对比——矮小，几乎没有脖子，身材很宽，胡须像水獭的毛皮一样浓密。因为他的职业是木匠，大家就管他叫"木匠"。这也是因为他的老爸就是个木匠。"木匠"和班杰的姐姐佳比是同班同学。佳比常说："他是不太聪明，但本性倒也不坏。""木匠"人生中最爱的事情就是寻欢作乐，啤酒，冰球，酒肉朋友，小妞们，喝得烂醉如泥，跳舞，打架。要是你正在进行一场恶作剧，他会马上加入，毫不顾虑后果。森林里一旦有什么风吹草动，他一定会义无反顾地奉陪到底。

可是，他和"蜘蛛"还有其他朋友不那么像打架时的斗士，反而几乎是把打架当成共同的嗜好，就像高尔夫球。其中一名和"木匠"一起工作的男子为人实在太过善良，要是他在某个周二遇到你，他会祝你"周末愉快"，因为他生怕在周五以前不会再遇见你。另一名男子家里养了四只猫。一个人家里养了四只猫，怎么可能是危险人物呢？不过，他还真就是个危险人物。

原因就在于，构成"那群人"的可不是什么极端分子。让他们变得危险的原因就在于，他们团结一致。他们为了彼此，通过一切方式对抗一切。班杰读过一本由新闻记者所写的与体育和暴力有关的书。班杰记得书中写道："每一群让你感受不到归属感的人都是一种威胁。"

某些男子和提姆一同在熊镇长大，现在却在办公室担任文职，他们身穿白衬衫，而不是黑色夹克，但提姆如果找上他们，他们仍然会来帮忙。其中一个人已经生儿育女，现在进入大学进修，只是为了给孩子更好的人生。当学生贷款的金额不够用时，毛皮酒吧的基金还会按月发放补助金给他。另一个人住在大城市的姐姐被男朋友殴打，警方却两手一摊，表示无能为力。第三个人的叔叔家里开着印刷厂，却被一票帮派分子勒索。提姆就为了他们挺身而出。现在，那个被家暴过的姐姐已经和一名更好的男子结婚，过着快乐的生活；第三个人的叔叔再也不会遭到那伙人"登门拜访"。提姆一旦有事需要这群人帮忙，他们都会为他两肋插刀。这就是他们如此重视忠诚、对背叛异常敏感的原因。

此刻，"蜘蛛"和"木匠"都没有朝班杰的方向张望。但是班杰心里非常清楚，要是他们今晚准备对他下毒手，他们绝对不会事先警告他。

* * *

放学后，玛雅与安娜便与彼此告别。安娜撒了个谎，表示自己必须去照顾小狗们，但实际上，她是要探望父亲。她对此感到羞耻不已。玛雅也说了谎，表示她会到户外慢跑，而她实际上想做的却是直接回家，缩在毛毯下。她出于别的原因而感到羞耻不已。两人情同姐妹，她们之间从来没有过任何秘密。但是，凯文也摧毁了她们之间的某种联结。

＊　　＊　　＊

当酒吧另一端拥挤的人潮开始审慎地散去时，毛皮酒吧已经接近打烊时分。周遭变得特别安静，一个外地人对此可能浑然不觉，但班杰已经察觉到了。

"来两杯啤酒。"提姆一边说，一边漫不经心地盯着他的双眼。

班杰点点头，乖乖倒酒。提姆观察着他的双手，他的双手并没有颤抖。班杰对自己的处境深有了解，但他并不害怕。提姆拿起其中一杯啤酒，把另一杯留在吧台上。过了许久，班杰才领会到其中的含意。他缓缓地举起酒杯，提姆趋身靠在吧台上，跟他干了一杯。这样一来，大家都看到了。

"欧维奇，你是我们的一分子。可是，我们不能再带着你到森林里打群架了。我昨天犯了错。你差点就受了伤，而我们很需要你在冰球场上的表现。"

"有个小鬼头从森林里冒出来……他叫里欧……"

提姆笑了一下："我们知道。很强硬的年轻人。要是你没跟着他跑掉，他会一直打下去，直到死。"

"他还只是个小鬼头。"班杰说。

提姆弯下脖子，脖子的某一段发出"咔"的一声。

"小鬼头终究会长成男人的。要是警察对里欧提问……"

"……他会守口如瓶！"班杰保证。

"这一点我们是信得过的。"提姆确认。

班杰看得出来，提姆对这一切幸灾乐祸：体育总监的儿子梦想着身穿黑色夹克，冲过森林。多年以来，彼得一直努力压制"那群人"对球会的影响力，但现在，他们对他的儿子产生了巨大的影响力，他却已经无力阻止。他趋身贴在吧台上，又跟班杰干了一杯："你有没有听说，我弟弟要回家啦？你们的教练考虑让他打球！让你和我老弟搭配。还有那个亚马，他的动作像一头被塞了辣椒口味灌肠剂的雪貂一样快。还有波博那个大块头！你们跟那些老球员不一样，那些贪心、该死的雇佣兵团，他们当中绝大多数人甚至都不愿意住在熊镇！他们只想离开这里！可是你们都是熊镇的子弟兵，你们可以打造出一支属于熊镇的球队！"

就在这个夜晚结束以前，"蜘蛛""木匠"跟其他十余名身穿黑色夹克的男子也向班杰敬了酒。现在，他正式成为他们的一员。你可能会以为，当他的秘密被揭露时，情况因此会不那么糟糕。不过，事情的发展正好完全相反。

29. 她在那里杀了他

焦虑真是该死的、古怪透顶的东西。

玛雅独自回到家，虽然她外表看起来坚硬如钢铁，内心却无比脆弱。实际上，她可是一吹就倒。今天，学校食堂大排长龙，一片人挤人。有人后退时不小心踩到她，他其实不是故意的。她并不知道那个踩到她的小男孩叫什么名字，而他对此也浑然不觉。两人几乎完全没有肢体接触，这并不是他的错。然而，只需要这么一眨眼的时间，玛雅就再度掉进地狱。

266

当安娜和她年纪还小的时候，一整个夏天，她们经常数着蝴蝶。现在，情况不一样了，玛雅以另外一种方式数着它们。她知道，落叶之时，就是它们的死期。

焦虑，这真是奇怪的感觉。几乎所有人都知道这是什么感觉，但我们仍然没人能说明。玛雅揽镜自照，纳闷着为什么镜子照不出焦虑感。就连 X 光都照不出来。怎么会这样呢？它明明就在我们心中如此剧烈地撞击，它怎么可能没有在 X 光片上显示为黑斑，没有在我们的骨架上留下灼烧的痕迹呢？镜子怎么没照出来她有多么痛苦？她太会假装了。上学、听讲、写作业。她弹吉他，这也许会对她有所帮助；或者说，她想象着这样多少有些帮助。也许，她只需要让手指头多动一点。她看过父亲读的一些关于"心灵教练"的书，这些书上说你必须让大脑主宰身体。但有时候，也许只有完全相反的模式才能让你存活下来。她看过患有忧郁症的成年人做同样的事情，坚持活动、锻炼、打扫、整修夏季度假小屋。他们逼迫自己找事做，让自己有早起的理由——给花和盆栽浇水，处理一堆必须处理的事情，这一切就是要让你没有时间去感觉。我们好像还真以为，这些日常生活中仪式般的小动作仿佛就真能让我们不再焦虑。

玛雅已经学会掌控自己的表情，不让它被内在熊熊的火焰烧裂。她想象着，要是她成功骗过了其他人，那她最后就能蒙骗自己。然而一点点蛛丝马迹都能将她打回原形——一盏很像挂在凯文房间角落里的灯，或是一阵急促的嗒嗒声，就像在她尖叫不知多久以后，终于有人踏上凯文家的阶梯，走上楼来所发出的声音。她可以一连好几周过着平安无事的生活，但随着一阵突如其来的气味或声音，她就会再次回到梦魇里。待在他的床上。他的手掐住她的脖子，捂住她的嘴巴。

学校食堂里的小男孩只不过碰了她一下，他对此浑然不觉。但对她来说，这却是一把火，而她内心的恐慌就像一个炸药包。

当人们谈论强奸案时，他们全都使用过去式动词——她"当时受害"，她"那时被影响"，她"当时经历了"。

但是，她不只是当时经历了这一切。直到现在，她的经历仍然持续着，她不只是当时被强奸，她现在也仍然被强奸。对凯文来说，那只不过是短短几分钟的事情，但对她来说，那让她永无宁日。她感觉自己余生的每天晚上都会梦见那条慢跑小径。

而她每次都在那里杀了他。她猛然惊醒时，指甲都深陷在手掌的皮肤里，尖叫声卡在牙齿间迟迟发不出来。

焦虑真是隐形的霸主。

* * *

赫德镇的警察局接到的报案通知数不胜数，人手却总是不足，这一点和其他小地方的警局没什么两样。半夜时分紧急出勤、无穷无尽的调查，都会让你感到愚蠢、可笑至极，仿佛是刻意演出似的。但是，警察和这里的其他任何职业可没什么两样——多给他们一点时间以及让他们把工作做好的机会，他们就真的能把工作做好。你要是带他们去见被送进医院、被打得头破血流、身穿红衣的冰球支持者，他们就会提出正确的问题。你要是带他们进入一座他们熟悉的森林，他们最后必然能在森林中找到蛛丝马迹。

"这里！"其中一名警员喊道。此时，他们已经在大乱斗现场仔细搜寻了一个多小时。

他把某个东西丢给自己的同事。

一只鞋子。刚好是十二岁男孩的尺寸。

*　　*　　*

里欧坐在屋外的台阶上。玛雅面露惊讶之色。

"你为什么坐在这里？"

"我把钥匙弄丢了。"他回答道。

玛雅狐疑地眯了眯眼。她察觉到，他脚上穿着一双旧鞋。

"你的新鞋子呢？"

"我已经不再喜欢它们了。"里欧对她撒谎道。

"你一连好几个月对妈妈大呼小叫，就是让她给你买那双鞋！"

玛雅本来预期弟弟会大声回骂，但他只是安静地坐着，低头望着砾石路面。他的脸有些浮肿，眼睛上还有一块瘀伤。他对所有人说，他上体育课时被球砸到了脑袋，却没人看见这件事情发生。玛雅今天在学校听到传言，人们议论着挂在他置物柜上的黑色夹克。

"你……还好吗？"她谨慎地问。

他点点头。

"别跟老妈说我的钥匙弄丢了。"他央求道。

"我绝对不说你的闲话。"她低声说。

姐弟俩对彼此做过许多蠢笨的事情，但从来没讲过彼此的闲话。这一点，当初还是她教给他的。当时她十二岁，第一次参加大型派对，比原来答应父母的时间晚了很久才回家。但她敲了敲里欧房间的玻璃窗，爬进了屋，因而没被爸妈发现。"我们不说彼此的闲话。"她当时对睡眼惺忪的弟弟这么说。他精明地意识到，总有一天，这个协议会让他获益良多。

*   *   *

深夜时分，那名警员站在门口。彼得知道那名警员是谁，那名警员的儿子和里欧是同年龄冰球队的队友。这也许就是警员开口时，语气如此焦虑不安的原因。

"彼得，这么晚了还来打搅你，真是非常抱歉。但是，有人在赫德镇外围的森林区打群架，多人重伤。'那群人'牵涉其中。"

彼得误解了他："你应该很清楚，球会和'那群人'一点关系都没有，如果你……"

那名警员举起一只鞋子，打断了他的话："我们在打群架的地方找到了这个。"

彼得接过儿子的鞋子，握着那只鞋子，手不住地颤抖。他最近一次握住自己孩子弄丢的鞋子是什么时候的事情？里欧两三岁的时候？他的脚怎么已经长得这么大了？

那名警员的语气充满遗憾："要不是我儿子之前一连好几个星期大呼小叫要求买一模一样的鞋子，我还不知道这是谁的。我告诉他，这对十二岁的孩子来说太贵了，他就骂我是笨蛋，因为'每个人都有一双'。我就说：'谁有，说来听听。'他就说：'里欧！'"

彼得努力让语调保持平稳。对十二岁的孩子来说，这种鞋子的确太贵。今年夏天，彼得和蜜拉正是因为对……一切感到如此愧疚，才让里欧买了这双鞋子。

"我……这种鞋款很常见……一定有很多其他十二岁小孩也穿这种鞋子……"

这名警员又掏出了别的东西——一小串钥匙圈。

"我们也找到了这个。要是你现在当着我的面关上门，我觉得我应该能把门打开。"

此时，彼得不再抗议。他接过钥匙，沉默地点点头。

"里欧必须到警局里接受讯问。"警员说。

"可是他才十二岁……"彼得勉强挤出这么一句。

这名警员虽然非常同情他，但仍不为所动："彼得，这件事可不是儿戏。那群来自赫德镇的男生以前就跟'那群人'打过架，可是这回情况不一样。赫德镇有三个人受了重伤，进了医院。他们肯定会报复，然后'那群人'还会以牙还牙，这可不是闹着玩的。这样下去，早晚会出人命！"

彼得握着那只鞋子和钥匙，不自觉地将它们贴在胸口。

"我……里欧才……至少能不能让我开车送他到警察局？"

那名警员点点头："你太太是律师，对吧？"

彼得了解他的弦外之音，吓得魂飞天外。当警员驾车离开时，彼得没有用手打开儿子的房门，而是用力一脚踢开。

下一刻，父子俩面对彼此，鼻尖对着鼻尖尖声大叫起来。然而，他们之间的距离从未如此遥远……

那名警员说得没错：很快，就会有人丧命。

* * *

玛雅将自己锁进浴室。她听见爸爸对里欧大吼大叫，然后妈妈对着爸爸大吼大叫，让他别再吼了。然后，他们对着彼此互相吼叫，吵着到底谁最有权利大吼大叫。他们恐惧不已、气愤至极，感到无依无助。父母总是如此。

玛雅看过父母生儿育女之前的照片。当时的他们是如此年轻、快乐，现在的他们已经无法露出这么灿烂的笑容了，就算在拍照时也做不到。通常，两人非常恩爱，渴望着对方；爸爸的手指尖轻拂着妈妈的刘海，而妈妈只需一眨眼的工夫，就能抚摸过爸爸的双臂。单纯从生物学的角度来看，孩子总是感觉父母恩爱的动作非常恶心；然而，当孩子们发现父母不再恩爱时，他们会痛恨自己。

玛雅坐在浴室的地板上，打开脱水机，再关上，咔、咔、咔。聆听这样的声音很有冥想的气氛。直到她看见里面那件 T 恤，那正是里欧的 T 恤。只有他才会笨到把一件棉质 T 恤放进脱水槽，因为他从来不洗衣服，不知道该怎么洗衣服。玛雅拿起 T 恤，T 恤上的血迹还没有完全消除。她知道他做了什么事情。在凯文家那恐怖的一夜后，她烧光了自己的衣服，就是要把家里所有人都蒙在鼓里。里欧刚打过一架，而玛雅知道他是为了谁打架。

她听见父亲越来越高亢的吼叫声："你想跟那些暴民在森林里玩帮派游戏？！你疯了吗？！"

里欧大声吼了回去："他们至少做了点什么！你做了什么？该死的，你只会让赫德镇那些浑蛋践踏我们的小镇！"

妈妈的吼叫声更大，压过他们两人："不准在我家里用这种字眼！"

咔，咔，咔。玛雅再次打开脱水机。她知道，她的家人不是因为什么字眼、打群架而吵架，更不是因为某人的小镇而吵架。他们是为了她的事情而吵架。

以前她经常和安娜一起数蝴蝶，谈论着"蝴蝶效应"：一只蝴蝶拍拍翅膀，居然可以对我们的世界产生如此毁灭性的影响，它所产生的最微小的气流都能在地球的另一端造成一场飓风。现在，玛雅看到一个小镇随着她所做的决定逐渐沉沦。她就是原因，一切的争端和暴力都是结果。要是她没去过那里，从来没见过凯文，没有在那场派对上走进他的房间，没有喝酒，没有爱上他，要是她单纯地说"好"，没有抗拒就好了。她就是这么想的，而罪恶感也就是这么运作的。要是她从未存在过，那这一切就都不会发生了。爸爸吼道："我们家没有教人打架！"里欧大声地吼回去："这个家必须有人挺身而出，战斗下去！而你是个胆小鬼！"

玛雅听见门砰的一声关上。她知道，那是爸爸夺门而出的声音。他因无尽的哀伤而感到眼前一片黑暗。

*　　*　　*

那天晚上，玛雅在笔记本里写下了一首她永远不会亲口唱出的歌曲。这首歌叫《听我说》。

每个我认识的男人，每个父亲、兄弟、儿子

总是握紧双拳

你们怎么会有这样的念头

总是这么暴力，总是圆形的弹孔，还有一块方方正正的积木

你们那荒谬的念头，我们希望你们为了我们打架

如果你想为我做点什么

就请为了我，放下你的武器

请为我关上通往地狱的门

请当我的朋友

请你们为了我，做个善良的人就好

你们为了你们要为我做的一切到处炫耀

为了我，你们几时才会停止破坏

你真想知道，你能为我做点什么

那就请先听我说

妈妈站在浴室门外低声问玛雅"还好吗"，玛雅撒谎说"很好"。妈妈说："我们得到赫德镇去。有些事情……得处理。"她的语气就像玛雅是个不懂事的小鬼。因此，玛雅就说："没事，我还要温书呢。我们之后见。"

当妈妈毅然决然地将里欧从房间里带走时，他并没有抗议。他已经穿戴完毕。他们前往警察局，关上了门。玛雅坐在浴室的地板上，感觉无法呼吸。她恐慌莫名地站起身，想呼吸新鲜空气。突然间，她觉得必须离开这座屋子，离开这个小镇。她知道，她只有一个地方可去，也只有一个朋友能跟她同行。所以，她发了一条短信给安娜："小岛？"

她开始收拾背包，将手机塞进口袋。她不需要等待答复，她知道安娜会一起来。安娜对她永远不离不弃。

30. 他们那种人，都没好下场

安娜当然跟来了。她们之间的友情不是培养的，然而，某些其他东

274

西也不是你所能够培养的。父母就像某种植被，是你无法挑选的。这样的植被根深蒂固，捕捉着你的双脚：这种感受只有吸毒者的孩子才能理解。

手机响起时，安娜已经在森林里了。电话是拉蒙娜打来的。这名年老的女士很强硬，心地却不坏。多年以来，她打过许多这样的电话，总是说着一样的话，语气深表怜悯，但绝不羞辱人。她告诉安娜，她老爸已经"喝酒喝出门了"。这就是说，有人不得不把他从毛皮酒吧里弄出去，而以他目前这副德行，根本无法自己回家。"天气开始变冷了"，拉蒙娜会这么说，从而避免说出安娜的爸爸喝酒喝到呕吐，需要换干净衣服的事实，这样就不至于让安娜觉得丢脸。她知道，小女孩知道她的弦外之音。半个世纪以来，拉蒙娜看过某些人喝酒喝到穷途末路；她也学到，一部分小孩必须看到酒精最恶劣的一面才会就此滴酒不沾。

所以她就说："安娜，你爸爸需要有人陪着回家。"安娜在森林里停下脚步，点点头，低声说："我就来！"她总是会来。她永远不会抛下他不管。

焦虑，牢牢掌握了我们，而没有留下蛛丝马迹。

安娜没有打电话给玛雅，因为玛雅的父母亲堪称完美无缺。一个永不抛弃家人的妈妈，一个永不会喝得烂醉、呕吐不止的爸爸。她和玛雅情同姐妹，然而她们之间唯一称不上共同点的，就是这种耻辱感。要是让玛雅看到她老爸是这副德行，安娜准会活不下去的。

*　　*　　*

玛雅独自在小岛上坐了一整夜。她盯着自己的手机看。最后终于来了一条短信，但不是安娜的。又是那种匿名短信。她仍然不断地收到这种短信，但她已经不再和朋友提起这件事，不想让自己的好朋友感到难过。现在，这就是玛雅的秘密了。"吸我的小鸡鸡，一次三百块？"对，就是这么写的。她甚至不知道，发出这种短信的这些人是否还知道自己为何这么做。传这种短信的，可以是赫德镇某个想要杀她的人，可以是学校里某个痛恨她的女生，可以是一群跟彼此比赛、看谁敢发短信给"那个被凯文·恩达尔强奸的女生"的小屁孩。对这些人来说，玛雅的形象已经永久地盖棺论定：受害者、婊子、骗子、小公主。

今年夏天，安娜在这里挖了一个洞，将一瓶昂贵的酒藏在这里。她的父亲曾经和一位住在"高地"的老邻居一同去打猎，他在狩猎后把猎物的肉送给这位邻居，邻居就送他这瓶酒。安娜狠不下心扔掉这瓶酒，但也不敢把这瓶酒留在家里的厨房，让爸爸心碎。所以，她就把这瓶酒藏在这里。现在，玛雅挖出了这瓶酒，将它一饮而尽。对于这样做是否太自私，她已经不在乎了。醉酒只会带来苦楚，而不是心灵上的宁静或缓解。"我总是相信你会来，"对于自己最要好的朋友，她如是想着，"当凯文在床上压住我的时候，我也是这么想的，我最好的朋友一定会过来。我想，我最好的朋友绝对不会抛下我不管！"她将空空如也的酒瓶扔向一棵树，酒瓶裂成碎片。其中一块碎片反弹回来，划破了她的皮肤。血流了出来，但她对此浑然不觉。

* * *

最近，安娜每天晚上都会梦见自己被困在一口棺材里面，有人坐在棺材的盖子上，让她没法打开棺材。不管她在里面怎么敲、怎么打，就是没人听见。她并没有把这些梦告诉自己最好的朋友，因为玛雅最近的心情似乎稍微好转，而安娜不想让她难过。她也没有再提到那些短信，因为玛雅好像已经不再收到那些短信，而安娜不愿提醒她这些短信如何影响人的心理：叮——叮——，一堆显示男性生殖器官的照片。有时候，照片内容比这个还要不堪入目。他们能借此得到何种病态的满足感，她倒是不得而知。因为前提是，她在他们眼中得是个人。也许他们只是把她当成动物来看呢？一种消费品？

安娜早先还不觉得，自己的青春期竟然会变成这样。所有成年人都说，你真该好好享受十六岁的人生。他们说，这是人生中最美好的日子。对安娜来说，情况并非如此。她喜爱她的童年。当时，她最要好的朋友还相当快乐，她的父亲是个无坚不摧的英雄，毫无污点，可以任由她膜拜。当安娜年纪还很小，四五岁的时候，两名骑着雪上摩托车的骑士在往北一点的区域遭遇暴风雪，失踪了。搜救人员打电话给当地最优秀的猎人，只有他们最熟悉地形。安娜的父亲收拾行李，在半夜踏上征途。安娜站在门口，央求他留在家里。她在广播里听到暴风雪的消息，而当时的她已经懂事到能够理解：有些人的父亲无法从这种暴风雪中生还。但是她的爸爸蹲了下来，双手抱住她的头，低声说道："我们，或者说我和你，都不是那种会抛下别人的人。"

其中一个雪上摩托车骑士已经被冻死，但另一个人幸存下来。找到他的就是安娜的父亲。几年后的一个冬天，也就是安娜刚满六岁时，她在日落之后到湖边玩耍，听到一声尖叫。一个和她同龄的孩子掉进水里，已经被冻僵了。熊镇的所有孩子都知道该怎样把一个掉进冰层下的人拉出来，自己再从冰洞中脱身。可是，这并不意味着所有小孩独自身处黑暗中时还敢这样做。安娜则是毫不迟疑。

她的爸爸做过一大堆愚蠢的烂事情，但是他教养出来的女儿却拯救了别人家的女儿。当她回到家时，全身又湿又冷，双唇冻得发紫。妈妈目瞪口呆，惊恐不已："发生什么事了？"她只是露出一个大大的笑容："我找到最好的朋友啦！"

过了几年，妈妈就离他们而去了。她无法再承受森林、黑暗、沉默。安娜留了下来，她跟爸爸玩纸牌、说双关语，当他心情特别好的时候，他还会吓吓她。这可是他最在行的：他可以窝在一个灯火熄灭的房间，躲在门板后面一连数小时，然后猛然跳出一阵长啸。安娜又叫又跳，笑得简直要岔气了。

即使他难过、心情郁闷时，她仍然敬爱他。也许，他在内心最深处总是难过不已。安娜不知道：他究竟是在妈妈离开他的时候变成这样，还是因为他变成这样妈妈才离开了他。某些人的内心是充满悲愁的。他孑然一身坐在厨房里，一边喝酒，一边哭泣。要是一个人喝醉时就只能哭泣，那一定是一件很可怕的事情。因此，安娜觉得他真是可怜。

过去她常会想着，她有两个爸爸：一个好爸爸、一个坏爸爸。她下定决心，要确保坏爸爸在晚上降临、主宰他全身时，不要让他把健康给毁掉，这样一来，"好爸爸"在第二天早上降临时，才有足够健康的身体使用。

现在，她在毛皮酒吧的后门发现了他。他坐着，正靠着墙壁睡着。在那备感恶心的几秒钟里，安娜感受不到他的脉搏，内心恐慌不已。她用手掌拍打他的双颊，直到他突然咳嗽一声，睁开双眼。当他看见她时，他呢喃着："安娜？"

"是我。"她低声说。

"我……吓……吓到……你了吗？"

她努力摆出一副笑脸。他再度陷入昏睡。这名十六岁的少女必须使出全身力气才能抬起他的上半身，才能脱掉已经被他吐得满是酒臭味的衬衫，换上一件干净的衬衫。绝大多数人对此或许会置之不理，但安娜知道，他的心里仍然住着一个好爸爸——那个当妈妈离家出走时读故事给她听的好爸爸；那个除了知道威士忌以外，还知道其他摇篮曲的好爸爸。她希望，那个好爸爸明天一大早起来时，能够穿着一件干净的衬衫。她将他的手臂搭在自己的肩膀上，低声乞求着，希望他自己站起身来。

"爸爸，我们现在要回家啦。"

"安娜？"他呢喃着。

"是我。没事的，爸爸，你只是今天晚上过得不太好而已。明天会更好。"

"对不起。"他抽噎着。

这句话杀伤力太强了。女儿们对这个词可以说是毫无招架之力。他踉跄起来，而她也随之踉跄起来。

但是，有人拉住了她。

* * *

蜜拉的声音在整个警局里回荡着。当儿子只有十二岁的时候，你该怎么划出母亲和律师之间的界限呢？在开车前往警局的路上，她并没有对着里欧大吼大叫，因为彼得已经替他们两个，也替大家吼完了。所以，她现在高声吼叫，把一切都发泄在这些警察身上，将焦虑和无力感发泄在他们身上。

彼得跌坐在里欧隔壁的一个房间里。儿子抬头挺胸、咄咄逼人；老爸则跌坐在一旁，垂头丧气、毫无生气。他最近一次对里欧大吼大叫是什么时候的事情？好几年前？彼得的老爸总是会动手打人，毛皮酒吧的拉蒙娜曾经对彼得说："父亲们的暴力习惯跟酗酒是息息相关的。儿子们要么酒喝得更凶、打人打得更狠，要么就是滴酒不沾、完全不打人。"有一次，彼得也努力用类似的话向里欧说明："里欧，我并不相信暴力。只要我一打翻牛奶，我老爸就揍我。但这并没有教会我如何不把牛奶弄翻，而只是让我对牛奶感到害怕。"他不确定里欧是否理解。他不知道自己究竟还能说些什么。今天晚上，他骂儿子骂得非常难听，但是里欧看起来毫不在乎。他承受着父母的臭骂，双眼眨都不眨一下；警方向他问话时，父亲则嗤之以鼻。他打着寒战，仿佛窗户是敞开的。他知道，他就是在那里、在那个时候，失去了自己十二岁的儿子。

里欧是因为爸爸热爱冰球才打冰球的，他对运动从来不感兴趣，但因为喜欢凝聚感与归属感，才加入一个球队。现在，彼得发现他在一个可怕的地方也找到了同一种归属感。警方问里欧，森林里大乱斗时到底发生了什么事。他回答道："我不知道你们在说什么。"警方问他，他的钥匙圈和一只鞋子怎么会遗落在现场。小男孩说："我爬到树上去了，可能是这样弄掉的吧。"警方问他，他是否看到任何来自"那群人"的成员参与了斗殴。"哪群人？"小男孩问道。警员让他看了看提姆·雷诺斯的照片。里欧说："我不知道这是谁。他叫什么名字？你再说一遍？"

彼得很清楚，他已经失去了自己的儿子。彼得害怕牛奶，而里欧已经什么都不怕了。

* * *

班杰从毛皮酒吧的后门出来，准备倒垃圾，就是他出手抓住了安娜。当他扶起她和她父亲时，她哭了起来。她同时在所有方面陷入了崩溃。

班杰拥抱她，她一头钻进他的怀里，他轻轻地拍了拍她的头发。

她没有说出她已经非常习惯抱着爸爸，而班杰则没说他从来没机会抱抱自己的爸爸。

"为什么大家都喝这么多酒？"安娜啜泣着。

"因为这样很安静啊。"班杰实话实说。

"什么安静？"

"这样就够安静，不会再去想一堆让你想个没完的糟糕事情。"

安娜缓缓放开班杰，把手搭在父亲的头发上，他的脑袋因鼾声而不住地跳动。她的声音非常低沉，宛如歌声一般："喝醉了酒还要感受到一堆事情，想必很悲惨吧。"

班杰将那名身材魁梧的猎人从地上拉起来，将他一条手臂搭在自己的颈边。

"我想，这总比什么都没有要好吧……"

然后，他就将安娜的父亲半拖半抱着送回家。她走在他的身边，直到最后才鼓足勇气，问道："你恨玛雅吗？"

"不恨。"班杰回答。

他可没装傻，他完全理解这个问题，安娜就是爱他这一点。她澄清道："我指的可不是你因为她被强奸而痛恨她。我是说……你痛恨她的存在吗？要是她那天晚上没有到那里去……那你就还能保住一切，你最要好的朋友、你的球队，还有……你的人生就是完美的。你会拥有一切。而现在……"

班杰的声音既不和蔼，也没含敌意："如果我真得痛恨某个人，我会痛恨凯文。"

"那你恨他吗？"

"不恨。"

"那你恨谁？"安娜问道，不过她其实已经知道答案。

班杰痛恨的，是自己。安娜也是如此。因为他们本来应该出现在事发现场的。他们本该阻止这件事情。他们的朋友本来都不应该落到这步田地。落到这步田地的，本该是班杰和安娜。因为他们这种人，都没好下场。

正是因为如此，我们其实很难责怪安娜。所有人都曾经在某个时刻渴望被某人的手爱抚。

他们到了她家，班杰把她的父亲放到床上，帮她把厨房里的酒瓶收拾干净。这时候，你根本无法对一个十六岁的女孩生气，因为你的情感已经太过众多、复杂，大脑来不及一一分类、处理。

班杰迅速地拍了拍她的肩膀，用几乎听不见的声音说："我们可不能像我们的爸爸一样。"

他朝门口走去，安娜紧追在后，抓住他的胳臂，紧紧拥抱他。她的舌头触碰到他的双唇，她握住他的手，引导它摸进自己的衬衫。事后，她不知道她最痛恨他的究竟是哪一点，到底是因为他不想要她，还是因为他拒绝她时那种委婉的神态。

班杰并没有把她推开，他的力气足够把一名成年男子从厨房的一端摔到另外一端。他只是从她的拥抱里抽开身，几乎没有触碰到她。他的眼神中没有怒意，反而透着怜惜。天晓得，事后她竟然会为了这一点恨他恨到无以名状。他甚至不让她感到自己被拒绝，而只是让她觉得：她真是可怜。

"对不起。可是你不想……这并不是你想要的，安娜……"班杰耳语道。

他转身离开，轻巧无声地关上大门。安娜坐在地板上，全身颤抖、哭泣不止。她打电话给玛雅。直到手机响了第十声，玛雅才接起电话："安娜——？你下地狱去吧，你那瓶该死的酒我已经喝光了！我只是要让你知道！你没有来！你说，你会到小岛上来！但是你没有来！"

当安娜听出玛雅已经喝醉的时候，她彻底失去控制。她挂断电话，夺门而出。

要为了随后发生的事情责备她，是非常困难，却也极为简单的一件事。

*　　*　　*

政治是很难懂的。也许没人能将它完全弄懂。我们很少能够理解，为什么社会上的官僚体系总是以某一种方式运作。原因就在于，当你可以轻易地将一切归罪于无能时，要想证明贪腐也就变成不可能的任务。有人打电话到警察局，一名警察和一名来自政府机关的女子进入另一个房间。蜜拉气急败坏，咄咄逼人。但是，那名警察回来时却告诉她，里欧可以回家了，"考虑到他的年龄尚小"。蜜拉尖声大叫，这不就是她吼了一个多小时的内容吗。但她意识到，这正是他们所希望看到的。他们将会假装是她这位大律师说服了他们。不过，她知道这并非实情。打来那个电话的人似乎大有来头。

当蜜拉他们三个人走出警局时，彼得见到一辆熟悉的车子。他让蜜拉和里欧先离开。蜜拉完全知道他的意图，不过最终选择装傻。彼得一直等到他们走出自己的视线，才走向那辆黑色轿车。他敲了敲车窗，坐在车内、身穿黑色西装的男子打开了车门。

"嗨，彼得！在这里遇到你，真是巧啊！"理查德·提奥说道。

彼得对居然有人能够如此自然地说谎，感到不可思议。

"我儿子因为暴民斗殴事件被警方传讯，不过他们的问题突然就问完了。不过，你对此应该是一无所知吧？"彼得劈头就问。

作为家长，无论他此刻是感到愤怒、不安还是懊恼，都无法隐藏。理查德·提奥一声不吭，暗中蔑视他。

"当然不知道啦。"他友善地说。

"不过容我一猜，你应该有很多朋友吧？"彼得狂怒地问道。

理查德·提奥用西装的袖口擦干彼得所喷出的口水。

"彼得，你也有朋友啊。介绍工厂新任老板的记者会即将举行，你很快就会收到通知，获知时间和地点。政治人物、地方上的业界领袖及整个区的其他有头有脸的人物，都会到场。身为你的朋友，我真的希望你能够参加。"

"所以，我要在那里跟'那群人'保持距离？"

理查德·提奥装出一脸惊恐："彼得，你是要和暴力划清界限。你儿子似乎已经被拖进这种暴力圈了！"

彼得感到一阵窒息："你为什么这么刻意要跟'那群人'划清界限？"

提奥回答："因为他们用暴力进行统御。这是民主体制所不能容忍的。所有通过打架手段获得权势的人，我们必须予以对抗。关于权力，彼得，有件事情你最好搞清楚：获得权力的人都不会自愿交还权力。"

彼得问话时的语气，连他自己都厌恶得不得了："那我从中可以赢到什么？"

"你啊？你可以重新夺回对球会的控制权。你可以自由决定如何运用赞助商的金钱。他们甚至能让你亲手推举一名理事会成员！"

"一名理事会成员？"

"你想推举谁，就可以推举谁。"

彼得的目光在两个鞋尖之间来回晃动着。但最后，他还是低声说："好的。"

很快，他将出席这场新闻记者会，把该说的全部说完。没有回头路。现在，他和"那群人"算是彻底杠上了。理查德·提奥驾车离开时，完全没有罪恶感，只有实用主义者的精明：像提姆·雷诺斯这样的人，可以左右群众投票表决的意向。理查德·提奥必须给他某种回报。提姆唯一在意的，就是他的冰球馆看台站位区。除非站位区先从提姆手中被夺走，否则提奥并没有机会把站位区"还给他"。

*　　*　　*

安娜夺门而出，并不是想伤害任何人，她只是无法再待在室内而已。她的本意甚至不是要在森林里跟踪班杰，她只是刚好看到他的白色毛衣出现在前方远处的树丛间而已。他的步伐相当缓慢，双脚的动作仿佛和全身其他部位不协调。安娜非常擅长追踪动物，这完全属于她的本能。所以，她就跟在他的后方。也许她只是想知道班杰的去处，想瞧瞧他是不是要去跟别的女生约会。她还心想：要是她看到他和一个比她漂亮十倍的女生在一起，她也许会比较能接受这个事实。深夜迅速来临，但她跟住他香烟的线索，就是那股他所到之处必定会留下的烟味。

当他走到熊镇和赫德镇的半路上，就拐了一个弯，走上一条通往露营区的砾石路。他在其中一间小木屋前方停下脚步，敲敲门。安娜认得那名前来应门的男子，他是学校的老师。事后，对看见班杰纵身投入那名老师怀中、热吻他时的感觉和想法，安娜居然毫无印象。

现在，要责怪安娜的所作所为确实是很简单的事情。她觉得心痛，但是又有谁的心里不痛呢？她从未感到如此孤单，而孤单会让任何人做出不明智的决定，只是这种倾向在十六岁少女身上也许特别明显。她抓起手机对班杰和那名老师拍照，然后将照片传到网上。

接着，狗屎就砸中了电风扇。

31. 黑暗

"砰！"

我们总是把秘密当成个人的资产。"我的"秘密。只要它们超出大家认知的范围，它们就只能是私人资产。我们不能"几乎"失去它们。我们只能完全保守秘密，或是全面弃守。一旦它们被放出来，它们就只能是泥石流、岩浆、怒涛。它可能只是无心之语、一个浮光掠影的想法，或是某个心里有伤、淌血不止的人上传到网站的几张照片，但随后石块、雪球就疯狂滚下，水流一发不可收拾。当我们知道是怎么一回事时，一切已经太迟了。那时，一切已经无法弥补。那就像捕捉七月的空气，试图用拱起的手掌心握住它。现在，本来不应该被任何人知道的事情，已经尽人皆知。

班杰被惊醒。

"砰！"

撞击声仅此一声，但力道非常猛，让整栋露营区小屋都颤动不已。随后，一切陷入沉默。那名教师睡眼惺忪地在床上翻了个身，但班杰早已冲出卧室，往前奔向门口。他并不知道为什么，然而他仍然记得，当时的他心中已经充满恐惧。当他来到这里，当他们在台阶上接吻的时候，他就知道这真是不智之举。

总有一天，他会意识到：这是因为，他恋爱了。所以，他才没有那么谨慎。他打开小屋的门，向外张望。但是不管躲在暗处的人是谁，他们绝对不可能让他发现。就在他转身打算往回走时，他听出了声音的来源。

"砰！"

那仿佛是一个橡皮圆盘撞击墙壁的声音，或是一颗心碰击胸膛的声音，甚至是一把尖刀砍向一栋露营区度假屋门板的声音。有人已经在一张简单的字条上写下三个简单的字母，最中间的字母是"ö"，那个圆圈被画得像是望远镜。那把刀就插在上面，直直刺穿那个字母。

"娘炮[1]。"

安娜仿佛发烧一般，在森林里到处乱转着。雪片很快就飞落下来，即使对这个地区来说，今年的降雪不仅早，而且降雪量惊人。一股深秋入冬的风暴正在经过这个区域。你很容易就低估寒冷的力量，而它很快就能置你于死地。它就是一个杀手，用温柔的声音轻轻告诉你：来吧，累了吗？坐下来休息一下吧。它会欺骗你，说你已经汗流浃背；它会鼓励你，要你把衣服脱掉。零摄氏度以下的低温与积雪能够产生与沙漠中炙热艳阳一样的幻觉。

对此，安娜非常了解。因为与镇区环境相比，她始终觉得森林里更舒适、自在。玛雅总是逗她，说她简直是一只松鼠，而不是一个人。当

1　男同性恋者的瑞典语单词为 bög。

安娜在树丛间游走时，她就离开了现实生活，时间的脚步戛然而止。在这里所发生的事情永远不会影响到室内的天地。这就是她的想象。所以，直到回到家里，她才察觉到自己的所作所为已经酿成大风暴。她回到自己家门外时，几乎被巨大的恐惧感击倒。她感到胸口极度疼痛，无法呼吸。我们很容易觉得，我们上传到网上的东西不过就像是在客厅里提高音量。其实，这种行为就像是把屋顶掀翻。我们的异想世界总是会对他人的现实生活构成影响。

安娜掏出手机，删掉了班杰和那名教师的照片，但是一切为时已晚。她已经彻底传播了他们的秘密，就像海上的风暴，已经无法弥补。

*　　*　　*

我们直接的反应从来就不是我们最骄傲的时刻。我们常说，一个人最初的念头是最诚实的，但这并不是实情。通常，一个人最初的念头就是最愚蠢的念头。不然，怎么会有"事后诸葛亮"这种说法呢？

大清早，彼得就猛敲着毛皮酒吧的门。拉蒙娜拉开楼上公寓房的一扇窗户，身上还穿着晨衣，愤怒不已。

"小鬼，你是想把酒吧烧了是吧！大清早的，吵什么吵啊！"

但是她还是心软了，因为彼得曾经就是个小男孩，他毕竟也年轻过。她曾经多次打电话给他，要他来酒吧把喝得酩酊大醉的老爸拖回家。往后，彼得也始终没有饮酒的习惯。他这一辈子始终在努力修补一切关系，让所有人都满意，隐藏他人的错误，负起责任。

现在，他承认道："拉蒙娜，这里很快就会召开一场记者会，就是那个大家一直在说的记者会。熊镇冰球协会那名'神秘赞助商'——工厂的新老板——一个外地人也会来。我会出席这场记者会，向记者们保证：我会拆掉冰球馆看台的站位区，并且……除掉那些滋事分子。"

对于这一消息，拉蒙娜内心或许感到震惊，但不管怎样，她都没有表现出来。她点燃一根烟，说道："这关我什么事啊？"

彼得清了清嗓子，说："他们会让我推举一个人进入理事会。我想推举谁就可以推举谁。"

"我非常确定，'尾巴'是非常优秀的人选。"拉蒙娜哼了一声。

"'尾巴'认为，你更合适。我也这么觉得。"彼得说。

拉蒙娜惊讶万分，一股烟从她一个鼻孔里喷了出来。

"小鬼，你是撞坏脑袋了吗？你知道，我……在你准备这样处理提姆和他的那群小朋友以后？他们可都是我的儿子！看台站位区是……天杀的，这可是他们的球会啊！"

即使彼得的声音听起来像是一条即将倾覆的大船，但他仍然挺直背脊。

"我为了球会的最佳利益尽力而为。但是我听某个人说过，'没有人会自愿放弃权力'。所以，如果我必须让人们觉得此举真的大公无私，我就得任命一个意见与我不合的人进入理事会。一个敢于对抗我的人。"

拉蒙娜静静地抽着烟："要是我们两个为了自己的信念与彼此斗争，其中一个人最后绝对会丢掉工作的。"

彼得点点头说："但是，如果我们都为了球会的最佳利益而战，球会将因此得胜。"

拉蒙娜裹紧晨衣，沉思良久。然后，她蹙了蹙眉："你想吃早餐吗？"

"哪种早餐？"彼得问道。

拉蒙娜咕哝着："我肯定还有咖啡，不然你们这些禁欲者还能喝什么呢？"

最后，拉蒙娜同意加入熊镇冰球协会的理事会，但是在彻底讨论完这件事情以前，他们就被打断了。一开始是彼得的手机响起来。"尾巴"在手机的另一端问道："你听说班杰的事情没有？"拉蒙娜就是借此得知这件事的。她和彼得终其一生都会为自己针对这件事最初的反应感到可耻不已。两人在第一时间不约而同地想着："拜托，别再闹了！"

我们最直接的反应，往往也是最愚蠢的反应。

＊　　＊　　＊

关于人类的真相就像一把火，既残忍又极具毁灭性。关于班杰的真相就像一把火，烧遍了赫德镇与熊镇，那些对他心怀嫉妒或痛恨他的人，现在真是大喜过望。他们每个人都竭尽全力在同一个位置捅他刀子。

很少人有胆直接和班杰对抗、打嘴仗，所以他们必须采取人们惯用的策略——在背后谈论他，而不是和他讲话。他们必须把他去人性化，把他变成一个物体。要想达到这个目的，有无数种方法，但是我们最常用的方法，也是最简单的方法，就是剥夺他的名字。

所以，当"真相"传开时，没有人会在手机和电脑上写"班杰明"或"班杰"。他们会写"那个冰球员"，或"那个学生"，甚至"那个年轻人"或"那个死娘炮"。

事后有些人会说，他们并不痛恨同性恋者，他们只恨班杰。许多人将会宣称："我们只是觉得非常惊讶，怎么会是……他。"有人将会建议："如果我们得知……一些征兆的话……也许我们能够处理得比较好。"

有些人将会提出深刻的文化层面的分析，指出在体育界，尤其是冰球界，男性偶像的象征太过强烈，致使这种事情在这些领域爆发时，更加使人震惊不已。其他人则会说，这些反应完全不像"媒体"所渲染的那么严重。一切都只是"渲染"。

也许，某个声音会说："我们又不排斥他们。"另一个人会补上一句："我们只是不希望整个小镇都变得……像他们一样。"有些人会说："也许他最好还是搬家吧，这样对他最好，他在这里反正也没有什么归属感嘛。他去大城市会比较好吧。这是为了他好。这可不是因为我排斥他们。完全不是这样。不过嘛……嗯，你知道的。"

网上的某些玩笑肯定只是玩笑，他们就会用这种理由为自己辩解。"我早就知道了，我妈在我小学低年级开派对的时候做了伊顿混乱蛋糕[1]，而班杰总是只吃香蕉！"其他人则只是不怀好意地问着："真不知道在所有人都回家以后，他和凯文在更衣室里干什么。"

当其他信息不断涌入时，一切只是在火上浇油。用预付卡手机发来的文字短信，还有网上的匿名评论，铺天盖地。"该死的娘炮。""恶烂的臭小子！""真是恶心！你一定有病！""我们早就知道了！""死娘炮，全给我滚出熊镇！""我们一定会找到你，把你的文身刮掉！我们的熊可不是娘炮的标记！""强奸犯和死娘炮，全滚出熊镇！""你跟凯文一样，有病！""你一定也是该死的恋童癖！祝你早日得艾滋病！""去死吧！""你要是还想活命，就滚出这里！""下次刀子就是插在你身上，而不是门板上！"

* * *

---

1 Eton mess，一种用草莓、鲜奶油和蛋白脆饼制成的传统英式糕点，亦见于北欧各国。

玛雅待在家里，坐在电脑前。她读着那些人对班杰的评论，这让她想起他们对她做过的事。一切只是从头开始，再来一次，毫无变化可言。玛雅的父亲过去常听一张旧唱片，一个老头歌唱着，表示一切都有缺口，而光线就是从这些缺口里渗透进来。玛雅一而再，再而三地看着班杰和那名教师的照片，不过她目光的焦点并不是那名教师和班杰。她在今年夏天与安娜一同登上小岛时，用安娜的手机播放过音乐，那是一段吉他演奏，夹杂着悲伤的歌声。安娜尖声大叫："不要在我的小岛上播这些嗑药的人才听的音乐！"玛雅则咯咯笑着，不让安娜碰到手机，尖叫："不要在森林里播这些电子音乐，这是污染环境！"安娜试图一把抢回手机，玛雅跳开了，但是一个踉跄，失手把电话落在一块石头上。相机的镜头裂开了。裂痕其实并不大，但还是大到足以在安娜往后拍的所有照片最上方一角留下一道小小的斜线。

玛雅本以为安娜会怒不可遏，但安娜只是哈哈一笑，说道："你这蠢驴，现在我每次拍照都会看到这条裂缝。所以，以后我的每张照片都有你的份哟！"

玛雅就是因为这一点才这么喜爱安娜。但现在，她独自坐在电脑前，一而再，再而三地看着班杰和那名教师的照片，她唯一能看到的就是那条位于照片最上方一角的斜线。每张照片上都有那条斜线。

那是一条非常小、肉眼几乎看不见的细纹。黑暗，正是从那里涌现的。

* * *

很久以后，我们都无法确切证明哪些人说过哪些话，或是公布在网上的不同照片究竟是从哪里来的。但是，所有人都看到了班杰亲吻那名教师的照片。许多人不在意，但他们是沉默的。所以，只有那些大吵大嚷的人的声音才会被他人听见。而他们就是会用这种理由为自己辩解：嘿，我们就只是关心啊，关心这个小镇、关心这支冰球队、关心班杰本人的情况。他们非常关心学校，更关心孩子们。

一群家长打电话给校长，要求召开一次会议。玛格·利特，也就是威廉·利特的妈妈，更是当仁不让。她是学校家长委员会的成员，她只是善尽自己的"职责"而已，她更在那场会议上明确指出，她可是"对事不对人"的。"我们只是一群不安的爸爸妈妈，我们对任何人都心存善意。"但是，她强硬地表示："必须解雇这名教师。这倒不是因为他……特立独行，当然不是因为这个！我们总不能放任他和学生乱来吧！在这一切风风雨雨之后，我们总不能放任这种事发生吧！不管他跟哪个学生乱来，这并不是重点。毕竟，我们不是强调对所有学生要一视同仁吗？"

当这些论点对我们有利时，它们就能水到渠成、顺利地整合在一起。

"当我们不知道这个老师有什么……意图的时候，我们怎么能够放心地让他来教导我们的孩子呢？"一名家长问道。

当校长问这名家长"意图"是什么意思的时候，玛格·利特咆哮道："你明明就知道我们在讲什么！"

"那这个又是什么？"另一名家长大叫着，把一张字条扔到了校长的办公桌上。

"它是贴在走廊的布告栏里的！这个名叫珍妮的老师居然想教学生们打架！"玛格·利特添油加醋道。

"那是……防身术……她是想教学生锻炼……"校长尝试辩解，但冷不防就被打断："暴力！锻炼暴力！一个老师和学生性交，另一个老师想和学生打架！学校办成这样，你到底在搞什么啊？！"

玛格·利特说："我要找我们的公职人员！"

她说到做到。第一个给予回应的，正是理查德·提奥。

*　　*　　*

玛雅猛敲着安娜家的门，小狗们的吠叫声凄厉而猛烈，仿佛她正准备把房屋的正面一把拆掉。安娜前来应门，她脸色惨白、了无生机，她恨透了自己，已经崩溃了。但此时的玛雅已经抑制不住怒火，大声吼道："照片是你拍的！这种事情，你怎么做得出来？"

安娜喘着气，歇斯底里。她蹲坐着、抽噎着，简直无法言语："不……我吻了他，玛雅！我吻了他！他本来大可以说，他是……他本来可以直接告诉我……我本来以为他喜欢另外一个女生，可是他……我吻了他！我……如果他当初告诉我，他是……"

玛雅不让她把话讲完，她只是摇摇头，在自己与最要好的朋友之间的地上吐了一口口水。从那之后，她就不再是她最要好的朋友了。

"安娜，你和这个小镇里的其他人完全一样。一旦你得不到你想要的，你就自以为有权利伤害别人。"

安娜凄厉地哭着，哭到站不起来。她哭倒在门槛上。玛雅则已经离开，根本无意安慰她。

*　　*　　*

也许事情正如大家说的一样，这也许真的是"对事不对人"。对某些觉得长期受到压迫、喘不过气的人来说，也许这就是压垮骆驼的最后一根稻草。就业机会正在消失，政客们招摇撞骗，医院即将被裁撤，工厂换了新老板。新闻记者们充满了偏见，只在出了坏事情的时候才会跳出来煽风点火，他们只会给这个城镇抹黑，报道说这个城镇的居民感觉自己受到了侮辱。这一带的某些居民也许只是觉得政治意味突然变得非常浓厚。这些辛勤工作的人处境已经相当艰难，现在突然又有一堆改变要强行加诸他们的身上。这甚至可能与班杰、那名教师、伊丽莎白·扎克尔或其他任何人都无关。在网上撰写评论的人，也许只是"一小撮老鼠屎"。也许真的没有人愿意伤害别人，所谓"在激烈的冲突中，大家都可能过度反应"。也许我们会解释，这是因为"同时发生太多事情，问题太复杂，而人们总是会有情绪的"。

我们总是会为加害者的情感辩护，仿佛他们才需要我们耐心对待。

关于学校的一名教师"长期以来与某个学生有师生恋""现在正停职等候调查"的新闻，很快就传到了地方上的报社。一开始，读者的评论还相对谨慎，但是下列问题很快就出现了："你们以为这一切只是偶然？先是教练，接着又来一名教师？"这时还没人写出"女人"或"同性恋者"。大家都说"这样的人"或"这种类型的人"。有人写"我们还不能抗议，要是抗议，我们就会被打成坏分子！可是，为了孩子们的未来，我们总得有所行动吧？我们到底住在一个什么样的小镇啊？难道什么事情都要让我们当小白鼠吗？"

绝大多数人甚至没有提到班杰。这样还比较容易。但是，一张照片被公布了。一开始，它从某个不明网站的匿名账号被发布出来，大家都不知道是哪个网站。照片一旦流传开来，那个匿名账号就被删除了。没有人会问照片是从哪里来的。流言四起，消息来源已经不重要了。唯一重要的是，这张照片代表了什么。

那是一顶冰球头盔，看起来是在一间更衣室里的长凳上拍的。头盔侧面则是熊镇冰球协会的标识——一头大熊。大熊的旁边被画了一道彩虹。有人以匿名方式发表评论："我觉得这很好看呀！我对冰球甚至说不上喜欢，可是我觉得我们应该把握机会，让整个球会展现一点象征意义，表达我们的支持嘛！让冰球成为一种政治宣言嘛！"

随后，这张照片就在熊镇以外的地区传开了，某座大城市的一家报社将它刊登在网站上，配了这样的标题："同性恋冰球员出柜：球会温情相挺！"

当评论蜂拥而至时，理查德·提奥早已盖上了自己的电脑。他已经将最后几只苍蝇放出窗外，并重新关上窗户。现在户外已经相当寒冷，它们很快就会被冻死的。但是，至少它们已经度过了美好的夏天，达到了目的。

当理查德离开办公室时，已经有人在网上写道："熊镇绝对不会成为什么该死的彩虹城，熊镇冰球队绝对不会成为天杀的彩虹队！'那群人'永远不会让这种事情发生的！"

当事实证明那张照片是用一个简单的软件剪贴拼合出来的时候，全国各地的新闻记者开始打电话给熊镇冰球协会的体育总监，问道："你们怎么不表态支持那名有同性恋倾向的球员呢？你们怎么会想着和画着彩虹的头盔撇清关系呢？"

彼得·安德森试图解释，却根本不知道自己到底想说什么。一切都发生得太快了。到最后，他已经不敢再接听电话了。

然而，当那家地方报社的新闻记者打电话给理查德·提奥，问他对熊镇冰球协会周边的所有"风风雨雨"作何感想时，理查德·提奥当然能给出最简单的答案："我觉得，你们不应该把冰球和政治搞在一起。让小伙子们放手打球吧。"

在接下来的这几天，人们将会越来越常听到这句话。"让小伙子们放手打球吧！"只不过，这句话对每个人的含意当然会有所不同。

＊　　＊　　＊

玛雅回到家里。现在，她在家里最常听见的声音已经转变为电脑鼠标和键盘温和的敲击声。里欧一如往常地坐在自己的房间里，双眼贴近电脑，仿佛全世界已经消失了似的。对于这种逃避现实的方式，玛雅真是嫉妒不已。

"你在干吗？"她问道。

"打游戏。"他回答道。

她在门口站了几秒钟，开口想问点什么，却始终未能启齿。然后，她掩上门，朝厨房走去。他也许从她的脚步声中听出情况不太对劲，也许弟弟们总有捕捉他人所无法察觉的细节的能力。所以，尽管他仍目不转睛地盯着电脑，但邀请她道："你要一起玩吗？"

32. 然后他就提着猎枪，走进了森林

要是你只是看台上的观众，冰球是世界上最简单的运动。当我们知道场上球员的行动行不通的时候，要指指点点、说明他们本来应该怎么做，的确是很容易。

彼得走进冰球馆，对周遭的一切视而不见、听而不闻。手机继续响

个没完，他完全不理会。他打电话给班杰，班杰也没有接听。彼得打开自己的电子信箱，他的信箱早已被一堆邮件挤爆了。

彼得趋身向前，偏头疼使他感到眼前发黑，无法呼吸。有那么几分钟的工夫，他很怕自己会中风。在玛雅向警方举报凯文劣行以后，那些蜂拥而至、恶心无比的电子邮件和文字短信，他可是记忆犹新。现在，一切再来一次，重演一次。

大多数人并没有直接骂出口，他们使用"纷扰"和"政治"这类字眼。"对抗赫德镇的比赛即将到来，彼得！我们不希望球会遭受这种纷扰，还有搞政治！"当然啦，大家都是心存善念，用心良苦。大家可没有排挤班杰的意思。"可是，为了这孩子着想……是不是该让他休息一下，这样可能比较好？你知道这很敏感……有些人就是……不是我们，可是就是有些其他人会做出负面反应，彼得！我们可都只是为了这孩子好！"当然啦。"让小伙子们放手打球吧！"许多人一再重申。

只不过，他们说的并不是每个小伙子。

不过，其中有封电子邮件可谓独树一帜。这是男童冰球队其中一名球员家长写的，还附了一张照片，拍摄地点就在甲级联赛代表队的更衣室，不过班杰不在照片里。照片上的人物是伊丽莎白·扎克尔，她似乎站立着、趋身向前，在打量着波博的……生殖器官。这件事情发生时，本来可能只是个没有恶意的玩笑，但是某个甲级联赛代表队的球员把这一幕给拍了下来。没有人知道这张照片是怎么传出去的，但是另外一封附有同一张照片的电子邮件就传了过来，寄件人是另一位家长。接着又是一封。"先是老师和学生性交，然后是另一个老师教学生打架，现在还来这招？！"

在这之后的电子邮件大致上依循下列的模式：一开始寄来的都是表

示担忧的邮件，然后是饱含仇恨的邮件，接下来的邮件就已经语出威胁了，最后来了一封匿名的邮件，上面写着："要是这个臭婊子和这个死娘炮在熊镇冰球协会再练一次球，你们就死定了！！！"

从看台上看冰球，真是简单得不得了；要做事后诸葛亮，简直易如反掌。要不是彼得的女儿今年春天被抹黑、被批斗成整个冰球协会不共戴天的仇人，现在他的反应或许会比较好些，也许会比较差一点。但现在，他的思绪朝四面八方飞散而去。所以，他最后就把扎克尔和波博的照片打印下来，在冰球场上找到教练，大声吼道："扎克尔！该死的……到底……是怎么回事？"

扎克尔独自站着，射击着橡皮圆盘。她沉静地走向边线的角落区，瞧了瞧那张图片。

"这个是我。那是波博。至于那个，一点看头都没有。"

"可是，你……这……这是怎么……"

扎克尔用冰球杆敲了敲冰面。

"你也知道这是怎么一回事。冰球队球员都会测试一下新教练的底线。这是我和他们之间的事情。"

彼得双手抱头，仿佛自己的脑袋刚炸裂，而他已经用手将它重新粘上，现在正在等黏胶风干。

"行行好，扎克尔……这已经不只是你们之间的事情了。有人把照片传到了网上！整个小镇都在……"

扎克尔不为所动地把玩着冰球杆上的胶布。

"我是冰球队教练，不是镇长。这个小镇的问题就是这个小镇的问题。我们只负责在里面打球。"

彼得呻吟道："扎克尔，社会不是这样运作的。人们会把这种事情解读成……他们不习惯……先是班杰的事情，然后又扯上你和……这个……"

"这根阴茎？"扎克尔善意地提醒他。

彼得恶狠狠地瞪着她："我们已经遭到了威胁！今天的训练必须中止！"

扎克尔对此似乎听而不闻，反问道："维达的事情怎么样了？我的新守门员呢？你有没有考虑让他上场啊？"

"你听到我刚才说的话没有？我们遭到了威胁！不要再管维达了！我们必须暂停训练！"

扎克尔耸耸肩："我听到了，我可没聋。"

她又滑回冰面上，仿佛他的话已经说完。然后，她继续沉静地射击着橡皮圆盘。彼得狂暴地冲进办公室，打电话给甲级联赛代表队的球员们。除了班杰以外，所有人都接了电话。彼得说明了电子邮件中的威胁。所有球员都能理解。但是，他们可是全员出动，没有人待在家里。

训练开始时，全队在冰面上站成一排，面对着扎克尔。她用冰球杆敲了敲冰面，说道："你们有没有听说，球会受到了威胁？"

他们点点头。她进一步强调："要是由我来带你们练球，而班杰明和我们一起练球，我们显然就'死定了'。所以，如果你们今天不想练球，我也不勉强你们。"

没有人逃走。这支球队已经听闻了太多的坏话，但是他们可不害怕。

扎克尔点点头："很好。我知道……各位的情感可能相当强烈。不过，我们就是一支冰球队。我们只负责打球。"

那群老球员等着她兴师问罪，责问是谁将那张她和波博的"合照"放到网上的。但是，她对此只字不提。也许这种举动赢得了他们的尊敬，其中一个老队员最后喊道："我们来这里，就是要喝啤酒的！"

全队哄堂大笑起来。就连波博看起来都没那么难为情了。

*　　*　　*

那只是文字，怎么可能会伤人呢？

班杰站在爱德莉的犬舍里，小狗们在他脚边的雪堆里玩耍着。小狗们可都不在乎他。他希望，要是也没人在乎他就好了。他并不想改变世界，没有人需要特别因为他做出调整，他就只是想打球而已。他希望的是：当他走进更衣室时，队友们不会顿时沉默下来，不再敢开某些玩笑。他只是希望一切照常运作：球会、冰球场、一枚橡皮圆盘、两个球门、奋战到底的斗志。我们将竭尽全力来对抗你们。但是，现在一切都玩完了。班杰已经不再是他们的一分子了。

有时，他也许会用言语来形容这种与众不同的感受。它竟是如此具体。隔阂就是一种逐渐侵蚀你骨髓的疲倦感。其他所有正常、大多数、和别人一模一样的人就是不能理解这一点。他们又怎能理解呢？

班杰听过所有的争论，听过看台上、驶往比赛场地的汽车上坐在他身旁的男子们说："冰球容不下同性恋者。"他们大开玩笑，开着稀松平常的玩笑："把气球给孩子们，把死娘炮送去喂狮子！"但影响班杰最深的还不是这一点。当"娘炮"变成一种价值观时，语法上那些不经意的描述就非常伤人了。"你们打球打得跟娘炮一样！""死娘炮裁判！""这台娘炮咖啡机，怎么动不了啦？"这是用来形容软弱无力、愚蠢与无用的字眼。它们是用来形容错误的事物的。

当然，也有些大人从来不说这个字，他们当中某些人会使用其他的措辞。他们并没有多想，但这些对话的残余片段多年来始终保存在班杰的心里。"你知道的，他们这些人不是真心来打冰球的。这怎么可能行得通呢？想想看，更衣室，还有其他问题。要不然，我们干脆设计三间更衣室吧，嗯？"会说这种话的可都是寻常的家长，他们为了孩子的冰球队付出了一切，本性非常友善、慷慨。他们并没有把票投给极端政党，不希望取人性命，做梦也想不到自己会使用暴力。他们只会说一些早已成为既定事实的话："感觉上这些家伙不是真心喜欢冰球，他们想必是喜欢别的玩意儿，你得想想看！冰球是很强硬的运动！"有时候，他们不加修饰、直接脱口而出："冰球是男人的运动！"他们嘴上说的是"男人"，但班杰打从年纪还小、安静地坐在一旁聆听时就意识到，他们实际上指的是"真正的男人"。

那只是言语。那只是一些字眼。只是一个人。

今天班杰没有随队练球，因为他知道自己再也不是他们的一分子了。他不知道自己应该成为什么人。他也不知道，自己想不想这样做。

*　　*　　*

球队开始训练时，苏恩坐在看台上。彼得一屁股跌坐在他的身边。

"关于球会被威胁的事情，你报警没有？"苏恩问道。

"他们不知道这到底是不是玩真的。也许是某个小鬼写的。"

"别担心啦。"

"我不知道该怎么办才好……"彼得无力地承认。

苏恩可不是来安慰他的，他可从来没有安慰过彼得。他只在乎责任。

"彼得，你是不知道自己该做什么，还是应该要做什么？"

彼得叹了一口气："你知道我的意思。这种情况，真是天杀的太难处理……扎克尔，还有球会……"

苏恩对着冰球场点点头："他们是自己选择到这里来的。让小伙子们放手打球吧。"

"那班杰呢？我应该怎么帮助他才好？"

苏恩一边将 T 恤衫腹部处的皱褶理平，一边说："你不必觉得是他需要帮助。需要帮助的，是其他所有人。"

彼得急忙插嘴，仿佛觉得自己受了屈辱："你别到处说，我有偏见……"

苏恩哼了一声："彼得，为什么你直到现在还没有从这种体育项目里抽身？"

彼得吸了一口气说："我不知道该怎样抽身。"

苏恩点点头："我想，我之所以仍然窝在冰球场上，就是因为冰球场是据我所知唯一能实现人人平等的地方。在冰上，只要你能打球，你是谁根本不重要。"

"冰面也许能做到人人平等，但这个体育项目可做不到。"彼得提出异议。

"的确做不到。而这是我们的错。是你的错、我的错，也是其他人的错。"

彼得两手一摊说："不然我们该怎么办？"

苏恩扬了扬眉毛："我们要确保的是，下次再有年轻人说出自己异于他人时，我们的反应就只是耸耸肩。我们可以说：'噢？有那么严重吗？'以后，或许有一天，'同性恋冰球员'和'冰球队女教练'这两个措辞都会消失。往后，只有'冰球员'和'冰球队教练'。"

"社会可没有那么简单。"彼得说。

"社会？我们就是社会！"苏恩回答。

彼得揉搓了一下自己的眼皮："拜托，苏恩……新闻记者已经一连好几个小时打电话给我了……我……见鬼……也许他们是对的？我们也许应该对班杰采取某些象征性的动作？要是我们将头盔上色……这样有帮助吗？"

苏恩猛地靠回椅背："你认为班杰希望这样吗？他选择不告诉别人这件事情。揭穿他的是一群乌合之众。我相当确定，现在一堆新闻记者想要把他变成一个象征，而许多疯子会想把恨意发泄在他身上。这两群人都完全不懂冰球。他们会用各自的意识形态把他打的每一场比赛变成一个战场、一个政治马戏团。而这或许就是他最害怕的一点：他成了球队的负担，所谓的'纷扰'。"

彼得颓丧不已地插嘴："那你认为，班杰希望我们做什么？"

"什么也不做。"

"我们必须做点什么……"

"你真的在乎他的性取向吗？这会改变你对他的看法吗？"

"当然不会！"

苏恩拍了拍彼得的肩膀："彼得，我已经是个糟老头子了。我并不是每一次都知道什么是对的，什么又是错的。不过这么多年来，班杰在冰球场外捅了一大堆娄子，打群架、吸大麻，以及其他的一切。可是，他是个非常好的球员，所以你和其他人每次都说同样的话：'这跟冰球无关。'那么，现在这件事情跟冰球又有什么关系？让这小子过自己的人生吧。不要把他逼成一个象征物。如果我们对他的性取向觉得不自在，那么，天杀的，我得说一句：他不奇怪，奇怪的是我们。"

彼得的脸涨得通红，吞了口口水说："我……我不是说……"

苏恩搔了搔自己快秃的头顶："秘密会使一个人感到沉重，你是否能想象，终其一生背负着这样的真相会是多么痛苦的一件事？冰球就是他的避风港。也许只有在冰球场上，他才能真正感受到自己和其他人一样。不要剥夺他的避风港。"

"那么，我该怎么办？"

"你就像对待其他人一样对待他：完全根据他在冰球方面的才能，决定他在球队里的地位。现在，他在其他地方都会遭到异样的对待。但在我们这里，他不需要承受这个。"

彼得沉默良久，然后开口说道："苏恩，你总是说，我们'不能只是一支冰球队'。不管怎样，现在我们不就有机会做到这一点了吗？"

苏恩沉思了一下。最后，他不无遗憾地低声说道："是这样。不过啊，彼得，我已经是个糟老头了。有一半的时间，我根本就不知道自己在说些什么。"

* * *

班杰不是他的爸爸，他的作风和亚伦·欧维奇不一样。他不会留下礼物，也不会留下任何标识或记号。

他的妈妈和姐姐们打电话给他，她们和其他人一样，在网上读到相同的内容，她们担心他的情况。所以，他对她们说一切都很好。他专精此道。他来到爱德莉的犬舍。今天夜里，一条小狗生病了，她带小狗去见兽医，很晚才回到家，此时仍然在熟睡着。

班杰用力关上大门，声音大到刚好让姐姐从昏睡中醒过来。但她马上就又沉沉睡去。只有在知道弟弟在家时，爱德莉才会真正熟睡，否则会担忧不已、辗转难眠。班杰出去倒垃圾，把自己的床单折好，将它们整齐地放在柜子里。老姐总是对他唠叨，说他的床单总是乱七八糟。随后，他走到户外，拍了拍小狗们。当他悄然无声地溜上楼时，小狗们也睡着了。他非常清楚楼梯的哪几级会嘎吱作响、哪几级不会，他就像一个小男孩，玩起了全世界步调最缓慢的跳房子游戏。

他小心翼翼地将手伸进爱德莉的枕头下方，拿起钥匙。姐姐仍在熟睡，他最后一次亲吻她的前额。然后，他蹑手蹑脚地下楼，摸到枪柜旁边。

然后他就提着猎枪，走进了森林。

* * *

训练结束以后，扎克尔站在停车场上，抽着雪茄烟。彼得走了出来，站到她身旁，问道："你真的想让维达加入球队？"

"是的。"她说，烟从她的鼻孔中喷出。

彼得心不甘情不愿地呻吟道："那么，你就安排一次公开的练习吧。你可以对外发布告示，任何没有合同在身的自由球员都可以来。如果维达够厉害，我们就让他在这里打球。不过，他得像其他人一样，凭自己对冰球的技能为自己争到球队的一席之地！"

彼得开门，准备走回冰球馆，不过扎克尔及时丢下一句："你为什么对这个维达气愤难消啊？他只是在你的办公桌上拉屎，你就这么生气？"

彼得一想到维达留下的那张"名片"，就有呕吐的冲动，他努力抑制住这股冲动。那屎渗进了电脑的键盘，他根本无法将它从键盘里，以及心里抹掉。不过，他摇摇头："维达是靠不住的。一支球队必须能够信任自己的守门员，但是维达不可捉摸。他完全以自我为中心。你不能把个人主义者当成球队的核心。"

"那你为什么改变主意呢？"扎克尔问道。

彼得实在无言以对。所以，他只能据实相告："我希望，我们的球队能够使人心向上。我们也许能让维达变得更好。也许，我们也能让我们自己变得更好。"

雪片在风中摇曳着、颤抖着，彼得对于自己太晚意识到这一点感到非常害怕。班杰也许永远不会回来了。关于班杰明·欧维奇，你大可以说他的坏话，但是，他从来就不是一个个人主义者。

*　　*　　*

人们会说，这件事情只发生在一个人身上。这是谎言。我们将会说"这种事情，不是任何人的错"。但事实上，就是有人有错。我们内心最深处都知道真相。这是许多人的错。这就是我们的错。

33. 没有醒来

班杰在森林里走了许久，比以往任何时候都久。最后，他终于停下了脚步。天空仍下着雪，雪片温和地触碰着他的皮肤，但被他的体温激怒，蜿蜒着、收缩着，一路沿着下臂的毛发滑落。零摄氏度以下的低温使班杰的面孔染上了色彩，他握着枪的手指变得僵硬，从他嘴里喷出的烟雾形成的水汽越来越小、越来越淡薄。最后，他已经不再呼吸。

沉默持续了许久。随后，一声枪响在树林间回荡着。

*　　*　　*

在熊镇，我们将心爱的人埋葬在最美丽、最繁茂的树下。在许多年以前，爱德莉在沉静地散着步穿过熊镇森林时，发现了自己的父亲——亚伦·欧维奇的尸体。但这次，则是一个奔跑着的小孩发现了尸体。

*　　*　　*

波博与亚马坐在更衣室里。他们将会记得，这是他们之间最后一次高声大笑，最后一次快乐对话。随后他们就听说有人死了。他们将会感觉：自己往后再也无法真正地随心所欲、谈笑风生了。

"女生到底觉得什么性感啊？"波博问道。

他说话完全不打草稿，他的大脑仿佛就是一台已经开启、别人忘记盖上盖子的咖啡机，他的想法突然喷出，直接落到滚烫的炉子上，溅得到处都是。

"我怎么会知道？"亚马无奈地微笑。

波博最近才问道："隐形眼镜是否真是用水母制成的？"另外一次，他问道："你知道把自己的钥匙放在桌子上代表什么意思吧？好，如果有人借了我的钥匙且在我不在现场的时候把钥匙放在桌子上，难道我还是会倒大霉吗？！"就在今年春天，他想知道："你怎么知道自己的小鸡鸡好不好看？"前几天在学校里，他问亚马："短裤要多短才算短？"然后，他接着问："你知道，外太空是真空的。要是我在那里哭……眼泪会跑到哪里去呢？"

"我听到学校里几个小妞说，某个演员'下巴很挺、颧骨很高'，觉得他很性感。我该怎么做才能让自己变得性感呢？"

"你的下巴一定很挺，颧骨一定很高。"亚马说。

"你真的这么觉得？"波博的语气满怀希望。

他的脸就像煮得太久、已经烂成一团的土豆糊，但亚马还是非常和善地点点头。

"波博，我非常确定，你很性感。"

"谢谢。"波博说道，心里显然轻松不少，仿佛自己刚从一份"危险名单"上被除名。然后他又问："你曾是某个人最要好的朋友吗？"

亚马呻吟一声道："行行好，波博……对，我当然有过最要好的朋友。"

波博搔了搔自己硕大的脑袋瓜道："不是，我的意思是，你曾经是某个人最要好的朋友吗？我以前有好几个最要好的朋友，但我从来不觉得我曾是某个人最要好的朋友。你懂吗？"

亚马揉了揉眼睛说："你要我老实说吗？对于你在讲些什么东西，我几乎从来不懂……"

波博咧嘴大笑，亚马也笑得开怀。要等到很久很久以后，他们才可能再次笑得这么大声、这么开怀。

* * *

这一带的小孩子总是从大人口里学到这一句话："你在森林里永远不会孤独。"当那头巨兽在十米开外的距离出现时，班杰猛然停下脚步。班杰和它四目相对。他这辈子经常在森林里狩猎，但这么大的一头熊，他可是第一次看到。

班杰逆风而行，大熊并没有闻到他身上散发出的味道。大熊与他的距离太近，近到足以让它感到威胁，班杰根本没机会逃跑。这一带的孩子在年龄还小的时候就学到一件事情："不要跑，不要尖叫，要是熊朝你冲过来，你就缩成球状。记得要装死，用背包保护头部！除非你已经确定自己真的走投无路，否则别动手！"

那把枪在班杰的手里颤抖着，他不应该开枪的。那头巨兽的心脏与肺脏受到肥厚皮肉的防护，只有最厉害的猎人才能对大熊开枪，捡回一条命，之后再描述自己的经历。班杰早该知道这一点的。但他的心脏怦怦直跳，他听见自己的声音从体内深处暴吼而出，然后，他就对空射击。他已经记不清楚了，不过他当时也可能是直接对着那头熊射击。然后，它消失了。它没有按照他预计的行进路线奔来，也没冲进森林，它只是……消失了。班杰站在雪中，森林将枪响的回声尽数吸收，直到万籁俱寂，只闻风声。他不知道自己是否在做梦。他不知道那头熊是真的存在过，还是只是他的想象。他不知道，这是一次真实的与死神擦身而过的恐怖经验，还是一切都只是想象。他走到那头巨兽站立过的位置，但那个位置的雪地上没有任何足迹。然而，他仍然能够感受到它的目光，仿佛他一大早醒来，不用睁开眼睛就知道它曾经躺在自己身边，盯着自己。

班杰急促地呼吸着。本来想要寻死，最后却决定不死，这种感觉简直是无与伦比的。那是对自己的一种主宰力。他魂不附体地回到家，他根本不知道此刻住在他体内的是否还是同一个人。

不过，无论如何，他还是走回家了。

* * *

波博和亚马仍然大笑着。然而，在亚马来得及搞清楚发生什么事情之前，波博的笑声就戛然而止。波博总是听人家说，他是个反应迟钝的大笨蛋，他对他们取笑他的台词简直倒背如流："如果一只长靴大脚趾的地方破了一个洞，就算靴子的脚踝处写着说明，这小子还是没法把水从靴筒里倒出来"；还有"波博笨到不能在雪地上尿出自己的名字"。不过这并不意味着他的大脑无所事事，他妈妈总说他的大脑只是以和其他人不同的方式运行着。

所以，波博其实已经在等待这一刻。自从他母亲将他带进森林，告诉他自己已染上重病且不久于世以后，也许他表面上装得十分困惑，但心里其实已经在为这一刻的来临做着准备。

那个小孩冲过熊镇，直接奔进冰球馆。人们问她要去哪里，她只是狂乱地对他们挥舞着双手。其中一些人认得她，她就是波博的妹妹。也许还有人来得及意识到发生了什么事情，低声说道："噢，不。"

妹妹站在更衣室门口，抽噎着："波博，她没有醒来！爸爸已经去叫车了。不管我怎么叫，妈妈都没有醒来！！！"此时，波博已经做好迎接哀痛的准备。他的泪水滴落在妹妹的头发上，但他主要还是为了她而哭。她的心智是如此强硬，能够一路冲过整个小镇。但现在，她还是崩溃了。因为全世界除了哥哥以外，她再也找不到更可信的人了。

直到那时，小女孩窝在他的怀里，才觉得自己已经够安全，能够放心痛哭，哭得肝肠寸断。终其一生，她一旦感受到难过、委屈，都会奔向波博。波博用双臂环抱着她，同时认识到：现在，他必须坚强起来，才能扛起责任。

亚马拥抱着他俩，但波博对此浑然不觉。他脑海里已经在想，他该如何找到一棵够美丽、枝叶够繁茂的树，作为母亲的长眠之地。他就在那里、在那一刻，真正迈入成年。

＊　　　＊　　　＊

爱德莉·欧维奇从恐怖的噩梦中惊醒过来。她绝望地在枕头下翻找着。当她的手指最后摸到钥匙的时候，她的太阳穴直跳。她费力地呼吸着，感到心口疼痛不已。她走下楼，发现弟弟睡在楼下的沙发上。那把枪放在枪柜里，一切仿佛从来都没发生过。

她亲吻他的额头，一连几个小时，她就坐在他身旁的地板上，完全不敢分神。

34. 暴力袭击警用马匹

多年后，我们也许不知道该如何称呼这段历史。我们会说，这是一段关于暴力的过往，关于仇恨、关于对立、关于歧异、关于将自己撕成碎片的社会。但是，这完全不是真相。至少，这不完全是真相。

那也将是另一种过往。

＊　　　＊　　　＊

维达·雷诺斯的青春期已进入最后一年。心理医生的医学证词指出：他"缺乏控制冲动的能力"，而绝大多数人会把"缺乏"一词替换为"完全不具备"。他总是陷入群架、乱斗。有时候，他是为了和哥哥提姆一起保护母亲。有时候，兄弟俩则保护彼此。要是没了保护的对象，他们彼此就会"打成一片"。这项关于控制冲动能力的证词并非空穴来风，维达始终无法控制自己。当别人还在脑海里想着"想想看，如果我们能……"的时候，维达早已动手执行了。他在男童冰球队的教练曾经说：这就是他成为优秀守门员的原因。"要是你迟疑一下，你根本救不了球！"人们都说，维达的问题在于他"不用大脑思考"，其实事实正好相反，他的问题在于他就是停不下来。

直到十二岁时，他才真正理解自己是孤独的。那一次，熊镇冰球队在客场出赛，维达和他的哥哥，以及哥哥的几个好朋友一同前往另一座城市。比赛结束以后，提姆要他先到麦当劳里等着，因为他怀疑有人想找他们打架。维达坐在店里吃东西时，一群敌队支持者破门而入。当时警方已经将提姆和"那群人"带走，维达独自坐在店里，身上的衣服太显眼，而且那群敌队支持者知道他是谁。他们在比赛中看到这名十二岁的少年大声臭骂、羞辱他们的球会，朝他们比中指。"现在你哥不在，看你还能嚣张到几时！"他们朝他扑来，大声吼道。

这时，维达才知道他势单力薄。大家都是这样啊。我们在出生时、死亡时、打架时都是孤家寡人。所以，维达就和他们杠上了。他以为自己必死无疑。他看到成年人纷纷离开汉堡店，店员们冲向厨房。他还只是一个孩子，却没人愿意向他伸出援手。他不知道对方有多少人，但他知道自己毫无胜算。不过，他还是跟他们"打成一片"。随后，"蜘蛛"就像天降神兵一样杀了进来。根据维达的记忆，"蜘蛛"是从一扇窗户跳进来的；不过，去他的，他记不清了。"蜘蛛"像家人一样拼命保护他。后来，他们就真的成了家人。直到当时，维达才知道：你不必非得是孤家寡人，不尽然如此，假如你有一群人当后盾的话。

维达十六岁时，他们作为客队又前往另外一场比赛。"蜘蛛"因为一连串的小罪行被定罪，获判缓刑。当时他和维达留在一座公园里，"那群人"的其他成员则继续向前。"蜘蛛"的脑袋也一直静不下来，而他与维达都发现：有时候，如果你用了正确的毒品，一切就会慢下来。骑着马的警员在街角出现，发现了这两名涉嫌滋事的暴民。"蜘蛛"感到一阵恐慌，拔腿狂奔。他和维达的口袋里都藏了毒品。本来维达可以跑得比"蜘蛛"还快，但是维达缺少控制冲动的能力，而"蜘蛛"身上则背着缓刑判决。他无法袖手旁观，他就是要保护自己关爱的人。

所以，就在"蜘蛛"拔腿开溜的同时，维达却往反方向冲——正面冲向警察。案发后，检察官起诉书上的内容又多又杂，连维达自己都记不清了。他知道，上面肯定包括持有毒品罪。他怀疑起诉书上还包括暴力袭警。当他打了那匹警用马匹的下巴时，又犯了另一个小罪行。维达从来就不怎么喜欢马。暴力袭击警用马匹？他得因为这种事情被关多久啊？

为此，他被送进戒毒中心，并在那里认识了巴罗，他是戒毒中心的职员。由于他的体形和姿势都与《丛林之书》[1]中的大熊巴罗相似，所以大家就这么称呼他。当他们成为朋友以后，一头黑发、身材瘦弱的维达自然而然就被称为"毛克利[2]"。被冠上另一个名字，对他也许有所帮助。这样一来，他也许就能假装成另外一个人。

巴罗的话不多，但他了解到，要想让维达充沛的能量不至于负面地爆发出来，就得让他获得正面的宣泄渠道。他一听说这小子打冰球，就

---

1 *The Jungle Book*，英国作家拉迪亚德·吉卜林（Rudyard Kipling）所著的故事集，故事中的大熊名叫巴罗（Baloo）。

2 Mowgli，《丛林之书》的主角。

东拼西凑地借来一套冰球装，每当维达脑海里的引爆装置被任何事物点燃、即将陷入狂乱的爆发状态时，巴罗就沉静地说："对，就是这样，毛克利。现在，让我们到地下室去。"地下室有个储藏间，空间刚好大到足以让巴罗靠着其中一面墙壁，集中精力对站在另一边的维达扔网球。大约过了一个月，巴罗在那里铺上一层平滑得足以和冰面媲美的地板，这么一来，维达就能射击真正的橡皮圆盘了。

他们一找到机会就拼命练球，有时巴罗甚至违反戒毒中心的规定，夜里还与维达练球。他希望这样做能帮助维达，让他能够避免违反其他规定。在戒毒中心，"照护"与"处罚"的定义始终是浮动的，而巴罗尽了自己的全力让这些词的定义确定下来。他从来就不是多嘴的人，但是当维达被释放时，巴罗仍然是抗议得最凶的职员。他坚称："他还没准备好！"不过，他人微言轻。维达有个有权有势的朋友，就是他确保所有必需的文件都一一发放下来。所以，当维达离开戒毒中心时，巴罗只能不无感伤地对他耳语："毛克利，你要留在冰上。你可要专心打球啊！"

* * *

玛雅和里欧坐在电脑前。在她的记忆中，他们仿佛一连玩了几天几夜。

玛雅一直不敢畅所欲言，但最后还是说了："请你不要再因为我打架了。我知道你很爱我，但不要再为我打架了。如果你愿意，请你找别的理由打架。可是，拜托你不要再为了我打架。"

"好的。"里欧保证。

在这之后，他们就变得比较沉默。不过，里欧有几次在游戏中闯关失败，他气急败坏地拍打自己的大腿，骂道："白痴！"玛雅高声大笑，直笑到喉咙痛。在那短暂的片刻，生活仿佛回到了从前，那种简单的生活。

但是，玛雅旋即在游戏中闯关成功，里欧实在佩服不已，就转过身，想跟她击掌庆贺。她来不及反应，他的手掌因而拍到了她的肩膀。

玛雅跳了起来，掀翻了椅子，仿佛他刚用火烧伤了她。她双眼圆睁、喘息着，暗地里责怪自己，想装得若无其事。然而，里欧已经明白这是怎么一回事。有时候，弟弟们总是会犯错。自从强奸案发生以来，几乎没有人碰触过玛雅的身体。就算里欧是她的弟弟，那还是没有区别。恐惧不是一种合乎逻辑的反应，身体的反应可是不受大脑控制的。

里欧关掉电脑。

"去把你的夹克拿过来。"他毅然决然地说。

"为什么？"玛雅有些不解。

"我要带你去个地方。"

                    *   *   *

当维达离开戒毒中心时，提姆、"蜘蛛"和"木匠"已经把车停在戒毒中心外等着他。"蜘蛛"紧抱着维达不放，导致提姆不得不揍了他一下，才迫使他放开维达。镇政府经营的房地产公司的确给了维达一间公寓房，然而他根本不想住那间公寓房。

"我得住在家里。我总得帮你算账。"他对提姆说。

提姆亲吻他的头发。

维达想聊的第一件事情是什么？当然是熊镇冰球协会啦！球队阵容如何？今年我们有哪些球员？我们能把赫德镇冰球队打烂吗？他可是最心急的支持者，除了妈妈的厨房以外，他最思念的地方莫过于冰球馆看台的站位区了。提姆不得不持续拍着弟弟的肩膀，但他没有告诉维达，他今年不需要窝在看台上，他有机会出场比赛！提姆对此只字不提，因为他不想让弟弟觉得紧张。在那短短的几分钟里，他不愿意摧毁自己作为哥哥的那种简单、纯粹的喜悦感。

但是，维达旋即问到班杰明·欧维奇。提姆的朋友们最近一次和维达谈话时，提到新教练任命欧维奇担任队长的事情，当时他们都把班杰明视为他们的一分子，因而对这件事感到非常兴奋。他是勇于挺身而出的熊镇子弟兵，对方揍他一拳，他就会回敬对方三拳。但现在，维达提到他的时候，"蜘蛛"和"木匠"同时陷入沉默。两人的眼神变得冷酷，言语更是无情："我们听说了一件事情，这跟他有关……"

维达聆听着。"木匠"和"蜘蛛"甚至不屑提到班杰明的名字，他们说话的方式简直就当他是个已死之人。也许他们这样做有点道理——在他们心中，他的确已经死了。他已经不再是他们的一分子了。

维达或许跟"那群人"里的其他成员不太一样。去他的，他从来就不在乎别人跟谁上床做爱。但维达也知道，这些身穿黑色夹克的男子谈论的可不是性取向，而是信任与忠诚。班杰明企图伪装自己的本质。他是虚伪的，不能信赖他。"木匠"和"蜘蛛"认为，他让"那群人"出丑了。

"我们这么支持他，而他居然是这种人！""蜘蛛"补上一句。

维达一言不发。大约在他十二岁时（也就是"蜘蛛"在麦当劳里和人打架、为他解围以后），维达问道："我们是暴民吗？""蜘蛛"表情严肃地摇摇头，说："不。我们是士兵。你为了我而战，我为你而战。要是我们对彼此不能拥有百分之一千的信任，我们的人生就等于一无所有。你懂不懂？"维达当然懂。"那群人"的成员们一辈子共同出生入死，要是没有复杂的牺牲，根本就不可能建立起这样的友情。

人们将会有不同的理由痛恨班杰，有些人觉得他很恶心，有些人觉得自己遭到了背叛，还有一些人则只是担心现在在敌队支持者不知道又会发明什么歌曲来羞辱他们。有些人甚至在脖子上文上了熊头文身——唯有对某个事物极度热爱的人，才会做出这种事情。因此，维达一言不发。能回到家，生活一如往常，这就够让他欢天喜地的了。

接着，提姆凑过来，小声说："新教练想让你参加甲级联赛代表队的练习。要是你身手够好，你就可以打球啦！"这下子，维达的脑海里一片高歌，他兴奋不已，这让他根本没办法思考其他的事情。

* * *

这只是一项体育活动而已。

当这对姐弟走近时，犬舍里的小狗们就狂吠起来。不过，爱德莉睡眼惺忪地走上前，安抚它们，使它们安静下来。里欧与玛雅受到惊吓，停住了脚步。

"珍妮在吗？我们是说……我们学校的那位老师……她打算办一个武术社团……是在这里吗？"里欧问道。

"你要说这是'社团'，恐怕还太乐观了一点。不过，她现在人在谷仓里。"爱德莉哼了一声，哈欠连连，用手搔搔自己像钢丝绒一样散乱的发型。

里欧点点头，但仍然留在原地。他双手插在口袋里，饶有兴致地打量着小狗们。

"这是什么品种的狗啊？"

爱德莉蹙了蹙眉头，眼神从里欧转到玛雅身上，试图搞清楚他们的来意到底是什么。其实，她或许也能理解，毕竟她自己也有姐妹。所以，她说道："你喜欢小狗吗？"

里欧点点头道："喜欢，可是我老爸老妈不让我养。"

"你想不想帮我喂它们吃东西？"爱德莉问道。

"想！"里欧喊道，看起来比不断摇着尾巴的小狗还要开心。

爱德莉用友善的眼神看着玛雅说："珍妮现在人在谷仓。你可以到谷仓找她。"

所以，玛雅独自进入谷仓。珍妮正对着沙包练习，动作做到一半便戛然而止。她努力隐藏自己惊讶的神情。玛雅好像马上就反悔了。珍妮擦干前额的汗水，问道："你想试试防身术吗？"

玛雅摩擦着手掌说："我连这是什么都不知道，是我弟弟把我抓来这里的。"

"为什么？"珍妮问道。

"因为他很害怕，我会动手伤人。"

"伤害谁？"

玛雅回答时，已经陷入崩溃："我自己。"

该从哪里开始呢？珍妮望着这个小女孩，最后选了最简单的行动：坐在垫子上。过了许久，玛雅才坐在她的正对面，两人之间距离大约一米。珍妮向前移动，小女孩颤抖了一下。所以，她便停在原地。珍妮柔声道："有些人会告诉你，防身术是一种暴力。但是，对我来说，它是一种热爱。它代表信任。因为：如果你想和我一起训练，我们就得完全信任彼此。因为：我们都得借助彼此的身体。"

之后，珍妮伸出手触碰玛雅。打从凯文的事情以来，玛雅可是第一次被除了安娜以外的其他人触碰而没有全身抽搐。当珍妮向她示范如何格斗、如何抓住对手、如何从对手手中挣脱时，玛雅必须使出最大的自制力才能不感到恐慌。然而，有那么一次，她还是感到恐慌，头向后倒，撞到了珍妮的脑袋。

"没事的。"珍妮应道，毫不在意从下巴与嘴唇流下的血。

玛雅瞄了眼墙上的时钟。她们已经格斗了一个小时，她已经从各种杂念中解脱出来。现在她汗流满面，几乎不知道自己是不是在哭泣。

"我只是……我有时怕得要死，怕自己永远好不起来……"她喘息着。

不管是作为一个人，还是作为一个老师，珍妮都不知道该怎么回答这个问题。所以，她提出自己作为教练唯一能够提出的问题："你累了吗？"

"不累。"

"那我们继续练习吧！"

玛雅的伤口并没有在这间谷仓里痊愈。她并没有制造时光机器，没有改变过去，就算是失忆，也无法让她感受到精神上的安宁。然而，她在往后的每一天都将回到这里，练习武术。就在不久之后的一天，她在一家超市里排队时，一名陌生男子经过她身边时出手顶撞她，但她并没有退缩。在所有微小的事件中，这将成为一件大事。但是，当时没有任何人能预知到这一点。但就在那一天，她从超市回家时，仿佛已经知道自己的目的地。当天晚上，她会再次练习武术。第二天夜里，她也会继续练习。

这只是一种体育活动。

*　　*　　*

安娜坐在一棵离犬舍不远处的树上。她看见玛雅与里欧穿越森林走回家。她不知道自己想干什么，却仍然跟在他们后面。她只是想以某种方式接近玛雅。要是没有了玛雅，她只怕将会被活活冻死。

当玛雅经过安娜藏身的那棵树下时，两人之间的距离只有几米。安娜当初或许可以爬下树向自己最要好的朋友请求原谅。不过，事情并没有朝这个方向发展。安娜只是继续坐在树顶，看着自己的朋友离开。

*　　*　　*

第二天，维达坐公交车来到学校。很多人知道他是谁，所以没人敢坐在他旁边。然后，一个比他小一两岁的年轻女孩在靠近"高地"边缘的车站上了车，坐在了他旁边。这个头发凌乱、双眼透着伤心的女孩，名叫安娜。

维达首先注意到的一点是，这女孩的腿脚竟然如此柔软，她的双脚仿佛不是用来在地板上走动，而是用来穿越森林、跳上石头的。安娜首先注意到维达的黑发，这黑发是如此单薄，垂在他脸颊的皮肤上，仿佛窗棂上的雨滴。

事隔多年以后，我们也许会说：这是一个和暴力有关的故事。不过，事情并非如此，至少，这不完全是事实。

这也是一段爱情故事。

35. 但前提是：你得是最强的

一场记者会在熊镇举行。对一部分人来说，这真是最悲惨的场合，整座城市仿佛要在无数不同的冲突中引爆。但对包括理查德·提奥在内的其他人来说，这简直是天赐良机。

工厂新老板的代表搭飞机从伦敦抵达熊镇。当代表们在工厂厂房外笑逐颜开地与暑期度假屋政客握手时，地方报社的记者对他们照相。彼得·安德森出于义务就站在一旁，他声音颤抖、目光低垂。不过，他仍然公开承诺：会对暴民与滋事分子"做出强硬手段"。

暑期度假屋政客感到心满意足，他的衬衫简直要被撑破了。记者会一开始，他就提到自己可敬、虚怀若谷的同事理查德·提奥："他对本区展现了无私的奉献精神，我们应该向他致上最深切的谢意……没有理查德一连数月来的居中协调，以及锲而不舍的专业精神，这项合作是不可能达成的！"随后，暑期度假屋政客又用稍微没那么谦卑的语气强调了自己在这项合作中的价值。他还说明，这项合作所带来的税收将是无与伦比的，更重要的一点是，"我们给熊镇提供了新的就业机会"。

此时，站在他身边的那名女性公职人员冷不防开口。暑期度假屋政客太过震惊，一时根本无法做出反应。她说："当然了，不只是熊镇的工作机会。我们和工厂的新老板密切协商，进而达成了一项广泛的政治协议：我们将优先考虑来自赫德镇的劳动力！如果工厂要获得整个区的经济支援，全区的居民都必须获益！这是必要的先决条件！"

新闻记者们忙着做笔记、照相、录像。暑期度假屋政客瞪着这名女性公职人员，而她正面迎接他的目光。他毫无还手之力。他还有什么好说的呢？难不成要说，他不准备给赫德镇任何工作机会？他很快就要竞选连任了。他气得浑身颤抖，面对着摄影机的微笑变得生硬。不过，当他被问到与工作有关的问题时，他又不得不说："负责任的政策，当然必须……让整个区的居民都有参与感。"他说出这句话的同时双肩下垂，而与此同时，那名女性公职人员却感到自己突然间变高了好几厘米。

几个月后的一天清早，一个信封被放在这名女性公职人员家门外的台阶上，信封里的文件将证明那名暑期度假屋政客如何在西班牙用黑钱大炒房地产。当然，事态的发展终将证明这名暑期度假屋政客完全是清白的。但是，理查德·提奥需要的是猜疑，而不是证据。关于"营建弊案"的标题将会相当醒目，而最终表明当事人清白的告示只会在其中一份地方性报纸的最后几页勉强获得几行字的篇幅。到了那时候，暑期度假屋政客的政治生涯已经算是完蛋了，他党内的同志们已经达成协议，"本党承受不起丑闻"。取代他的，是一个显然在熊镇有一堆敌人，但在赫德镇则有更多朋友的女性同事。

*   *   *

班杰并未现身跟着球队一起练球。他没有打电话联络任何人；别人打电话给他，他全部拒接。然而，就在某天深夜，就在冰球馆内绝大多数灯光已经熄灭、所有更衣室都空空如也的时候，他孑然一身站在冰面上，穿着牛仔裤、溜冰鞋、手持冰球杆。他专程到这里来，就是要射击橡皮圆盘。他以前已经射击过无数次，他想试试看，同样的动作这次是否会带来不一样的感觉。他想知道，他是否还能一如往常地执行这个动作。然而，他只是盯着争球区圆圈里的熊头标识。某人迟钝地溜了出来，停在他的身边。那是伊丽莎白·扎克尔。

"想在对赫德镇的比赛中上场吗？"她的语气中不带任何情感。

班杰犹豫地吞着口水，眼睛仍然盯着那头熊的图案："我不想给……球队带来麻烦。我不希望他们觉得……"

"这不是我想问的。你想不想打球？"扎克尔问道。

班杰迅速地闭上双眼，然后再缓缓睁开："我不想成为球会的负担。"

"你想跟人在更衣室里鬼混吗？"

"我……什么？"

扎克尔耸耸肩："大家都相信你会这么做吧？他们不都说，娘炮会带来纪律上的问题？"

班杰蹙了蹙眉道："你是从哪里听到这种话的？"

"你是想，还是不想？"

"我才不要！"

扎克尔再度耸了耸肩："那就好办啦。那你就不是什么负担啦。冰球的事情就归冰球。人们的确可以对你在球场外的行为品头论足，但是在冰球场上，这一点关系都没有。你要是够厉害，你就是能生存下来。要是你能进球，你就是会进球的。"

班杰看起来并没有被说服。

"人们都痛恨我。他们也痛恨你。我们两个都是……你知道的，这下子他们可以炒作的材料太多了。要是只有一个人这样，他们也许还会睁一只眼，闭一只眼……可是，两个这样的人待在同一个球队，这……他们的恨意太强了。"

扎克尔的声音听起来大惑不解："你这是什么意思？"

班杰的眼睫毛跳动着："你是……同性恋。"

"我不是同性恋。"扎克尔回答道。

班杰瞪着她："大家都认为，你是……"

"他们认为的事情太多了。他们只顾自己的情绪。"

有那么一会儿的工夫，班杰瞪目结舌，然后忍不住笑了起来，说："说真的，扎克尔，你应该知道，在这个小镇里，对你来说，一切本来可以变得非常容易，只要你告诉大家，你不是……"

"像你一样？"

"是的……"

扎克尔哼了一声，道："班杰明，我不认为你有责任告诉所有人你想跟谁在一起。我也不认为我有责任这样做。"

班杰用溜冰鞋的鞋套刮擦着冰面，沉思许久。然后，他挤出这么一句："你是否曾经希望自己是个男的？"

"我为什么要这么希望？"扎克尔问道。

班杰看着冰面上的那头熊，努力寻找正确的字眼："这样一来，你就不必一直是个'女冰球教练'了。"

扎克尔缓缓地摇摇头。这是她第一次真正表现出情绪，但也仅此一次。

"我爸有时可能会希望我是个小男孩吧。"

"为什么？"

"因为他知道，我的表现总是必须比男人好上两倍才有可能被接纳。现在，你的情况也是如此。他们将会用不同的尺度来衡量你。那些痛恨我的人也许还是会让我带队，不过前提是我们得赢球；他们也许还是会让你继续打球，但前提是：你得是最强的。只是'好'对你已经不够了。"

"这真是他妈的不公平。"班杰低声说。

"在这个世界上，不公平的现象远比公平的现象来得普遍、来得自然。"

扎克尔说。

"这是你老爸说的？"

"这是我妈说的。"

班杰猛力吞了一口口水："我不知道，我还能不能当队长。"

"我了解了。"扎克尔答道。

随后，她转身离开了他，没有再多说什么，仿佛言语已经不重要，她不需要再多说。

班杰独自站在争球区圆圈内。最后，他从边线区取来一堆橡皮圆盘，将它们一个接一个放在冰面上。这也许就是他的最后一次。这项体育活动从来不会只占据你一部分时间与精力，你必须做出非常大的牺牲。要是你一辈子都在冰球馆度过，你就会知道，要牺牲的事情实在是太多了。暑假结束后第一次溜冰时，双脚痛得要命。球季结束后，手套变得奇臭无比。当你穿着溜冰鞋、一脚用力踩在边线上，或是将橡皮圆盘射到亚克力玻璃上时，那种声音格外刺耳、难听。而且，每座冰球馆都有其独特、专属的回音。当看台区空空如也时，所有微小的声响，混合那种能够放手打球、聆听心脏搏动的感觉，仿佛汇成一曲大合唱。

* * *

维达和安娜初次见面的那个早上，两人坐在彼此旁边，一开始都没有说话。安娜内心沉重的失落感与罪恶感使她难以言喻。从小到大，她总是和玛雅一起去学校，对她来说，孤独是可怕的。她睡了很久，她希望当她醒来时，会发现自己人生中的种种错误都只是一场梦。不过，这种情况从来没发生过。

但是，第二天早上，她再次坐在维达旁边。就在公交车接近学校时，她看了他一眼。他假装忙着玩自己的手机，但她看得出来，他也在偷瞄她。他是那种无法克制自己的人。

"你在玩什么？"她问道。

"什么？"他回应道，仿佛直到那时才察觉到她。

她可不会那么容易上当："你听见我说的话了。"

他笑了起来。当他觉得紧张时，他就会发笑。他很快就会发现，当安娜感到紧张时，她会说一些讽刺的笑话。要是他们共同生活一辈子，他们或许会变成你在一场葬礼上所能看到的最没同情心的夫妻：其中一人不停地开玩笑，另一人则不住地咯咯笑。

"《我的世界》。我在玩《我的世界》。"他说。

"你才七岁吗？"安娜问道。

他笑了起来："这能帮助我……我不太能够控制自己冲动的情绪。心理学家说，《我的世界》挺管用的。当我……打游戏的时候，我就会比较专心。"

公交车停了下来，学童们鱼贯走下车。安娜仍然紧盯着他："你就是提姆·雷诺斯的弟弟，对不对？你之前坐过牢？"

维达耸了耸肩："呃，那里比较像是青少年休闲娱乐中心啦。"

"你说你不能控制自己，这是什么意思？你是不是有什么症候群？"

"我不知道。"

安娜露出微笑："所以，你就只是一个大笨蛋？"

维达咧嘴大笑："有些人说我是精神病！你不应该跟我说话的！"

安娜将他从头到脚仔仔细细地打量一遍。他乌黑的头发掠过双眼。

"你看起来太善良了，不太像是精神病。"她说。

他蹙了蹙眉头："你要小心点！我也许带着刀子！"

安娜哼了一声："就算你带着刀，就算我是一块面包，我也不怕。"

维达简直为她倾倒，因为他就是那种不擅长假装的人。

36. 精神病都不散步吗？

伊丽莎白·扎克尔选在一天大清早举行对外公开的集训。到场的球员人数，大约用一只手就能数清：几个因为熊镇今年凑不出一支青少年代表队、走投无路的青少年代表队员，以及几个被其他球会释出、现在仍找不到签约对象的老球员。这些人都远远没有好到能够在扎克尔刻意训练的队伍里取得一席之地，不过没关系，他们的功用就是充当无声的背景，这样球会才能交代过去，表示已经举行过公开集训了。唯一让人感兴趣的，就是维达。不过，他没在冰球场上。因此，扎克尔只得主动去寻找他。她在工友的储藏室里找到了他。

"有什么是我可以效劳的吗？"她问。

"你们有锯子吗？"维达问。

"要做什么？"扎克尔问道。

维达举起自己的守门员冰球杆："这个太长啦！"

在戒毒中心度过的每一天夜里，维达和巴罗一同练球。他每次一挡下巴罗的射门，就得把网球和橡皮圆盘射回地下室的另一端。维达不能在那间地下室穿溜冰鞋，所以他用锯子把冰球杆的顶端锯断，使他的身高能搭配冰球杆的长度。不巧的是，他多锯了一小段，那根球杆变得过短。但是他发现，如此一来，他传球的力道就会更猛烈，也提高了射门的准确度。当你被关禁闭时，唯一会用不完的资源就是时间。所以，维达开始尝试不同长度的球杆，并用胶布缠住球杆。他用胶布缠球杆时，并没有像大多数其他守门员一样，在顶端弄出一个蝴蝶结。这样一来，他就能将冰球杆抓得更牢。

扎克尔为他找来一把锯子，但仍不理解他想干什么。在维达对冰球杆的长度感到满意以后，他便走到冰面上。他拦住一个橡皮圆盘，毫不费力地挥击，橡皮圆盘就从球场的这边短边滑动到对面的短边。

"你能不能再做一次？"扎克尔问道。

维达点点头。

扎克尔安排他站在一个球门边，然后自己站在另一个球门边。

"把橡皮圆盘传给我！"她吼道。

他就照做了。球杆的冰刀直接碰触到橡皮圆盘，橡皮圆盘直接滑过整个冰球场。如果你从来不关心冰球，那么这听起来没有什么好大惊小怪的。但是扎克尔知道，和熊镇冰球队同一分区的对手中，绝大多数守门员如果从一条船上落水，他们甚至不会让橡皮圆盘与水面接触。当我们没有持球时，这孩子将是一个守门员。但是，一旦我们持球，我们就多了一个能进攻的可用之兵。她心想。这么一来，她就能赢球了。

"你去站在球门前面。"她下令。

他照做了。她开始一球又一球使尽全力射击。她是个好射手，但他还是全数挡了下来。她让参加对外公开练球的其他选手射门，没人能攻破他的大门。她让他们其中两人同时从不同的角度射门，然后再让三个人同时从不同的角度射门。基本上，维达的防守滴水不漏。他的反应能力绝佳。

扎克尔四下环顾冰球馆内的动态。彼得·安德森坐在看台最上方的一个角落；提姆·雷诺斯则站在位于看台另一端最远处的站位区。"蜘蛛"和"木匠"随侍两旁。提姆努力掩饰自己的骄傲，但根本做不到。"蜘蛛"和"木匠"则是毫不掩饰，喜形于色。

扎克尔转身面向维达，喊道："喝点水，休息一下！"

其他球员停止射门。维达摘下头盔，被汗水浸湿的黑发黏附在脸上。他背对扎克尔，举起水瓶。她选在这时使劲一射，橡皮圆盘直接命中他的脊背。维达跳起来，转过身。扎克尔马上又射了一记，橡皮圆盘从维达没戴头盔的头旁边呼啸而过，相距只有一米。

"不！"看台上的提姆高声尖叫。但是维达毫不犹豫，他已经全速冲向扎克尔。冰球场上的所有人都还来不及意识到会发生什么事情。要不是提姆对自己的弟弟非常了解，扎克尔恐怕已经小命不保了。维达扑到她的身上，一阵痛打。提姆从看台上狂奔下来，一脚踹开板凳区的门，跳过边线区，冲到冰面上。穿着踝靴的他在冰上滑了几跤，但最后还是拉住了弟弟的球衣，使尽全力将他从扎克尔身上扯了下来，牢牢地抓住他。"蜘蛛"和"木匠"就站在他们后方几步远，他们三人必须全部出动，才能防止维达打死扎克尔。

"你疯了吗？！"提姆对着她大吼。但是这名女教练不但面无惧色，反而露出大大的笑容。

"你是否能跟我保证，他每次练球都能准时到，而且能够打满每场比赛？"

就算维达被一众朋友抓得死紧，他还是疯狂地挣扎着。提姆恶狠狠地瞪着扎克尔："你可是差点就被他打死！他……你差点就没命了！他差点就要把你打死！"

扎克尔兴奋地点点头："对啊！维达完全无视我是个女人的事实，打

330

算把我打死，对不对？对他来说，我只是一个冰球教练而已！你是否能跟我保证，他每次练球都会准时到？"

提姆眯着眼，看着她。这个老太婆显然已经丧心病狂。

"你是说，他可以加入球队？"

扎克尔哼了一声："加入球队？我要围绕他打造一支球队！我要把他变成高手中的高手！"

提姆重重地吞了一口口水，毅然决然地保证道："很好。我保证，他每一次练球都会准时到场。"

扎克尔点点头，旋即离开冰球场。她已经办完正事了。其他出席对外公开集训的球员只会收到一封相当简短的信息，他们的水平不够，不足以在她的球队里取得一席之地。她实话实说，公正无私，甚至称得上是残忍、无情——就像职业运动一样残忍。

最后，维达总算在冰球场上冷静下来。他仰面朝天躺在冰面上，疲劳不已，汗流浃背。提姆坐在他的身旁。维达狐疑地转向他，低声问道："哥，你在哭啊？"

"去你的，我才没有哭。"提姆一边吼着，一边别过头去。

"你好像在……"

"去你的！"提姆吼道，用力地搡了维达的手臂，弟弟痛得号叫一声，在冰上缩成一团。在此同时，提姆马上起身，直接走出了冰球馆。

＊　　＊　　＊

伊丽莎白·扎克尔一路跳进彼得·安德森的办公室。

"你看到练球的情况了吧？"她咆哮道。

"看到了。"彼得回答道。

"他可以上场吗？"扎克尔问道。

"你管得住他？"彼得问道。

"我管不住！这才是重点嘛！"扎克尔欢呼道。

她看起来兴高采烈。为此，彼得感到头痛不已。

*　　*　　*

一辆陈旧的萨博车停在户外停车场上。提姆从冰球馆里走出来，点燃一根香烟，独自走向那辆车，坐进驾驶座，关上车门。他一确定周围没有人看到，就将前额抵在汽车的仪表盘前，闭上了双眼。

他可没有哭。

去他的吧。

*　　*　　*

第二天早上的公交车上，安娜再次坐在维达的身旁。他在玩《我的世界》，他必须保持专注，才不会太紧张，才敢开口问："熊镇的甲级联赛代表队收我了。你想不想来看球？"

安娜的语气充满狐疑："我可不知道你是冰球员。我以为你就是个暴民，跟'那群人'里的所有人一模一样。"

她面无惧色地说出"那群人"。整个小镇里，没有人能在谈到"那群人"时不感到害怕。维达反问时，语气相当害羞，仿佛心里有点受伤："你不喜欢暴民啊？"

她哼了一声："我不喜欢冰球员。"

他笑了起来。真是该死，她真能逗他笑。不过，就在公交车即将在学校前方停车时，他神色凝重地补上一句："'那群人'可不是暴民。"

"那他们是什么？"安娜问道。

"兄弟。他们当中的每个人都是我的兄弟。我为他们挺身而出，他们也会为我挺身而出！"

她并没有因此歧视他。毕竟……谁不想有兄弟呢？

*　　*　　*

玛雅的妈妈开车送她去学校。蜜拉并没有问她，安娜为什么不再跟她一同去学校。对于玛雅让她开车一路送到学校而不觉得丢脸，她已经非常高兴了。短短半年前，女儿总是要求她在离学校数百米的地方就放她下车，她自己走完最后一小段路。但现在，蜜拉居然可以一路把车开到公交车车站前。女儿从后座贴上来，亲吻了妈妈的脸颊，说："谢谢！一会儿见！"

这些话语太微不足道，根本无法让一个成年女性心动。但在一个母亲听来，这句话则让她感觉仿佛拥有了全世界。蜜拉驾车离开时，心情简直飘上了云端。

下车后，玛雅独自走去学校。她独自去拿课本，独自坐在教室里听课，独自吃午餐。这可是她的选择。要是她连自己最要好的朋友都不能相信……她还能信任谁呢？

安娜跟在玛雅后方没几步远处，走进了学校。被迫每天见到自己最要好的朋友，同时知道两人已经不再是最好的朋友，是一种格外让人心寒的感觉。过去两人道别时，总是会对彼此比出一个秘密手势——两人还小的时候，就发明了这个手势。握拳向上——握拳向下——手掌互碰——花蝴蝶——手指交缠——手枪——爵士乐的手——迷你小火箭——屁股互碰爆炸——小婊子。这些名字，全都是安娜发明出来的。她们每次到最后用屁股互碰时，玛雅都会笑出声。安娜的肩膀接近她，双手朝天一摊，尖声叫道："……安娜是贱婊子！"

此刻的玛雅走进学校，完全没有察觉安娜就跟在后面。相对于自己对班杰所做的事，安娜更为自己对玛雅所做的事情痛恨自己。所以，这就是她最后的示爱动作，让自己隐形。

玛雅闪进走道。安娜站在原地，陷入崩溃状态。但是，维达伸出手来。"你还好吧？"

安娜望着他。他有种能让她实话实说的特质。所以，她回答道："我现在不太好。"

他像个恶魔般用手指扫过头发，低声说："想不想离开这里？"

安娜悲伤地微笑着："去哪里？"

维达耸耸肩："不知道。"

安娜站在走廊上，环顾四周。她恨透了这条走廊。她站在这里，痛恨自己。所以，她说："你想散散步吗？"

"散步？"维达重复着，仿佛这个词是用他不熟悉的外语说出来的。

"精神病都不散步吗？"安娜纳闷着。

他笑了起来。他们离开学校，肩并肩在森林里一连走了几个小时。安娜就是在那里爱上了他。她因为他古怪至极、反复无常、紧张万分的动作而爱上了他。他也爱上了她，因为她既脆弱，又无坚不摧，仿佛是用钢铁和蛋壳制成的。他无法掩饰自己的情感，试图亲吻她，而她也回吻了他。

要是他们共同生活一辈子，他们肯定能够出类拔萃。

*　*　*

记者会后，地方报社打出这样的标题："新工作诞生——但是半数空缺为赫德镇居民保留！"

同一篇报道中，还刊登了不同政客的发言。当那名新闻记者要求答复时，他们当中绝大多数人都震惊莫名。因此，他们都努力说些偏中性的话，避免激怒任何一方。这当中唯一的异数，当然非理查德·提奥莫属了。就算事先已经做了万全的准备，他还是让自己说出的话听起来非常即兴、自然："你问我对工厂职位空缺名额分配的想法？我讨厌所有类型的分配制。我认为，熊镇的就业机会就应该归熊镇子民。"这并不是多么凶狠的措辞，但这句话就此不胫而走。

短短几个小时以后，"熊镇的就业机会归熊镇子民！"这句标语，不只在网上传播开来，还在酒吧里、家庭的餐桌上被人们重申、传颂着。就在第二天早上，有人就把一张写着这句话的字条放在暑期度假屋政客车子的引擎盖上。

为了不让字条被风吹走，这名放置字条的人甚至用一把斧头将字条固定住。否则，要是风向变了，字条可是很容易被风吹走的。

记者会一结束，彼得就开始打电话给工匠。所有人都接了电话，大家都有时间接活儿。但他一说出工作内容——拆除冰球馆看台的站位区，情况就变了。有些人就推托"时间不够用"，另外一些人则推说"我们没有这样的技术"。有些人则直接挂了电话，还有几个人直接翻脸，说了实话："见鬼去，彼得！我们还要养家糊口！"彼得打电话到其中一家公司，接听电话的是一个绰号刚好就叫"木匠"的木匠。当彼得表明意图时，"木匠"便轻蔑地大笑着。

当天稍晚，蜜拉在门外发现了一个搬家用的纸箱。大多数打开过它的人都认为里面空无一物，但是她很清楚事情并不单纯。她慢慢地将它翻到一边，听见那只小小的圆筒在底部滚动的声音。光亮从玛雅和里欧卧室的窗口透出来，她看到某个闪动的物体。

一颗子弹。

37. 我们的能耐

我们当中绝大多数人都不知道，自己能够做出恐怖的事情。在某人对我们的挑衅让我们已经忍无可忍之前，我们又怎能预知这一点呢？在有人威胁我们的家人以前，谁又能料到我们可以变得多么危险？

蜜拉躲在阴影中。提姆·雷诺斯一离开那家超市，她就跟住他。他两手各提着一只购物袋，其中一只主要装着香烟。他进入毛皮酒吧。当他独自一人出来时，街道上空空如也。蜜拉实在不知道自己到底是被什么样的魔鬼附了身，竟然在这时走上前。

"提姆·雷诺斯！"她咆哮道，口气比她所感觉的还要有威胁性。

他转过身来："嗯？"

蜜拉贴近他，让他能够感受到她的鼻息。她抓着一只折叠的搬家用纸箱。毛皮酒吧的楼上，一扇窗户被微微拉开，一个老女人向外探头、张望着。然而，急怒攻心的蜜拉对此浑然不觉。

"你知道我是谁吗？"蜜拉问道。

提姆点点头，两人的面孔相距只有五厘米："你就是彼得·安德森的老婆。"

她的头部非常轻微地向后移，但声音却越来越大："我是里欧·安德森和玛雅·安德森的妈妈！我是律师！所以，也许我就像其他人一样，很怕你。但是，你最好搞清楚，如果你敢对我的家人动手，我就会对你的家人动手！"

她把那只搬家用纸箱扔在他们之间的地上。提姆眉毛一扬："你威胁我？"

蜜拉点点头："没错，我就是要这么做。提姆·雷诺斯！你最好跟你手下'那群人'里的每个小懦夫打招呼，告诉他们：下次他们再把子弹放在我家车库出口，我就会把子弹送进你的脑袋！"

提姆闭口不语，眼神无波。蜜拉或许应该适可而止，但是她已经超过了能"适可而止"的界限。所以，她从提包里抽出某个东西。那是几只空空如也的药罐子。她拿着药罐子，轻蔑地在他的眼前晃了晃。

"你们到我家里，所以，提姆，我也到你家里。这些是从你老妈的垃圾桶里捡来的。这些药物被归类为毒品。你妈有这些药物的处方吗？要是没有，她就犯法了。主要的是供货给她的毒贩犯法。提姆，你就是那个毒贩，不是吗？我现在就跟着你走。你觉得接下来会发生什么事？"

提姆有点走神，缓慢地眨巴着双眼。然而，当他朝蜜拉跨出一步时，蜜拉不禁向后退。不只是她，换成任何人都会向后退。他的话就是一道命令："现在，给我滚。"

蜜拉不情愿地低下头。事后，她会为了自己的所作所为多次责备自己。但是，直到某人一再挑衅、让我们忍无可忍之前，我们都不知道自己能干出什么事来。她离开那条街，奔向自己的车，并告诉自己不要跑，但她还是稍微跑了一下。

*　*　*

爱德莉在上方的犬舍喂着小狗。今天并没有人开着后备厢载满啤酒的车来到这里。今天也没有猎人路过这里，停下来喝咖啡。她不知道这是因为他们不愿意来，还是因为他们不敢来。在这一带，你始终很难分辨，人们究竟是想说些什么而欲言又止，还是因为根本不知道要说些什么，所以才什么都没说。

所以，爱德莉打电话给自己的好友珍妮。珍妮还待在学校，正忙着批改考卷和家庭作业。在两人的成长过程中，一直是珍妮打电话给爱德莉，问她要不要一起玩，爱德莉从来就不是主动的一方。但是，现在爱德莉问道："你要不要来这里练习？"

珍妮随传随到。两人猛举哑铃，狂打着沙包，直到双臂完全无法动弹。珍妮并没有向爱德莉保证，一切都会顺心如意。珍妮家里没有弟弟，所以她真的不知道一切是否真能顺心如意。但是，只要爱德莉愿意，她都会待在这里，陪她一起训练。只要道路上仍然空荡荡，猎人们和车辆都不见踪影，珍妮就觉得这样倒也还好。因为她从爱德莉的眼神中看出：要是现在有人到这里来针对她弟弟说三道四，那个人最后很可能会被担架抬出去埋掉。

*　*　*

提姆站在毛皮酒吧外，三楼的窗户仍然是敞开的。拉蒙娜的声音缓缓地传来："听说你们在里欧·安德森学校的置物柜上挂了一件黑色夹克，提姆。可是，你们却送给里欧的爸爸一颗子弹。这是哪门子逻辑啊？"

"我们都知道，男人们并不必然要和自己的父亲一样愚蠢。"提姆听起来很有自信，因为他家有个从同一个娘胎里出世的弟弟。

拉蒙娜知道，这句话只是推托之词。她将烟屁股压在窗户的马口铁上，将它按熄："如果那颗子弹是你放的，那我真不知道该怎么评价你这个人了……"

提姆用一种充满歉意、羞耻的语气打断她的话。他在别人面前不会用这种语气说话："那不是我放的。可是，我管不到每一个……"

拉蒙娜也打断他的话，她的语气极度严厉："你休想骗我！你也许管不住你手底下的每一个小毛头，但你肯定知道，你禁止的事情，没有人敢做！"

"我……"提姆再度尝试开口。

但是拉蒙娜不给他任何机会："提姆，我和你都不会对彼此妄下定论。我们从来不会这么做。但是，小孩子只需要为他们自己所做的事情负责，大人必须对自己行为的结果负责。你是领导者。这些男人都跟着你走。所以，要是你不能对你手底下这群人负责，那你其实就是一头野兽而已。"

* * *

蜜拉从来没跟孩子们或彼得，甚至其他人谈到那颗子弹。但当她再度回到别墅时，两个邻居就坐在那里：一位年迈的大婶和一位更年迈的伯父，两人都身穿绿色毛线衣，待在自己的车库出口前，各自坐在一张陈旧的折叠椅上。他们家的大门敞开着，玄关的灯光亮着，蜜拉看到那位伯父的猎枪就搁在墙边。他已经相当年迈，动作迟缓，那把枪里甚至可能没装子弹，不过那已经无关紧要了。那位大婶朝蜜拉点点头，说道："进去睡一会儿吧，蜜拉。我们只是要注意一下交通状况而已。"

那位伯父打开一个煮咖啡的热水壶，说道："最近有些谣言指出，小镇里有一些搬家用的货车收到错误的信息，开到错误的地址。不过，这个区绝对不会再发生这种事情了。"

这些话语其实是相当平常的，却算是某种表态。表态的人意思非常明确：我们也住在这里，你们最好别来找我们的麻烦。

＊　　＊　　＊

提姆心事重重地站在冰球馆外。熊镇已经陷入一片漆黑，只剩下彼得的办公室还灯火通明。你能为自己的球会贡献些什么？能为自己的小镇贡献些什么？谁属于这个小镇？谁能决定谁住在这个小镇里？最后提姆打电话给"蜘蛛"，问道："是谁把那个搬家用纸箱放在彼得家的？"

"蜘蛛"惊讶地清了清嗓子说："平常你都不会过问谁做了什么事情的。你平常都只是……你那句口头禅，是什么来着？'当你们做得太过火的时候，我会告诉你们。'"

确实如此。"那群人"就是用这种方式保护提姆。要是不小心上了法庭，提姆不会因为自己不知道的事情而获罪。然而，他现在却说："你们做得太过火了，下不为例。"

"蜘蛛"的胡楂刮擦着电话听筒："那不……是……我们……做的。

那是几个小鬼头，平常待在看台站位区的小毛头。提姆！你知道我们大家的感受啊！那些毛头小子听到自己的老爸说到工作机会全流进了赫德镇，然后又听到我们说彼得准备拆掉看台上的站位区。那些小鬼头只是想要取悦你！他们以为，你会龙心大悦啊！"

提姆用手掌盖住双眼，深深地叹了一口气："那么，对他们就不要那么凶。告诉他们，下不为例。"

"蜘蛛"又清了清嗓子，说："你是说，不要在搬家用的纸箱里放……还是针对那一家人……"

提姆的声音变得尖锐起来："我们不对球会的人动手。当那些该死的家伙消失的时候，我们就会挺身而出。但是，我们不对球会里的人动手。"

"那看台站位区的事情怎么办？"

直到这时，提姆才第一次承认："我和一个政客……见过面。一个朋友。他会把看台的站位区还给我们。我们必须等到彼得·安德森离开这个小镇以后，再挺身而出。"

* * *

黑夜降临时，班杰就坐在犬舍外屋的屋顶上。最后，他把烟屁股捻熄，做出了决定。随后，他独自回到熊镇。他并没有躲在阴影中，反而在路灯的光线下漫步。他最近并没有到学校去。自从他们知道他是……之后，几乎没什么人见过他。嗯，你知道的。但是，现在他就在众目睽睽之下漫步着。

也许，这真是不智之举。但是，他迟早得和所有人正面对峙。这个小镇实在太小，没有那么多的藏身之地。他该往哪里逃呢？当你希望一切正常的时候，你该怎么做呢？你就去上班吧。你只能往最好的方向想。

当他走进毛皮酒吧时，里面陷入一片死寂。换作是一个外地人，很可能会不明就里，但是班杰全身上下每个细胞都能感觉到：整个酒吧缺氧了。他一动也不动地站着。他居然敢到这里来，简直是胆大包天。但是，班杰可从来不是那种窝在床上、对鬼和大怪兽怕得要死的小孩。如果鬼和大怪兽现在就要过来把他带走，他宁愿把所有的门都打开，把所有床垫都掀翻，他还会拜托它们：行行好，赶快动手吧。

他宁可这样，也不愿意干等。

坐在毛皮酒吧最里面一桌的男子们站起身来。一开始，只有一个人站起身来。随后，所有人都站了起来。他们身穿黑色夹克。没有人把啤酒喝光，他们故意把半满的酒杯留在桌子上。当他们走向门口时，所有人纷纷退让、闪躲。但是，这伙人中没人动班杰一根汗毛。他们甚至对他不屑一顾。他们只是从他身旁经过、离开。短短的两分钟里，大约另有一打人——其中有老有少，有些穿着黑色夹克，有些没穿，还有人穿着猎人式背心或白衬衫——也做了相同的举动。

*　　*　　*

情绪是很复杂的。不过，行动却很简单。

维达当时也坐在最里面的那张桌子旁。他在年纪还小时问过"蜘蛛"，为什么他对男同性恋者恨之入骨。"蜘蛛"的回答斩钉截铁："那让人很恶心啊！男人就是男人，女人就是女人，而同性恋是一种硬装出来的、不男不女的'中间性别'嘛！你知不知道，这可是有研究论证的。

他们的大脑有问题，少了某种物质，而且你知道他们跟哪些人一样吗？恋童癖、人兽交，以及其他类似的人群。维达，那是一种病！他们跟我们不一样！"

当时，维达并不相信这些话。现在，他也不相信。但是，当提姆、"蜘蛛"和其他人都起身离开时，维达也站起身来。他从小就学到：士兵们都是集体行动的。他并不需要痛恨班杰，他只需要爱护自己的兄弟就好。这件事情，非常复杂，却又简单至极。

* * *

打烊时间已经过了很久，班杰与拉蒙娜仍然坐在酒吧里。酒吧里只剩下他们两人。

"这个啊……人们脑袋里可真是装了一堆垃圾……这甚至可能跟你无关……"拉蒙娜尝试开口。不过她知道，这孩子知道她在说谎。

"他们把酒杯搁在桌上。他们不想跟我这种人喝酒。"班杰低声说。

这些话就像干枯的树枝，一碰即碎。

拉蒙娜叹了一口气："班杰明，最近这阵子发生了太多事情。来了个女教练、那些该死的狡猾政客、插手球会事务的赞助商……大家都很紧张。一切都变了。他们并不恨你……他们只是……他们需要一点时间才能消化这一切。"

"他们痛恨我。"班杰纠正道。

拉蒙娜用那只威士忌酒杯搔了搔下巴："班杰明，提姆和他那伙人，过去把你当成他们的一分子。就是因为这样，事情才变得更糟糕。他们当中某些人或许认为……我不知道……他们以为，这只是电视上才会出现的事情。这些男人……是的，他们住在大城市里，而且……对，你知道的……穿着不太一样。他们已经在这里待了几乎一辈子，以为自己能够凭直觉就认出，一个人是不是这副德行。可是，你……就和他们一样。他们跟你把酒言欢，你们一起打群架，他们在看台上高呼你的名字。你其实象征着：他们其中一员仍然可以领导这支球队，扛起这个小镇……尤其是当他们觉得其他浑蛋一路追打他们的时候。你是他们的招牌人物。你就是那个证明他们不需要做出调整仍然能够获胜的流氓，我们这些来自森林的子民仍然可以打垮所有想打垮我们的人。"

"我不想……我从来没要求过任何人在乎……我只是希望，一切一如往常。"

此时，拉蒙娜用双手猛力抓着班杰的脑袋，直到他感觉自己的耳朵快被扯落。

"小朋友，你不必为任何事情道歉！你听清楚没有？不必！对于今天晚上夺门而出的这些人，我完完全全不会为他们辩解。我想说的只是……世界运转的速度实在是太快了。不要在我们……嗯，对……不要对我们下重手就好。一切变化的速度是这样快，我们当中也许有些人来不及跟上。我们只是安安稳稳地待在这里，耳边却一直听到'保障名额'。我们不禁纳闷，什么时候会轮到我们？什么时候我们才会获得保障名额？小朋友，我可没有为任何人辩护。我只是说，某些人觉得他们变成过街老鼠，人人喊打。他们觉得大家都在指责他们，说他们的生活方式是不对的。没人希望被迫进行改变。"

"我根本就没有逼迫任何人……去他妈的，我只是希望一切一如往常！"

拉蒙娜放开他，发出一声长叹。她又给自己倒了一点酒。

"这我知道,小朋友。事情就是这样。我们只是需要找到某种全新的'一如往常'罢了。现在,大家可以分成两种人:一种人需要多一点时间,另外一种人则需要多一点常识。第二种人已经无药可救。可是,在我们猛敲他们的脑袋瓜子之前,我们或许应该等待一下,确定有多少人属于第一种人。"

班杰回避着她的目光:"你也对我感到很失望吧?"

拉蒙娜咧嘴大笑,咳嗽着,烟气从嘴里冒出来:"我吗?因为你和男人做爱,我就对你感到失望?亲爱的小朋友啊,我一直就很喜欢你啊。我祝你的人生永远快乐。所以,我只是对你和男人做爱感到很遗憾。因为我现在只能说,跟男人一起生活是永远不会获得快乐的。男人除了制造麻烦之外,什么都不会!"

38. 比赛

一场由熊镇冰球协会出战赫德镇冰球协会的比赛即将登场。全国各地几乎没人知道有这么一场比赛,除了这个地区的人们以外,也根本没人在乎这场比赛。但是在这里,每个人对这场比赛都寄予厚望。

某些人直到亲身体验过,得到教训,才能理解某些事情。地球上绝大部分人终其一生都会以为,一场冰球比赛不过就是一场冰球比赛。这只是一种愚蠢的、微不足道的游戏,毫无意义。

他们非常幸运,能够对这一切完全无感。

* * *

为了你的家庭，你会做些什么？不会做些什么？

"雄猪"戈登从来没有自己的名片。不过，要是他有名片，上面将会摆着四个头衔——冰球员、汽车技师、三个孩子的老爸和安－卡琳的丈夫。在他的脑海里，她仍然引吭高歌，仍然与他一同翩翩起舞，他永远不会让她停下来的。这天，他一如往常结束在汽车修理厂的工作。但是，一切将不再一如往常。当他走进家门时，大儿子波博正站在厨房里洗碗。波博已经去过殡仪馆，办妥了有关遗体火化与葬礼的一切安排。然后，他就着手处理其他事情。饭菜已经端上桌，他的弟弟妹妹已经在吃晚餐，波博已经动手打扫、清理，这些家务通常都是他的妈妈处理的。"雄猪"坐在餐桌前时，沉重地咽了一下口水。这样一来，他年幼的儿女才不会发现他已经承受不住，即将崩溃了。然后，他对波博说："你应该去打比赛的。"

波博低声说："这里需要我……我等下还要洗衣服，还有……"

"哈利·波特！"就算波博年纪稍大的弟弟试图制止，他年纪最小的妹妹还是大呼小叫起来。

"对，没错，我今天晚上还要读哈利·波特，就跟每天晚上一模一样。"波博对流理台的水槽眨巴着双眼，做出了保证。

"雄猪"咀嚼着晚餐，对着自己的餐盘眨巴着眼睛。

"真好吃，太可口了。"

"谢谢。"波博低声应道。

他们直到波博的弟弟妹妹起身去刷牙才再度与彼此交谈。这时，"雄猪"站起身来，把自己的餐盘洗干净，拥抱了波博，靠到他耳边，吩咐道："今天晚上，我来读那个该死的巴利·托特。我总可以教你该怎么做吧？你听清楚我的话没有？"

波博沉默地点点头。"雄猪"的手贴在他的脸颊上，说道："我和你必须挺过这一切，要不然你妈妈永远不会原谅我们。你现在赶快去打比赛，因为不管你妈妈现在在哪里，她都会看这场比赛！不管是上帝、天使，还是其他什么神明，都不能阻止她！她要看她的大儿子为熊镇冰球协会的甲级联赛代表队效力的第一场比赛！"

波博开始收拾行囊。当他走出大门时，"雄猪"以为另外两个孩子会央求，要一起跟着去比赛现场。不过，他们没有这么做。他们反而站在台阶上，手中拿着冰球杆与一颗网球，问道："爸爸，你想不想打球？"

"雄猪"目送大儿子出发去打为甲级联赛代表队效力的第一战。随后，他和另外两个孩子在车库里打球。他们汗流浃背奋力地抢球，一连玩了好几个小时，仿佛这才是唯一重要的事情。在那个时间点上，那的确是唯一重要的事情。那就意味着一切。

＊　＊　＊

为了你的家庭，你会做些什么？

彼得·安德森打算跟每个人打个招呼后再出门。

蜜拉坐在厨房里，对着电脑，手边放着一杯葡萄酒。

"你要一起去看比赛吗？"他嘴上这样问着，心中却不抱任何指望。

"我还要工作。"她的回答完全合乎他的预料。

两人凝眸相视。至少，他们还能做到这一点。随后，他走到玛雅的房间，敲了敲她的房门。"你要不要……呃，我……我现在要去比赛现场了。"他低声说。

"爸，我还得学习。加油啦！"她在房内喊道。

母女俩都这么说，因为这对他来说是最能够接受的理由。她们让他还能够想象一下，一切还是很美好的。他也敲了敲里欧的房门，不过他不在家。他已经杀到赫德镇去了。他打算在看台的站位区观看这场比赛。

彼得知道，他本该制止儿子的行径。他本该处罚儿子的。可是，他过去总是对儿子唠叨，老是要他一起去看冰球比赛。在这种情况下……他又能怎么办呢？

＊　　＊　　＊

安娜对着镜子，费心挑选衣服。对于自己该以何种面貌出现在赛场，她完全没有主意。她观看过许多场现场冰球赛，但从来没看过维达参加的比赛。这是个愚蠢的想法，但她还是希望，维达在转身面向看台时，能够一眼认出她。她希望他了解，她是为了他才会在看台上出现。

她的爸爸在楼下的厨房里到处乱翻着。他先是弄翻了某个东西，然后又弄翻了某个别的东西。她听见他的咒骂声，而且似乎能感到他身上的酒精味正疯狂、凶狠地在她内心灼烧着。她心烦意乱地穿上衣服，无心再精挑细选，因为她打算赶在老爸喝到烂醉、需要帮忙以前出门。她不希望此刻那个差劲的爸爸毁掉她对这第一场比赛所怀抱的美好想象。不，今天不能发生这种事情。

她已经站在门口了。然而就在此时，爸爸大声喊她。一开始，她还想假装没听到，但他的声音清晰、稳定，让她不得不停下来。这很不寻常。她转身一看，父亲才刚冲过澡，头发梳得整整齐齐，穿着干净的衬衫。他背后的厨房打扫得干干净净。酒瓶都被放在资源回收袋里，他已经将流理台与水槽清理干净了。

"好好享受这场比赛吧！你需要钱吗？"他谨慎地问道。

她凝视眼前这个好爸爸许久。就在此刻，那个差劲的爸爸仿佛已经烟消云散，不见踪影。

"你还好吗？"她低声说。

"我要再试一次。"他低声回答。

他以前就做过同样的承诺。不过，她还是愿意相信他。她仅仅迟疑了片刻，然后问道："你要不要散散步？"

"你不是要去看球吗？"

"爸爸，我宁愿跟你一起去散步。"

所以，他们一起去散步。就在两个小镇的所有居民全体出动，涌向冰球场时，父女俩在这座始终属于他们的森林里一起散步。父女俩和所有的树木简直就是一家人。

* * *

波博蹬着自行车，穿越熊镇，背上仿佛背着一个装满石块的隐形背包。甲级联赛代表队的集合时间早就过了，他迟到得太久了。不过，好像没人在乎这一点，扎克尔甚至没有察觉到他的出现。

波博和亚马并肩坐在开往赫德镇的球队汽车上，但是，他不知道该说些什么。所以，他们俩都闭口不言。

赫德镇冰球馆外面的停车场早已人满为患，即使离开赛还有很长一段时间，场馆入口处已经大排长龙。这场比赛的观众将会爆满，而这两个小镇之间的仇恨与愤怒只会有增无减。这将演变成一场战争。汽车上，大伙儿一片沉默，所有球员都在心里和自己搏斗。

直到甲级联赛代表队的所有球员都走下汽车，进入冰球馆，在更衣室里安置好，其中一名老队员才站起身来。他手上抓着一卷胶带，朝波博走去。

"你妈妈叫什么名字？"这名老队员问道。

波博惊讶不已，抬起头来。他深深地吞了一口口水："我妈妈？安……安－卡琳。她……叫……叫安－卡琳。"

那名老队员在一块胶带上写下"安－卡琳"，将那块胶带贴在波博的球衣上，缠绕住他的胳臂。然后，他依样画葫芦，将另一块写着波博母亲名字的胶布贴在自己的胳臂上。一片沉默中，那卷胶布传遍了整间更衣室。波博母亲的名字缠绕在每个人的胳臂上。

*　　*　　*

亚马踏上冰面。他到现在踏上冰球场的次数已经多到难以计数。他开始四处滑动，进行热身。在正常情况下，他不会听见任何声音，他在这一点上已经练得炉火纯青，看台上的群众再怎么喧闹，他都能充耳不闻。一切都只是杂音。他溜进一片能够专注的空间，在这一小片空间里，不管是谁坐在亚克力玻璃之外，都已经无关紧要。可是，今天的情况不太一样，某个东西穿透了嘈杂与尖叫声。那是他的名字。好几个人从某个地方大声呼喊着他的名字，音量越来越高，而且一而再，再而三地呼喊着。最后，亚马抬头看了看。此时，一阵欢呼声突然响起。

一群疯子站在看台最顶端的一个角落，在椅子上跳来跳去。他们在这里不是要为某一个球队加油，而是要力挺某一个球员。为什么？因为他是来自"洼地"的子弟兵。对他来说，他们高歌的，就是最美妙、最简单，也最重要的一件事情——

"亚马！我们的亚马！亚马！我们的亚马！亚马！我们的亚马！"

＊　　＊　　＊

法提玛独自到达冰球馆，但她手中拿着两张门票。她来到现场观战，而她身旁那张空椅子原本是安－卡琳的座位。亚马登上冰球场时，她起立欢呼；当波博登上冰球场时，她以双倍的音量欢呼。从现在起，凡是波博登场的比赛，她都会这么做；未来他年幼的弟弟妹妹所打的每场比赛，她也都会这么做。这辈子不管他们在哪里比赛，看台上总会有一位疯疯癫癫的大婶，用双人份的音量欢呼着他们的到来。

＊　　＊　　＊

我们为什么对团队运动情有独钟？为什么我们这么喜欢成为群体的一分子？对某些人来说，答案非常简单：一个球队就像是一家人。对某些需要另外一个家庭，或是某些从来就没有享受过家庭生活的人来说，球队就是一个家庭。

当维达·雷诺斯还是个孩子的时候，他就喜欢打冰球。在这一点上，他和其他孩子完全一样。不过，他在某一点上跟其他人不同，他比其他人更喜欢观众席。他总是对自己保证，如果有那么一天他不得不做出抉择，他一定会选择看台的站位区，而不是冰球场。小时候，他曾经把这个想法告诉提姆，提姆露出微笑，回答道："记住，这可是我们的球会。就算所有球员都转投其他队，当体育总监和教练们投靠更有钱的金主，当赞助商背叛我们，当政客们食言，我们还是会屹立不倒。我们的歌声只会越来越高亢。反正这从来就不是他们的球会，这始终都是我们的球会。"

今天，维达坐在开往赫德镇的球队汽车上。他的装备都在更衣室里，但他反而不在更衣室里。他套上一件黑色夹克，站在观众席的站位区，靠在哥哥的身边，高声吼叫着："我们是熊！我们是熊！我们是熊！来自熊镇的熊！"

提姆望着他。也许他想要告诫弟弟，让他回到更衣室去；也许他想告诉弟弟，一个更美好的人生正在冰球场上等着他。但是，"那群人"可是他们的家人，球会是属于他们的。所以，他亲吻了弟弟的头发。"蜘蛛"和"木匠"拥抱了维达，握紧双拳捶了捶他的脊背，然后他们又高唱起来，音量更加高亢，也更加顽强——

"我们是熊！我们是熊！"

* * *

爱与恨，喜悦与伤痛，愤怒与宽恕。体育活动向我们承诺，我们将在今晚得到一切。能做出这种承诺的，也只有体育活动。

观众席的一处短边就是赫德镇支持者的站位区。从那里发出的高亢声音构成一道厚重的帘幕，使其他所有一切都无法穿透。他们唱的是一首幸灾乐祸的歌。如果多年后你再问起当年待在看台上的绝大多数人，他们只会有点难为情地轻咳一声，说："哎呀，冰球不就是那样嘛……我们大家都没有恶意……当时冲突那么激烈，我们只是唱着玩的……你知道的嘛！冰球不就是这样嘛！"的确，冰球就是这样。我们力挺我们的球队，你们力挺你们的球队，我们只要一发现你们最微小的弱点，就会见缝插针；只要能暗中对你们使绊子，我们一定当机立断；只要能让你们失去平衡，不管必须做些什么，我们都"当仁不让"。因为我们所希望的，其实就跟你们一样：赢！所以，赫德镇冰球队的支持者们在观众席上喊出最叫人恶心、最简单，也最邪恶的东西。

过去，熊镇冰球协会的王牌球员是凯文·恩达尔，他强奸了体育总监的掌上明珠玛雅·安德森，他最要好的朋友班杰明·欧维奇是个同性恋。嗯，我们该怎么想呢？难不成这些对我们恨之入骨的人，不会拿这些来说事？不会大声喊出这些事吗？

他们不足千人，但是，在这座容量没那么大、天花板相当低矮的冰球馆中，当多数人保持沉默、少数几个人引吭高歌时，你会觉得所有人都在吼着同样的内容。那些赫德镇冰球队的支持者转向熊镇冰球队的支持者所在的区域，对着"那群人"咆哮道："娘炮！婊子！强奸犯！"

要无视这些话真是说起来容易，做起来难。别介意，这只是冰球，这只是口号，一点恶意也没有。但是，他们一直高喊着，高声尖叫着，一再地重复、重复、重复，直到这些声音渗入你的骨髓。几百条被涂成赤红色的胳臂一齐指向冰面，指向那支绿色的战队。这几个词在天花板和墙壁间不断回响，一而再，再而三，简直震耳欲聋。

"娘炮！婊子！强奸犯！娘炮！婊子！强奸犯！"

39. 暴力

彼得·安德森虽然坐在看台后排的座位区，但这些吼叫声仍然震耳欲聋。他尽了一切努力想屏蔽这些噪声，但根本做不到。他贴向前一排座椅，敲了敲苏恩的肩膀，问道："班杰在哪儿？"

"他还没有出现。"苏恩回答。

彼得靠了回去。赫德镇支持者的吼叫声不断冲击着天花板，这几个词撞击着屋顶，回音落下，像滚烫的油一般洒落在他身上。他也想站起来大声吼叫，随便吼些什么都好。这只不过就是一场天杀的、该死的冰球比赛，现在，它还有什么意义？彼得为了这场比赛牺牲了什么？他和他的家人经历了什么样的痛苦？他的女儿呢？现在，他的老婆宁可待在家里、他的儿子宁愿跟冰球暴民站在一起也不屑与他为伍。他到底做了多少错误的决定呢？要是熊镇冰球协会没能赢下这场比赛，彼得所付出的一切还有什么价值可言？他已经出卖了自己的理想，他所爱的一切现在全都赌在刀口上，可谓命悬一线了。现在，要是球队再输给赫德镇，一切就全毁了。这是你唯一的感觉。

"娘炮！婊子！强奸犯！"

彼得沉默地看着属于赫德镇支持者的看台站位区，他们大吼大叫着。彼得真希望亲手杀掉他们，把他们全杀光。如果熊镇今晚能取得领先，如果他们还有任何机会打败这群人，将他们的意志彻底摧毁，让他们明天早上不敢起床，彼得将会由衷地希望自己的球会永远不要将踩在敌人咽喉上的脚挪开。一秒钟都不行。他要亲眼看着他们受苦。

* * *

在某个时间点上，几乎所有人都会做出抉择。我们当中某些人对此甚至浑然不觉，而绝大多数人也没有机会事先做好规划。但是，我们总会在某一刻选择某一条路（而不是别的路），而这个选择将会影响我们一辈子，将会决定我们在自己与他人的眼中成为什么样的人。伊丽莎白·扎克尔曾说，感觉到责任的人是不自由的。也许，她是对的。责任就是一种负担，自由就是一种欲望。

班杰坐在犬舍其中一间储藏室的屋顶上，眼神追随着飘落到地面上的雪片。他知道比赛已经开打，但他不在球场。他没法回答为什么，他从来就无法用道理说明自己的所作所为。有时，他对自己的直觉与本能置之不理；有时，他又因为相同的理由做出一堆乱七八糟的事情。他有时毫不在乎，有时却又心事重重。

他的三位姐姐——爱德莉、佳比和凯特雅，坐在他近旁另一间储藏室的屋顶上。下方的雪地上摆着一张摇摇晃晃的椅子，他们的妈妈就坐在那张椅子上。她为了子女已经付出了一切，而且准备继续为他们赴汤蹈火，但是这并不包括从梯子爬上储藏室，坐在结冰的屋顶上把整个屁股弄湿。

就算欧维奇一家人对冰球的喜爱程度、方式不太一样，冰球仍然称得上是他们共同的爱好。爱德莉喜欢打球，也喜欢看球；凯特雅喜欢打球，却不喜欢看球；佳比从来不打球，只会在班杰明登场时看球。妈妈总是不胜恼火地问："为什么比赛一定得分成三节？分成两节就不够了？这些家伙从来不用吃晚餐吗？"但是，要是你能说出十年前某一场比赛的确切日期，她就能准确地告诉你，她的儿子有没有进球。她还能告诉你，他有没有认真拼搏，她是否感到骄傲或生气。

通常，她会既生气又骄傲。

姐姐们坐在弟弟身边，都感到束手无策。户外是零摄氏度以下的低温，但除了温度以外，还有别的原因使她们感到凄冷。

"要是你不希望我们去看比赛，我们就不去。"佳比低声说。

"要是你真的、真的、真的不希望……"凯特雅强调。

班杰不知道该说些什么。在发生这乌烟瘴气的一切事情以后，他因为自己把全家人置于今天这样的处境而痛恨自己。他不希望自己成为她们的负担，他可不希望她们为了他而搏斗。有那么一次，另一个男孩的母亲曾经这样告诉他："老天爷，班杰明，你绝对不是全世界最乖巧的小孩。可是，天哪，你从来就不缺少男性的榜样。你在一个由女性组成的家庭中长大，这造就了你所有最良善的个人特质。"班杰将会不断强调，这个妈妈的评语是不正确的，她让他的母亲和姐姐们听起来就像是一般的女性。对他来说，她们可不是一般的女性。为了取代他父亲的角色，他的姐姐们尽了一切努力，她们教导弟弟打猎，锻炼了他的酒量，让他学会打架。但她们同时也教他：千万别把友善与脆弱，以及关爱和耻辱混为一谈。因为她们，他现在深切地痛恨自己。因为他，她们在考虑要不要去赫德镇。

最后爱德莉看了看自己的手表，承认道："老弟，我是真心爱你。不过嘛，我还是要去看球。"

"我也要去！"坐在下方雪地上的老妈大呼小叫起来。

她和妈妈比较年长，还记得全家人搬到熊镇以前的生活。当时其他孩子都还太小，但爱德莉对于全家人当时所必须逃离的危险，以及他们在这里找到的新生活，仍然记忆犹新。这个地方能成为他们家的避风港，这里就是他们的家乡。

班杰饱含爱意地拍了拍爱德莉的手，小声道："我了解。"

爱德莉亲吻了他的脸颊，用两种不同的语言低声告诉他，她爱他。当她从梯子上爬下去时，佳比和凯特雅跟着犹豫起来，但她们最后仍然跟着大姐一起行动。她们去看球的原因和待在家里的原因是完全一样的：为了她们的弟弟，也为了这个小镇。她们衷心希望班杰能够出场比赛，然而她们同时也很清楚，不管她们怎么说，他一旦做了决定，就不会再改变。无论如何，他总是这个家的一分子。人们常说，某些蠢驴会形容其他蠢驴："你跟欧维奇家的人一样冥顽不灵！"

班杰坐在屋顶上，目送母亲与姐姐们坐到车里。他孤独地抽着烟，随后从梯子上爬了下来，取来自行车，骑过森林。不过，他行进的方向并非位于赫德镇的冰球馆。

*　　*　　*

当小孩子开始打冰球的时候，大人们总是告诉他们，他们只需要尽全力就好。尽力就够了。大家都知道，这真是天大的谎话。大家都知道，这场游戏的目的不是好玩。在这场游戏中，关键不在于你到底有多努力，只有结果才是最重要的。

熊镇冰球协会的球员进场时，每个人的胳臂上都缠绕着一位母亲的名字。尽管他们只是客场比赛，看台上仍然有许多人穿着写着"熊镇和全世界对着干"字样的绿色 T 恤。几名身穿黑色夹克的男子展示出一块非常具有挑衅意味的看板，它占据了其中一块站位区的正面。这块看板上的内容和熊镇冰球馆即将被拆除的站位区看板上的内容完全一样。这些标语既是针对赫德镇的支持者，也是冲着彼得·安德森："想抓我们吗？来啊！"

比赛在下方的冰球场上开打。噪声可谓震耳欲聋，似乎能震破任何人的耳膜。熊镇冰球队的球员实在已经尽力而为了。他们竭尽全力地搏斗，真的已经拿出自己百分之一千的能力了。可是，维达作壁上观，班杰又不知去向。一个是队长，另一个是守门员。或许熊镇代表队本该赢得这场胜利；或许，假如他们能像童话故事一样获得一个圆满的结局，人们会觉得比较公平一点。但是，冰球不是这样玩的。冰球只会计算实际的得分数。

赫德镇代表队率先得分，接着又夺得一分。而后他们再拿下一分，接下来又攻下一分。

红衣观众席上传来的欢呼声震耳欲聋。但是，彼得·安德森仍然没有听见这些欢呼。当你心碎的时候，耳畔也许会传来一阵阵铃声。

＊　　＊　　＊

在露营区的小度假屋里，那名教师已经打包完毕，提袋都已经放到车里。但是，他仍坐在空荡荡的小屋里的餐桌前，等待着。他的眼神扫向窗外，希望某个有着哀伤眼神、狂野不羁的心的男子会从树丛间走出来。他已经等得太久了，以至于刚看到班杰时，还以为只是自己的幻觉。直到班杰冲进门口，直到班杰的双眼盯住他的嘴唇，这名教师才站起身来，努力集中思绪把想说的话说清楚。

"我……试着……写信给你……"他一边笨拙地解释，一边指了指桌上的一支笔和一张白纸。

班杰一言不发。整座小屋冷得像冰库，但那名教师只穿着一件单薄的白色亚麻布夹克。那件夹克垂落下来，盖住他的臀部，潇洒、豪放的皱褶一如周日早上刚起床时蓬乱的头发。他的皮肤暖热，散发出新煮好的咖啡的气味。班杰张开嘴巴，却说不出话。他环顾四周，所有衣服都已经被收拾起来了，其他一些私人物品也已经被撤走了。也许这名教师读出了班杰眼神中的责难之意，便难为情地说道："班杰明，我不像你那么勇敢。我不是那种会留下来战斗的人。"

之前，小木屋的门板上曾经被人插过刀子，现在门板上仍留着相当深的刀痕。班杰伸出手来，最后一次触碰对方的肌肤，低声说："我知道。"

那名教师握着班杰的手，飞快地将它在自己的脸颊上按了一下。他闭上双眼，说道："如果你愿意，可以打电话给我……我们就在别的地方见。如果是在……别的地方，我们之间似乎比较有可能。"

班杰点点头。如果他们在别的地方见面，也许他们会比较有可能。至少……比较能更进一步。

当那名教师坐到车里时，他想起一位哲学家的名言："人类是唯一拒绝扮演好自己角色的动物。"他努力回想这句话究竟是谁写的。也许是阿尔贝·加缪？当他驾车穿越熊镇时，努力思考着这个问题。他沿着道路行驶，而后开出森林。如果他能够专心思考这几个字，其他所有情感就无法将他淹没，这样一来他至少还能看清眼前的道路。

在车身远处的后方，班杰明·欧维奇一把提起自行车朝另一个方向骑去。或许，他总有一天会得到自由，不过他今天还无法得到自由。

＊　　＊　　＊

第二节比赛结束时，赫德镇冰球队已经以四比零遥遥领先。就在此时，四名来自赫德镇的小男孩偷偷溜上看台，他们两两一组，各自负责看台的一道长边。他们都还只是念初中的小鬼头，而这也是他们被选来执行"任务"的原因，没人会对他们起疑心。为了不引人注意，他们甚至没有穿红色衣服。他们身上穿着昨天夜里回家时所穿的男童冰球队训练服，衣服里面藏着什么东西。这就是他们的目的：当熊镇冰球队的支持者们精神上即将崩溃，一旦时机成熟，他们就会迅速把藏在衣服里的东西扔向敌人，把他们彻底打垮。

红衣观众席上的许多人事后将会辩解：这不过就是比赛的一部分，这"只是开开玩笑"，冰球不就是这样吗？这只是伤害对手、让他们崩溃的做法而已嘛。征服他们、打烂他们、毁灭他们。

这几个从长边偷溜上看台的小男孩最后被人发现时，他们距离熊镇冰球协会支持者所在的看台站位区已经太近，事态已经无法阻止。小男孩们从衣服里抽出女同性恋者专用的人造阴茎和五花八门的其他情趣用品，扔向熊镇冰球协会支持者所在的看台站位区，按摩棒如雨点般飞落，像火箭筒一样射向黑衣人蹲踞的身体。位于另一端的红衣看台区再度传来吼叫声，其中包含的恨意更加浓厚，也更有威胁——

"娘炮！婊子！强奸犯！娘炮！婊子！强奸犯！娘炮！婊子！强奸犯！"

*   *   *

关于提姆·雷诺斯，我们可以畅所欲言，因为他对于我们也会直言不讳、畅所欲言。根据他的经验，只要一讨论暴力，几乎所有人都会变成伪善者。要是你问他的看法，他会说：大多数男人和女人并不暴力，他们会认为自己"道德"够高尚，使得他们不至于做出这种事情。对此，提姆一言以蔽之："骗子。"假如他们可以使用暴力，他们会不"乐于从命"吗？比如，在路上开车，和别人起争执的时候？在工作场所，和别人争吵的时候？和老婆在酒吧里，跟酒吧服务生吵架的时候？去孩子学校参加家长会，和其他孩子的爸爸吵架的时候？一个住着独栋住宅、家里养着拉布拉多犬的平凡人，不就整天幻想自己能够成为一个人见人怕、没人敢惹的大爷吗？提姆坚信，大多数人平常不使用暴力跟道德高不高尚一点关系都没有。要是他们能够动手打人，他们绝对会"从善如流"。他们之所以不那么暴力，只是因为没机会使用暴力罢了。

他们是因为没有认识官大权重的人、没有强而有力的靠山，所以不敢打架。如果他们有靠山，他们就会下车把那个狂按喇叭的白痴痛揍一顿，把那个胆敢在家长会上羞辱自己家人的老爸毒打一顿，或是把那个粗暴无礼的服务生压到墙脚，逼他把账单吞回肚子。对此，提姆深信不疑。

当他和维达年纪还小的时候，兄弟俩对某些字眼感到异常痛恨。大家常用包括"穷酸鬼"或"小偷"在内的各种不同的字眼咒骂他们，然而最伤他们心的莫过于"狗杂种"。全校所有的小鬼头都看得出来，他们兄弟俩非常讨厌这个字眼，所以他们特别喜欢使用这个词。提姆和维达是同母异父的兄弟，兄弟俩一个是金发，另一个则是黑发，他们每到一所新学校，就会在操场上迎来一场场群架。他们对所有辱骂他们的人饱以老拳，但别人心里永远会记住某些字眼——狗杂种、狗杂种、狗杂种。

此时，提姆与维达站在看台上，旁边则是"蜘蛛"和"木匠"。"蜘蛛"年纪还小时就被人在淋浴间里用湿透的毛巾痛揍过一顿，他们骂他是"死娘炮"。"木匠"还是青少年时，因为表妹在别的国家被强奸，一度准备冲上一架飞机飞去那个国家，见人就打，最后还是提姆硬将他拖回家的。

他们不是什么圣人，他们的心也不是用黄金制成的。关于他们最难听、最不堪的坏话，绝大部分都是真的。不过，就在今年春天，"木匠"

和提姆商量，希望"那群人"采取和凯文·恩达尔——他们所挚爱的球会有史以来培养出的最优秀球员——相反的立场。提姆知道人们在学校里用哪些字眼痛骂玛雅·安德森，所以他同意了"木匠"的建言。

现在，位于看台另一端的"红衫军"高声吼叫着："娘炮！婊子！强奸犯！"

赫德镇的支持者对这些过往一无所知。他们只是努力喊出自己所能想到的最具侮辱性的字眼，他们希望这些字眼表达出最强烈的恨意，能让所有胸口文着熊头文身的人感到痛苦。这一招颇有成效。当人造阴茎如雨点般落在黑衣男子身上时，其中八个人立刻从看台上冲下来。他们脱掉夹克，而另外八名原本身穿白衬衫的男子则换上黑色夹克，补上他们的位置。那些警卫始终没有看到提姆、维达、"蜘蛛""木匠"及另外四个人闪进一条走道，冲破一道门，进入地下室。

绝大多数人是没机会使用暴力的，但是"那群人"则不在此列。

* * *

十二岁的里欧·安德森将永远不会忘记自己听到提姆·雷诺斯转身面向"蜘蛛"说出"把我们最强的核心集合起来！"时的情景。提姆只是微微一点头，给了一个让人不易觉察的信号，其他七人就立刻紧跟着他。"核心"就是"那群人"里位阶最高、最危险的一伙人。

里欧看到其他人立刻拾起他们的黑色夹克，并在"核心"冲下看台时协助挡住警卫的视线。同时，"核心"则夺门冲进一条位于工作人员储物间旁灯火已经熄灭的走道。赫德镇冰球馆的下方有一间地下室，绝大多数人不曾听说有这间地下室，但就在一两个星期以前，冰球馆天花板的电灯出现故障，几名电工就在这里进行维修。其中一名电工说地下室放置了一个电箱，他必须下到地下室检查一下。那群工作人员从来没有想过这件事情有什么蹊跷。的确，那名电工从来没对任何人露出自己身上的熊头文身。

里欧·安德森一辈子都会清晰地记得：就在这一天，他是如何希望能跟着这伙人杀进地下室去。有些年轻人梦想着成为职业冰球选手，他们站在看台上，希望能够到冰球场上一展身手。不过，某些年轻人则心怀其他"梦想"。他们心目中有着其他类型的偶像。

＊　　＊　　＊

他们通过冰球馆地下室的走道。他们总共有八个人，都是危险人物。按理说，本来不应该有任何事物能够阻拦他们，但是，某人还是阻拦了他们。那人形单影只，挡在路中央。那人没带任何朋友，也没带任何武器，他用扫帚顶住了自己后方门上的把手，这样一来，就没人能够将门从外面拉开。班杰自发地将自己锁在他们即将冲进来的这条走道上。

其实，他也不想到这里来。只不过，他实在是走投无路了。

他骑着自行车，穿越一道道积雪和迎面刮来的寒风，从露营区来到赫德镇。当他溜进冰球馆时，比赛的第二节刚好结束。所有人的目光都还盯着冰球场。班杰望了望记分板，赫德镇已经取得四比零的领先。他听见了吼叫声，看到看台一边那片充满恨意的红海，以及另一边的黑色夹克。他看到如雨点般落下的人造阴茎。在其他人感到震惊不已的时候，班杰已经在寻找能够从看台逃离的路径了。当维达、提姆和另外六人脱下黑色夹克时，班杰就已经预测到他们的去向了。

以前，他也进过这间地下室。在他的成长过程中，他曾在赫德镇冰球馆出赛过无数次。你确实可以尽情说班杰的坏话，但是要说到在冰球场里寻找一处能够安安静静、不受打扰地抽上一根大麻的死角，没有人比他更在行。

所以，他才会知道，这条走廊能从看台的一个站位区直接通往另一个站位区。借由这条通道，你可以像一枚从天而降的炸弹般冷不防地杀到敌人的面前。

在地下室走到一半，提姆突然停下脚步，他后面的那群男人也跟着停下脚步。队伍的最前端是"蜘蛛"和"木匠"，他的弟弟维达则站在队伍另一端。提姆瞪着那名挡住狭窄走道的十八岁少年，给他唯一的机会："闪到一边去，班杰。"

班杰缓缓地摇摇头。他的鞋子已经破烂不堪，身穿柔软的灰色长裤和白色 T 恤。他的身形看起来是如此小。

"不。"

提姆的声音冷酷无情："好话不说第二遍的……"

班杰的声音颤抖不已。过去，他们可从来没听过他颤抖的声音。"你们只是想把我打烂。不是别人，就是我。所以，来吧。我就在这里，来打吧。我也知道，你们当中有些人能过我这一关。不过，你们当中有些人没法活着走出这里。"

随之而来的沉默犹如利爪。顷刻间，提姆的声音变得沉重，他随即吼道："班杰，我们过去把你当成自己人。你是个该死的……骗子……"

班杰的双眼闪闪发亮，回答道："我是个该死的娘炮！直接说嘛！你想动手打人，就打我啊！你们要是冲上赫德镇的观众席，裁判就会中止比赛，这样赫德镇就赢了。你不觉得他们就是希望这样吗？如果你想痛揍一个娘炮，好好出一口闷气，我就在这里啊！打我啊！"

提姆答话时，十指关节握得死白："给我闪到一边去。不要逼我……"

班杰不等他说完，便打断道："你要是想打架，就来打架嘛！你们八个打我一个，势均力敌啊！不过，要是你们敢冲上赫德镇的看台，比赛就结束了，我们可以战胜这些混账东西。你懂吗？我可以打赢他们！"

这时，班杰已经不再看着提姆，而是看着维达。几年前，他们在同一支球队里并肩作战，不过当时凯文还是班杰最要好的朋友，而凯文始终不喜欢维达，因为维达太不可靠了。凯文要求守门员乖乖听话，但维达从来就不听他使唤。全队当中，就数班杰的脾气比其他所有人都更像维达，但他对凯文可是死忠得不得了。维达最直接效忠的对象是哥哥提姆和"那群人"。他们从来不提这件事情，更从来没变成过朋友，不过，他们可能会因为从不和彼此谈话而尊敬彼此。现在，班杰说："维达，你听到我说的话没有？如果你和我在第三节一起上场，我们就可以收拾那群该死的家伙。如果你想上观众席跟他们打架，你就去打架吧！不过，要是我们一起打球，我们就可以打败他们！如果把我的牙齿都打掉，你觉得比较爽，你就打吧！没了牙齿，我还是一样可以打球。可是，我想……我想……我只……想赢！去你妈的……你们这些人，全都见鬼去吧！要是你们要求我明天滚出这个小镇，我明天一定滚。要是你们要求，我就直接离开这个球会……"

班杰沉默下来。但是，其他男子一言不发，甚至一动不动。班杰绝望地握拳拍打着自己的胸口，大声吼道："我会站在这里！所有的门都锁上了，如果你们想拿我怎么样，就趁现在，快点做！这样我之后才能去打球！因为我会打败那些该死的家伙！"

人们有时会说某些情况下的沉默，仿佛"连一根针掉在地上都能听清楚"。这时，如果有一根茅草掉在棉花堆上，我们在这条走道上都能听得清清楚楚。不管是在熊镇还是赫德镇，将来几乎不会有任何人再提这件事。但是此刻待在这里的男子会永远记得：他们总共有八个人，而班杰形单影只，但门却是他锁上的。

当时，也许过了一分钟，也许过了十分钟。谁知道呢？

"好吧。"提姆缓缓地说。

不过，他不是对班杰说话。他是对自己的弟弟说话。

"好吧？"维达低声说。

提姆咆哮起来："你站在那里干吗？最后一节很快就要开始了，你这个白痴，还不快点去换衣服！"

维达脸上绽放出大大的微笑。他最后向班杰投去一瞥，点点头，班杰也简短地点头回应。然后，维达踏上了通向熊镇更衣室的通道。几秒钟以后，"那群人"当中的两名成员转过身来，缓缓地掉头而去。然后，另外两个人也照做了。

这时，提姆身边只剩下"蜘蛛"和"木匠"。班杰还是一动不动。盛怒之下的提姆从鼻孔里缓缓呼出一口大气，说道："见你的鬼去吧。你可是跟我一同喝酒，一起打过架……"

班杰流下眼泪，但他已经无暇擦干泪水："提姆，你给我下地狱去。"

这时，"那群人"的头儿飞快地垂了一下头。

"班杰，你他妈的真是一条好汉，没有人能让你低头。但是，我们绝对不会让这个小镇变成……你知道的……不会有任何标识，不会有任何彩虹，不会有任何这种……"

"我从来没要求过这些东西。"班杰抽噎着。

提姆将双手插进口袋，点点头。对"蜘蛛"和"木匠"来说，这个信号已经够清楚了——他们也可以转身离开了。班杰不知道他们是否仍然痛恨他，不过，他们至少让他和提姆单独相处了。

提姆和班杰都握紧双拳。

＊　　＊　　＊

这不过就是一场冰球赛。一间塞满人的冰球馆，两间挤满球员的更衣室，两支对战中的球队。两名待在地下室里的男子。我们为什么要在意这种事情呢？

也许，这让我们所面对的最艰难的问题变得更加清楚：哪些人、事、物会让我们喊出自己的喜悦？哪些人、事、物又会让我们掩面而泣？哪些是我们最快乐的回忆？哪些是我们最艰难的日子、最深刻的失望？我们和谁并肩而立呢？家庭是什么？球队又是什么？

一生当中，我们能有多少次感受到纯粹的快乐呢？

又有多少次，我们能无条件地爱上某件几乎毫无意义的事情呢？

＊　　＊　　＊

走道已是一片沉寂，但这两名男子仍然靠墙而站。提姆全身上下仍因愤怒而颤抖不已。班杰全身也在颤抖，不过他颤抖的原因实在太多了。提姆低头看向地板，呼出一口气，说道："那些报社报道了一堆关于你的事情。记者们打电话给民众，问了一堆关于你的事情。恶心的媒体、该死的政策，你很清楚他们想玩什么花样，对不对？他们就是想惹恼我们，逼我们说出某些白痴的话，这样他们就能够证明，我们只是一群愚蠢、

367

觉得自己受到侮辱的乡巴佬。这样一来，他们就可以大摇大摆地回到大城市，觉得他们在道德上就是比我们高尚……"

班杰咬破了口腔内壁，满嘴血腥味。他低声说："我很遗憾……"

提姆的十指关节逐渐恢复血色，手的表面再度缓缓变得通红。他回答道："这是我们的球会。"

"我知道。"班杰说。

提姆的双拳缓缓放开，他用手掌在脸颊上抹了抹道："你说你可以打垮他们……但是，你们现在已经是零比四大比分落后了。所以……要是你们还能赢下这场球，比赛后我就请你喝啤酒。"

班杰感觉眼前顿时一亮。但他答话时，目光仍显得咄咄逼人："我不觉得你会跟我这种人喝酒。"

提姆发出一声长叹，叹息声传遍整条走道，撞击着深锁的门板，切割着低矮的天花板。

"见你的鬼去，班杰。难不成我现在得跟所有该死的娘炮喝酒啊？难道我就不能先跟其中一个娘炮喝酒啊？"

40. 这总是很公平，却也总是很不公平

在众人面前发言可不是件简单的事情。最优秀的冰球教练不一定有对群众发表演说的才华。发表演说是一种外向的特质，但理解战术和每晚观看分析过往比赛视频，也许需要偏内向的特质。当然，你可以通过表达情感来弥补这一点，但是，万一你连表达情感都不擅长，那你又该怎么办呢？

就在比赛的第三节即将开打之际，彼得站起身来。他已经没法安静地坐在看台上，他甚至不知道自己到底该去哪里，为什么要离开。他打算去他唯一真正能够理解的地方——球员更衣室。当然，他在走道上就停住了脚步。他是体育总监，他本来就不应该贸然闯进属于球员的地盘，那是教练才有权限进入的场所。现在，他很清楚扎克尔一定就在那里，一定正在对着球员们慷慨激昂地演说，告诉他们：我们一定可以力挽狂澜！他们身上就有赢家的特质，他们只要想象比赛是从零比零重新开始，他们只需要迅速地取得一个进球！然后，比赛就重新开始了！

　　然而，绕过转角，彼得看见扎克尔站在通往停车场的门口。她形单影只地抽着雪茄。全队都坐在更衣室里，干等着。

　　"你在搞什么？"彼得咆哮道。

　　"怎么了？室内不能抽烟！"扎克尔为自己的行为辩解道。

　　"你们现在可是零比四落后！你不准备跟球员们说些什么吗？"彼得逼问道。

　　"你难道不觉得，他们本来就知道自己现在是零比四落后？"扎克尔问道。

　　"你总得……该死的……他们需要……拜托，你可是教练啊！给我进去，说点能够激励士气的话！"彼得命令道。

　　扎克尔抽完了烟，耸了耸肩，然后才无可奈何地咕哝道："噢。当然，没有问题。"

　　就在她走进球队更衣室时，一名年轻男子从另外一个方向冲来。他名叫维达·雷诺斯。

　　"我可以上场吗？"他气喘吁吁地问道。

　　扎克尔蹙了蹙眉头："哦，当然啦，没问题。反正情况已经糟透啦。"

就在维达兴高采烈、冲进更衣室寻找自己的冰球装备与护具后约一分钟，又有一个年轻人经过走廊。他没有狂奔，步伐不疾不徐。他在扎克尔的面前停了下来。他的语气很有礼貌，那是家里有姐妹的男生才会有的语气："你还缺人手吗？"

扎克尔蹙起眉头："你该不会是想跟人在更衣室里……嗯？"

班杰试图分辨她到底是在说笑，还是认真的，但根本分辨不出来。

"不会。"他回答。

"好的。"她说。

换成一般的教练，鉴于班杰没有在第一节开赛前现身，早就把他从阵容名单里剔除了。但是，扎克尔可不是一般人。她的评估是，就算班杰不在场，他总是比某些人管用。有些人理解她的想法，但绝大多数人则不理解。她站到一边去，让他能够走进更衣室。在他进入更衣室以前，里面本来就已经很沉默，现在更是一片死寂。

他那一打队友，个个垂头丧气。有史以来，班杰第一次不知道自己在更衣室里该做些什么，他该坐在哪里，该怎么脱掉衣服。他对这些动作倒是无所谓，只是担心有人会觉得不舒服。现在，他已经与众不同了。

他脱掉鞋子，但已经没办法继续下去。他冲进卫生间。虽然他已经关上门，但大伙儿还是能清楚地听见他对着水槽呕吐的声音。泪水不断从他眼里流出，他用力地抓住水槽的边缘，力道大到使水槽和墙壁连接处发出咔咔的摩擦声。要是他有机会逃跑，他一定会拔腿就跑。可是，要离开卫生间，他只有一条路。所以，他想成为什么样的人？大家都经历过这样的关键时刻，我们必须做出抉择的关键时刻。

他擦干脸上的泪水，转开门锁，走出卫生间，回到更衣室。这是一个非常微小的动作。他所有的队友仍然沉默着，但当班杰回到自己的位置时，他的鞋子里已经浸满了剃须泡沫。不只是他的鞋子，所有人的鞋子里都浸满了剃须泡沫。每张板凳底下的每双鞋子里，都浸满了剃须泡沫。因为他周围的这些男人想让他知道：在这间更衣室里，他跟其他人是一样的。

班杰坐到板凳上，迟疑地脱掉毛衣。突然间，班杰面前发出一道高亢的声音，打破了沉默。班杰完全料想不到，他面前竟会突然冒出这样一个声音。

"你要怎么知道自己性不性感？"亚马问道。

班杰上半身赤裸着，歪着头："什么？"

亚马满脸通红。所有人都盯着他，他从来没觉得这么丢脸过。不过，他还是坚持下去："嗯……我是说……你要怎么知道，女生觉得男生哪里性感？或者，男生觉得……男生哪里性感？"

班杰的睫毛沉落下来："天哪，亚马，你这是什么鬼问题啊？"

亚马清了清嗓子说："你跟我一起冲过澡，那你觉得我性感吗？"

在班杰回答之前，亚马又露出坏笑，说："我可不是帮我自己问的。我是帮我最要好的朋友问的。"

待在亚马身边的波博猛然抽搐了一下，仿佛有人突然对他电击。对于一名年轻男子来说，这是他对另一名男子所能释放出的非常微小的信号。不过，如果你真有一位最要好的朋友，那么你就能克服人生中相当多的困难。如果你恰好还是某人最要好的朋友，那么你的人生就能走得更远。所以，波博咳了一声，挤出这么一句："嗯，班杰……我只是很好奇，要怎样才能……嗯，你知道的，你怎样才能知道，你够不够……性感？"

班杰先望着波博，再望着亚马，之后目光又转回波博身上。最后，他摇摇头："我从来没在淋浴间偷瞄过你们！"

更衣室里，所有人都笑得前仰后合。然而，其中一个老队员表情仍然相当凝重，冷不防问道："喂，那我们其他人呢？你敢说，你在更衣室里从来就不曾偷瞄过我们队上的任何一个人？"

班杰蹙了蹙眉头："我宁可偷瞄女生，也不想偷瞄你们。"

那名老队员的肩膀顿时一沉："喂……你这样说，有点太伤人啊。"

"在我们这里，大家身材都保持得很好啊。"另一个人失望地呢喃着。

波博和亚马露出坏笑。他们的表现几乎一如往常，但是班杰的神情变得凝重起来。他指着波博的胳臂，说："如果可以的话，我也要那个。"

波博在一块胶布上写下"安-卡琳"，然后将胶布贴在班杰的胳臂上。波博写这个名字时，手颤抖不已，所以那几个字母写得并不清楚。

* * *

伊丽莎白·扎克尔与彼得站在球员更衣室外。她不满地咕哝着，但彼得坚决地比着手势，要求她对球队演讲。所以她呻吟着，钻进了更衣室，吹了几声口哨。更衣室里所有的男人陷入一片沉默。

"嗯哼！有人刚才告诉我，身为教练，我应该发表一下演讲，激励一下各位的士气。所以……是的……你们现在处于零比四落后的状态。"

这些男人狠狠瞪着她，她则狠狠地回瞪他们，然后继续说下去："我只是要确保你们知道这件事。零比四！你们不只是比分上落后，打得也糟糕透了。只有一群无可救药、脑袋有洞的白痴才会相信，你们会赢下这场比赛！"

这群男人闭口不言。扎克尔清了清嗓子，随后又补充道："嗯，不管怎样，我只想说，我这辈子都和冰球脱不了干系。我这辈子从来没遇上比你们还要白痴的白痴。"

然后，她就离开了他们。当她走向冰球场时，彼得站在走道上，凝视着她的背影。在过去每一节的暂停时间，他还从来没听过这么好的演说。

＊　　＊　　＊

更衣室里的所有人都坐着不动。班杰看着墙上的时钟，他们早该登上冰球场了，但所有人仍然一动不动。到了最后，亚马不得不踢了班杰的溜冰鞋一下，对他说："他们在等。"

"等什么？"

"等你。"

班杰站起身来。其他人全都跟进。

随后，熊镇代表队所有球员跟着他们的队长穿越大门。班杰明·欧维奇并没有走上冰面。他像一道旋风，横扫了冰面。

＊　　＊　　＊

欧维奇家的三姐妹和母亲一同来到赫德镇的冰球馆。她们的肢体语言表明，她们是见过场面比这还要糟糕、待过比这里还要冷酷的场所的女性。她们毫不畏惧。

但是，冰球馆已经人满为患、座无虚席，大家都知道她们是谁，大部分人对此也毫不掩饰。人们指指点点、耳语着，但没有人敢正眼看她们。有些人也许觉得丢脸，有些人可能只是不知道该说什么。也许许多人想开口，但当"破冰者"还是很困难的。

最初采取行动的，总共有五个人。

那五个人就是"伯父们"，他们都穿着"熊镇与全世界对着干"的绿色T恤。他们走上台阶时，还不断取笑彼此的年龄。其中一个人挽住班杰明·欧维奇母亲的手臂，领着她来到自己的座位上，其他几位伯父则将他们的座位让给三姐妹。当爱德莉经过他们其中一个人的身边时，他按了她的手一下，说道："去告诉你弟弟：那些叫得最大声的人，也许能被听得最清楚。但是，他们的人数并不是最多的。我们的人，比他们多得多。"

那五名伯父的太太们就坐在旁边的座位上，其中一个人脚边放着冰袋。当然，这种东西是不能带进冰球比赛场地的，但当门口的警卫问她冰袋里装了什么东西的时候，她非常严肃地回答"是猫咪"。当警卫抗议时，其中一位大婶便凑上前，低声说："它已经死了。不过，可怜虫，不用跟她啰唆啦。"警卫惊讶地张开嘴巴，就在这时，第三位大婶接口道："你们这里有没有当地现摘的番茄啊？我才不要你们常用的比利时番茄，我要真正、新鲜的番茄！我这里有折价券！"第四位大婶喜出望外地喊道："这里人真多啊！你们今天晚上要放什么电影啊？是肖恩·康纳利的电影吗？"就在第五位大婶准备说出自己事先预演好的"今夜会下雪哦！我的膝盖有这种感觉哦！"台词之前，警卫就深深叹了一口气，放弃了继续和她们沟通的念头，把包括冰袋在内的所有东西全都放了进去。现在，大婶们从冰袋里掏出啤酒，她们将啤酒分给班杰的母亲与姐姐们，然后，这称得上是"三代同堂"的九个女人就与彼此干杯，大口喝起酒来。那五位伯父就站在旁边的台阶上，充当她们荣誉的警卫。

　　　　　　　　＊　　　＊　　　＊

　　实际上，一杯咖啡也不算什么嘛。

　　所有人将会记住赫德镇观众席上传来的"娘炮！婊子！强奸犯！"的吼叫声，许多人觉得整个观众席都在高声大吼，因为从远处来看，根本分不出谁吼了、谁没吼。因此，就算并非每个人都在大吼大叫，看台上的所有人还是会被一概而论。我们总是乐于寻找替罪羊，那些想取得道德高地的人很容易就说出"文化不只是我们所鼓励的事物，还是我们所容许的事物"。

　　然而，当所有人都在大吼时，你很难听出反对的声音；当充满憎恶的岩浆开始席卷一切时，你就很难说清楚到底谁有责任阻止这一切。

　　一个身穿胸口绣有公牛图案的红衬衫的年轻女子离开看台的站位区，经过警卫们的身边，靠在座位席旁边的阶梯上。因此，一开始根本没人注意到她的行为。但是，这名女子喜欢赫德镇冰球协会的程度，和那些大吼大叫的人不相上下，她一直追随着这支球队，看台的站位区也就是她的地盘。待在看台的座位席，和她总是嫌弃不已、嗤之以鼻、总是吃着面包夹热狗的球迷们为伍，就是她无声的抗议。

　　一名在稍远处座位区、身穿绿色T恤的男子发现了她，随即站起身来。他走到自助餐厅，买了两杯用纸杯装着的咖啡，再来到看台区，将其中一杯递给她。他们并肩而站，一红一绿，沉默地喝着咖啡。一杯咖啡，简直是微不足道。有时候，这根本不能造成一点影响。

　　几分钟之后，越来越多穿着红色衬衫的球迷从站位区走下来。座位区上的台阶很快就人满为患。现在，"娘炮！婊子！强奸犯！"的吼叫声仍然不绝于耳，但不愿意跟着起哄的人则选择离开这些大吼大叫的人。

现在，大家都能看到，高声吼叫的人其实远没有我们想象的多。他们从来就不占大多数。

*　　*　　*

赫德镇冰球协会有个名叫菲利普的球员，是全队最年轻的球员，但即将成为最优秀的球员。这段故事和他其实没有关系，他涉入这段故事的程度很浅，我们对于他所扮演的角色简直可以略过不谈。

然而，就在第三节开赛之前，他离开了冰球场。威廉·利特和其他几名队友大声吼叫着叫他留下来，但菲利普穿越选手通道区，踏上台阶，走上看台，一路来到站位区。他脚上仍然套着溜冰鞋，手上仍然拿着冰球杆。他大步走向自己所能找到的身材最高壮、文身最多的赫德镇支持者。当那名球迷正大声吼叫"娘炮……"时，菲利普一把拉住他的衬衫，说："你们再喊一次，我就不打了。"

菲利普只有十七岁，但所有看得懂冰球的人都知道，他的前途不可限量。那名赫德镇支持者疯狂而愤怒地瞪着他，但菲利普毫不退让。他指着那些站在座位区台阶上、身穿红衣的球迷，保证道："你们再吼一次，我就跟他们待在一起，直到比赛结束！"

他走回冰球场，在身后留下一片死寂。菲利普并不天真，他知道这个世界不会因此而有所改变，他也知道这些人绝对会在其他比赛场合高喊着相同的内容。但是今天，他们别想这样做。当他来到板凳区时，有人吼道："赫德！赫德！赫德！"

"赢！赢！赢！"观众席上其他人回应道。

在那场比赛剩余的时间里，他们就只喊这些口号。最后，看台的站位区再度人满为患。他们的喊声震耳欲聋，简直要将屋顶掀翻。

＊　　＊　　＊

冰球其实很简单。它是全世界最公平也最不公平的体育活动。

熊镇代表队攻下一分，之后又攻下一分。当他们将劣势扭转到三比四时，比赛进入最后二十秒，所有人都知道会发生什么事情。你可以感觉到这股气息——结局只有一个，就像童话故事里说的那样。

班杰持球攻进属于赫德镇防守的半场，假装要射门，却传给了亚马。赫德镇冰球队的所有球员都以为班杰会直接射门，只有一个人知道：他其实是个不那么自私的球员。

威廉·利特对班杰太熟悉了。

亚马直接攻向球门，双手手腕柔软灵活；当他射门时，身体保持几近完美的平衡。一切看来本该易如反掌，他本该成为英雄，这本来会是最完美的结局。但是，威廉已经预测到这种情况。他飞身扑救，橡皮圆盘直接击中他的头盔，再撞上门柱。然后，橡皮圆盘飞向边线角落区，菲利普一把抓住橡皮圆盘，将它扔出属于赫德镇防守的半场。橡皮圆盘刁钻、戏谑地滑过熊镇球员无助地伸长的冰球杆，一切就结束了。

提示比赛结束的哨声无情地响起。身穿红色溜冰鞋的球员们爆出一阵欢呼声，威廉·利特则被庆贺的队友们团团抱住。身穿绿色球衣的球员们绝望地瘫坐在冰面上，看台上身穿绣着熊头 T 恤的球迷们呆坐着，无法理解刚刚发生的一切。

赫德镇赢了，熊镇输了。

冰球非常简单：它总是非常公平，却也总是非常不公平。

41. 要是你们挺身而出

熊镇冰球协会的球员更衣室里一片死寂。刚输掉比赛的球队只有两种换装的方式：马上换装，或是根本就不换装。他们如果不是在五分钟以内离开冰球馆，就是整整拖上好几个小时才会离开。至于这一次，甚至没人有力气走到淋浴间。

彼得·安德森走了进来。他望着他们，完全知道他们的心情。他衷心希望，自己能够说点什么来激励他们："嗯……孩子们……这场比赛非常艰难。虽然你们输了，但是我要你们……"

其中一名老队员哼了一声，打断彼得的话："彼得，我没有不尊敬你的意思。但是，不要再拿什么'把这场比赛忘掉'或其他类似的陈词滥调来忽悠我们。要是你没有什么其他高见，你最好去做你平常一直在做的事情：闭上你的嘴，缩进你的办公室！"

这是明目张胆的挑战，他们一点都不尊敬他。彼得站在门口，双手插在口袋里，他这辈子在绝大多数时候，都是别人说什么，他就跟着做什么。滚出休息室、缩进办公室，然后自我安慰说他是体育总监，不是教练，他的工作不是让自己被球员尊重。但是，今天的情况格外不寻常。他的手仍放在口袋里，但握紧了双拳，冷不防吼道："'忘记'这场比赛？忘记？你以为我要你们忘记这场比赛？我要你们给我记清楚！"

他们惊讶不已，开始专心听他说话。他通常不会提高音量，但此刻，他指着每个球员，从最年长的老队员一路到班杰、波博、维达和亚马，咆哮道："今天你们是输了。但你们今天差一点点就赢了。你们给我记住这种感觉。我和你们以后再也体会不到这种感觉！永远！"

也许，他本来还可以多说些什么的，但就在此时，一阵单调的撞击声透过冰球馆的墙壁传了进来，更衣室里所有人都抬起头来。起先，这听起来像是鼓声；随后，它听来又像是某人用脚踢门的声音；但这声音马上就转变成一阵轰鸣声，只有彼得知道这个声音的来源。他听过这个声音，但那已经是二十年前的事。当年，在一个充满梦幻、不可思议的球季里，一个小镇的生死完全取决于一支冰球队的胜败。当时，彼得每天晚上都会在冰球馆里听见这种声音。

"到冰上去。"他对队员们说。

他们乖乖听话。彼得并没有跟在后面，他知道自己不受欢迎。

熊镇冰球代表队的球员们走回冰面。此刻，几乎所有的看台区都已经空空如也，天花板上的吊灯也已经全数熄灭。但一群身穿黑色夹克的男子聚集在球场的一道短边处，他们坚决地发出声音。他们不断跳上跳下，双脚踏上木板，发出阵阵轰鸣声。他们人数虽不足百人，歌声却像万人合唱般雄壮："如果你们挺身而出，我们就挺你！如果你们挺身而出，我们就挺你！如果你们挺身而出，我们就挺你！"他们一而再，再而三地吼着。

他们是来宣示：他们还在。他们是在提醒大家球会的意义。球会意味着一项特权，不是每个人都能享有的权利。

最后，熊镇冰球协会甲级联赛代表队的所有球员站在冰面上跟着唱了起来。"如果你们挺身而出，我们就挺你！如果你们挺身而出，我们就挺你！"冰球馆的其他地方，灯光也已经悉数熄灭，空无一人。但就算那时有其他人在场，他们也是绝对不受欢迎的。这件事情仅仅属于球队和"家庭"——他们最亲近的支持者。

彼得独自站在更衣室里，双手仍然插在口袋里。然后，他离开了冰球馆，穿过森林，一路走回熊镇。此刻已是深秋入冬，他深深吸了一口属于即将来临的冬天的气息，感到自己比以往更像个输家。现在，一切都已经脱离了他的掌握：他的子女、他的婚姻、他的球会。

这一切值得吗？我们该怎么做才能事先知道呢？

*　　*　　*

赛后，赫德镇与熊镇的教练在裁判休息室见面。他们以教练的方式交谈，口气相当礼貌，但并不友善。

"很精彩的比赛。"身穿红衣的戴维说。

"你们赢了。这场比赛，只有对你们来说是精彩的。"身穿绿色衣服的扎克尔说。

戴维露出微笑。他们属于同一类型的教练。

"你的球员，最近还好吗？"他问。

"你是说我所有的球员，还是其中某个球员？"她反问道。

戴维试着藏起自己的双手："班杰明。我想知道班杰明最近怎么样。"

"我们十二月会再见面，他会打满整场！"她答道。

戴维笑了一下。这简直是答非所问，但她就是用这种方式表达：他们下次狭路相逢时，她不准备再输一次。她和戴维一样，是冰球队的教练。

"很精彩的比赛！"戴维重复道。

他伸出手，但是她完全没有要跟他握手的意思。

"你们队上那个名叫菲利普的后卫，他将会前途无量。"她反而这么说。

戴维骄傲地挺直了腰杆。在成长过程中，菲利普是全队最矮、技术最差的球员，然而戴维不断地给他机会。现在，他正在成为明日之星。

"是的。他还必须……"戴维想说些什么，却被扎克尔打断："不要再让他走上看台了。不要再让他被扯进政治！"

戴维深表同感地点点头。他和扎克尔真的是志同道合。他们都知道，菲利普将会成为最厉害的球员，但他们也非常清楚，他和观众吵架并不会得到任何好处。要成为顶尖的运动员，就不能让那种事情分神。让负责打球的人去打球，该归冰球的就归冰球。

"今晚，他的速度比平常稍微慢了一点，但他在季前训练赛以后速度就有点慢……"戴维说。

"他臀部痛。"扎克尔斩钉截铁地说。

"你说什么？"

"他的右臀痛。他一直在努力减轻疼痛，假如你在他安静站着的时候瞧瞧他的脊背，你就看得出来，他的身体是倾斜着的。他为了不让你觉得难过，没有告诉你这件事情。"

"你是怎么知道的？"戴维问道。

"我在他现在这个年纪时，经历过一模一样的事情。"

戴维犹豫许久，才接着问："你的教练是谁？"

"我爸爸。"

扎克尔这么说的时候，仍然面不改色。戴维困惑地搔了搔脖子："谢谢。我会跟菲利普谈谈……"

扎克尔从裤子口袋里掏出一张纸条，潦草而飞快地写下一个电话号码："这是一个物理治疗师的电话。他是治疗这种伤势的顶尖专家。请带菲利普去找他，同时代我问候他。"

然后，她就走出裁判休息室。戴维吼道："一旦我在精英联盟找到教练的工作，我就会打电话给你！欢迎你来当我的助理教练！"

那名女子从走道上答话，声音充满自信，非常自然："欢迎你来当我的助理教练！"

第二天，戴维就带着菲利普去见了那位物理治疗师。那一整天的时间几乎全花在了路上。几年以后，菲利普将在接受访谈时提到这件事，提到戴维在那一整个球季剩余的时间里，每个星期都开车送他去见物理治疗师一次。"他是我遇到的最好的教练！他拯救了我的职业生涯！"这名物理治疗师的雇主是全国最大的冰球协会之一，第二年，这个球会就网罗了菲利普。同时，戴维获聘成为这个球会的教练。

伊丽莎白·扎克尔也申请了那份工作，却没被录取。

这总是很公平，却也总是很不公平。

*　　*　　*

戴维家的门铃响起时，时间已经不早了。戴维已经怀有身孕的女朋友前来应门，班杰站在门外。

当戴维下楼时，顷刻间，他的呼吸差点停止。这个男孩的成长过程从他的眼前一闪而过。班杰和凯文，这两个最要好的朋友，一个是野兽，另一个是天才。天啊，戴维多么喜爱他俩。他是指导过这两个人的教练。将来，他是否能再次体会到这样的感觉呢？

"进来吧！"戴维快活地招呼道，但班杰摇了摇头。

现在，他已经十八岁了。他是成年人了。当他和凯文还是孩子的时候，戴维常使用无数种微小的方式激励他们。其中最古怪的方式，也许莫过于把自己的手表借给他们。戴维当初是从父亲那里得到这块手表的。这两个小男生非常喜爱这块手表，只要他们其中一个人在训练时或实战中表现杰出，戴维就会把这块手表借给他们。现在，班杰掏出了那块手表。

"请把这块手表留给你们家的小朋友吧，它已经不怎么适合我了。"

今年春天，就在戴维离开熊镇冰球协会以后，他亲眼看到班杰和另外一个男生接吻。在那一刻，他心中有着千言万语，却完全不知道该怎么表达。所以，他把自己父亲留下的那块手表放在了班杰父亲的墓碑上，还在那块手表旁边摆着一枚橡皮圆盘，上面写着"你还是我所认识的最勇猛的小浑蛋"。

"我……"现在，戴维低声想说些什么，却什么话都说不出口。

班杰将手表放在戴维的手掌上，戴维的手指紧贴着金属的表面，而他的女朋友则为了班杰而哭泣。

"我会留下那个橡皮圆盘，这样就够了。"班杰说。

戴维想拥抱他。但是，他居然忘了该怎样拥抱他。这真是奇怪。

"我为你所遭遇的一切感到非常遗憾。"戴维真诚地说道。

班杰咬紧牙齿，然后用同样真诚的语气说道："你是我遇到的最好的教练。"

"教练"。他没说"朋友"，甚至没说"人"。只是一个"教练"。这句话让戴维觉得心痛。

"只要是我执教的球队，十六号球衣会永远为你保留下来……"戴维承诺道。

然而，在班杰回话之前，戴维就知道，他只会说出一个答案——

"我只为一个球队效力。"

然后，这孩子就一如往常地隐入黑暗。

＊　　＊　　＊

一两天后，熊镇冰球队便进行了下一场比赛。这也是一次客场作战，但身穿绿色球衣的球迷和黑衣人都"随队出征"，整场比赛都能听到顽固的歌声："只要你们挺身而出，我们就挺你！只要你们挺身而出，我们就挺你！只要你们挺身而出，我们就挺你！"

熊镇代表队以五比零取胜。亚马的动作迅疾如旋风；波博拼死奋斗，仿佛这是他死前的最后一战；班杰在冰面上简直无人能敌。在比赛接近尾声时，维达几乎要跟敌队一名球员大打出手。班杰迅速滑过大半个冰球场，拉住他，阻止他和那名球员开打。

"如果你动手打人，你会被禁赛！我们需要你！"班杰说。

"他开口骂人！"维达一边大吼，一边指着那名敌队球员。

"他骂了什么？"

"他说你是个死娘炮！"

班杰凝视他许久，然后说："维达，我就是个死娘炮。"

维达愤怒地拍拍胸口的熊头图案说："可是你是我们的死娘炮！"

班杰一声长叹，低着头，看着冰面。他这辈子从没听过杀伤力这么强烈、让他鼻子泛酸的恭维话。

"我们现在专心打球就好，可以吗？"他要求道。

"好的。"维达咕哝着。

所以，他们专心打球。班杰攻进两球；维达整场比赛将球门守得固若金汤。当天晚上，当班杰来到毛皮酒吧时，吧台上特地为他留了一杯啤酒。他将那杯啤酒一饮而尽；维达·雷诺斯和提姆·雷诺斯站在一旁，也将各自的啤酒一饮而尽。他们让这一切看起来稀松平常。

也许，我们偶尔总能让这样的情景看起来稀松平常。

42. 他们是一阵风暴，席卷了整条走道

在熊镇，我们会将家人埋在枝叶最繁茂的那棵树下。我们在沉默中哀悼，我们低声交谈。我们甚至经常觉得，做点什么比说点什么来得容易。也许这是因为，住在这里的有好人，也有坏人，要区分出其中的差别可是非常困难的。所以，这让我们变得非常复杂。有时候，我们同时扮演着好人和坏人的角色。

*　　*　　*

波博努力将自己的领带打好，他从来没能真正学会打领带，他打好的领带不是太长，就是太短。有那么一次，他打好的领带长到离谱，惹得他年幼的弟弟妹妹都笑了出来。而今天，他又成功地将弟弟妹妹逗到笑出来。安－卡琳要是地下有知，必然会为他感到骄傲不已。

她的三个子女差异其实相当大。波博始终无法理解，他们明明是手足，有着相同的基因、相同的成长，甚至在同一栋房子里成长，彼此的差异怎么会如此明显。尽管如此，他们还是长成了完全不同的个体。他不知道母亲是不是也是这么想的，或者她还是能从每个子女身上看到自己的影子。波博本来应该问她的事情实在太多了，却都没来得及问。死

亡总是用这种方式对待我们。这就像是打电话，我们总是在挂断电话的那一刻，才猛然发现自己本来应该要说些什么。如今，话筒的另一端只剩下一座充满回忆的电话答录机，从另一端传来的声音越来越微弱，也越来越零碎。

"雄猪"戈登走进房间，想协助波博把领带打好。但是，他也没帮上什么忙。当全家人即将出席葬礼的时候，安－卡琳总是能帮父子俩把领带打好。所以，波博抓起领带，将它绕过头部，打了一个结，就像绑头巾一样。他的弟弟妹妹大笑不止，笑到简直要岔气了。在前往葬礼会场的路上，他刻意让领带保持这副滑稽的样子，就是要让弟弟妹妹继续开心地大笑下去。

牧师正在致辞，全家人当中没人真正听清楚他在说些什么。他们坐在最前方，尽可能靠近彼此。安－卡琳总是希望这样，她觉得她的家人就像是一个围在一起、相互取暖的小群体。她总是这么说："大房子？我们根本就不需要大房子啊，我们大家总是缩在同一个房间里嘛！"

之后，人们来到戈登面前，想将她的人生做个总结。但是，她的人生是无法以三言两语来总结的，她扮演的角色太多了：在医院，她是个非常优秀的护士，是一个永远愿意挺身而出的好同事；她是一个忠诚、备受敬爱的好朋友；她是她丈夫一生的挚爱；她更是三个性格截然不同的孩子唯一的、不可取代的母亲。

真正入土为安的，其实只有一个女人，但对她还在世的亲友来说，他们失去的可远远不只是一个女人而已。

教堂里的每个人心中都默默地希望，当初他们要是多问她一些问题就好了。死亡总是以这种方式对待我们。

＊　　　＊　　　＊

现在，彼得与蜜拉仿佛是两条平行线，而不再是共同生活的夫妻。葬礼结束后，两人并肩而行，走出教堂。但是，他们之间隔着一小段距离，那段距离刚好不至于让他们不小心触碰到对方的手。两人各自坐进自己的车子，却没人插上钥匙。两人各自处于停车场的一端，都陷入了崩溃。

他们始终知道，对他人产生依赖是非常恐怖的。几年前的一个夏夜，他们坐在别墅外的台阶上，当时的新闻报道提到，两个稚龄的儿童在一场交通事故中罹难，他们就在那时重新体验了丧子之痛。在蜜拉心中，失去大儿子的痛苦总是一而再，再而三地重复着。蜜拉低声对彼得说："上帝啊……亲爱的，当艾萨克死去的时候，我真的好痛苦。要是我当时是一个人承担这样的痛苦，也许我就自杀了。"或许彼得和蜜拉就是因为不相信自己有能力独自存活，所以才能携手度过这一切苦难。所以，他们不断追逐其他富有生机的人、事、物，让他们感觉自己被需要——彼此、孩子们、一份有意义的工作、一个球会、一个小镇。

这时，彼得朝窗外一望，发现蜜拉仍然坐在车里。他便走下车，向她走去，打开副驾的车门，谨慎地说："亲爱的，我们应该去拜访他们，到他们家去。去看看雄猪，还有他的孩子们。"

蜜拉艰难地点点头，将眼角晕开的眼线膏擦干净。艾萨克死时，"雄猪"和彼得的另一个童年挚友"尾巴"弗拉克立刻赶到加拿大。他们非常清楚，彼得和蜜拉一定还处于震惊状态，所以"尾巴"便协助打理一切事宜，包括处理相关证明、文件与保险。一开始，"雄猪"在大多数时间里都呆坐在屋外的台阶上，不知道自己该做些什么，这可是他第一次出国。不过，他碰巧发现台阶的栏杆折断了，而加拿大的栏杆和熊镇房屋的栏杆外观是一模一样的，所以"雄猪"便取来工具，把栏杆修好了。之后一连好几天，他就不断地修补各种东西。

"是开我的车，还是开你的车？"彼得问道。

"开我的吧。"蜜拉一边说，一边将手提包从副驾上拿开。

她开车去往"雄猪"和他的孩子们的家。在半路上，她谨慎地伸出手，彼得握着她的手。他紧紧地握住她的手。

亚马的母亲法提玛已经在"雄猪"的家里了。她正在厨房里煮饭，蜜拉上前帮忙。亚马也在那里，他找来波博和他的弟弟妹妹。他对他们说的话，正是一个青少年面对一个刚失去母亲的好朋友所能说出的唯一一句话："来打球吧？"

他们取来橡皮圆盘和冰球杆。波博再次用领带缠住头部，一手拉着弟弟，一手拉着妹妹，大家手牵手走到湖边。湖面已经结冻，大地一片银白，他们就在湖面上打球，仿佛那才是天地间唯一重要的事情。

彼得在汽车修理厂找到了"雄猪"。他已经回到工作岗位上了。他的双手必须保持活动，心才不至于因悲痛而炸裂。

"我可以帮忙做点什么吗？"彼得问道。

这时的"雄猪"汗流浃背，心不在焉。所以，他说道："那场风暴把屋顶吹翻了，你能去看看它现在是什么情况吗？"

伤痛会让一个人忘记他的朋友其实笨手笨脚，连自己在加拿大家里的栏杆与扶手都修不好。但是，彼得非常敬爱"雄猪"，就像一个真心喜爱自己最要好朋友的小孩，所以他便取来一把梯子，爬上了屋顶。

就在他坐在屋顶上、完全不知道该从哪里开始检查的时候，一列车队驶过森林。起先彼得还以为是"雄猪"的亲戚，但当这些车辆停下来时，从车内走出的却都是些年轻男子。

提姆和维达走在最前面，"蜘蛛"和"木匠"紧随其后，而他们后方则跟着十几名身穿黑色夹克的男子。通常，他们都把自己的轿车或雪上摩托车送到这里修理，而他们的父母也是将坏掉的机器送到这里修理。不管是吹雪机、林业器械，还是只是电热水壶，只要坏掉，这一带的居民都会找上"雄猪"戈登。所以，当他家里出了点问题时，他们就来拜访他了。提姆走进汽车修理厂，按住这名技师油腻腻的手，说道："雄猪，我们都感到非常悲痛。我们能帮你做点什么吗？"

"雄猪"擦干脸上的污渍和汗水，问道："你手边有些什么？"

"我带了一个木匠、一个电工、几个身体强壮的小伙子，还有几个实在没有一技之长的家伙。"提姆说。

"雄猪"露出一抹虚弱的微笑。

当"蜘蛛"和"木匠"爬上来的时候，彼得还在屋顶上发呆。他们看着彼此。彼得深吸了一口气，承认道："我对修屋顶一窍不通，我甚至不知道应该……从哪里开始检查。"

"木匠"一言不发。他只是示范给彼得看。接下来的几个小时里，他们三人互相帮忙。当他们从屋顶上爬下来时，也许他们又变回彼此的敌人了，但是，他们至少在屋顶上过了一小段不至于"不共戴天"的时间。原来，死亡也能给我们带来这样的作用。

提姆走进厨房，一看到蜜拉，就猛然停下脚步。蜜拉的下颚紧绷，双拳紧握。见蜜拉反应如此激烈，法提玛出于本能，立刻挡在两人中间，而没有意识到在这样的场合下，真正身处险境的人是谁。不过提姆向后退了一步，放松了肩膀，低垂着头，尽可能让自己变得渺小。

"我只是想帮点忙。"他诚恳地说道。

有时候，做点什么总比说点什么容易。蜜拉和法提玛面面相觑，蜜拉简短地点点头，法提玛问道："你会煮饭吗？"

提姆点点头。法提玛知道他的妈妈是谁，也了解他从小时候起就被迫学会了煮饭。她请他切菜，他没有抗议，直接开始干活。之后，洗碗的工作交给了蜜拉。提姆负责将洗好的碗盘擦干。他们可没有言归于好，只是让冲突先"中场休息"。关于好人和坏人，最复杂的一点就在于：我们当中绝大多数人可以同时扮演好人和坏人的角色。

* * *

我们很容易就对他人寄予期望。我们相信，世界能够在一夕之间发生变化。恐怖袭击事件后，我们会游行抗议；发生天灾时，我们会捐款；我们会在网上表达自己的爱心。但是，我们每向前跨出一步，就几乎总是以相同的幅度倒退一步。长时间来看，改变的速度太过缓慢，几乎看不出来。

熊镇中学的钟声响了。老师们开始讲课，但班杰还站在离校门口数百米外的地方，寸步难行。他深知自己现在在众人心中的形象，一场冰球比赛并不会带来任何改变。只要他还是个中翘楚，他们也许能够接纳他在冰上的表现。然而，现在的他必须做出远比其他人还要多的努力。只要别人接纳他，他就得谢天谢地了。因为，他不是他们的一分子。他也永远不会再是他们的一分子。

他非常清楚，现在，人们还是会用言语、文字来漫骂他、攻讦他，拿他的事开玩笑。他是谁已经不重要了，他对某项体育活动如何在行、他多么努力奋斗、他打球多认真，统统不重要了。在他们的眼中，他的地位已经确定了。现在，这就是他被允许拥有的唯一身份了。

他转过身朝另一个方向走去。这辈子，他可是第一次对学校感到害怕。然而，一个女孩站在前方一小段距离处等着他。她并没有触碰他，但她的声音仍足以使他停下脚步："班杰，别让那些家伙看到你在哭。"

班杰双目圆睁，停下脚步道："我快承受不了了……我该怎么做呢？"

玛雅的声音虽然微弱，但表达的意思很强硬："你要抬头挺胸地走进去。然后，瞪着他们每个人的眼睛，直到他们低头把脸别开。班杰，有问题的人不是我们。"

班杰提问时，清楚地听到自己已经支离破碎的声音："你是怎么撑过来的？今年春天发生这些乱七八糟……的事情以后，你是怎么……撑过……来的？"

她眼神凌厉，但声音听起来却让人心碎："我不准备当一个受害者。我是一个幸存者。"

她走向学校。班杰迟疑了许久，才跟了过去。她等着他跟上来，与他并肩而行。他们的步伐相当缓慢；也许，他们看起来正慢步走着，但他们可没有偷偷摸摸溜进学校的走廊。他们是一道风暴，席卷了整条走道。

43. 我们无所不在

就在这一年当中，熊镇的所有日子都挤成一团。也许，我们已经无法对时间与情感进行分类了。秋天就在某个时间点上戛然而止，被冬天取代，但是我们对此浑然不觉。时间只是不断地流逝，对我们当中的绝大多数人来说，光是早上起床，就已经变成一项异常艰巨的任务了。

＊　　＊　　＊

蜜拉坐在办公室里，却无法真正进入工作状态。如今，她越来越常迟到早退，她知道，一旦下次事务所出现主管空缺，人们在讨论候选人时将不会再提起她。她收到开会邀请函，却没去开会。她没有余力进行"前瞻性思考"，只能勉力撑过每一天。每一刻对她来说，都事关生存。

一如往常，那位同事总是直接告诉她真相。某天下午，蜜拉想找一间空的会议室接听电话，却不小心挑到一间正在开会的会议室，误闯进针对一家大客户的业务规划会议，当时她那位同事正在向那名客户汇报一项策略。蜜拉站在门口，看着那位同事写在墙上、白板上的说明。一如往常，她的说明十分出色。但是，如果当初蜜拉也参与，肯定能将说明的水平再提升一个档次。会议结束后，她在外面等着。当那名同事出来时，蜜拉问道："你知道的，那可是我精通的领域啊！我本来可以协助你准备这篇简报的！你怎么不找我帮忙呢？"

那位同事并未露出生气的表情。她无心伤害蜜拉，只是实话实说："因为你已经放弃了，蜜拉。"

＊　　＊　　＊

我们当中绝大多数人都在心中盼望，所有的故事都能简简单单，因为我们希望现实生活也能够如此简单。可是，这个社会像冰，不像水。它不会因为你的要求就突然间转向，它像冰河一样，每次只能移动几厘米。有时候，它们甚至纹丝不动。

在学校里，没有人当面顶撞班杰。毕竟，谁有这个胆量呢？但是，他的手机每天都被匿名短信撑爆；每次他一打开置物柜，就会发现已经有人从门缝里偷偷塞进一些字条。全是些常见的字眼和一模一样的威胁，他很快就习惯了。他非常善于表现得若无其事，那些刻意要伤害他的人就会将此解读为他的日子过得太轻松、太爽了。好像他受的苦难还不够多，被处罚得还不够严厉，所以他们不得不找些新招数来对付他。

有一天，威廉·利特穿着一件胸口画有望远镜图案的 T 恤到学校来。那个望远镜相当小，相当低调，只有班杰才会注意到。当所有人刚知道真相的那天早上，一张字条被刀固定在露营区小屋的门板上，那张字条上画着完全一样的望远镜。它被画在"BÖG"中"Ö"的圆圈里。班杰一把扯下那张字条，将它撕碎。网上从没流传出那张纸条的照片，所以他知道，除了当初把字条固定在门板上的人以外，没有人知道字条上画着什么图案。

威廉·利特希望他知道这是谁干的。他就是要让班杰记住那把刀。打赢一场冰球赛可是不够的。

班杰正视他的目光。这是漫长的秋季学期当中稀松平常的一天，两人站在走廊上，相距数米，其他学生不解地穿越这条走廊，准备前往自助餐厅或食堂。在这两个男孩之间，这样的对峙只持续了一秒钟。他们一个效力于一支身穿红衣的球队，另一个则效力于一支绿衫军。其中一个是公牛，另一个则是大熊。其中一个迟早会将另一个活活撕碎。

特定两支冰球队在每个球季中会与彼此对战两次。其中一次是主场出赛，另一次则是客场出赛。熊镇冰球协会与赫德镇冰球协会将会各自赢得接下来的所有比赛。随着时间不断流逝，赛程表也越来越接近两队狭路相逢的日子。这一次，赫德镇冰球队将到位于熊镇的冰球馆客场出赛。

所有的体育项目都像童话故事，这就是我们深深着迷，甚至沉溺其中的原因。所以，这场比赛只能有一种结局。

＊　　＊　　＊

玛雅逃学了。不过即使逃学，她还是精挑细选地找了个她几乎完全没课的日子。就算她违反了规定，她的演技还是堪称精湛，无懈可击。她坐在公交车上，坐了很久，坐到远超出合理通勤距离的一座城市，手里拿着一封信，走进一栋砖墙建筑，向柜台接待人员询问一名律师的名字。当她走进母亲的办公室时，母亲受到惊吓，打翻了手边的咖啡。

"亲爱的！你来这里做什么？"

玛雅还不曾来过蜜拉在这里的办公室。但是，她小时候可是很喜欢去妈妈上班的地方的。其他小孩对自己爸妈的工作场所厌烦不已，可是玛雅喜欢看妈妈全神贯注的表情，喜欢看她燃烧自我。这让她学到：总还有些大人会为了自己在乎的事情奋斗，而不只是为了钱。这真是一种福气。

当把那封信放在母亲办公桌上时，她面露不安。她知道自己的举动会让妈妈觉得被抛弃，她对此感到恐惧。

"这是……一所音乐学校。我申请了这所……这只是……我只是想要知道自己够不够好。我把一段自己演奏、自己谱写歌曲的视频寄给他们，然后……"

妈妈看着女儿递过来的信。光是看到信封上寄件人的名称，她就想放声大哭。蜜拉在整个成长过程中，始终非常勤奋地学习，一心想接受专业严格的学术教育。就算她家里没有人上过大学，她还是心怀梦想，希望能接受法学教育。她希望建立规则与框架，打造出安全感与职业生涯中的进阶之路。她对自己的子女也有着相同的期许：知道人生的目标，不要陷入失落。但是女儿和母亲总是不一样的，玛雅爱上了她所能够想象到的，最无拘无束、最自由的学科——音乐。

"你被录取了。你当然会被录取的。"蜜拉抽噎着。她感到非常骄傲，激动得一时无法站起身来。

玛雅啜泣道："我可以在一月就开始上课。我知道那里非常远，而且我得借钱。如果你不愿意让我去那里上学，我可以理解……"

蜜拉睁大眼睛瞪着她："不愿意？亲爱的，我当然……我真的为你感到开心哪！"

母女俩紧紧相拥。玛雅勉力挤出这么一句："妈咪，我是为了自己才这么做的。我只为自己做这件事情。你了解吧？"

蜜拉了解。她比任何人都更了解。

第二天，蜜拉比任何人都早到办公室。那位同事来到办公室时，蜜拉已经开始办公。那位同事眉毛一扬，而蜜拉则眼眉低垂。

"别再跟我说什么我已经放弃了！去他的，我做什么都可以，就是不会放弃！"

那位同事大笑起来，说道："乖乖闭嘴，专心开账单！"她俩就在当天上午双双请辞了。同一天下午，她们签署了合同，获得了自己梦寐以求的办公地点，正式成立了自己的公司。

* * *

熊镇的居民从来就不是那种会上街头抗议的人。他们不会上街游行，但会用别的方式表达自己的意见。外人很难理解这一点，但是这个社会上甚少出现"偶发性"的现象。要是某件事情看起来像是偶然事件，那么它在本质上通常绝非偶然。

开季后的一段时间内，在熊镇冰球队最初的几场主场赛事中，看台的站位区仍然完好无缺，不受影响。彼得或许天真地希望，他关于完全没有木匠能够拆除站位区的借口应该派上用场了。但是，工厂的新老板最后仍然寄了一封态度非常明确的电子邮件："要是球会再不采取强硬措施，将被称为'那群人'的滋事分子赶出球场，我们保证撕毁赞助合同。"

因此，就在冬季刚降临之际，观众来到其中一场主场赛事时，发现看台的站位区被整整两排胶带封锁了起来，而封锁区前方还有额外雇用的警卫守着。

就在这一年，大家都不得不做出艰难的抉择。彼得为了球会的生存，做出了抉择；"那群人"考虑到自己的生存，则做出了回应。

彼得安坐在观众席座位区的最上层，等着他们朝他大吼大叫。他已经料想到会有人直冲到他面前，当头痛揍他一顿。他或多或少已经做好了准备。然而，完全没有人将目光朝他投来。整座冰球馆座无虚席，但他并没有看到任何看板，也没人摇晃着标语。从所有人的行为来看，这场比赛仿佛再正常不过了。

当这个小镇的居民决定选边站的时候，表现出来的往往只是一些蛛丝马迹。因此，就算你直接站在他们面前，你很可能还是观察不到这些微小的迹象。大部分观众是永远不会支持暴力的良善居民，他们当中许多人会在餐桌前抱怨"那群人"，说这些"帮派分子"让球会声名狼藉，把球员和投资人吓跑。然而，在冲突中选边站的行为绝少和你支持什么人有关，反而几乎总是和你反对什么人有关。这个社区或许可以在内部吵翻天，但他们的炮口总是一致对外的。

我们确实无法阻止一家有钱的企业买下工厂，夺取权力，掌握我们的就业机会。然而，要是他们当真以为可以买下我们的球会，控制我们的生活方式，那可就大错特错了。对许多人来说，"那群人"也许象征着暴力，但对于在院子里树木折断时获得帮助、事后又在毛皮酒吧里被请喝一杯啤酒的邻居来说，"那群人"所象征的可不仅仅是暴力。对他们来说，"那群人"是一小群敢出面抵御外侮的人，他们不会向权势、金钱、政治低头。他们当然有缺陷、会犯错，但对熊镇的其他居民来说，同情他们还是相对容易的，尤其是在这样的混乱里。

这并不完全正确，但也并不完全是错的。事情的原貌，就是这样。

过了很久，彼得才开始注意到那些身穿黑色夹克的人。他们坐在冰球馆各处，分布在观众席座位区的不同部分。他事先当然也料想到这一点，但他们的人数远比以前多。多达几百人。直到彼得开始认真观察每个人的时候，他才发现原因：身穿黑夹克的不只是"那群人"而已。这当中包括了退休的老人、刚生完小孩的年轻父母、工厂工人、超市里的收银员，还有镇政府所经营的房地产管理企业的职员。这不是什么游行，更没人高声示威、抗议，要是彼得当着他们的面开门见山地质问，他们会装出一脸不解："什么？你在说什么啊？不对，不对，没这回事！一切都是巧合啦！"当然，彼得没有任何证据，因为每件夹克的品牌和材质都不一样，只是颜色一模一样。但是，在熊镇，很少有什么事情是"偶然发生"的。

彼得今天封闭站位区，没有人感到惊讶，因为有人确保这一动作事先就传到该知道的人耳中。他知道这个人是谁。彼得只需要向球会的理事会汇报这件事，因为他必须取得他们的许可才能雇用额外的警卫。彼得做出了抉择，拉蒙娜则做出了回应。他为她在理事会中争得一席之地，让她能够根据自己对球会最佳利益的判断，做出决定。现在，他就要面对这些后果了。

在第一节与第二节的中场休息时间，一名本来坐在远端座位区的年轻男子站起身来。他的衣着非常考究，头发梳理得整整齐齐，看起来不像是什么"暴力分子"，要是你向他近旁的人们问他是何方神圣，他们肯定会说："他啊？我不认识他。你刚说他叫什么？提姆·雷诺斯？我从没听说过这个名字！"

他非常平静地从观众席的座位区走下来，沿着边线区散步，再走上去，走向被封锁的站位区。两名警卫站在封锁区前方，但他们完全无意阻拦他。提姆爬上看台的站位区，肆无忌惮地跨过封锁线，甚至在封锁区的正中央停下来，系好一只鞋子的鞋带。他朝冰面迅疾地投去一瞥，在人海之中寻找彼得·安德森。随后，他便穿越看台站位区，下到观众席的另一端。即使大家都看在眼里，他还是若无其事地买了一杯咖啡。提姆已经用这种方式告诉彼得：这是他的地盘，只要他想夺回这块区域，他就会夺回去。

歌声就在几分钟后开始传出。一开始，只有另外一端的观众席在传唱这首歌，但彼得正下方数排座位上的男子仿佛收到指令一般，也开始高声吟唱起来。随后，右边、左边的座位也传出歌声。没有人正眼瞪着彼得，但黑衣男子们的歌声就是针对他而来的："我们无所不在！我们无所不在！你想抓我们吗？来抓我们啊！我们无所不在、无所不在、无所不在！我们无所不在！"

他们一口气唱了十次。随后他们还站起身来，更换曲目："如果你们挺身而出，我们就挺你！"唱完了以后，他们沉默地站着，严守纪律、意志坚决，就是要显示出整座冰球馆是多么寂静。要是"那群人"常年以来的支持消失无踪，大家可是会很怀念他们的。

随后，他们仿佛收到了一道听不见的指令，再度引吭高歌起来。这一次，冰球馆里的所有人都跟着唱起来。不分老幼，无论是穿着黑色夹克、白色衬衫，还是绿色T恤，他们共同高歌："我们是熊！我们是熊！我们是熊！来自熊镇的熊！"

熊镇冰球队横扫对手，以七比一的比分夺得了那场比赛的胜利。观众席上的歌声简直震耳欲聋，观众在冰面的两边构成了一堵绿色的高墙。就在那一刻，整座冰球馆里整齐划一的歌声震得你的耳朵直发疼。我们和所有人对着干。熊镇和全世界对着干。

彼得这辈子从来没有感觉这么孤独。

第二天早上，报社刊出一篇关于地方上政治人物理查德·提奥的采访报道。新闻记者问他，对于熊镇冰球协会拆除观众席看台站位区的决定有什么看法。提奥回答说："熊镇冰球协会是属于每个居民的球会，它不属于任何精英，也不属于任何既得利益者，它属于这个小镇里勤奋工作、安分守己的寻常居民。我会尽我所能说服体育总监，让他保留看台站位区。我们的加油声让比赛变得更加精彩。这可是大家的球会！"

过了一两个小时，彼得又收到了来自工厂新老板的邮件。他们已经改变主意，突然间"从善如流，深切地体会到观众席站位区对当地社群的不可或缺的宝贵价值"。彼得直到这一刻才发现，这一路走来，无论什么时候，他始终是上当受骗的那个人。

这天晚上，他独自坐在厨房里，等着钥匙插入锁孔发出的声音。他始终没能等到那个声音。蜜拉加班，很晚才回到家。当她终于到家时，他早已在沙发上沉沉睡去。她将一条毯子盖在他身上。桌上摆着一瓶葡萄酒、两只酒杯。

44. 风暴与期望

这天夜里，时间已经不早，照常理，冰球馆里不应该再亮着灯。但是，当波博来到冰球馆的时候，伊丽莎白·扎克尔仍然站在那里，不断地射击着橡皮圆盘。当他从家里出来时，他并不知道她会在这里出现，但他却这么希望着。他已经朗读了哈利·波特，把弟弟妹妹哄上床睡觉了；他也把房间打扫干净，洗完了衣服。随后，他就收拾自己的装备，来到了冰球馆。这是出于本能的反应。他睡不着，他的脑子在不停地思考。而据他所知，这时候应该只有一个地方是安静的。

"你可以教我溜冰吗？"他对扎克尔喊道。

她转身面向他。她从没看过这么需要逃避现实的年轻男子。

"为什么？"她问。

"我们第一次见面的时候，你不就问我为什么没人教我溜冰嘛！"

这句话是一个请求，而不是在指证什么事情。扎克尔若有所思地靠在冰球杆上。

"你为什么会喜欢冰球？"

波博咬着下唇："因为这很……酷？"

"这可不是什么好答案。"她说。

他的呼吸声变得沉重起来，再尝试一次："我……当我打冰球的时候，我知道自己是谁。我知道我要完成哪些使命。其他的一切都……太困难了。可是，冰球……只是……在那里，我知道我是谁……"

扎克尔略表赞同地用冰球杆敲了敲冰面："好，那我可以教你溜冰了。"

波博走上冰面，朝她滑来，再停下脚步，问她："你为什么喜欢冰球？"

她耸了耸肩："我爸喜欢冰球。我喜欢我爸。"

波博蹙起眉头："那么，他为什么喜欢冰球？"

"他说过，冰球就像交响曲。他很喜欢古典音乐。'Sturm und drang[1]'。"

"那是一个乐队的名字吗？"波博问道。

扎克尔忍俊不禁，这是很不寻常的。

"这句话的意思是'狂飙突进'。我老爸总是给我播放这类曲子，一而再，再而三地播放，然后告诉我：'伊丽莎白，你听见没有？所有的情感同时就在这里！Sturm und drang！'这就是他对冰球的感觉。狂飙突进，一直都是这样。"

对此，波博沉思良久。最后，他问道："那你为什么总是晚上待在这里，一直射击橡皮圆盘呢？"

这时她面露微笑道："因为这很酷嘛。"

之后，她开始教他溜冰。几个小时以后，波博问她，她是否认为他有朝一日能够成为真正优秀的冰球员。她摇摇头，说："我不这么认为。但是，如果你能搞懂自己该如何对球队做出贡献，你就能成为一个合格的教练。"

在这一夜剩余的时间里，波博始终无法入睡，一直想着这句话。第

---

1 德语，意为"狂飙突进"，是德国文化启蒙运动的第一次高潮，受其影响的音乐追求解放和自由，音乐旋律看似混乱，实则是塑造一种非理性的崇高感。它也是一个重金属摇滚乐队的名字。

二天练球时，他直接从球员更衣室里冲出去，以自己能滑出的最快的速度滑过冰面，使尽全力铲断班杰明·欧维奇。班杰困惑不已地站起身来，狠狠瞪着他。

"我……"

波博立刻用冰球杆猛砸班杰的脚。班杰眼露凶光道："你有病啊？"

波博也不搭腔，只是再次用冰球杆砸向班杰的脚。全队其他人只是目瞪口呆地看着这一幕，完全不知道该怎么办。波博的母亲才刚过世，不管谁遭遇到这种事情，都可能会丧失理智。但是任谁都看得出来，班杰要是再挨一次，情况就会不可收拾。

"波博，别闹了……"亚马谨慎地开口。然而，波博已经再次出手。

这回，没人来得及阻止班杰。波博是全队最重的球员，但班杰一拳直接将他送到边线区，他扔下手套，双拳紧握，飞扑到他的身上。

"你觉得其他人会怎么做？"波博这时冷不防吼道。

班杰惊讶地停下来："什么？"

"你觉得其他人会怎么做？我们对打的每支球队都会想尽办法惹毛你，他们就是希望你动手！他们希望你被赶出场！"

班杰瞪着波博，全队其他人也都瞪着波博。这时亚马说道："班杰，其实他说得对。他们会越骂越难听，直到找到能奏效、把你惹毛的话。你可千万不能上当。不管是你还是维达，都不能上当。你们对这支球队来说，太重要了。"

班杰仍处在盛怒之中，鼻息浓浊而沉重。但是，他最后还是冷静下来，扶波博起身。

"好啦，继续练习吧。"

在那之后，每次练球波博都会试图找出更有创意的方法好将班杰和维达惹毛。他有时候会成功，被揍得鼻青脸肿地回家；不过这两人其实都知道，这就是他希望造成的效果。事实证明，这就是波博人生中独一无二、他人所不能及的技能——把别人惹毛。

＊　　＊　　＊

某天早上，班杰拉开自己的置物柜时，一如往常地在底层发现了字条。不过，其中一张字条的内容不太一样，上面只写了一句话："谢谢。"第二天，他又在置物柜里发现另一张字条，笔迹不太一样，内容则是："我昨天告诉我姐姐，我是个双性恋者。"隔了几天，第三张类似的字条出现，是另外一个人的笔迹："我没跟任何人提起这件事情。但当我告诉别人这件事情的时候，我可不会说我是个死娘炮，我会说我跟你一样！"之后，又有人发了一封匿名的文字短信给他："大伙儿都聊到你，大家都把你当成榜样。我希望你能理解：对于我们这些完全不敢说些什么的人而言，你很重要！非常重要！！！"

那都是一些微不足道的短信与字条。那都只是言语，只是一些匿名的声音，表示他们希望他知道，他现在在对他们有着什么样的意义。

班杰将这些字条全数扔进同一个废纸篓。因为他实在不知道哪种感觉才是最糟糕的：是威胁，还是关爱？是轻蔑，还是期望？是仇恨，还是责任？

在同一时期传递给他的，还有另一类型的文字短信。这些短信的开头总是十分类似："嗨！我不知道这个号码正不正确，你就是那个有同性恋倾向的冰球员吗？我是记者，希望能跟你做个访谈……"某天早上，班杰和姐姐们走到湖边，在冰面上凿了一个洞，然后把手机扔进了那个洞。随后，他们又在原处多挖了好几个洞，一边钓鱼，一边喝酒。在那一整天里，他们都闭口不言，更别说接电话。

当熊镇冰球协会即将参加下一次的客场比赛时，班杰的名声也已经传到那座主场城市了。往后，他每在一个地方出赛，就总会有人竭尽所能用自认是最难听、最不堪的字眼辱骂他，要让他失控。但是班杰始终不为所动，反而一直进球。他们骂得越凶，他反而打得越好。赛后，波博拥抱他，兴高采烈地大呼小叫起来："如果他们痛恨你，那你就做对了一件事！你是最强的！如果你不是最强的，他们压根儿不会这么痛恨你！"

班杰努力挤出微笑，表现得若无其事。但是他并不确定自己还能在这样的面具之下硬撑多久。最强的？到底还要过多久他们才会开窍，让他轻松打球呢？

* * *

就连安娜和维达自己，也不知道他们的爱情故事是如何上演的。他们每天就只是散步，在森林里不断地散步、散步、再散步。两人之间的情感越浓烈，积雪就越厚。

某天下午，维达抚摸了安娜的身体。她开始歇斯底里，狂哭不止。他大惑不解，她于是提到了班杰的事情。她提到大家如何发现这一点，提到了那张照片，提到玛雅为此大发雷霆。

"我配不上你，我是一个可怕、该死的人！我一定是个神经病！"她高声尖叫。

维达呆站在她的面前。当他回答时，他多么希望自己能给她安慰：

"我也是啊。"

到底怎么做，你才不会无可救药地爱上他啊？也许，有人就是知道该怎么做。不过，安娜不是这种人。

第二天早上，当他们来到学校时，安娜便在那里等着，直到看到班杰。当他打开置物柜时，一堆字条便掉了出来。安娜理解那些小字条上写了些什么，她知道现在班杰身上不得不承受来自他人、无边无际的仇恨。

"我得去……"她对维达耳语。

维达试图阻止她，不过这是不可能的。她迅速穿过整条走廊，走到班杰身边。班杰吃惊地抬头张望，企图把那些字条藏起来。

"我知道你恨我，可是……"安娜开口。但是，她随即泪如泉涌，声音受阻，无法继续说下去。

"我为什么要恨你？"班杰问道。安娜直到此时才发现，玛雅可真是守口如瓶，根本没有告诉班杰任何事情。

"那张照片是我拍的……我偷拍了你，然后……这是我干的！你所承受的这一切，全是我的错……是我干的！"

她的脸庞因为耻辱而皱成一团，感觉好像永远难以抚平。她全身剧烈地颤抖着。随后，她拔腿就跑，逃出学校，逃得越远越好。班杰呆站在原地，有那么一瞬间，他和维达四目相对。这名守门员居然犹豫起来。换作平时，他是根本不会犹豫的。

"她……"维达才刚开口，就被班杰打断："好啦，你赶快去把她找回来。"

所以，维达就这么做了。他穷追不舍，跑了一公里才追到她。她如此强壮，动作如此迅速，他甚至找不到机会让她放慢速度。所以，他只能在旁边追着跑。两人双双冲进森林，直到喘到无法思考、无法正常呼吸。这时，他们才停下来，倒在了雪地上。

维达一言不发。对安娜来说，这是一个男人对她最体贴的方式。

*　　*　　*

一如往常，玛雅独自坐在学校食堂里。然而某人冷不防地在她对面一屁股坐下，仿佛他收到了她寄的邀请函。她抬起头。班杰朝她的餐盘比画了一下："你是要把这个吃完，还是由我来接手？"

玛雅露出微笑："我不该跟你坐在一起。你可是声名狼藉啊。"

班杰看起来有点不高兴："这种话是很伤人的。"

"对不起。"她笑了起来。

有时候，面对乱七八糟的事情，你仍然得一笑置之，这样你才能撑过一切。班杰露出笑容，说道："你应该原谅安娜。"

"什么？"

"她告诉我了，那些我跟……我跟……的照片，是她上传的……"

他的声音陷入崩溃，没能把整句话说完。他变得既坚强，又脆弱无比。玛雅心想：有时，他实在太像安娜了。

"凭什么要我原谅她？她对你做的事情太可怕了！"她冷冷地说。

"可是，你们毕竟情同姐妹啊。姐妹们是会原谅彼此的啊。"班杰勉强挤出这么一句。

他家里毕竟是有姐姐们的。玛雅歪着头，问道："你已经原谅安娜了？"

"嗯。"

"为什么？"

"玛雅，人都会犯错的嘛。"

玛雅吃着饭，没再多说什么。然而，她在放学后步行穿越熊镇，敲着一扇门。当安娜前来应门时，玛雅劈头就说："去拿你的运动服过来。"

安娜没有追问原因。

这拯救了她们的友情。

45. 樱桃树

熊镇人经常会说：当我们在林间深处一座这么小的城镇里培养出一名真正的体育明星时，就像一棵樱桃树在一个冰封结冻的庭院里开花结果。

彼得·安德森堪称第一人。因此，当他一路打进 NHL 的时候，就算他真正打过的比赛次数屈指可数、职业生涯很快就毁于伤病，我们仍然不会介意。他到达了那样的高度。我们当中有一个人达到了世界顶级的水平。当时，彼得改变了整个小镇，他让我们终其一生怀抱着不死灭的希望、不可能实现的梦想。

*　　*　　*

札卡利亚十六岁。在这样一段故事里，我们很容易就会忘记他的存在，人们对他的记忆将会仅止于"亚马的朋友"。亚马冰球球技高超，所以人们会记得他；而冰球是这个小镇里唯一举足轻重的事物。札卡利亚生而平凡，只能充当背景人物。

他、亚马和利法是一同长大的好玩伴，在这一带的社区里，要想找出三个如此不同却仍能成为好朋友的小男孩，似乎不可能。札卡利亚的双亲从来就没喜欢过利法。札卡利亚的爸妈把"洼地"一带所有看起来没工作、无所事事的年轻人通称为"小混混"。当利法开始和这群人一起鬼混时，札卡利亚的爸妈就更加讨厌他了。可是，他们对亚马可是崇拜得不得了。当他获准加入甲级联赛代表队的时候，他们感到非常骄傲，仿佛把他当成自己的亲生儿子。他们似乎真心希望，亚马是他们的亲儿子就好啦。对于这种心理，像札卡利亚这样的小男孩必然是会察觉的。

札卡利亚的冰球生涯直到今年春天才画上句号（即使他不管在哪个球队都是技术最糟的一个，而且从来没喜欢过冰球）。他是为了父母才加入球队的，是为了亚马才忍受这一切。当他知道球会的编制中，这一季不会保留青少年代表队时，顿时松了一口气，如此一来，他就有理由退出冰球队了。不管怎样，他就只想在家里打电子游戏。最近的某一天，当他的爸妈回到家大呼小叫"球队对外开放练球啦！"的时候，他的眉头因焦虑而纠结成一团。

"你得给我去那里看看！"

札卡利亚始终无法向他的爸妈说明，他在整个成长过程中遭受了什么样的霸凌。他们霸凌他的理由简直五花八门、无奇不有，比如他的体重、外貌、家庭地址等。爸妈和彼得·安德森是同辈人，那可是怀抱着不切实际梦想的一代人。他只能回应说："妈妈，事情不像你想的那么简单，你不能只是到那边去……"

然而，他老爸直接打断他的话："球队对外开放练习呀！谁都可以去试试看呢！而且，现在工厂要赞助熊镇冰球协会呢！你只管跟教练说……"

"老爸，你要我跟教练说什么？要她看在我老爸在工厂上班的分儿上，让我打球？"札卡利亚话一说出口，就后悔了。

熊镇冰球协会当初是由工厂的工人创立的，老一辈的工人仍然将球队视为工厂专属的球队。现在，工厂的新老板做出保证，不仅要让失业者有工作，还要让已经有工作的人从事更多的工作，甚至已经开始赞助球会。札卡利亚的老爸看到这些迹象，就以为一切终于要"回到旧日美好时光"了。一座富裕的小镇、一支能打进精英联盟的强队、稳定的全时制工作，他们家甚至还有机会搬离这栋位于"洼地"的公寓房，买一栋小小的独栋住宅呢。房子不需要多大，外观也不用太招摇，只要多出一间房间，厨房稍微再大一点就可以了。哦，对了，冬天的时候，暖气供应希望也能比较稳定一点。

"对不起，老爸……我不是故意要……"札卡利亚低声说。

老爸眼中仍然透着快乐，他看起来容光焕发。要是札卡利亚能够再度加入熊镇冰球协会、身穿胸口绣着熊头的球衣，对他的爸妈来说，简直是件光宗耀祖、意义非凡的大事。所以，札卡利亚还是出席了那次对外公开练球。当然，他是非去不可的。

他尽力而为了，但他的表现还远远称不上"好"。练习结束后，教练甚至懒得拍拍他的肩膀，她只是说："抱歉，本队名额已满！不过谢谢你花时间过来。"她多看了他一眼。除此之外，他没有获得任何回应。

当他回到家时，老爸老妈似乎是欲哭无泪。时隔多年以后，他回想起这段往事，将会察觉到父母是多么爱他。他们完全没能意识到他对冰球根本就不在行，因而对他的落选感到失望。

当天晚上，他又因为电子游戏和妈妈大吵特吵。他努力说明他已经成为电子游戏的高手，已经成为专业的网络玩家，可以和这一行中最厉害的家伙一较高下。他甚至已经收到一份邀请函，可以到另外一座城市参加竞赛。

"竞赛？这种玩意儿？札卡利亚，这是电子游戏！这不是体育！"妈妈嗤之以鼻，不屑之至。

札卡利亚打了一整夜的游戏，但这些话就像刀子一样牢牢插在他的心头。

今年，爱丽莎虽然还不到五岁，却已经成为幼儿园"逃学"高手。她这个年龄的小孩，通常是很不擅长逃学的。"我们不能对这种事情负责！我们又不是监狱！"当苏恩第无数次陪着她来到幼儿园时，幼儿园的教职员斩钉截铁地说。"她感觉你这里就像一座监狱。"苏恩答道。他能理解爱丽莎的心情，就因为这一点，爱丽莎对他非常崇拜。

他每天继续跟着她从冰球馆走回幼儿园，她则继续从幼儿园里溜出来，跑回冰球馆看球队练习。只要是体育活动的练习，她从不缺席，甲级联赛代表队、男童冰球队、花式溜冰代表队，什么都好。只要冰面上出现一分钟的空当，她就套上溜冰鞋，溜到冰面上滑行起来。你该怎么阻止这种行为呢？

有一天，苏恩连拖带拉地把她带回幼儿园。教职员不胜怜悯地看着他，请他喝咖啡。到了最后，所有人才意识到：只要让苏恩大清早来幼儿园接走爱丽莎，自己带她到冰球馆，下午再跟她一起回幼儿园，顺便喝杯咖啡，事情就变得简单多了。

深秋入冬的某一天，幼儿园的教职员表示：幼儿园的教室与场地长了一大堆霉菌，他们不断向公职人员陈情，要他们规划整修事宜，但公职人员却回答说没有替代性的教学用地。苏恩看着爱丽莎，对局势做了一番全盘思考。随后，他走回冰球馆，来到彼得·安德森的办公室，说道："你真的需要这间办公室吗？"

"你说什么？"彼得不解地问道。

苏恩朝冰球馆上方挥了一圈说："这里几乎所有的办公室都是空的！这里就只有你、我和扎克尔！还有别人吗？时薪制的书记员？"

"没有别人。就只有……我们这些……球会的人。"彼得点点头。

苏恩从他的书桌上取来纸笔，开始在那张纸上画图。

"我们可以把这几面墙打掉，安装真正的抽风设备。盖得起来的！"

"对不起，你在说什么啊？"彼得纳闷道。

"我们不只是一个球会！我们要建立的，不只是球会而已！"苏恩大声喊道。

第二天，他就去拜访了公职人员，提出在冰球馆里建幼儿园的计划。大多数人对此相当迟疑，一部分人表示不屑，然而他们其中一人立刻看到了潜在机遇。当其他公职人员直接回绝时，这名公职人员却到那所幼儿园举办了一场家长说明会，动员家长用电子邮件向区政府陈情。最后，其他公职人员终于同意重新调整预算结构。针对兴建全国第一座"冰球幼儿园"，苏恩终于获得了经费。那一年的冬天，孩子们穿着溜冰鞋玩耍的时间，和穿着鞋子玩耍的时间一样长。多年以后，爱丽莎将会提到：就是这些额外训练，让她的动作能够如此迅速，技术如此精湛。

她将会忘记，那个出席了家长说明会的地方政客名叫理查德·提奥。但是在下一次的竞选中，这个小镇的许多小朋友的家长将会记住他。

我们将会继续这么说："这只是一项体育活动而已。"

*　　*　　*

某天深夜，亚马打电话给札卡利亚。

"你在做什么？"亚马问。

"打游。"札卡利亚回答。

通常，亚马会为了这个词而取笑他。札卡利亚总把这个动作说成"打游"，而不说"打游戏"，他仿佛刻意想把这个动作形容成一种……体育项目。

"想不想出来透透气？"他问。

"透透气？现在？外面可是跟北极熊的屁眼一样冷！"

亚马笑了起来："北极熊的屁眼并不冷。出来透透气吧！"

"为什么？"

亚马吞了一口口水："我们要准备对战赫德镇了，我紧张得要命，根本睡不着。出来吧。"

所以，札卡利亚就出来透透气了。他当然会出来的。他们绕着"洼地"走动，聊着天，天气冷得要命。当他们还小、没别的地方可去的时候，他们就常常会这么做。

"打游好玩吗？"亚马问道。

"不要闹。"札卡利亚咕哝着，心里觉得很受伤。

"我没闹！我是说认真的！说说……我……我真的得聊些跟冰球无关的东西。"

札卡利亚不愿意多说。但到了最后，他还是松口了："打游很好玩，进行得很顺利。他们邀请我参加一场竞赛……"

"我可以跟去看看吗？"亚马马上问道。

札卡利亚对这个问题所感到的骄傲是笔墨无法形容的。所以，他只是咕哝道："当然可以。"

不过，他又生气地补充道："可是，你不能像我爸妈那样净说些屁话！只因为这不是冰球，就说什么'这不是真正的体育活动'！"

亚马充满罪恶感地咕哝着："你父母真的这么说吗？"

札卡利亚一脚踢在雪地上："亚马，他们的梦想就是有个像你这样的儿子！在这个小镇里，只有冰球才是最重要的。"

亚马什么话都没说，因为他无法反驳。

*   *   *

玛雅来到犬舍边的谷仓。珍妮在谷仓里对着沙包练习，安娜满脸狐疑地在门口停下脚步。

"可以让她参加吗？"玛雅问道。

珍妮惊讶地笑了，直笑得喘不过气来。

"当然啦！要是我们有三个人，我们很快就会变成一个社团啦！"

对于接下来即将发生的事情，珍妮还没有做好准备。这些女生，包括安娜，都没有做好准备。不过，珍妮演示了一项她和玛雅已经练习过一段时间的抓握动作。正当玛雅还在努力回想该怎样扭动全身关节才能挣脱，但最后不得不放弃的时候，安娜就问道："可以让我试试吗？"

珍妮犹豫道："这个动作很……难。我们也许可以先从比较简单的开始？"

"难道就不能让我先试试吗？"安娜坚持着。

所以珍妮就让她尝试了。有时候，你必须让某些运动员经历失败，他们才会学到新东西，才会有所成长。但问题就在于：安娜不会失败。珍妮先演示了一个动作，安娜第一次操作就上手了。珍妮换了一个比较难的动作，然后又挑了一个更难的动作。不管是什么样的动作，安娜在第二次，最多第三次尝试的时候，就能够上手了。

过了二十分钟，珍妮就将双手放在膝盖上，气喘吁吁，然而安娜看起来毫无倦色。珍妮以前的教练常常说到"身体智商"这个名词，某些武术家的身体仿佛有着与音乐家一样完美的乐感，他们看到某个动作时，身体出于本能就知道该怎样做出那个动作。安娜小时候打过几年冰球，不过她从来没练过武术。但是，她的体能仿佛就是针对武术而发育出来的。她在森林中长大，在凹凸不平的地面上跑动，跳上跳下、爬上爬下。她的父亲是猎人，也是渔民，打从她小时候起，她就追随他一起追踪、射杀、拖曳大型猎物。她铲过雪，也挖过水沟，甚至在冰面上凿过洞。她耐力极强，身体强健、柔软，比毛皮酒吧里卖的猪排还要柔软。

珍妮举起双手手掌，说道："请你使尽全力打它。"

"你是说认真的？"安娜问。

珍妮点点头："请你用全力打它！"

坐在地板上的玛雅永远都不会忘记自己眼前发生的事情。安娜迅疾用力地出手，打得珍妮向后跌去。她砰的一声跌倒在地。珍妮和玛雅都笑了起来。安娜对自己刚刚所做的事情有何奇怪之处浑然不觉，然而珍妮已经开始为她规划职业生涯了。

谷仓中的这三名女子汗流浃背，而谷仓外则是一片冰封雪锁的大地。在零摄氏度以下的低温中，一切深陷于冰雪与黑暗中。

但是，整个小镇都弥漫着樱桃树的香气。

*　　*　　*

某天一大清早，札卡利亚父母家的门铃响起。亚马站在门外。札卡利亚的母亲看起来既快乐，又失落。她先是表达了自己的喜悦："亚马，真的欢迎你来！恭喜你加入了甲级联赛代表队，我们真的以你为傲。你想想，这么多年来，你经常来我们家。你能想到，我们肯定会跟邻居们炫耀一下的！你妈妈一定很以你为傲吧！"

然而，还不等亚马回答，她又不胜失落地补上一句："不好意思，札卡利亚不在家！他跟几个朋友去打电子游戏了。一去就是好几个小时！你能想象吗？这有什么好的？"

亚马深深地吸了一口气，毕竟他对札卡利亚的爸妈是心怀敬爱的。但他还是开口了，态度相当坚决："阿札不只是跟'几个朋友'去打电子游戏而已。那可是一场大型的竞赛。他跟其他数以千计的对手竞争，一路晋级。我今天要去观战，你们真的应该跟我一起去瞧瞧的。"

札卡利亚的父亲站在玄关深处。他并不想羞辱亚马，但对他的话仍然嗤之以鼻："挺好的啊，亚马，你还会帮他辩护。不过电子游戏不是真正的体育……"

亚马严厉地瞪着他："我和阿札的整个童年都在比谁能最先成为职业选手。现在，他即将获胜。如果你们不愿意来看看，你们终此一生都会后悔不已！"

不等他们回答，他就转身走下了楼梯。

札卡利亚走进作为竞赛场地的那座偌大的展览厅。会场距离熊镇有好几个小时的车程。亚马就站在展览厅里，张望着。力挺札卡利亚的人数并不多，但毕竟还是有几个人愿意力挺他的。

所有的电脑整齐地排列在地板上，四周则围绕着高耸的看台。看台上早已人满为患，天花板上挂着屏幕，扬声器传出轰鸣的音乐声。

"这几乎……就像……冰球一样。"札卡利亚的爸爸若有所思地承认道。

札卡利亚的父母在火车站追上了亚马。他们一同开车抵达比赛现场。他的父母不情愿地踏入会场，他们什么都看不懂。然而，就在比赛结束前，札卡利亚好像做了些什么，他们周边的人大声欢呼起来，甚至开始鼓掌。当他获胜时，亚马情不自禁地大声吼叫起来。直到这时，他的爸妈才跟着喊叫起来。坐在他们前排的一个陌生人转过头来问道："你认识他？"

"他是我儿子！"札卡利亚的妈妈脱口而出。

这名陌生人敬佩不已地点点头，说道："你将会为他感到非常、非常、非常骄傲。"

这并没有那么重要，这只是一种体育活动。这毕竟也是一种体育活动。

＊　　＊　　＊

蜜拉·安德森的母亲对她说过："拥有家庭以后最困难的一点，就是会有永远做不完的事情。"就在她和那位同事一起对办公室内部进行装潢、追着客户跑、努力招聘职员、和银行协商、为钱的问题担心的时候，她始终无法不想到这句话。蜜拉的手机一直响个不停。她看着桌子上孩子们的照片，一再默默地问自己同样的问题：我到底是为谁建立这样的职业生涯？这一切的牺牲值得吗？我事先又该怎么知道这样做值不值得？

彼得·安德森回到家时，迎接他的是一栋空荡荡的别墅。蜜拉还在工作，孩子们还和各自的朋友混在一起，彼得为自己煮饭，孤独地吃着饭，看着眼前电视上播出的冰球比赛。他的手机寂静无声。当他多年前接下球会体育总监的职务时，他对手机响起的铃声简直深恶痛绝，因为那时手机一直响个不停。就算他外出度假，手机还是会响个不停。现在，他却怀念起手机铃声。

玛雅·安德森将钥匙插进锁孔，开门走进了玄关。彼得从沙发上站起身来，为终于不用独自在家而开心不已，却努力掩饰自己喜悦的表情。玛雅在练习了好几轮的武术以后，早已筋疲力尽，然而，当她看到父亲的表情以后，她还是取来一把吉他。他们在车库里演奏了三首曲子。然后，玛雅问道："妈妈有没有告诉你，关于……音乐学校的事情？"

彼得先是面露惊讶之色，随后感到羞愧不已。"我们……你妈妈和我……我们最近忙到没时间交谈。"

玛雅取来学校寄来的信。"我可以在一月正式开始上课。那里离这里很远，我得搬家，我得借钱，可是……妈妈说，这一切都没问题。"

彼得简直要喜极而泣。"我只希望……你能够快乐。小南瓜……快乐就好！"他勉强挤出这么一句话。

"爸，你知道吗，我也只希望你能够快乐……"女儿低声说道。

里欧·安德森独自步行穿越熊镇。他没有目标，没有任何计划，只是漫无目的地走着。在成年后，他对这一年冬天最鲜明的记忆是，他总是在找寻着某个他真正热爱的事物。其他人好像都有某件爱不释手的事物——爸爸有冰球协会，妈妈刚成立了自己的公司，玛雅则有音乐。里欧也渴望拥有自己的东西。也许，他终究能够找到这个事物。不过，这将是另一个故事了。

这天晚上他回家时，妈妈还在新公司工作，姐姐已经上床睡觉，老爸坐在客厅里看着电视。里欧脱掉外衣，将它们悬挂起来。一如所有刚进入青春期的少年，他思考着，到底该不该直接走进房间。但是，这天晚上，他走到客厅的沙发旁，坐在老爸身边。他们一起观看一场冰球比赛。

"你……我……我希望你能知道，我多么爱你。"老爸迟疑了一下，才挤出这句话。

"我知道，老爸，我知道。"里欧笑了一下，打着哈欠，仿佛那是理所当然的。

不管怎样，彼得总是希望：自己身为人父，总算做了一件正确的事情。蜜拉回到家时，父子俩双双睡在沙发上。她在他们身上盖了一条毛毯。

对于家庭，你是永远忙不完的。

46. 我们会对外宣布，这是一场交通事故

你看过一个小镇的毁灭吗？我们的小镇毁灭了。因为有时候，让人类痛恨彼此是如此容易，我们自始至终不断地仇恨彼此，感觉真是不可思议。

这是一个关于冰球馆，以及围绕在冰球馆周边的人们的故事。这是一个关于体育活动、关于人类的故事，一个关于人类和体育活动轮流扶持彼此的故事。这是关于我们的故事——关于我们如何做梦、如何奋斗的故事。有些人受到爱戴，有些人则被打垮，我们有过最美好的日子，也有过最惨烈的日子。熊镇欢欣鼓舞，却也在同一时间开始燃烧。一件恐怖、残忍的事情发生了。

几个小女孩让我们感到骄傲，几个小男孩使我们变得伟大。深夜里，一辆汽车超速行驶。我们会对外宣布，这是一场交通事故。但是，交通事故是随机发生的，而我们知道，这件事本来是可以避免的。这将是某人的错。是许多人的错。对，这就是我们的错。

                    *   *   *

冰球，就只是冰球、一场游戏。你知道就好。

当冬季降临赫德镇与熊镇时，无论是早上去上班，还是下午下班，你都会被黑暗围绕。赫德镇医院急诊部的职员打发时间的方式跟其他人完全一样——讨论冰球。

大家都期待着下一场比赛，有些人支持"红衫军"，有些人则支持"绿衫军"，某些医生和护士就因为这个，彼此老死不相往来。随着这个球季不断向前推进，两队一路上战无不胜，熊镇冰球协会与赫德镇冰球协会的下一次交战也就变得更加令人瞩目。在这场比赛中获胜的球队也许就能进入更高一级的联赛。输掉这场比赛的球队下一季恐怕将不复存在。比赛局势的变化是非常迅速的。

我们努力想象着，冰球就只是冰球。但是，冰球从来就不只是冰球。一名医生自言自语道："金钱游戏毁了体育活动。"一名护士则在茶水间里发表长篇大论，聊到"联盟那些作威作福的头儿，总是对小球会的经济条件提出不可能达到的要求，那些该死的代言人和中介把市场资源吸得一干二净，赞助商都把球会当成游乐园，比赛不是在冰面上决胜负，他们在理事会里早就谈妥了！"某人高声朗读一篇报道，一名显然是来自外地的新闻记者称，不出几年，像熊镇和赫德镇这样的球队都只会变成大城市球会的农场。"农场球会？把我们讲得像是那些该死的大城市球会的奴隶！"有人咆哮道："如果我们能把熊镇的球会裁掉，把资源集中在一个球会上……"另一个人马上回答："凭什么要裁掉我们？凭什么不是裁掉你们？"医院里的职员们开始吵架，开始闹不和，他们和现在这一带的其他人完全一样。

不过，之后就出了事情。这在他们的岗位上其实稀松平常：有人打来电话求救，刚刚发生一起意外，伤者正在被送往这里。这时，大家就会忘记冰球比赛与球衣颜色所象征的纷纷扰扰。这时，急诊部的所有人会同心协力，一起奋斗，成为一个团队。

这天夜里，他们将会使出浑身解数抢救救护车里所有人的生命。然而，他们的努力可远远不够。

＊　　＊　　＊

如果安娜和维达所经历的只是一段普通的爱情，他们或许就能够白头偕老。也许，他们这样一来就有充分的时间对彼此感到厌倦，或是来得及爱上同一个人无数次。要是你能在某个人的陪伴下生活，你的人生将会非常普通，也相当漫长。

但是，身为一个不寻常青少年的重点就在于：有时候，我们就只是想当个稀松平常的青少年。安娜躺在床上，维达安安静静地躺在她身边，她简直就是他专属的《我的世界》。当她在他身旁时，他就能够集中注意力。

“你想不想跟我一起去一个派对？”她低声问道。

“什么？”

“你听到我的话了。”

“什么派对？”

“今天晚上，有人在露营区的一座小屋里办派对。这是我在学校里听别人说的。你不一定要去，可是我……我只是想参加派对，让我自己觉得……我是正常人。就算只是暂时的。”

420

"好的。"维达说。

"好的?"安娜重复道。

"你聋啦?我说好的!"他笑道。

她笑了起来。两人亲吻着。一切感觉是如此平常,平常到完美无缺。

他们参加了那场派对。在相当短暂的一段时间里,一切看起来都如此正常。不过,维达之后去了卫生间,在酒吧里走向安娜的那名男子是赫德镇人,所以他不知道安娜是谁。他甚至可能也不知道维达是谁。

安娜努力表现出善解人意的样子,那名男子请她喝啤酒,被她谢绝了。他将手摸上她的臀部,她将那只手挪开。这名来自赫德镇的男子骄傲地秀出文在自己胳臂上的公牛文身,并且表示他下一季也许就可以加入赫德镇的甲级联赛代表队了。那名男子倾身贴着安娜的耳朵说话,她将他推开。她想抽身离开,但他扣住她的手臂,笑了起来:"喂,拜托!不要那么死板!笑一个嘛!"

他用双手搂住她的腰肢。他将永远来不及看到维达穿过房间,更别提他那穿过人群、透着杀机的眼神,以及紧蹙的眉头。维达一路将周边的人推开,将挡住他去路的桌子掀翻。他甚至没意识到自己将那些人推开。但是,安娜可是看得一清二楚。她非常明白,谨慎地退开、离开现场,本来是多么容易的一件事情。她本来可以让那名来自赫德镇的男子知道,他刚在太岁头上动了土,惹上了一个煞星。一切本来可以如此简单。但是,安娜终此一生,从来没做过一件简单的事情。

所以,她便从那名男子的掌握中挣脱,将上半身向后弯,狠狠地撞了他一下。当她的额头撞上他的鼻子时,她听到某个物体的碎裂声。那名男子尖叫着倒下。安娜感觉自己的脸上正滴着血,但分不清是谁的血。

那名男子的朋友们站在一两米开外,他们就像其他人一样震惊。所以安娜知道，她只有一两秒钟的逃命时间。她看到维达猛力挤过人群，眼神暗示着要大开杀戒。安娜根据自己的个性，以及她的爱人是维达的事实，做了当下唯一合理的事情：摆出架势，狠狠打了维达一拳。

整个房间陷入一片死寂。安娜立刻再用更猛的力道补上一拳，打得维达向后退。然后，她扣住他的手臂朝门口跑去。她强迫他与她一起跑进森林，没命地狂奔，直到派对上的人们再也赶不上他们。

"你是有什么问题啊？"他们终于在树丛间停下脚步时，维达大声吼叫着。

看到他鼻青脸肿，安娜虽心有不安，但还是吼了回去："你知道我的问题吧！所有这些该死的臭男人！你们就是我的问题！"

"我又怎么惹到你啦？"

她怒急而哭："要是我没把你从那里弄出来……你肯定会打死他……你会杀了他，你会被扔进监狱，那我不就……"

盛怒难忍的她喘息着，努力憋着泪水。维达站在她面前，他的嘴唇已经被打破了，他每呼吸一次，其中一只眼睛就浮肿一点。

"我只是……想……帮助你……"

"你们这些人是怎么回事？为什么你们总以为，我们喜欢看到你们为了我们打架？为什么你们总是以为，我们喜欢看你们用暴力解决所有事情？你们这些人是有什么问题？"

"我……我不知道。"他承认。

安娜笑了起来："我爱上你啦。"

"你是因为这样才打我？"

"没错！"

维达搔着自己的眼睛："你爱我……爱得这么深啊？"

"该死的，我可不要被摆在神坛上！"她冷不防打断他的话。

"什么？"

"我不希望你为了我打架！我不希望你为了我做任何事情！我只要你相信我就好。我不希望你带着我在外面到处乱晃，我只希望你支持我，让我可以自己去！"

"好的。"

"'好的'是什么意思？"

"好的……我……就是好的啊。好的。我……我也爱上你了！"

"你是大笨蛋！"

她的手太疼了，她简直想缩成一团并号叫。他带着她来到一堆积雪前，强迫她把拳头塞进去。她尖叫起来。他努力说明道："你不能那样直接用手打，你得……"他才刚开口，她就咆哮道："不要逼我教你怎么闭嘴！"

"好的。"

比这个爱情故事还要正常的爱情也许是存在的。也许，它真的是存在的。

第二天，维达就来到安娜的武术训练场。他什么话都没说，只是从外面的庭院里拉进了六个栈板，把它们靠在一起钉起来，组成一座低矮的阶梯。然后，他站到上面。

"这是什么？"安娜恼怒不已地问道。

"看台。"维达回答。

"这是给谁用的？"

"给我用的。"他回答。

她笑了起来。但是，他的表情相当凝重。

"如果你挺身而出，我就支持你。"他说。

这时她才止住笑意，亲吻他。毕竟，太正常的爱情故事还是很不适合她的。

＊　＊　＊

这是怎么开始的？我们将会为这一点，吵得没完没了，永无宁日。

事情的开端也许就是那名来自赫德镇的男子在派对上强行搭讪一名来自熊镇的女子而被揍了一下。他的鼻子被打断了。也许，他本来是个宽宏大量的人。

但是，事情或许在更早之前就开始了：刚入秋的第一场冰球比赛，赫德镇的支持者们对班杰明·欧维奇高喊那些难听至极、不堪入耳的口号。也许，某些熊镇的居民从来就没有放下这件事情，更何况，赫德镇最后还赢了那场比赛。

或者，事情是从当年秋天或冬天的某个早上开始的。有人在位于赫德镇冰球馆的入口处放了一根血淋淋的公牛角，牛角上的血甚至还不是真正的血。那肯定是一群喝得烂醉的青少年搞的恶作剧。但是，赫德镇的人显然并不这么看。

这件事情发生后不久，某天晚上，一个来自熊镇的男生在一家位于赫德镇的比萨店排队，他的女朋友是赫德镇人，她在自己的公寓里等他。几个来自赫德镇的年轻人排在他的后面，然后他们开始唱起那首歌。其中一人靠过来，贴在那名来自熊镇的男生的耳朵上，高声咆哮着。他们当中另一人尖叫：这个来自熊镇的男子应该"滚回家去"，"跟自己同一国的人打炮"，还要他"放过来自赫德镇的女生"。那名来自熊镇的男生转过身，让他们全部下地狱。这群来自赫德镇的男子一把将熊镇男子手上的外带比萨打翻。店员在他们打起来之前及时介入阻止，不过，这或许可以被视为事情的开端。

又或许，事情是从争抢就业机会、所有关于医院与工厂的传闻开始的。过去的那些年里，人们总是担心政客们会把赫德镇与熊镇整合成一座大城市；而现在，人们反而担心这里是否还容得下两个小镇。

冰球馆入口外的"牛角事件"与比萨店的口角过后，赫德镇冰球协会与熊镇冰球协会由九岁孩童组成的男童冰球队在数十公里外的一场锦标赛中相遇。那是一场势均力敌的比赛，小男生们火气都很大。这时，赫德镇一个九岁的小孩开始高喊"娘炮、婊子、强奸犯"，两队孩子陷入超级大乱斗。打架的人数实在太多，导致家长们不得不跳上冰面，协助裁判阻止这场乱斗。一名来自赫德镇的父亲与一名来自熊镇的父亲试图拉开自己的儿子，两人都感觉对方太用力拉扯自己的儿子，这两个爸爸先是对彼此大声吼叫，随后也"打成一片"。没两下子，情况就变成孩子们试图让大人们停手，而不是大人们劝阻孩子们不要打架。

大约与此同时，两名比较年长的男子开始在赫德镇医院的等候室里争吵。原因？其中一个人感觉他等候医生看诊的时间就是比另一个人久。对方则抱怨说："该死的熊镇人，赶快去盖自己的医院，不要再来这里偷取我们的医疗资源啦。"

单个来看，这些事情也许没什么大不了的，要不是它们同时发生在这一年秋冬时节，根本无足轻重。要是这些人没机会在这一年结束前，再度自然而然地在同一座冰球馆里"齐聚一堂"，冲突是不至于升级的。但是，他们将在同一座冰球馆再度"齐聚一堂"。熊镇冰球协会与赫德镇冰球协会即将再度对垒。

就在那场比赛即将到来的某天上午，两名男子驾车从赫德镇出发，前往熊镇的工厂求职。他们长期处于失业状态，而且家里都有小孩，当工厂的新老板肯给他们面试的机会时，他们真是大喜过望。他们将车停在工厂外。当他们结束面试走回停车场时，才发现自己的车已经被砸烂。某人或者某几个人已经将所有的门杆弄弯，还将一根粗大的树枝插进车窗。就算好几名身穿黑色夹克的男子当时就在附近，这件案子还是无人指证。驾驶座上的一堆碎玻璃中，摆着一张字条，上面写着："熊镇的工作归熊镇人！"

　　也许，事情就是这样爆发的。

　　又或许，事情起因于这起事件后不久，一小群来自赫德镇的男子聚在一起，讨论如何报复。他们想伤害"那群人"。他们打算把那群黑衣人喜爱的某个事物从他们手中夺走。"我要一把火烧了他们的家……"那次会议中，其中一名来自赫德镇的男子说道。也许，他只是嘴上说说，但他的一个朋友马上表示同意："就这么办。"

47. 我们永远不会忘记这个爱情故事

　　更衣室里是很难保守秘密的。所有的秘密都很难保守。

　　在赫德镇冰球馆里，每次练球的气氛都越来越紧张。冰球馆里的所有人在谈到熊镇居民时，越来越不把他们当人看，他们越来越常使用"绿鬼""把那些臭小熊宰掉""臭婊子"，甚至"死娘炮"这样的字眼。也许大家都期待威廉·利特谩骂的音量会越来越高，但是出于某种原因，他反而越来越安静。

他的队友们问他，为什么最近越来越低调。他说，他"只想专心打球"。他没有更好的答案。今年秋天和冬天，他身上发生的这件事相当诡异。当其他人越来越痛恨彼此的时候，他对自己反而越来越厌倦。在很长时间里，他一直生着闷气——他在练球时生气，在学校里生气，在家里生气。气到最后，他或许没力气继续生气了。"专心打球吧！"妈妈不胜怜爱地拍拍他的头发。所以，他开始专心打球。

他开始跟队上其他人保持距离，越来越努力练球，却也越来越孤独。他认识了一个来自赫德镇的女孩，晚上越来越常跟她在一起。有一天，教练戴维将他叫到办公室。戴维交给他一张写着电话号码的字条。那是一个精英球会的球探电话，而那个球会的水平高出赫德镇所属联赛好几级。"他们对你很感兴趣，要你打电话过去。"威廉痴痴地看着那张字条，戴维绕着办公桌踱步，伸手搭着他的肩膀，说道："威廉，我最近注意到你越来越专心打球，你把那些跟冰球无关的事情全丢到了一边……非常好！这就是这个球会想要你的原因。威廉，你会出人头地，你的前途不可限量！不过，你可要知道我会继续努力，让你继续在我的麾下打球。我估计，你在下个球季就可以接下队长的职务啦！"

接着，戴维又说了一句话，这句话足以将一名害怕表现自己情感的年轻男子彻底摧毁。他说："威廉，我真为你感到骄傲。"威廉直接走出办公室，给妈妈打电话。

球员更衣室里是藏不住秘密的。因此，当威廉回来时，大家都恭喜他。当然，他感到骄傲，不过他也听得出来，当他接近时，他们就变得安静。他知道，他们不希望被他听到他们在讨论什么。

练球结束以后，两辆车停在冰球馆外。车上坐着身上文着公牛文身、穿着套头毛线衣的年轻男子。威廉·利特的两个队友从更衣室出来后，直接上了那辆车。那两个队友太过年轻，血气方刚，爱逞勇斗狠，不过球技却不怎么好，但他们自己倒不太在乎。

"你们要去哪里？"威廉问道。

其中一个队友转过身来，说道："威廉，你还是少管闲事。你对我们的球队太重要了，你别管这件事情。我们需要你在冰球场上作战！"

"你们想干什么？"威廉困惑地问道。

那些身上文着公牛文身的男子一言不发。但是，另一个队友实在兴奋难耐，大呼小叫道："我们要一把火烧了'毛皮'！"

那两辆车呼啸着开了出去，留下威廉形单影只地站在原地。

* * *

事后，这些来自赫德镇的男子面对警方问话时，将会给出无数个理由。有人会说，他们点这一把火并不是要烧掉整个酒吧，他们以为只有门板会烧起来，他们绝对可以在事态来不及收拾以前就把火扑灭；有人会说，他们只是想"表态"；另外一个人会说，这不过就是"一场玩笑"。没有人知道毛皮酒吧上方还有一座公寓，更没有人知道拉蒙娜当时就睡在那里。

* * *

和过去每次练球后的情况一样，玛格·利特到位于赫德镇的冰球馆接儿子回家。她带了三明治和蛋白质冰沙，将他的装备塞进汽车后座的后备厢，播放他最喜欢的音乐，一路开回家。然而，一路上他竟无比沉默。

"你怎么啦？"妈妈问道。

"没事……没事。我只是……快要比赛了，我很紧张。"威廉说。

他假装自己说的是实话，玛格也假装相信他。他们不想伤害彼此。他们一边吃着晚餐，一边听威廉的爸爸描述今天上班的情况；威廉的妹妹聊到自己的一天，他们跟着她一起笑。她把学校里老师餐桌上的盐罐盖子拧松了，当老师们准备在食物里加盐的时候，整罐盐就都撒在了餐盘上！这一招是威廉教她的。玛格试图责备她、纠正她，但是女儿的笑声太可爱了，她实在狠不下心责备。

威廉的爸妈一边吃饭，一边喋喋不休。威廉打量着他们，比平常还要仔细，还要专注。他非常清楚镇上的居民对他的家人的看法。他们认为他老爸"非常吝啬，连自己拉的屎都要充分利用"；他的妈妈则是"对冰球痴迷到无可救药的老妈子"。这倒没有说错，但是他们不仅仅是这样，他们可是通过一路打拼才得到现在这一切的。他们奋战不懈，就是为了给子女自己从来不曾享受的东西——决定自己人生，而不需要每天奋斗的权利。有时候，他们做得可能太过分了，但威廉仍会原谅他们。这个世界，并不是为善良的人建立的。所谓"人善被人欺"，心地善良的人会彻底被毁灭，威廉只需要在熊镇观望一下，就知道这是真的。

吃完晚餐，他就在妹妹的房间里看动画片。当她出生时，医生说她不太正常。事实上，她并没有什么问题，只是有点特别。人们想用她所罹患的症候群的名字来称呼她，但威廉拒绝这样做。她就是她。她是他见过的最善良的人。当她最后终于睡着时，他独自在地下室里进行重量训练。然而，那几个字不断地噬咬着他的心："我们要一把火烧了'毛皮'！"他实在无法安心。所以，他套上连帽运动服，对母亲喊着说他要出去跑跑步。玛格·利特希望，儿子这样的表现只是因为过于紧张。

当门在他身后掩上时，她直接走进厨房。她对子女总是担心得不得了，只要威廉不在家，她就会通过煮饭来驱赶自己脑子里乱七八糟的念头。人们常说："你尽管说玛格·利特的坏话，但是她的厨艺真是好！"而对于人们总是用"你尽管说谁谁谁的坏话……"来描述她，她也始终不以为意。她知道自己是谁。她为了自己所拥有的一切奋战到底。先是一道通心粉沙拉，接着是一道土豆沙拉。"老妈，没人能像你这样把这么多本来不是沙拉的玩意儿弄成沙拉！你可以把任何一种青菜变得很没营养！"威廉总会露出坏笑，这么说着。

她一直保持清醒，直到他回家。她始终担心不已。

威廉·利特跑过整座熊镇。他猛然意识到，他身上穿着那件胸口绣着公牛的红色运动服。就连他自己都知道，现在穿成这样在这一带跑来跑去，简直是愚不可及的挑衅行为。他掉头，打算跑回家换件衣服。然而，他闻到某种味道，于是停下脚步。那是一股刺鼻的气味。

那是物体燃烧的气味。

* * *

拉蒙娜并不是闻到焦煳味才惊醒的。有人拉住她，她才猛然醒了过来。拉蒙娜那天晚上可能还吃了一点夜宵，所以当她被摇醒时，她的反应一如往常。她挥动着双臂，高声叫骂着不堪入耳的脏话，翻找着手边够坚硬的物体，准备打架。

然而，她立刻看到舔舐着墙壁的火舌，听见了街上传来的尖叫声。她睁大眼睛，和她四目相对的，是伊丽莎白·扎克尔。

这位冰球教练或许非常不善于表达情感，但仍会感到紧张。她今晚无法入睡，老是想到即将对上赫德镇的比赛。思绪重重之下，她索性起床慢跑。她瞥见几名男子从毛皮酒吧里跑了出来，发现火势迅速蔓延。这种情况下，绝大多数人也许只会打个电话通知消防队，然后站在街上观望。正常人是不会冲进一栋冒着熊熊大火的房屋的，但扎克尔不是正常人。

现在，她瘫软在街道上，猛烈地咳嗽、喘息着。拉蒙娜身上只穿着丝质睡衣，在她身旁喃喃说道："小老太婆，你是为了吃一盘土豆才这么做的吗？要是我还端肉给你吃，你准备为我做些什么？"

扎克尔一边咳嗽，一边笑道："我承认，我还挺喜欢啤酒的。它能补充维生素，这很重要。"

人们从四面八方跑了出来，但没有人比提姆更快。他一头扑到雪中，紧紧抱住了拉蒙娜。

"喂喂喂，你这小毛头，别那么激动嘛。大家都活着嘛。只不过起了点火而已……"拉蒙娜对他耳语道。不过，提姆仍能感觉到她全身颤抖。

"霍格的照片全毁了……"提姆喘息着，站起身来。

拉蒙娜不得不拉住他。这个小毛头是如此敬爱她，她不得不拉住他，这样他才不会冲进熊熊烈火，去抢救她死去丈夫的照片。

然而，对于接下来将要发生的事情，她可就阻止不了他了。事实上，根本没人能阻止他。

* * *

整座熊镇被这场火惊醒，尖叫声在镇上散播的速度远远快过鼓声和消防车的警笛声。所有的电话都在响，所有的门都打开了。

班杰和他的姐姐们沿着街道狂奔。姐姐们冲向毛皮酒吧，人们已经被动员起来，排成一列传递水，车辆到处停靠着，后备厢里摆放着水管与水桶。

然而，班杰却站着不动。他意识到，这绝非偶然。不，这种事情从来就不是偶然的。所以，班杰开始搜索嫌犯。他的目光马上集中到那件红色的运动服上。威廉·利特就站在所有人后方不远处，位置比较靠近森林。他形单影只，震惊不已，用手掩住嘴巴。

班杰直接冲向他。有那么一秒钟的工夫，威廉真的以为班杰会扑到他身上。然而，班杰猛地停下脚步，仿佛意识到某件事情。上方的路面不断有人来回跑动着，远处的警笛声仍清晰可闻，穿越森林而来。班杰转身面向威廉，咆哮道："现在，你和我，动真格的！不带朋友，不用武器！我们单挑吧！"

也许威廉本来可以抗议的，他本来或许可以让班杰冷静下来，告诉他，这场火跟他一点关系都没有。但是班杰现在已经失去理智，不会再相信这种说辞。而威廉也许对他仍然相当痛恨，所以没有退让，只是低声应道："哪里？"

班杰思考片刻后说："'高地'上面的慢跑小径！那里没人，地面是平的，而且有灯光。"

威廉受辱般地点点头："你打算让我之后找不到借口，是不是这样？"

班杰的行为总是比他所说的话还要残忍。正是因为如此，他的回答才意义重大："威廉，对你来说，已经没有什么'之后'了。"

两人跑上那条慢跑小径，穿越整座城镇。当他们都还是小孩子的时候，两人为同一支冰球队效力，每次球队训练时，他们就在这里赛跑。他们一同在这条慢跑小径上奔跑过无数次。班杰从来不让威廉在任何一件事

432

情上超越自己，就算是班杰不想留下的东西，他仍然会把它们从威廉手中夺走。此刻，他们在深及足踝的积雪中奔跑着，仿佛又回到了孩提时代。两人奔跑时甚至还保持一米左右的间距，仿佛凯文跑在他们的中间。

他们抵达位于"高地"的慢跑小径后停下来，花了几秒钟喘气，让呼吸恢复平稳，厚重的雾气从他们张开的口中不断呼出。随后，身穿红色连帽运动服的威廉就直扑向班杰。身穿绿色毛线衣的班杰兀立不动，只是紧握双拳。动真格的！不带朋友，不用武器！一头公牛和一头熊，正式开战了。

* * *

"蜘蛛"和"木匠"在毛皮酒吧外紧紧抓住提姆。他们最初的本能是灭火，帮点忙，保护这一切。这间酒吧是他们的家，比他们当中任何人的家还更有家的感觉。但是，"蜘蛛"在提姆耳边低声说："我们知道这是谁干的，就是赫德镇那些浑蛋。'木匠'女朋友的老妈从厨房的窗口看见是他们干的。他们把车子停在超市旁边！我们现在就上路，还来得及赶上他们！"

在毛皮酒吧外，那些身穿黑色夹克的男子挤过人群，冲向提姆那辆萨博车，准备穿越森林去追杀敌人。此时，几乎没有人察觉到他们的动作，唯一看到他们动作的是里欧·安德森，他跟在他们后面。

* * *

威廉和班杰对彼此毫不手软。这是一场疯狂的厮杀，这两人身强力壮，这一仗才开打没几秒，两人就已经血流满面。威廉出于疯狂与疲劳，每击中对方一拳，就尖叫一次。威廉比班杰高，这是他拥有的唯一优势。他可以向下出拳，而班杰则不得不向上出拳。向上挥拳，总是比较麻烦一点。两人狂野地扭打着，仿佛要打到地老天荒。打到最后，乳酸迫使两人不得不向后退，剧烈地喘息着，伤口血流不止。班杰的一颗牙齿被打掉了，威廉的右眼则几乎看不清了。

"你是不是爱上他啦？"威廉突然咆哮道。

"什么？"班杰朝雪地上吐了一口血。

两人相隔数米，他们的肺脏剧烈地鼓动着。威廉将双手手掌撑在膝盖上，一根手指已经被打断，鼻子像打开的水龙头一样流着血。他的声调缓和下来，他感到极为疲倦和痛苦。

"你是不是爱上凯文啦？"他喘息道。

在接下来的数分钟，班杰沉默不语。他的头发和双手上染满了血，已经分不清哪里还在流血，哪里已经止血。

"是。"

这是班杰一生当中第一次承认这件事情。威廉闭上双眼，感觉到鼻子正在翕动，听见从鼻孔里传出的呼吸声。

"要是我早一点知道这件事，我就不会那么恨你了。"他低声说。

"我知道。"班杰说。

威廉停下手上的动作。他站起身来，双手叉腰，身上的运动服已经被扯烂、被汗水浸湿。

"当我们都还小的时候，有一年夏天，大雨一连下了一个月。冰球馆甚至还被水淹了。你还记得吗？"

班杰一脸惊讶，但还是缓缓点了点头："记得。"

威廉用手背将鼻血擦干。

"每年夏天，你和阿凯总是待在森林里，但那时大雨下个不停，你们就到我家找我，问能不能在我家的地下室打球。我不理解你们怎么不去阿凯家的地下室，可是……"

"那年夏天阿凯的爸妈在整修地下室。"班杰不胜苦涩地提醒他。

威廉仿佛也想起这一点，点点头："是的，我想起来了。那一整个月，我们每天都在我家的地下室打球。那时候，我们是朋友。那时候，你为人非常和善。那时候，我们不会互相叫骂。"

班杰继续朝雪地里吐血。

"我们把床垫摆在地板上，我们就睡在床垫上。这样一来，我们一醒来就可以直接打球……"

威廉的微笑因逝去的岁月和错失的机会而显得沉重。

"我们的同龄人聊到自己的童年时，他们的记忆里好像总是阳光普照。可是我只记得，我到处游走，希望赶快下雨。"

班杰静静地站着。最后，他坐在雪中。威廉不知道他是否在哭泣，他甚至不知道别人是否看出他在哭泣。

然后，这两名男子便离开了彼此。他们既非朋友，亦非仇人，他们只是离开了彼此。

* * *

当安娜和玛雅终于在武术场结束练习，时间已经不早了。玛雅的母亲觉得时间已经太晚，但仍毫无怨言地来接女儿回家。她也表示愿意顺道送安娜回家，但安娜非常神秘地摇摇头。玛雅试着提弄她："她要跟维维维维达回家……"

这让蜜拉开心不已。正常的十六岁女孩就是会这样捉弄自己最好的朋友，拿她们的男朋友来聊天、瞎扯。玛雅跳进沃尔沃，隔着后座的车窗向安娜挥了挥手。

维达站在森林的边缘处等待着。他和安娜手牵着手，一起走进夜色。他哼唱着一些曲调，吹起口哨，不住地用手指敲着大腿。要是他们真的白头偕老，安娜也许会被他这些缺乏自制力的举动惹毛。但是，现在她反而爱上了这些举动，他所有的情绪都同时在他身上展现、迸发出来，而且是立刻迸发出来。

如果他们真能白头偕老、共度一生，他们或许会在别的地方散步，也许是在国外某个阳光普照的地方。他们也许会离开这里，在别的地方展开新生活。他们将会一同长大成人，一起建立家庭。他们也许会生儿育女，陪着彼此一起老去。安娜必须踮起脚尖才能亲吻到维达。他的手机响起时，她闻到他身上的焦煳味。

她看到维达的眼神突然变得惊慌，然后他拔腿就跑。她并未试图阻止他，而是跟着他一起跑。

* * *

一辆白色轿车从路面驶下，车速非常快。那辆车里坐着几名来自赫德镇的男子，他们看起来简直像是未成年的小男孩。我们能原谅他们所干下的事吗？假如我们的所作所为导致比自己想象的还要悲惨不幸的结局，我们是否要达到一定的年龄才对自己的行为负责呢？

那辆白色轿车里的男子从后视镜中发现，有辆萨博车紧紧跟住他们不放。他们恐慌起来，开始加速，跟在后方的萨博车也跟着加速，白色轿车的驾驶员一时失神没看清路况。就在下一秒钟，第三辆轿车的车前灯猛地扫向白色轿车的挡风玻璃，让驾驶员完全看不清前方的状况。那是一辆沃尔沃，正从对面开过来。

那辆白色轿车开始在雪中打滑，车上来自赫德镇的男子们尖声大叫。轮胎再也无法抓握住路面，就在一刹那，几吨重的车身飘浮起来，无声无息地消失在黑暗中。随之而来的是一声可怕的巨响，那声巨响是如此恐怖，直到现在还能在我们的耳畔回响。

* * *

蜜拉和玛雅坐在那辆沃尔沃里，当蜜拉的手机响起时，她们才刚离开犬舍。那是彼得打来的，而他当时已经冲到镇里。

"毛皮酒吧起火了！我不知道里欧在哪里！"他大声咆哮道。

那座犬舍孤零零地坐落在森林里，离镇中心有段距离。通往熊镇的车道总共只有两条，所有正常人都会选那条蜿蜒、寻常的砾石道路，但在树丛间还有一条几无人迹、没有架设路灯的小径。有时候，猎人们会使用这条小径。那条小径向下延伸，直接通到那条连接赫德镇与熊镇的大路。

就在这天夜里，一对母女以快过任何人的速度行驶在那条小径上，追寻着自己的儿子和弟弟。

约莫一分钟后，那辆沃尔沃滑出森林，引擎大声轰鸣着继续往下开，驶上那条大路。一个年老的伯父开着车，跟在她们后方不远处行驶着。他刚从赫德镇开出来，烦躁地猛按喇叭。这让蜜拉感到心烦不已，她继续加速。

然后，她就看见那辆白色轿车，它正朝着她们开来。车速实在太快了。就在蜜拉做出反应之前，玛雅尖叫起来。那辆白色轿车的驾驶员失去了对方向盘的掌控，车身从车道上滑过。蜜拉紧急刹车，将车身转向沟渠，同时用身体挡住副驾以保护女儿。那辆白色轿车失去重心飞了起来，随后撞上了一棵树。

里欧·安德森穿越树林。他在树丛间飞快地奔跑，想抢在那些车辆之前。但是，他不够快。谢天谢地。

他不够快。

*　　*　　*

有位伯父平时常和另外四位伯父坐在毛皮酒吧里，为了冰球吵翻天。他的视力很差，其他几位伯父经常把他的眼镜换成加油站小店里就能买到的便宜的阅读用眼镜，让他以为自己已经瞎了。拉蒙娜就经常吼道："要是他现在真的瞎了，他怎么还会戴眼镜呢？"

这天夜里，这位伯父戴着自己的眼镜。然而，黑暗中，他的视线仍然相当不清楚。他太太今天晚上不在家，而他的子女老早以前就搬去了大城市，追求更好的工作、享用寿司店的美食或是其他青少年在大城市里一心想追求的种种享受。这位伯父因为胸痛醒了过来。所以他就坐到车里，从熊镇一路开到赫德镇，在医院里枯等了几个小时。他试图向医护人员说明自己的身体状况，但医护人员告诉他："一切都很好，也许只是消化不良之类的小问题，你有没有考虑过不要再喝这么多酒啦？""你有没有考虑过接受脑叶切开术？"伯父问医生。因为让他干等了这么久，他对医生破口大骂。他的夜视力很差的！他答应过太太，晚上不开

438

车的！"我们人手不足。"医生说明道。这位伯父在盛怒中驾车离开医院。"去你的，这算什么烂医院啊？"

在他从赫德镇开车返回熊镇的路上，又有一个臭老太婆开着一辆沃尔沃冷不防地从森林间冲出来，刚好闯到他的前面。她显然已经下定决心抄捷径进城，这位伯父猛力刹车，狂按喇叭，打开车前灯狂闪，但这个臭老太婆就是不理不睬。现代人开车都是这副德行。

那辆沃尔沃开得飞快，快到让那位伯父只能看到它的刹车灯。风雪直刮向他的挡风玻璃。车外一片昏暗。伯父高声咒骂、咕哝着，双眼在镜片后方眯成了一条线。他甚至没能看清接下来发生的事情，他连反应的时间都没有。前方那辆沃尔沃里的老太婆紧急刹车，突然闪到路边。另外两辆车则从对面开过来。这位伯父也许还来得及看清第一辆车是白色的。它飞了起来，翻转着狠狠撞上一棵树。紧追在后的是一辆萨博车，伯父或许来得及看清这一点。它显然在追那辆白色轿车，它的刹车被踩到底，随后车停在路中间，挡住了整个车道，接着提姆、"蜘蛛"和"木匠"推开车门猛冲出来。这位伯父是毛皮酒吧的常客，他或许能认出他们。

伯父猛力刹车，然而车外一片昏暗，大雪不断，就算将刹车踩到底，在这种天气里，在这么短的距离下，也许没有人能够顺利刹住车。也许，这不能说是任何人的错。这位伯父没有系安全带，他驾驶的是一辆旧车，他戴的眼镜已经老旧不堪。他的车从沃尔沃旁边滑过，他随即使尽全力猛打方向盘，努力避开那辆萨博车。

他再也没能看到自己撞上了什么。没等他听到某个物体撞上引擎盖发出一声砰的闷响，他的头就撞在了方向盘上，让他失去了知觉。

* * *

蜜拉从沃尔沃里冲了出来，绕过车身将副驾上的玛雅拉了出来。这就是母亲脑海里的第一个念头：把女儿从路上拉走！保护她！就在母女俩在沟渠里紧紧相拥的同时，她们被第三个人抱住。他拥抱她们的力道如此猛烈，仿佛觉得她们会永远抛弃他，不再回头。

那是里欧。

* * *

安娜与维达冲过森林，都以远比平常快的速度狂奔着。要是两人真能白头偕老，他们也许会以和彼此竞争为乐。要是他们生了小孩，他们肯定会为了一家三口到底谁跑得最快而吵个不停。

他们听见从下方路面传来的撞击声。因此，他们出于本能转向，朝撞击声跑去。维达听见提姆的声音，接着是"蜘蛛"和"木匠"的声音。他们大声咆哮："救护车！"他们高声尖叫："小心！！！"

安娜和维达的指尖最后一次轻触。这不是一段稀松平常的爱情故事。他们相爱的时间或许比我们当中许多人的恋爱时间都要短，不过他们比绝大多数人爱得轰轰烈烈。

"它着火了！"当他们来到路面上时，安娜尖叫起来。

他们看到路面的另一端，一辆车剧烈地撞在一棵树上，车身的钢板已经被撞弯。车里的人已经失去意识。烟雾从汽车引擎盖的缝隙间蹿出。安娜重复道："它着火了！它着火了！"

然后，她跑了起来。维达想拦住她，但她早已脱离了他的掌控。因为她的爸爸在抚养她的时候，总是说："安娜，你和我不是那种会将别人丢下不管、见死不救的人。"

所以她直接冲过车道，跑向那辆着火的白色轿车。当那位开车离开赫德镇医院的伯父看清自己正要撞上什么东西的时候，一切已经太迟了。他擦过那辆沃尔沃，在那辆萨博车旁边滑了一下，使尽全力猛踩刹车。安娜正冲到路中央。

维达尖叫着、狂奔着，但一切发生得太快了，维达只能飞身扑上前，一把将安娜从路面上推开。这是因为他缺乏对自己冲动的控制能力。他无法克制自己，无法不出手拯救爱人的生命。

安娜滚下沟渠，双脚插进雪堆，放声尖叫起来。然而她心爱的人已经不在人世，再也听不见她的声音了。那位伯父的车滑动速度实在太快，它以全速从正面撞了上来。身体被汽车引擎盖的钢板撞个正着，维达·雷诺斯死亡的方式就像他活着的方式一样——迅速、干脆、直接。

我们永远不会忘记这段爱情故事。

48. 天哪，天哪，天哪！我的宝贝！

你看过一个小镇的毁灭吗？我们的小镇已经毁灭了。

你看过一个小镇的重生吗？我们的小镇重生了。

你是否看过这种情景：一般情况下，对包括政治、宗教、体育或其他任何小事都会吵得不可开交的人们，争先恐后地从四面八方冲出来，通力合作，一起将一座老酒吧里熊熊燃烧的大火扑灭？你看过他们拯救彼此的生命吗？我们看过。也许，你做过与此相似的事情。也许，你并不像自己想的和我们那么不一样。

我们已经尽力而为，拿出最好的表现了。那天夜里，我们投入了所有的力量。但是，我们还是输了。

在熊镇，种植着许多华美、枝叶繁茂的树木。我们通常会说，这是因为每次我们埋葬某个人后，一棵新的树木就会长出来。所以，我们才会在地方报纸上将新生儿诞生的告示与离世者的讣闻放在一起。这样一来，我们才能确保：人与树生生不息，一路延续。

这已经无关紧要了。

我们不想再看到新长出的树木了，我们不想再看到有人丧命了。我们只想挽回这一切。

* * *

"天哪！天哪！天哪！"一群男子站在维达母亲家的厨房里，她双眼早已哭得红肿，大声尖叫着扑进他们的臂弯。

这群男子无言以对。他们和她一样，顿时陷入一片黑暗。维达的母亲瘫在地板上，绝望地咆哮着："我的宝贝！我的宝贝在哪里？我的宝贝在哪里？我的宝贝在哪里？我的宝贝在哪里？"

* * *

该死的小鬼。

在孩子成长过程中，母亲们脑海里究竟闪过多少次这样的念头呢？"该死的小鬼。"她到底得臭骂他们到什么程度，他们才会学乖呢？对于那些简单的小事情，她得对小男孩耳提面命多少次，他才能做好呢？比如系鞋带？"把鞋带系好！"我们说。可是，小男孩会听话吗？当然不会啦。"把鞋带系好，不然你会被绊倒！"我们说。"你会被绊倒，会受伤！"该死的小鬼，你会把自己弄伤的。

就在这天夜里，里欧的鞋带并没有系紧。如果他当初把鞋带系紧了，他也许就能快上那么几秒钟，冲过树林，跑出整座森林，向下冲到那条大路上。这么一来，当那辆车冷不防冲出来时，他就会出现在事发现场。一条系得乱七八糟的鞋带，赢得了隔开生死的数秒。

当天夜里，蜜拉就睡在里欧的床上，他并没有逼着她离开。对于一个十几岁青少年的母亲来说，这简直是童话故事中才会出现的好运。直到玛雅轻手轻脚地溜进来，缩在两人身边时，他们才醒过来。蜜拉紧紧抱住自己的孩子，力道大到让他们简直无法呼吸。

该死的小鬼。

该死的、该死的、该死的小鬼。

* * *

当维达还小的时候，他仿佛天不怕、地不怕。其他小孩晚上会做噩梦，夜里睡觉时还得点灯，不过他可不需要这样。当他和提姆还共用一间卧室、共睡一张上下铺时，维达坚持要睡在下铺。提姆花了几个月才弄清楚原因。某天夜里，他听到维达的哭声，就从上铺爬下来。他到弟弟身边，强迫弟弟告诉他为什么哭。当时维达只是个五六岁的小男孩。最后，提姆还是从他口中问出原因。维达坚信，可怕的大怪兽会在夜里进入屋舍。"见你的大头鬼去！那你为什么还要睡下铺？"提姆嘶吼着。"这样怪兽就会先把我捉走，你就有时间逃跑！"维达哽咽着。

他无法自制。他始终无法自制。

当死神呼啸而过以后，对我们这些还在世的人来说，回到正常生活的路途简直是莫名漫长，遥不可及。悲痛像是一头猛兽，狠狠地将我们拖进黑暗，让我们觉得自己永远都回不了家，让我们觉得自己再也笑不出来。它给我们造成的痛苦让我们始终无法真正弄清：这样的伤痛最终会消逝，抑或我们只能习惯它，与它和平共处。

一整夜，安娜都坐在维达病房外的地板上。提姆和维达的母亲坐在她的两旁，究竟是他们握住了安娜的手，还是安娜握住了他们的手，已经分不清楚。这三个人是如此深爱维达·雷诺斯，要是他们能够代替维达去死，他们必定会义无反顾。对一个人来说，这个结局并不算差。总有一天，他们必须和这样的想法共存，才不至于陷入崩溃。

这天夜里，一个男孩死了。同时，一位伯父也死了。一位母亲、一名为人兄长的男子和一名为人女友的女子呆坐在医院里；一个大婶将回到自己空荡荡的别墅，今后这间别墅只会显得无比空旷。两名来自赫德镇的男子将因为纵火而锒铛入狱，其中一个人在经历森林间的撞车事故以后，将永远丧失行走的能力。我们当中有些人将会觉得，这种惩罚实在太轻、太微不足道了。

我们当中某些人将会说，这是一场意外事故。有些人会说，这是蓄意谋杀。有些人会认为，这都是那群男子的错。其他人则会说，有错的不只是那群男子，这是许多人的错，这是我们的错。

要让人们憎恨彼此简直易如反掌。因此，爱情才会使人感到不可理喻。我们是如此容易感到仇恨，仇恨应该永远都是获胜的一方。这是一场不对等的斗争。

"蜘蛛""木匠"和其他身穿黑色夹克的男子在医院的等候室里待了几乎一整天。他们被许多人团团围住，这些人不分男女老少，有些人身穿白衬衫，有些人则穿着绿色 T 恤。很早以前，医生便已经面容悲痛地走出来，握紧每个人的手，表示伤者已经回天乏术。但是，他们仍然留在现场，仿佛只要他们还没走出医院的大门，维达就不会真正死去。

在小镇里，没有人知道自己应该对这个悲剧说些什么。所以，有时采取行动反而比较容易。当这些车辆离开位于赫德镇的医院时，提姆和母亲的车开在阵列的最后方。因此，当前方其他车辆都放慢速度时，他们一开始还大感不解。直到他们的目光投向树丛间，才弄清楚是怎么回事。

有人已经将树枝上的积雪刷掉，在沿路的树枝上绑上轻薄的丝带。那只是一堆在林间随风飘动的织物，并没有什么大不了的。然而，这些丝带当中，一半是绿色的，一半是红色的。这样一来，每辆车、每家人至少能知道，为此感到哀痛的，可不只是熊镇的居民。

提姆和母亲回到家时，发现有人坐在门口的台阶上，等待着。

"蜜拉？那是蜜拉·安德森吗？"提姆的妈妈纳闷着。

提姆下了车，一言不发，蜜拉同样沉默不语。她只是起身，跟着他们进屋，直接走进厨房开始打扫、煮饭。提姆陪母亲走进卧室，和她坐在一起，直到药片开始生效，她沉沉睡去。

他走回厨房。蜜拉一言不发，将洗碗用的刷子递给他。他刷洗碗盘，她负责将碗盘擦干。

49. 人手一根冰球杆，两座球门，两支球队

生命真是难以名状，诡异之至。我们耗费所有时间想掌握人生中的一切。然而，把我们塑造成人的，还是那些让我们完全预料不到的事情。

这是让人永难忘怀的一年——它是最美好的一年，也是最恶劣的一年。它将无时无刻不影响着我们。

我们当中的某些人会搬到别的地方，但大多数人会留下来。这是一个相当复杂的地方，但我们成年以后会发现，每个地方都有其复杂之处。熊镇与赫德镇有许多缺陷，犯了太多错误，但它们毕竟属于我们。放眼世界，这就是属于我们的角落。

安娜与玛雅在犬舍的谷仓里训练。时间一小时接一小时地流逝，对她俩来说，生活实在过得不易，她们的人生将永远无法真正恢复原貌，但她们仍会找到方法，让自己每天早上有勇气起床。当安娜再也承受不住而失声尖叫时，玛雅会紧紧抱着她，在她耳边低语："幸存者，安娜，幸存者。我们都是幸存者。"

某天大清早，晨曦才刚从地平线上探出头，汽车修理厂的门上就传来敲门声。当时正值隆冬，标示着童年的终点。波博一打开门，就看到班杰、亚马和札卡利亚站在门外。他们人手一根冰球杆，带着一个橡皮圆盘，走到湖边，享受最后一次共同练球的时光。仿佛这只是一场游戏，其他事物则毫无意义。

十年以后，亚马将成为职业选手，在超大型体育馆里登场竞技；札卡利亚则将成为电脑荧幕后方的高手；波博将成为人父。

他们练完球时，天色几乎再度陷入昏暗。此时，班杰向他们挥挥手，跟他们道别。他那副神情，仿佛他们明天就会再见面似的。

* * *

熊镇冰球协会与赫德镇冰球协会即将开始本季的第二次交手。这场比赛既意味着一切，又毫无意义。

一座位于"高地"上的别墅的厨房里，玛格·利特正在着手准备通心粉沙拉与土豆沙拉。她把沙拉放在大碗里，小心地用保鲜膜将碗口封妥。她不知道自己到底算是好人还是坏人。她知道绝大多数人都自认是善良的好人。不过，她可从来没有自认是个好人。最重要的是，她认为自己是个斗士。她为了自己的家人而战，为了自己的子女而战，为了自己的小镇而战——即使这个小镇已经对她嗤之以鼻。有时，号称"心存善念"的好人却会做坏事；有时，情况则完全相反。

她带上沙拉，驾车穿过整个小镇，经过冰球馆，沿着车道继续行驶。她在雷诺斯家门外停车，敲了敲门。

关于玛格·利特，你大可以说她的坏话。不过，她至少还身为人母。

* * *

冰球馆内，球员们即将正式入场，所有球员本来都该在更衣室里待命，但威廉·利特却在这时穿过走道，朝反方向走去。他在入口处停下脚步，等待着，直到亚马、波博看见他。

"这个，你们还有多的吗？"他相当悲戚地问道。

亚马与波博一脸困惑，但其中一名老队员了解威廉的意思。熊镇球员们的手臂上都缠绕着致哀的黑色橡皮带，这名老队员取来一根橡皮带，将它递给威廉。威廉将它缠绕在手臂上，不胜感激地点点头。

"我很……发生这样的事情，我真的很难过。我们全队都很难过。"

熊镇的球员们简短地点点头，作为回应。明天，他们才会重新憎恨彼此。明天再说。

                *   *   *

    班杰在冰球馆外伫立许久。他躲在几棵树的阴影里吸烟，双脚深深陷在雪堆里。为了众多不同的理由、为了许多不同的人，他作为冰球员已经征战了太久。有些事物使我们必须付出一切，选择这项体育活动，宛如选择一种古典乐器。它的难度实在太高，不能作为一项嗜好单独存在。不会有人在早上醒来时突然变成世界级的钢琴家或小提琴家，冰球选手的人生也是如此，你必须终生对这项运动保持热忱，甚至如痴如醉才行。它会将你的形象、身份与自我认同完全溶解。到了最后，一个十八岁的男子站在冰球馆外，心想：要是我不是冰球员，我还能干什么呢?

    这场比赛，班杰并没有出战。比赛开始时，他早已远离比赛现场了。

                *   *   *

    赫德镇冰球协会的教练在走道上赶上了熊镇冰球协会的教练。伊丽莎白·扎克尔一脸惊讶，戴维将跟在自己后面、一个肩膀上挂着运动裤、相当害羞的十七岁少年推上前。戴维已经在脑海里将自己的说辞演练得炉火纯青。在种种不幸事件发生以后，他必须用成熟、善解人意、面面俱到的语气说出这番话。然而，他的双唇就是不听使唤。他想摆出善解人意的样子，或至少让自己的声音听起来善解人意。不过，有时候做事情还是比说说容易。因此，他朝这名十七岁少年点点头说："这位是……我们队上的替补守门员。我觉得，如果他跟对教练，他的前途会不可限量……而且……对，我们将他冷冻在板凳区已经好长一段时间了。所以，假如你愿意的话……"

"什么？"扎克尔一边问，一边紧紧盯着那名十七岁少年。那名少年低头看着地板。

戴维清了清嗓子说："我打过电话给协会了，考虑到最近发生的一切，他们同意给我们让渡球员的权限。"

扎克尔扬了扬眉毛："你要送我一个守门员？"

戴维点点头："大家都说，你带守门员很有一套。我认为，他在你的调教下，前途将会不可限量。"

"你叫什么名字？"扎克尔问道。但这名男孩只是低着头，呢喃不清地说了点什么。

戴维不胜其烦地咳了咳："我们队上这些男生都叫他'闭嘴'。因为他真的就总是……一直闭嘴。"

他说得没错，这个小男孩最后将会成为无与伦比的守门员，而且不该说话的时候，完全不说话。伊丽莎白·扎克尔对他简直是满意之至。他是赫德镇人，但他将在近二十年的时间里为熊镇效力，并且从一而终，不曾再转会。有一天，他在球迷们的心目中将会比熊镇本地人还更有熊味。不过，他永远不会穿上一号球衣出赛，因为那正是维达的球衣。他将会在头盔上写上数字"1"，那群黑衣人将会针对他的这个举动为他高歌不已。

此刻，戴维和这名十七岁少年握了握手，随后少年走进更衣室。戴维拖着脚步，最后还是勉强鼓起勇气问扎克尔："班杰最近还好吗？"

扎克尔的下唇非常轻微地颤抖了一下，声音透着一丝犹疑。

"很好。我相信他会很……很好的。"

在扎克尔后来执教的所有球队里，她都会刻意保留十六号球衣。她与戴维四目交会。扎克尔说："今晚在冰球场上给我们一点颜色瞧瞧。"

"给我们一点颜色瞧瞧！"戴维露出微笑。

这是一场非常精彩、非常经典的比赛。多年以后，人们仍将不断谈到这一战。

＊　　＊　　＊

提姆带着一个信封独自来到犬舍，当他爬上屋顶时，班杰就坐在屋顶上。提姆犹豫了一下，但还是在离班杰半米的地方坐了下来。

"你要去比赛吗？"提姆问道。

班杰的回答并没有顶撞或不服的意味。事实上，他的语气听来相当快乐。

"不去。你呢？"

提姆点点头。这辈子，他将会继续前往球场看球。有些人或许会以为，现在这项体育活动会给他带来太多关于弟弟的回忆，让他难以承受。但在提姆人生中的大半时间里，球场是少数几个能让他想起维达而不感到锥心之痛的地方之一。

"你想离开这里，嗯？"最后，他问道。

班杰面露惊讶之色："你怎么知道？"

提姆眼里迅速闪现一道凶光。

"你现在这副样子就是我希望维达有朝一日成为的样子。看起来，你想……离开这里。"

就算是力道最轻的微风，看起来似乎都能把提姆的身体吹散。班杰递给他一根香烟："你希望维达去哪里？"

提姆从鼻孔里喷出烟："只要是能让他……更有出息，任何地方都好。你有什么打算？”

班杰缓缓吸进一大口烟：“我不知道。我只是想弄清楚，如果我不是冰球员，我到底是谁。我觉得，如果我继续留在这里，我就永远搞不清这一点。”

提姆坚毅地点点头：“你是个天才一般优秀的冰球员。”

“谢谢！”班杰说。

提姆迅速起身，仿佛担心这场对话会让他陷入一个他还没准备好的境地。他把信封放在班杰的膝盖上。

“‘木匠’和‘蜘蛛’在网上看到，某些名叫‘彩虹基金会’的单位会进行募款……你知道的……在世界上不同国家被跟踪、被逮捕，还有其他乱七八糟的事情，因为他们……”他沉默下来。

班杰看看那个信封，小声道：“就跟我一样？”

提姆将眼神移开。他将烟屁股踩熄，咳嗽起来。

“不管怎么说……小伙子们已经决定，我们在毛皮酒吧基金的存款要用来处理这件事情。所以，他们希望能把这些钱给你。”

班杰吞了一口口水，几近崩溃：“所以，你们希望我把这笔钱交给那个什么‘彩虹基金会’，因为我是他们的一分子？”

提姆本来已经顺着梯子往下爬，这时却停下脚步，看着班杰的双眼，说：“不。我们希望你能把这些钱交给他们，因为你是我们的一分子。”

* * *

拉蒙娜在毛皮酒吧里踱来踱去，把啤酒当成午餐，一边用夸张的手势指挥工匠，一边骂着她所能想到的最难听、最不堪入耳的粗话。彼得·安德森走了进来，看起来就像是以前那个小男孩。在他小时候，每次他老爸在这里喝得烂醉，都是他来把老爸领回家。

"进行得怎么样啦？"他一边问，一边打量着装修的进度。

拉蒙娜耸了耸肩："现在刚烧过，味道比以前好多了。"

彼得虚弱地一笑，她也回他一个虚弱的微笑。他们现在还无法强颜欢笑，但至少他们已经走在正确的方向上。彼得深深吸了一口气，连瞳孔都随之颤动。然后，他开口说道："作为熊镇冰球协会理事会的会员，这个是要给你的。"

拉蒙娜看了看他放在吧台上的那份文件，没多说什么。她或许知道那是什么文件，所以不愿意拿起那份文件。

"理事会里明明就有一群穿西装的男人，把这个给他们其中一个人嘛！"

彼得搔搔头道："我把它交给你。整个理事会里，我只信任你。"

她拍了拍他的脸颊。毛皮酒吧的门被推开，彼得转过身来，看见门口的提姆。这两名男子出于本能，几乎同时朝对方举起双手，仿佛在示意：他们可都不想吵架。

"我可以……等一下再过来。"提姆提议道。

"不用，不用，我马上就要走啦！"彼得赶紧说道。

拉蒙娜对着这两个人哼了一声。

"你们两个都给我闭嘴。坐下来，喝酒！我请客。"

彼得轻咳一声，道："请给我一杯咖啡。"

提姆将大衣挂在衣架上，说道："我也来一杯咖啡。"

彼得徒然地举起咖啡杯，作势要干杯。提姆也依样画葫芦。

"你们这些臭男人，真是的。"拉蒙娜不满道。

彼得低头看着吧台，说道："我不知道这种感觉是好是坏，可是我觉

452

得，维达本来可以成为一个真正的冰球巨星。他有能力一路进入职业联盟，他的资质真的很好。"

"作为一个弟弟，他其实更合适。"提姆说。

随后，他就微笑起来。拉蒙娜跟着微笑起来。

彼得轻咳一声道："这件事，太令人痛心了……"

提姆转着咖啡杯，打量着咖啡杯里小小的涟漪。

"你和你太太的长子很早就过世了，是吗？"

彼得深吸了一口气，闭目沉思许久道："是的，他叫艾萨克。"

"你能真正忘掉这种事情吗？"

"不能。"

提姆转着咖啡杯，一圈又一圈地转着。

"这样教人怎么活得下去啊？"他问。

"你只能更努力奋斗。"彼得低声说。

提姆又跟他干了一杯。

彼得犹豫许久，最后才说道："我知道，你和你手下那群小伙子总是把我当成'那群人'的仇敌。或许，你们是对的。我不觉得暴力和体育活动能够扯上什么关系。可是我……嗯……我……我希望你知道，我了解人生中的一切都是很复杂的。我知道，这也是你们的球会。那几次，我……做得太过分了，我很抱歉。"

提姆悲伤地用手指甲轻敲着瓷质咖啡杯。

"冰球和政治，彼得，这你可是知道的，这两个是不能混在一起的。"

彼得深吸一口气道："我不知道现在这对你来说还有什么价值，可是……那个理查德·提奥欺骗了我。他就只会耍弄你我这样的人，让我们对立起来，他再渔翁得利，从中获得权力。像他那样的人可不只是想控制球会，他们想控制整个小镇……"

提姆心不在焉地搔了搔自己的胡楂，他算是走投无路了，这损失也够大的。

"要是你想抓我们，就放马过来啊。"

彼得点点头。他仍然不清楚自己到底最害怕什么：是那些身上有着文身的暴民，还是那些打着领带的暴民。他站起身来，谢谢拉蒙娜的招待。她手上拿着那份文件，但她还是等到他离开后才开始读文件内容。

那是彼得的辞呈。他已经不再是熊镇冰球协会的体育总监，他将不再担任协会内部的任何职务。

拉蒙娜将那份文件推向吧台的对面。提姆读起那份文件。他一边喝着咖啡，一边说："彼得是个白痴，但是他保全了球会。对于这一点，我们会永远铭记在心。"

"在这个地球上，还有这么讨人喜欢的白痴吗？"拉蒙娜回答道。

她举起酒杯，提姆也举起咖啡杯，两人沉默地干了一杯。然后，他就前往比赛现场。今晚，他和母亲吃了通心粉沙拉和土豆沙拉。

*　　*　　*

理查德·提奥独自坐在区政府办公大楼内的办公室里，工作着。窗外，降到一半高度的旗帜随风飘扬着。他到底是在乎还是不在乎，已经没人说得清楚。也许，他有时会对自己的所作所为感到后悔；或许他只是说服自己，到了最后，他在这个世界上留下的善行仍将多于恶行。因为理查德·提奥坚信：只有手握权力的人，才能在政治上发挥影响力。所以，光是"心存善念"是不够的。首先，你得取胜才行。

这个区下次面临改选时，他将会承诺：加大对熊镇镇中心、毛皮酒吧周围、富有历史意义建筑物的消防措施与相关投资。他甚至还会承诺：下调熊镇与赫德镇之间路段的行车速度上限。如此一来，这种悲剧性的死亡车祸就不会重演。他将会大力提倡"法治与秩序""更多的就业机会""更优质的医疗系统"。人们对他的印象将是：建立冰球幼儿园、拯救熊镇冰球协会的经济状态，以及提供工厂就业机会的政治家。也许，他甚至还拯救了位于赫德镇的医院。

当然，这个小镇的居民总有一天会察觉到，那些新老板从来就无意让工厂留在熊镇。只要发现更廉价的工业用地或是工资更低廉的区域，他们认定有利可图，就会将工厂迁走。对理查德·提奥而言，这其实无关紧要。其实，在下一次选举前，某些文件就会流进地方报社。这些文件将显示，区政府内位居要职的政客们多年来一直私自挪用税款；以各种名目申请的补助金与贷款如何落到球会的"理事会主席"手中；区政府在申办世界杯滑雪锦标赛的同时如何进行"不法投资"，企图借此名目兴建商务酒店。很快，一件关于"富有企业家"对"决策人"行贿的丑闻就会流传开来。

就算目前领导区议会最大党的那位女性公职人员没有扯上贪腐案，那也已经无关紧要。她终究被迫在整个竞选期间，不断回答关于贪污案件的问题——她的丈夫和兄弟任职于其中一家被点名涉入行贿丑闻的企业。稍后，证据指出他们是清白的，但到了那时候，这已经毫无意义。已经有太多的报纸新闻标题将那名女性公职人员的名字和"贪污"连在一起，次数多到让绝大多数人在心里认定："她肯定也贪腐到了极点，她跟其他贪腐者是一个德行。"

理查德·提奥则站在光谱的另一端。他不需要做到完美无缺，只要与众不同就够了。所以，他将会赢得下一次的选举。像他那样的男性，就是能够在选举中获胜。不过，他肯定也不能每战必胜；像他那样的男性，其实也无法战无不胜。

今天他离开区政府办公大楼的时间比平常要早一点。今天晚上，他要开上很长的一段路，他要一路开到首都，去拜访自己住在那里的兄弟。明天，理查德·提奥的侄子就满六岁了。自从这个孩子出生以来，理查德每天晚上都会打电话给他，隔着听筒给他讲故事，哄他上床睡觉，还跟他道晚安。几乎所有的故事都和动物有关，因为理查德和那个小男孩都很喜欢动物。

明天就是这个小男孩的生日，他们将会一起前往动物园，看看大熊与公牛，也许还会看看鹳鸟和牛蝇。

*　　*　　*

蜜拉·安德森和她的同事待在她们的新办公室里。办公室的空间相当狭窄，抽屉层层堆叠，她们既紧张又疲倦。她们确实成功吸收了好几个重要的大客户，但招聘能干、精明的职员却变得困难重重。没人有胆子碰运气，接受一家新创企业开出的职位，在这个区域就更没人有胆量做这种尝试了。

这时，门板上传来敲门声。她那位同事衷心希望来人将是某个她曾经面试过的法学学士，现在回到这里就是要表示自己改变心意，愿意加入这家新企业。她欢天喜地地开了门，站在门外的却是蜜拉的丈夫。

"彼得？你来这里做什么？"坐在房间较深处的蜜拉脱口喊道。

彼得吞了一口口水，将汗流不止的手掌在牛仔裤上擦干。他身穿白色衬衫，打着领带。

"我……你们一定觉得这样很蠢，可是我刚在网上读到……总之……现在，很多企业都设有人力资源部门，或者说人力资源管理部门。对，我觉得它就是这个意思。这个是……他们负责招聘、职能培训，以及人力资源管理。我……"

他的舌尖卡在上颚。蜜拉的同事努力忍住笑意，但没能成功，只好走开去给他倒杯水。蜜拉站在原地，低声说："亲爱的，你想说什么？"

彼得努力让声音平稳下来："我觉得，我应该能把这个叫人力资源的领域管理得很好。这就像建立一支球队，管理整个球会。我知道我的工作经验不太符合你们企业的需求，可是我有……其他经验。"

那位同事搔了搔头发："彼得，不好意思，我实在搞不懂。你来这里做什么？熊镇现在不是正在比赛吗？"

彼得再次将双手手掌摩擦着牛仔裤。他正视着蜜拉："我已经向熊镇冰球协会请辞了。我来这里，是来找工作的。"

蜜拉凝视他许久，目光近乎疯狂地闪烁着。她先是双手抱胸，然后轻轻将眼睛下方的泪水擦干。

"为什么你选择到这里找工作呢？"她小声道。

他挺直背板。

"因为我希望，我们所拥有的不仅仅是一段婚姻关系。我希望，我们能够让彼此变得更好。"

*　　*　　*

这天晚上，当这两支分别穿着红色球衣与绿色球衣的队伍终于踏上冰球场、准备比赛的时候，总是被大家视为理所当然、一定会到场的几个角色，从冰面和看台上消失了。不过，其他人都在这里：他们来自两个小镇，背后有着无数不同的故事。然而，熊镇冰球馆内仍然鸦雀无声。看台上座无虚席，但是没有人交谈，没有人拍手，更没有人大呼小叫。其中一端的看台站位区聚集着一群身穿绿色衣服的人，他们的正中央则是一群相当安静、身穿黑色衣服的男子。他们并没有唱歌。他们仿佛想引吭高歌，却没有力气这么做，他们的肺脏已经空空，声音已经枯竭。但是突然间，一阵歌声仍然蹿上天花板。那可是他们的加油歌。

"我们是熊熊熊熊！我们是熊熊熊熊！我们是熊熊熊……"

歌声来自另外一边，也就是另一区的看台站位席。歌声来自那些身穿红色衣服的球迷。赫德镇冰球协会的支持者队伍，就是靠着鄙视、痛恨熊镇冰球协会一路扩大的；明天，他们将会继续仇视熊镇冰球协会。双方之间的斗争将不会停止，世界不会发生变化，一切将会一如往常。

但是，仅此一次、就在今天，他们用带着悲伤、充满虔敬的声音，唱起敌队的加油歌：

"来自熊镇的熊！"

这是一个即兴、独特的行为，代表着尊重。只用言语就够了。在那之后，冰球馆内变得更加安静。接着，你会感觉到，冰球馆往后再也不会有那么安静的时刻。当一个小镇想对大家诉说他们仍然健在、这个小镇仍能挺身而出、情况仍然是"熊镇和全世界对着干"的时候，随之涌现的只有一阵强烈的骄傲与关爱。当包括那些黑衣人的绿色看台区开始引吭高歌时，他们的歌声是如此高亢、洪亮，仿佛就要直达天堂。他们要让他知道，他们是多么思念他。

然后，我们就开始忙起这一带居民的老行当：打冰球。

＊　　＊　　＊

蜜拉将玛雅送到火车站。当女儿踏上阶梯时，蜜拉就在入口处等着。玛雅沿着月台往下走，直到看到要找的人。他坐在一张板凳上。

"班杰……"她从远处低声喊道。她仿佛是在呼唤一只动物，却又不敢吓到它。

他惊讶地抬起头来："你来这里做什么？"

"找你啊。"玛雅说。

"你怎么知道我在哪里？"

"是你的姐姐们告诉我的。"

他露出一个可爱的微笑："我的那些姐姐，可真是不牢靠。"

"听你胡说！"玛雅笑了起来。

她夹克的袖口已经显得太短。今年她已经长高了，而她的夹克却浑然不觉。她的小臂有两个新文上的、若隐若现的文身，其中一个是一把吉他，另一个则是一把猎枪。

"这我喜欢。"班杰点点头。

"谢谢。你要到哪里去？"

他沉思许久，不知该如何回答："我不知道。就只是……到别的地方去。"

她点点头，并将一张字条递给他，上面有一小段手写的文字。

"我通过一所音乐学校的入学考试了。我会在一月搬家。在这之前，我不知道你会不会回来，所以我……我只是想把这个给你。"

就在他读那段文字的同时，她已经开始往回走，朝母亲的车子走去。

当他把那段文字读完时，他大声喊她："玛雅！"

"嗯？"她大声回答。

"别让那些坏蛋看到你在哭！"

她眼角沁着泪水，笑了出来："不会的，班杰！永远不会的！"

也许他们永远不会再见面了。所以，她将自己对他的祝福写在了这张字条上。

愿你勇敢

愿你勇气勃发

剧烈搏动的心

使一切变得艰难的情感

转向的爱情

内心最深处的探险

愿你找到出路

愿你最后

能够寻得幸福与美满

            *   *   *

明天，璀璨的阳光仍会降临我们的小镇。这真是妙不可言。

一个名叫安娜的年轻女性将会在内心深处不断地挖掘，这样她才能找到让自己继续活下去的力量。处境与她类似的人们，总是必须采取某种方式找到力量。几个月后，就在数百公里外的一座大城市里，她将第一次参加武术竞赛。珍妮在更衣室里亲吻了她的额头，玛雅站在两人身旁，握紧双拳，敲了敲安娜的手套，低声道："你这小蠢驴，我爱你！"

安娜不胜悲伤地微笑着，回答道："你这小圆盘，我也爱你！"她在小臂上文上了和玛雅一模一样的文身：一把猎枪、一把吉他。安娜的父亲站在更衣室外。他仍然在努力地尝试着。

当安娜登上擂台、准备迎战对手时，一部分观众仿佛接到命令一般，不约而同地站起身来。他们并没有高声叫喊，他们每个人都身穿黑色夹克。当她的目光投射到他们身上时，他们飞快地将手摆在自己的胸口上。

"他们是什么人？"裁判惊讶地问道。

安娜朝着天花板眨眨眼，幻想着躲在天花板后方远处的天堂。

"他们是我的兄弟姐妹。只要我挺身而出，他们就会挺我。"

比赛开始时，安娜在擂台上仅仅迎战一个对手。不过，就算她必须以一当百，也没有关系——她的对手无论人数多寡，都将毫无取胜的机会。

明天，旭日仍将再度东升。

亚马是一个来自"洼地"的小男孩，当初大家都认定他太矮小，体形太瘦弱，无法成为真正的冰球选手。然而，他将会沿着社区步道一直奔跑，最终跻身于 NHL。他会成为冰球场上的高手。童年时代住在他家隔壁的好友札卡利亚，则会成为电脑荧幕后方的高手。当初和他们一同成长的小男孩与小女孩，有些人误入歧途，有些已经不在人世，但是，仍然有一部分人找到了属于自己的人生。他们当中，没有人会忘记自己的出身。

一位名叫"雄猪"的父亲将继续在汽车修理厂修车，为了子女奋斗，一天接着一天，踏实地过日子。他们每天早上都会去探望安－卡琳的墓地。他的长子波博力大无穷，可以将插在汽车引擎盖上的斧头一把拔出，却始终无法真正地学会溜冰。随着时间流逝，他和一个不善表达情感的冰球教练成为好友。在扎克尔的引领下，波博成了一个极为优秀的助理

461

教练。

拉蒙娜重新建起自己的酒吧。在酒吧重新落成、开幕的那一天，熊镇的每位居民，甚至包括很多来自赫德镇的家伙在内，排了好几个小时的队，就只是为了进店买一杯啤酒，将零钱塞进一个写着"基金"的信封。在接下来的一年内，熊镇冰球协会的教练就在这里吃着免费的土豆。不过，她还是得花钱买啤酒。毕竟，该死的，这家酒吧又不做慈善事业。

五位大婶坐在其中一个角落，四位伯父坐在酒吧另一处。人生，从来就不是简单的。不过，如果你对他们说这番话，他们将会回答：人生，本来就是艰难的。

爱丽莎就要满五岁了。她每天都到冰球馆来，然而，她还是会时不时地去一名老年男子家的庭院，对着他家露台旁边的墙壁疯狂射击橡皮圆盘，简直要把那面墙壁给砸烂。有一天，她将会成为冠军。

春天来临时，某个星期日的下午，三名成年男子——彼得、"雄猪"戈登与"尾巴"弗拉克——将会在超市外的停车场上聚首。和他们最近一次（二十年前）同场打球时相比，他们的发际线已经越来越往上移，啤酒肚也越发明显。但是，他们这回带上了冰球杆，以及一颗网球。他们的妻小搬着其中一座球门。当这三个大男人搬动另一座球门时，他们的妻小又叫又笑，用充满戏谑的语气鼓励他们。然后，这三个家庭就玩起网球，仿佛其他任何事情都无足轻重。

假如我们能把周遭一切乱七八糟的事情全部甩开，只留下一开始让我们爱上这种运动的理由，这其实是一个非常简单的游戏。

人手一根冰球杆，两座球门，两支球队。

我们对抗你们。

致谢词

首先，我想在此向我的妻儿致上最深的谢意。我简直是全世界抗压性最差的人，满脑子都是奇思幻想，而你们是我最大的助力，让我勇于冒险。我也要感谢总是向我伸出援手的父母与岳父，以及我的只要一通电话就能联系上、只要一杯啤酒就能开心畅谈的好友。

当然，我同时还获得了许多其他人的帮助，从而得以讲述这个故事。在此，我要向他们致上最深的谢意。其中有许多人出于不同原因，不希望自己的名字在这里被提到。但是，他们大方、慷慨地在一次又一次对话中，与我分享他们的时间，以及他们关于性倾向、认同、暴力……人生的经验。感谢你们愿意让我进入你们的世界。

正如《熊镇》的写作过程，我在写作本书时也向冰球员、领导者、裁判与家长们提出各种古怪的问题，他们不厌其烦地给我解答，我要在此向他们深深地一鞠躬，致以最真诚的谢意。此外，我也要向所有不厌其烦、以电子邮件和电话访谈形式协助我的律师、体育总监、新闻记者与公职人员深深地一鞠躬，致以最深切的谢意。

除此之外，我也要向下列人士致上最真切、最深情的谢意：我的同事 Niklas Natt 与 Dag、我的经纪人 Tor Jonasson、出版社编辑 John Häggblom、我的特约编辑 Vanja Vinter，以及我的宣传商 Marcus Leifby。

一路上，他们不断阅读、不停思考、厘清思绪、不断体会，纠正我、和我起争执，直到我实现目标。没有你们的帮助，本书将永难问世。

在此我还要向下列人士致以最深刻的谢意：Salomonsson Agency（版权中介公司）的全体同人，尤其是在这诡异、混乱的一年中协助我维系人生、现实甚至一切的 Marie Gyllenhammar；美加地区 Atria Books/Simon& Schuster（出版事业集团）坚信我所说故事的全体同人，特别是 Peter Borland、Judith Curr 和 Ariele Stewart；（Ariele，请善用谷歌翻译！我可不是专门为你工作的！）德国菲舍尔出版社全体同人（特别是 Susanne Halbleib）；Bokförlaget Forum 出版社全体同人（特别是不受我最糟糕的个性影响、仍顺利出版本书的 Sara Lindegren 和 Adam Dahlin）；Piratförlaget 出版社全体同人（特别是出版了本系列第一册《熊镇》的 Sofia Brattselius 和 Cherie Fusser，没有她们最初的支持，这一切就无法开始，更别提持续下去）；历史学家及研究员 Tobias Stark（一位绝佳的对话伙伴）；Nabila Adbul Fattah（集疯子与天才于一身，不断使我更加了解他人生活中的现实）；Attila Terek（你独特的深呼吸与燃烧、奉献的品质，使我获益良多）；自始至终全心全意思考、感觉、打球的 Johan Forsberg；协助我描写维达的 Christoffer Carlsson 与 Ida Andersson Nilsson；和我一起享用生牛肉、谈论狩猎与爱情的 Anders Dalenius；在我即将启动整个系列的写作项目时，做出至关重要、不可磨灭的贡献，使我永生难忘的 Isabel Boltenstern 与 Jonatan Lindquist；全心全意以真爱为我的作品设计封面的 Nils Olsson；设计熊镇冰球协会标识的 Erik Thunfors；花费时间回答我所有零散的，关于体育、媒体及政治问题的 Jens Runnberg；撰写《体育与暴力》一书的 Isobel Hadley-Kamptz（该书使我深感喜悦）；绝顶聪明、从不会在讨论中退让的 Sofia B. Karlsson；使我了解许多我过去所不知道的、与冰球有关的事物，甚而激发我的求知欲、让我欲罢不能的 Petter Carnbro；邀请我参加以《熊镇》为主题的读书会的 Markus Oden、维斯比（Väsby）冰球协会全体球员，以及 Emelie Kellnberger 和乌普兰维斯比（Upplands Väsby）图书馆（当时，这对我的意义非常重大）；就本系列小说的内容（甚至是某些不太引人注意的段落）与我进行对话的 Erika Holst、John Lind、Andreas Haara、Ulf Engman 与 Fredrik Glader；提供令我心悦诚服的意见与分析的 Robert Pettersson（当我俩意见不同时，他的论点往往更能说服我）；将所有文件管理得井井有条的 Pelle Silveby、Bengt Karlsson 与 Christina Thulin；任职于 Monkeysports 体育用品店、为我详尽说明各种冰球装备的 Isak 与 Rasmus；使我理解对防身术的热爱的 Lina Linx Eklund 与 Pancrase Gym；以及 John Zillen（你其实也没那么笨嘛）。

最重要的是，我必须感谢瑞典的体育运动。在我的成长过程中，在我最需要与某种事物建立联结的时刻，它让我有机会找到自己的归属感。其实，在许多方面，它甚至拯救了我的人生。